Erich F. Schweinburg

EINE WEITE REISE

Erich F. Schweinburg

EINE WEITE REISE

Roman

LÖCKER VERLAG
WIEN 1988

Gedruckt mit Unterstützung des
Bundesministeriums für Unterricht und Kunst

CIP-Titelaufnahme der Deutschen Bibliothek

Schweinburg, Erich F.:

Eine weite Reise: Roman/Erich F. Schweinburg. –
Wien: Löcker, 1988.
ISBN 3-85409-126-5

Lektorat: Martina Heilingsetzer
Graphische Gestaltung: Dietmar Tadler
Satz und Druck: Druckerei Walla Ges.m.b.H., 1050 Wien

manch Gespenst steht sinnend auf dem Feld,
und der Sommer schüttelt sich vor Grausen,
läßt die Blätter, schließt die grünen Klausen,
ab sich wendend von der blutigen Welt.

Josef Freiherr von Eichendorff

Er ist getanzt, der wilde Tanz, die grause Musik ist verklungen. Neue Menschen fluten durch die Straßen und wissen wenig von dem Dunkel, das ihre Kindheit, näher oder ferner, umdroht hat. Aber selbst die Überlebenden, die Davongekommenen, haben es noch nicht durchdrungen. Gespenster, stehen sie sinnend auf dem Feld ihres zerstörten Lebens: War es so? Kann es überhaupt – so gewesen sein?

Für sie ist das Vergangene nicht vergangen, nicht im Gewühl des Tags und weniger noch in den einsamen Stunden grauen Erwachens aus Nacht und Schlaf. So beklemmend drängt sich Erinnerung in ihr Überdauern, daß sie sich zuweilen fragen, ob sie denn wirklich davongekommen, und wo und wer sie sind.

TEIL I

Bedeutsames Erwachen

Berthold Kassner, steh auf, es ist spät. Du bist wohl kräftig, aber achtundvierzig Jahre alt, und das Leben, gehindert durch Zivilisation, in deren verweichlichendem Schutz du aufgewachsen bist, lahmgelegt durch allerlei Sicherheiten, die dich stets umgeben haben, hat so manches Register deiner Gefühlsorgel versäumt zu ziehen.

Dem wird jetzt abgeholfen werden. Es versteht sich von selbst, daß die Berichtigung nicht schmerzlos vor sich gehen kann; ja, ihre Pein mag dir weniger episodisch erscheinen als die anderer. Doch wenn es besonders schlimm wird, denk bloß daran, daß deine Entwicklung auf dem besten Weg war, gänzlich zu versanden.

Oder weißt du etwa nichts von Stagnation, von Fiasko, von Sich-als-Niete-Fühlen und Die-Fäuste-in-den-Taschen-Ballen – gegen Glücklichere? Siehst nicht, daß du dich in fruchtlosen Bemühungen verausgabst? Nun, dann erzähl uns doch von deinem Erfolg als Künstler. Laß uns hören, wo in der Welt dein Name bekannt ist, oder erzähl uns einfach von deinen Leistungen als Radierer, Zeichner, von deinen meisterhaften Holzschnitten.

Erzähl uns, wo und wie du dich anderen als eine Antenne deiner Zeit, oder vielmehr ihrer geistigen Strömungen, zu erkennen gegeben hast. Erzähl uns, mit welchen deiner Geistesbrüder, im eigenen Land und in der Ferne, du in Fühlung warst, um zu dir selbst zu gelangen, oder durch welche einzelgängerischen Werke du bewiesen hast, daß du der Befruchtung und Stärkung nicht mehr bedarfst.

Aber selbst abgesehen vom Bereich des Schöpferischen – gibt es in deinem Privatleben genug von jener wünschenswerten Ordnung, welcher die menschliche Gesellschaft – wie diese nun einmal eingerichtet ist – ihren Segen zu erteilen pflegt? Bist du etwa ein zweites Mal verheiratet oder auch nur im Begriff, wieder zu heiraten? Hast du dich jemals eindeutig und aus eigener Kraft für eine der verschiedenen Frauen entscheiden können, die in deinem Leben zwar gemeinsam eine zu große, im Einzelfall aber zu bescheidene Rolle gespielt haben?

Ist zumindest die Gemeinschaft mit deiner Tochter ungetrübt erfreulich? Dein Kontakt mit irgendwelchen Menschen, Frauen oder Männern, ungehemmt und rege genug? Hast du an entscheidenden Wegkreuzungen jemals Hindernissen oder Gefahren getrotzt, um dein Leben nach eigenem Entschluß zu formen, statt immer nur zu warten, bis ein günstiger Zufall oder fremder Mut dir den unerläßlichen Schritt ersparte? Du Mutloser! Und nur darum Glückloser, unfröhlich Abenteuerloser!

Und all dein Versagen, ist es nur eine Zufallssumme von Versäumnissen – eine bloße Liste unabhängig voneinander begangener Fehler? Oder wurzeln diese Fehler nicht vielmehr alle tief in dir in einem gemeinsamen, dir unbegreiflichen und unüberwindlichen Kernübel?

Das war natürlich nicht der Wortlaut, wohl aber der tiefere Sinn der Aufforderung, die am frühen Morgen des zehnten November 1938 in Wien, im schönen Bezirk Döbling, an mich erging. Sie war, wie die meisten Ankündigungen oder Ratschläge des Lebens in ein unscheinbares Gewand gekleidet: „Stehen Sie auf. Sie sind verhaftet." Ohne allen geistigen Unter- oder Überbau. Es blieb mir überlassen, mein Ohr allmählich für den tieferen Sinn der Mitteilung zu schärfen und mir den dürftigen Trost, den sie spenden konnte, verspätet nutzbar zu machen.

Auf meiner Weckuhr neben dem Bett ist es erst halb acht. Gegen meine Gewohnheit bin ich heute ganz von selbst, entspannt und friedlich, ja fast freudig, ins Wachsein zurückgeglitten. Alles Mißliche, alle Sorge und Furcht der vergangenen Monate scheinen in der Tiefe der Nacht wie eine mürbe Hülle von mir abgefallen zu sein. Nur das freundlich ungewisse Gefühl, daß ich mit meiner Tochter Iva jetzt allein in der Wohnung lebe, geistert als ferne Erinnerung an Schmerzliches durch meine Losgelöstheit.

Nicht etwa, daß unsere brave Köchin aus dem Burgenland mir als Hausgenossin Kränkung verursacht hätte; im Gegenteil, sie ließ es weder an Teilnahme noch an fortgesetzter Achtung fehlen. Und dennoch gibt es mir jetzt ein Gefühl angenehmer Endgültigkeit zu wissen, daß auch diese Hilfe und mögliche Gefahr über Bord geworfen ist – ohne Unfreundlichkeit, ohne Mißton, ohne mein Dazutun.

Die Behörde hat vielmehr auf ihrer Entfernung bestanden. Zwei je fünfwöchige Erstreckungen der gesetzlich angeordneten Frist (plus den vorangegangenen zehn Dienstjahren) konnten wohl als die Maximalzeit angesehen werden, in welcher die Tugend einer Hausgehilfin der Gefahr standzuhalten vermochte, von ihrem dämonisch geilen Dienstgeber, einem Wüstling durch Artung und zeitlose Natur, „entraßt" zu werden. Was das auf deutsch ist? Nun, wie das Wort es sagt: die geheimnisvollen Vorgänge, die in einer Frau jede copula carnalis hervorruft, durch welche sie die Zugehörigkeit zu einer hohen Menschengattung verliert und sich – man möchte sagen: jählings – auf die Stufe einer tieferen herabgeschleudert findet.

Die Verordnung betrifft natürlich – ich darf es mir zum Trost vor Augen halten – nicht nur mich und unsere Poldi. Sie verbannt arische Hausgehilfinnen unter 45 Jahren aus allen jüdischen Häusern, soweit diese infolge eines männlichen Mitbewohners, gleichgültig ob Säugling oder Zittergreis, als potenzielle Lasterpfühle anzusehen sind.

So hat denn meine achtzehnjährige Iva, die nach der Scheidung ihrer Eltern in meiner Obhut geblieben war, den kleinen Haushalt übernommen und führt ihn mit dem Stolz einer unerwarteten Beförderung und erstaunlich gutem Erfolg.

Aus dem Vorzimmer dringen die Laute eines erst gedämpft, bald aber erregter geführten Gesprächs. Die zwei Stimmen sind deutlich gegeneinander abgesetzt. Die weibliche gehört Iva, die andere, rauhe, ist die eines fremden Mannes.

Ich dehne mich wohlig unter meiner Decke. Es wird der Gaskassier sein. Was er nur wollen mag? Hab doch eben erst bezahlt. Nicht im Entferntesten denke ich daran, daß die Unterhaltung mich beschwerender angehen, und schon gar nicht, daß sie mit der politischen Irrsinnsbrandung zu tun haben könnte, die unsere Existenz unterwäscht. Nichts regt sich in mir von dem jähen Erschrecken, das jeden Juden erbleichen läßt, an dessen Türe es in diesen Tagen läutet oder dem sich das „Draußen" sonstwie bemerkbar macht.

Entschwunden ist mir in dieser Morgenstunde, daß Österreich aufgehört hat, als Staat und gesittetes Land zu bestehen, daß die Eindringlinge schon nach wenigen Tagen scheinbarer Rechtmäßigkeit begonnen hatten, ihrer blinden Judenfeindlichkeit die Zügel schießen zu lassen, die Grenzen für uns gesperrt, die Städte in Ghettos verwandelt, die Vermögen der Juden so gut wie konfisziert haben, und daß die große Welt sich gegen die zugleich ausgestoßenen Habenichtse kühl verschließt. Ich weiß nichts mehr von den täglichen Verhaftungen, den zahllosen Drangsalierungen, Erpressungen, Beraubungen, Demütigungen, die sich rings um mich ereignen, noch von der Selbstmordepidemie, die schon an die zehntausend älterer jüdischer Mitbürger hingerafft hat. In mir versunken ist der ganze Hexensabbat von Angst und Hast, Entrechtung und Heimlichkeit.

Ja, nicht einmal die dumpfe Vor-dem-Gewitter-Verzweiflung über den erst gestern bekannt gewordenen Tod des deutschen Legationssekretärs in Paris scheint sich jemals auch auf mich niedergesenkt zu haben, obwohl auch in mir während der vorangegangenen Tage kein anderer Gedanke hatte Kraft gewinnen können als der Wunsch, daß dieser Handlanger einer Verbrecherbande, den ein jüdischer Fanatiker angeschossen hatte, mit dem Leben davonkommen möge. Nicht etwa um seiner selbst willen, sondern zur Abwendung des Rachesturms, der im Falle seines Todes über die Judenschaft kommen würde.

Wie schon mehrmals während der österreichischen „Befreiung" hatte auch ich mich in diesen Tagen mit meinen Stammesbrüdern den seelisch-körperlichen Turnübungen unterzogen, so unscheinbar und zusammengeschrumpft wie möglich um die Ecken zu schleichen und jedem kleinsten Konflikt mit vollwertigen Reichsbürgern auszuweichen.

Natürlich hatte auch vorher jedes Kind in Deutschland gewußt, daß Judentum und Verbrechertum gleichbedeutend sind. Um das zu erfahren, mußte man bloß auf die Straße hinaustreten. Tausend Aufschriften schrien es einem dort entgegen, tausend Abbildungen hämmerten es einem ein. Aber mehr noch: Die alte, würdige Obrigkeit, die Gemeinde Wien, verkündete es feierlich und tief eindrucksvoll. Ihre Straßenbahn fuhr in langen, leeren Sonderzügen langsam durch die Stadt, und diese waren an der Stirnseite und entlang der Waggons mit mächtigen Aufschriften versehen: „Judentum ist Verbrechertum". Wer hätte da noch zweifeln können? Wer von dieser offiziellen Äußerung unberührt bleiben?

Doch merkwürdig! Ungeachtet dieser allgemeinen Überzeugung – und eigentlich im Widerspruch dazu – hatte der deutsche Volkskörper, als das Attentat bekannt wurde, unter der Herausforderung einer tatsächlich geschehenen jüdischen Bluttat in empörtem, ja fassungslosem Erstaunen förmlich aufgeschrien. Und es war vorauszusehen, daß er auf Weisung von „oben" bald noch viel lauter aufschreien würde.

Irgendeine Rache großen Stils, irgendeine weithin sichtbare Hekatombe des Hasses mußte die Antwort eines Staates sein, der Haß und Rache als Lebensform gewählt hatte. Dies umsomehr, als er den im Ausland befindlichen Täter nicht selbst öffentlich vierteilen, rädern und entmannen konnte.

Ich hatte mich nicht „unauffindbar" gemacht, was meine Tage noch beschwerlicher gestaltet hätte. Wohl hatte ich mit dem Gedanken gespielt, er war aber zuletzt in der ständigen, erschöpfenden Jagd nach der Ausreisebewilligung und einem Visum untergegangen. Umso leichter, als kein einziger der üblichen, gewundenen Telephonanrufe mich gewarnt hatte – dieses unauffällig auffällige Um-den-heißen-Brei-Herumreden eines Freundes, das letztlich auf die Empfehlung einer schleunigst herbeizuführenden Luftveränderung hinauslief.

Auch muß ich bekennen, daß ich mir die „Hekatombe" ganz anders vorgestellt hatte. Was weiß denn schließlich ein Jude, selbst wenn seine Familie seit dreihundert Jahren im Lande ansässig ist, von der deutschen Seele und ihren Begriffen von Ordnung und Rechtlichkeit, die selbst dort noch hochgehalten werden, wo heftige Leidenschaft das Szepter schwingt? Was meine liederliche Phantasie mir vorgegaukelt hatte, waren Plünderungen, an jüdischen Geschäften in treudeutscher Verbindung von Ideal und Zweckmäßigkeit ausgeführt; Hitlerjugend, die Greisinnen bei den Haaren auf die Straße schleift und verprügelt, Polizei, die mit geziemender Verspätung eingreift und die jüdischen Angreifer verhaftet. Wie hätte ich die Idee einer großangelegten und viel wirkungsvolleren behördlichen „Aktion" ersinnen können, die sich dem Ausland gegenüber viel leichter verteidigen und weit besser tarnen ließ?

So war denn gerade diesmal meine stets gepackte kleine Handtasche, mit der ich gelegentlich zu meiner arischen Schwägerin oder zu den zwei alten jüdischen Damen weiter unten in meiner Straße „ausgewandert" war, unbenützt geblieben. Eine wundersam traumlose Nacht hatte mich aller Bedrohung durch den Pariser Mord entrückt und mir die Gnade eines lange schon verlorenen Sicherheitsgefühls gebracht, das keiner richtig schätzen kann, der es nicht einmal gründlich verloren hat.

Kein Wunder also, wenn ein Moment des Unheimlichen, spukhaft Unwirklichen von der kleinen Szene ausgeht, die sich jetzt in meinem Schlafzimmer abspielt. Kein Wunder, wenn sie, trotz meiner anfänglichen, noch schlafbefangenen Bereitschaft, alles als selbstverständlich hinzunehmen, nicht in die helle Wirklichkeit des neuen Tages passen will. Spukhaftes kann den einfachsten Vorgängen anhaften.

Mit einem Mal tritt, während ich vor mich hinblicke, aus der nur angelehnten Doppeltüre zwischen Schlaf- und Wohnzimmer die Gestalt eines Mannes hervor. Sie kommt wortlos und wie auf Schienen auf mein Bett zu. Jede Beschreibung des Mannes versagt. Es ist am besten, vom ihm als „Einer" zu sprechen. Er ist wirklich nichts anderes und Differenzierteres als einer, wie man ihn in diesen Tagen zu tausenden auf der Straße sehen kann; einer mit dem nichtssagenden, heimlich gierigen, mit Bedeutungslosigkeit förmlich auftrumpfenden Gesicht, welches das deutsche Gesicht der späten dreißiger Jahre schlechthin geworden ist. Und gerade dies trägt zum Spukhaften des Auftritts wesentlich bei.

Sich in Amtshaltung aufzurecken und auf diese Weise einen Rest von Schamgefühl zu wahren, liegt dem Eindringling fern. Salopp tritt er heran, und in seinem Gesicht steht Langeweile wie eine kalt gewordene, von starrem Fett umkränzte Speise.

Die Aufgabe, der er obliegt, ist ungefährlich. Sie fordert, wie man ihm deutlich ansieht, seine Sbirrenschlauheit so wenig heraus, daß er sie unter seiner Würde zu finden scheint. Dennoch unterzieht er sich ihr nicht ganz ohne Lust und bringt es zuwege, sogar den Ekel anschaulich werden zu lassen, den ein deutscher Mann beim Herantreten an das unter allen Umständen unsaubere Bett eines Juden empfindet.

Ohne Auflehnung zu Wort kommen zu lassen – zu sehr haben die vergangenen Monate mich schon entrechtet –, vielmehr, als ginge mich das alles gar nichts an, liege ich da und warte ab. Ich benehme mich, als ob ich seit eh und je gewohnt wäre, fremde, surreale Spaziergänger in meinem Schlafzimmer zu empfangen.

„Sie heißen Kassner?" tropft es schließlich aus dem ungebetenen Gast.

„Ja."

„Berthold Kassner?"

„Ja."

„Haben Sie einen Sohn?"

„Nein."

„Sie haben keinen Sohn?" Er dehnt die Frage argwöhnisch in die Länge, und erst die plumpe Unverschämtheit dieses Zweifels treibt mir eine heiße Zornwelle ins Gesicht.

„Nein!"

„Dann stehn S' auf! Sie sind verhaftet." Seine Hand spielt sich lässig an den Aufschlag seines Überrocks heran, unter dem er offenbar das Abzeichen des Geheimpolizisten trägt.

Man stellt sich der Wirklichkeit viel gefaßter, als man es

erwarten würde. Nur ein Eisenreifen legt sich um meinen Kopf. Nur müde Deserteure meiner Vorstellungskraft waten in den Morast von Unlust, der mir bevorsteht. Aber schon während ich mich erhebe und dabei wie ein Zuschauer mein alltägliches Gehaben beobachte, schickt ein zweites Ich Kundschafter aus, die jeden Erinnerungswinkel nach dem möglichen Anlaß meiner Verhaftung durchstöbern sollen. „Es ist wichtig!" gibt es vor.

Selbst jetzt bleibt mir der Pariser Mord entglitten. Die Möglichkeit einer allgemeinen Verhaftungsrazzia kommt mir nicht in den Sinn.

„In diesem Aufzug wollen Sie gehen?" Ich habe meinen Dressinggown umgenommen, um mich im Badezimmer anzuziehen. Das aber ist offenbar ein Luxus, der einem Juden, und gar einem verhafteten, nicht zukommt. „In diesem Aufzug wollen Sie auf die Straße gehen?" wiederholt der Mann mit gesteigertem Hohn.

Ein Rest sozialer Sicherheit steht hinter mir. „Natürlich nicht!" sage ich und füge von kalter Höhe hinzu: „Das ist ein Kleidungsstück, in welchem man ins Badezimmer geht, um sich dort zu waschen." Es kostet mich Mühe, den Unterschied zwischen unseren Lebensgewohnheiten nicht schärfer auszudrücken.

„Dann machen S' kan Dampf!" Der brutale Unterton, der durchgebrochen ist, soll mich daran erinnern, wer hier mit wem spricht. „Ein bissl Tempo. Ja–a!"

Warum eigentlich erbittert mich die Verdächtigung, daß ich „Dampf" mache, das heißt, ein Verzögerungsmanöver betreibe, während ich mich gleichzeitig über mein Unvermögen ärgere, die nicht völlig unberechtigte Unterstellung von mir abgleiten zulassen. Doch das Empfinden, selbst in unwichtigen Dingen als menschlicher Auswurf und als Lügner hingestellt zu werden – und das in meiner Wohnung! –, ist wie die Berührung von etwas Kaltschleimigem, Abscheulichen, die sich kaum ertragen läßt.

Sich waschen fällt fragwürdig aus, wenn ein Geheimpolizist neben einem ungeduldig mit den Füßen trommelt und wichtigere Dinge als Reinlichkeit mit einem Mal im Leeren hängen. Jede Fiber in mir vibriert, jeder Griff gehört mir nicht an und ist von Sinnlosigkeit unterhöhlt – bis ich zuletzt doch in den Kleidern stecke.

Ich überwinde mich, den Gesellen einer Frage zu würdigen: „Soll ich etwas mitnehmen? Wäsche? Zahnbürste?"

„Ganz überflüssig. Kommen S' nur schon – endlich!"

Bei der Wohnungstüre steht Iva – wortlos, etwas bleich. Sonst ist ihr nichts anzusehen. Recht so, Töchterchen. Wir brauchen jetzt Haltung und Kälte. Ich fahre ihr kurz über das Haar, und die Geste bemüht sich auszudrücken, was ich vor diesem Kerl keinesfalls sagen möchte, aber auch sonst nicht leicht in Worte zu fassen wäre: Ein „falls ich nicht zurückkomme", ... ein „vielleicht wirst du dann besser verstehen, daß ich dich so innig geliebt habe, wie dies nur von einem Vater erwartet werden kann", ... ein „wirst vielleicht heimfinden zu mir und deine Abkehr fahren lassen", ... ein „nur zu gut weiß ich, daß deine Fassung dich nicht kostet, was sie andere Töchter in deinem Fall kosten würde"... und ein „aber laß uns jetzt nicht zu persönlich oder gar weich werden, nicht ins Vergangene blicken, sondern uns der Zukunft stellen".

Ehe ich die Türschwelle überschreite, bleibe ich stehen: „Da hast du etwas Geld." Meine Stimme klingt gepreßt. „Für acht Tage dürfte es reichen. Verständige ..."

Die Villenstraße hinunter, in welcher Lena wohnt. Hinter dem schmiedeeisernen Gitter fröstelt der verfärbte Garten, in dem wir beide in diesen Monaten der Vorbereitung zum Sprung ins Leere und zugleich Sich-am-alten-Boden-Anklammerns etwas Frieden und Heiterkeit gefunden hatten. Er war uns ein lieblicher Ersatz geworden für die stets wartende, stets wunderwirkende Kraftquelle der freien Natur, der vertrauten Landschaft um die Stadt, zu der uns Juden der Zugang, wie alles Erleichternde, sofort verwehrt worden war.

Schläfst du noch, Lena, oder hat deine liebe Mutter ihre Blattpflanzen auf den Fenstersimsen schon begossen und dir dabei die Vorhänge zurückgezogen?

Jetzt bin ich unmittelbar vor dem Gittertor. Wie nahe wir einander sind. ... Ein paar Schritte nur, und ich stünde vor dir. Aber die Fäden, die unsere Welten verbinden, sind durchgeschnitten. Ich schwebe hier (ja, es ist eine Art Schweben) durch einen Raum völliger Beziehungslosigkeit. Das kann wohl nicht anders sein in dieser Begleitung.

Doch mit einem Mal überfällt mich, daß ich mich an unseren letzten Abschied nicht erinnern kann. War der wirklich erst gestern abend? Wo hat er stattgefunden, und wie? Trotz aller Mühe vermag ich aus dem Vakuum in meinem Kopfe nur hervorzuholen, daß eine Verstimmung, ein Zerwürfnis zwischen uns geraten war.

Kein sonderlich ernstes, obwohl genügend Anlässe dazu unsere ungeordnete Gemeinschaft bedrohen; irgendeine Kleinigkeit vielmehr, die sich vermutlich schon beim ersten Wiedersehen aufgelöst hätte wie Morgennebel in der steigenden Sonne.

Nun werden wir einander nicht so bald wiedersehen, und ich muß die dunkle Ungewißheit, der ich entgegensehe, ohne die Befriedung unseres gewohnten Einvernehmens bestehen.

Der Gedanke quält mich unverhältnismäßig; er scheint zum Sinnbild und Geheimfach für alle Bangigkeit zu werden, die ich mir nicht zum Bewußtsein kommen lassen will.

Meine Hand gleitet über die Stäbe des Gittertores ... über den Taster der elektrischen Klingel. Der Druck eines Fingers wäre genug, um die tapfere kleine Gestalt in den Türrahmen des Hauses wehen zu lassen, um dem Versagen meiner Erinnerung, dem Zerwürfnis ein Ende zu setzen.

Weiter! Wir werden schon heimfinden zueinander. Und was dieses Geschäft da betrifft, was könntest du mir dabei helfen? Höchstens könnte ich dir noch schaden.

Ein kleiner Kotter im Hof des Polizeikommissariats. Bisher kurze Herberge für Landstreicher, Dirnen und andere Zaungäste der Sünderwelt; jetzt von der steigenden Welteroberungsflut emporgetragen zu höherer Bestimmung.

Hinter den Gucklöchern der vier Zellen drängen feucht schimmernde Kügelchen ans Licht – Augen, wie von angstvoll aufgewühlten Tieren, Affen oder Meerschweinchen aus dem Dunkel von Transportbehältnissen.

Die Zelle, in die ich geschoben werde, ist finster und überfüllt. Aber als meine Augen sich an das Dunkel gewöhnt haben, stelle ich angenehm erstaunt fest, daß ich mich in guter Gesellschaft befinde. Die weltmännischen Erscheinungen der beiden Großindustriellen dort in der Ecke geben der Versammlung Würde und Eleganz, während das mephistophelisch scharfe Profil des stadtbekannten Chirurgen mit dem stets bloßen und kahlgeschorenen Kopf das Geistige beisteuert. Die wenigen Worte, die im Beerdigungston gesprochen werden, gelten natürlich der Frage, worauf die Verhaftungen wohl hinauslaufen würden. Niemand scheint Bestimmtes zu wissen.

Lange Stunden unbeweglichen Brütens in stickig überheizter Luft. Nur vier oder fünf Gefangene, alte Herren, können auf der pritschenartigen Bank sitzen. Plötzlich wird die Zellentüre aufgerissen.

„Die zehn Jüngsten heraus!" Ist es gut oder schlecht, zu ihnen zu gehören? Soll ich versuchen, mich unter sie einzuschleichen? Doch schon haben sich zehn offenkundig jüngere gefunden.

Erst nachdem sie abgeführt sind, schnappen Gefangene beim Guckloch Gesprächsbrocken aus einer Unterhaltung zwischen zwei Polizisten auf, aus denen sich der Zweck der

Aussonderung ergibt. Der nahe Tempel ist vom aufgebrachten „Volkskörper“ in die Luft gesprengt worden. Die herumliegenden Trümmer verletzen jetzt aber nicht nur dessen Ordnungssinn, sondern bilden auch ein beträchtliches Verkehrshindernis. Seine Beseitigung ist selbstverständlich Sache der Juden, da sie doch die Provokation zur Zerstörung geliefert haben.

Wir Zurückbleibenden versinken in tieferes Schweigen und völlige Reglosigkeit. Jeder geht in der Dämmerung des allmählich dahinsterbenden Nachmittags seiner gewohnten Welt und sich selbst immer mehr verloren. Daß uns keine Mahlzeit verabreicht worden ist, betrachte ich als ein günstiges Zeichen.

Hoffnung verschlägt uns förmlich den Atem, als die Türe wieder aufgerissen wird und der Ruf ertönt: „Heraus! ... Alle! Zum Verhör!“

Die Fragen, welche von Beamten der alten Polizei an jeden von uns gestellt werden, deuten auf keinen bestimmten Verdacht hin. Sie beziehen sich vielmehr auf den allgemeinen Katalog typisch jüdischer Verbrechen: Rassenschande, Homosexualität, Freimaurertum, Verbringung des eigenen Vermögens ins Ausland.

Die Feder meines Befragers schreibt auf jede der Fragen ein „Nein“ ins Protokoll, ehe ich noch Zeit habe zu antworten. Ich betrachte ihn näher und verstehe. Einer erfüllt hier seine Pflicht, weil er Frau und Kind zu Hause hat, weil er die Früchte langjähriger Arbeit nicht zugleich mit seiner Stelle verlieren will. Da ihm aber das Gegenteil nicht ausdrücklich zur Pflicht gemacht wurde, vernimmt er uns in der gewohnten, freundlichen Art, die er sich für den Umgang mit unbescholtenen Mitbürgern zugelegt hat. Er gestattet sich keine Kritik an dem, was ihm aufgetragen ist, er macht sich aber auch nicht damit gemein. Ich fasse Mut, ihn zu fragen, was gegen mich eigentlich vorliegt. Er schlägt die Augen nieder und sagt leise:

„Sie werden sich wohl denken können, daß diese Aktion mit dem Pariser Vorfall zusammenhängt. Wir müssen wieder einmal sieben."

Warum habe ich diese Worte nicht bewußter, nicht mit der ihnen zukommenden Bedeutsamkeit in mich einsinken lassen? Es waren die letzten, die mir aus einer Welt entgegentönten, in der auch ich ein Träger von Rechten gewesen war. Allerdings hatte ich damals noch keine Ahnung davon, wie bald ich, von der Küste dieser zurückweichenden Geistesheimat weggerissen, in einem Meer von Haß dahintreiben würde, in welchem überhaupt nicht mehr gesprochen, sondern nur gebrüllt, gedroht und geschlagen wurde; in welchem jeder Blick verdächtigte, jeder Gedanke bespie.

Ich konnte nicht ahnen, wieviele Wellen dieses Meeres mir über den Kopf schlagen würden, ehe ich, gerettet zwar, aber zerbrochen, an fremder Küste den Boden gesitteter Menschheit wieder unter den Füßen fühlen würde.

In den Nebenzellen des Kotters erschallen Stimmen. Türen werden geöffnet und zugeschlagen, viele Schritte scharren über den Boden. Das Geschehen frißt sich bis zu unserer Zelle durch. Auch ihre Türe fliegt auf, und wir schieben einander, ohne Befehl dazu, ins Freie.

Schon beginnt sich die üble Lähmung sorgenvollen Wartens zu lösen. Schon ist das Sich-Entgleiten in ein Dunkel ohne Zeit zum Stillstand gebracht. Sich in frischer Luft ein wenig zu bewegen, belebt den Geist. Hier und da flattert ein versöhntes Lächeln auf.

Doch nur wenige Augenblicke vermag sich die Entspannung zu bewahren. Denn schon erblicken wir hinter uns, neben dem Kotter, hingestellt wie ein Theaterrequisit, das nicht zu rasch gesehen werden soll, eine starre Doppelreihe behelmter SS-Leute.

Zum ersten Mal tritt das Thema unverhüllter Brutalität, das Thema des tödlich Feindseligen, alptraumhaft aus der

Zögerung der vergangenen Monate, Tage und Stunden in unser Erleben. Die Veränderung, welcher die würdige Versammlung in der Zelle entgegengeharrt hatte, ist wohl gekommen – kann ihr aber nun durchaus nicht gefallen.

Während wir, von der kleinen Truppe flankiert, zum Torweg des Vorderhauses und durch dieses hindurch marschieren, lasse ich, angeweht von Bangigkeit, aber mehr noch, tief erstaunt, Mienen und Gehaben der Gesellen auf mich einwirken. Mit diesen grimmigen Mienen und in dieser Kriegsausrüstung habe ich die Eindringlinge, welche die Stadt nun seit Monaten als Gaffer und schäkernde Einzelgänger mit Kamera und Baedeker durchstreifen, noch nicht gesehen. Mit solchen Mienen und so bewaffnet kann man nur das Schlimmste im Schilde führen.

Gleichzeitig aber erscheint alles unecht und nur mit Krampf zustandegebracht. „Euer grimmiges Weltgeschichte-Spielen ist dem Kino entlehnt", behauptet es in mir, „oder martialischen Opernaufführungen, Fidelio oder Tosca. Euer Haß gegen uns kann nicht ganz echt sein. Euch selbst von eurer Propaganda nur halb eingetrichtert, kann er die beabsichtigte Wirkung nicht ganz erzielen."

Noch während ich mich diesen trostvollen Gedanken hingebe, schlägt uns von der Straße her eine mächtige Sturzwelle mißtönigen, an Raubtierfütterungen erinnernden Gebrülls entgegen. Erst nahe dem Tore selbst sehe ich, daß sich die Straße in ein dunkles Wogen von Körpern, Köpfen, Armen verwandelt hat. In schwarzer Gischt schlägt die Brandung an den gegenüberliegenden Häuserwänden empor, tanzt in schwarzen Wellen an ihnen entlang.

Die Luft, in die wir treten, vibriert förmlich vom Kreischen, Johlen, Pfeifen der seltsamen Flut. Ihr Aufruhr greift auf mich über. Schon bin ich davon überzeugt – es kann doch gar nicht anders sein –, daß die Wiener „Straße", die einfachen, urwüchsigen Menschen, mit denen wir friedlich und freundschaftlich ausgekommen sind, mit ihrem oft wohl zögernden und leicht irre zu leitenden, letztlich aber umso klarer hervorbrechenden Sinn für Gerechtigkeit und Anstand hier gegen den schändlichen Menschenfang auftritt, mit dem die neuen Machthaber, die Fremdlinge, ihren bisherigen Gewaltakten die Krone aufgesetzt haben.

Schreit, pfeift, johlt, Freunde! Brüllt eure Empörung den Schergen ins Gesicht. Euer Protest vereint uns. Und wenn er uns Verhaftete schon nicht befreien kann, so wird er wenigstens das Ansehen der alten Kaiserstadt in der zivilisierten Welt retten. Kaum kann ich mich zurückhalten, meiner Freude Luft zu machen, und bin einen Moment lang nahe daran, aus Reih und Glied hervorzubrechen.

Noch heute kann ich nicht ohne bittere Scham an meine Begeisterung in diesen Augenblicken denken. Noch heute fällt es mir schwer, die abgründige Weltfremdheit zu bekennen, die mich in meiner Erregung dazu verführte, den Ausbruch der Massenseele so falsch zu verstehen.

Die Wahrheit bricht grausam unvermittelt über mich herein. Es bedarf gar nicht der Einzelrufe, die sich – immer unzweideutiger, immer schmerzlicher – aus dem ohrenbetäubenden Geheul lösen.

Was uns umtobt, ist nicht der Empörungsschrei eines Volkshaufens gegen die ungerechte Behandlung von Mitbürgern. Es ist feiger Haß der ewigen Kanaille, ihre Lust, den am Boden Liegenden einen Tritt zu versetzen. Ganz deutlich höre ich jetzt ein Wort hervorgellen: „Dachauer! ... Dachauer!“ Und nun ausführlicher: „Nach Dachau mit den Saujuden! ... Nach Dachau mit ihnen!“

Doch auch Ehefrauen, Mütter und Kinder von Verhafteten haben sich dazugedrängt. Man hört verzweifelte Aufschreie, mutige Flüche; man sieht himmelwärts geworfene Hände, die sich an einen geliebten Menschen heranzupaddeln versuchen. Wachleute stemmen sich mit aller Kraft gegen die liebevolle Flut, um einem Eingreifen der SS zuvorzukommen. Aber aus der Reihe des Mobs durchbrechen halbwüchsige Jungen den Kordon. Sie schreien uns ihre Schimpfworte aus nächster Nähe entgegen, sie drohen mit den Fäusten und spucken gegen die Verhafteten, die mit eingezogenen Köpfen und runden, wie von Schuld gebeugten Rücken dahintaumeln. Namenlose Aufregung hat die Eskortierten erfaßt. Aus dieser Szene der Schmach und der Menschenhäßlichkeit fortzukommen und eines der wartenden Lastautos so rasch wie möglich zu erreichen, wird zum Ziel aller Ziele.

Die Plattformen sind hoch. Fußrasten gibt es nicht, und grauhaarige Intellektuelle sind nun einmal keine guten Turner. Niemand ist es, genau genommen, der vor Erregung und Weh zittert und sich fassungslos fragt, was er getan hat, um den Zorn einer Bevölkerung zu verdienen, mit der er sich immer friedlich verbunden gefühlt hatte.

Gewehrkolben und Fußtritte hingegen steigern die gymnastischen Möglichkeiten fast aller Menschen ins Ungeahnte. Die zwei SS-Männer, die zuletzt zur Abriegelung der Fracht auf das hintere Ende des Fahrzeugs aufspringen, befinden sich in einem wahren Rausch von Feindseligkeit. Sie Gelassen ihre entsicherten Pistolen den Transportierten ins Geeisicht starren und lauern auf die kleinste Unvorsichtigkeit eines Gefangenen, die als Revolte gedeutet werden könnte.

Wie gut es doch wäre, die Pistolen in den kauernden Haufen verängstigten Untermenschentums entleeren zu dürfen!

Selbst die Stadt, in der man geboren wurde und jede Plakatsäule, jeden Pflasterstein von Kindheit her kennt, kann einem anmuten wie ein fremd bedrohliches Straßengewirr irgendwo unter den Sternen. Das Auto schwingt brutal um die Ecken; die Einheiten seiner menschlichen Fracht taumeln, stürzen durcheinander. Nur allmählich gelingt es mir, durch den Schlitz zwischen zwei Plachenteilen Anhaltspunkte zu erspähen, aus denen ich auf das Ziel der Fahrt schließen kann. Im gleichen Augenblick flüstert eine Stimme neben mir das Ergebnis meiner Überlegung ins Dunkel: „Zur Liesl."

„Liesl" ist der Name, welchen der zärtliche Sarkasmus der Wiener dem großen Polizeigefangenenhaus auf der Elisabethpromenade gegeben hat. Eine Last gleitet von meinem Herzen – nicht etwa, weil ich bereits einmal unter Hitler ein paar Tage in diesem Gefängnis verbracht habe und diese Haft für einen Menschen, der bis dahin Gefängnisse und strafbares Tun in einen innigen Zusammenhang gebracht hatte, zwar nicht gerade angenehm, aber immerhin erträglich gewesen war. Mein Aufatmen gilt der Tatsache, daß wir zu keinem Bahnhof fahren und zu keiner der neu improvisierten Folterkammern, von denen viel gemunkelt wird – unbenützten Schulen oder Kasernen.

Ein hohes, eisernes Tor öffnet sich wie durch Geisterhand und läßt uns in eine tiefe, schmale Hofschlucht einfahren, in der Menschen in langen schwarzen Reihen, das Gesicht einer hohen Mauer zugewendet, reglos dastehen.

In all meiner Bangigkeit fasziniert mich der perspektivisch interessante Durchblick mit seinen harten Kontrasten von tiefschwarzen und hellen Flächen. Ich zögere, ehe ich von der Plattform des Autos klettere, einen Augenblick in Gedanken, wie der zugleich nächtlich düstere und tieftonig warme Eindruck im Medium des Holzschnittes herauszubringen wäre. „Runter!" schnarrt eine reichsdeutsche Stimme mich an. „Jefällt dir wohl nicht, das Sanatorium."

Der Hofraum, der die Schlucht zur Linken begrenzt, ist von einer ebenerdigen Halle stattlichster Dimension eingenommen. Man kann über den politischen Weitblick altösterreichischer Beamter nur staunen. Die „Liesl" ist unter Kaiser Franz Joseph in friedlich gefestigten Zeiten gebaut worden, und es ergibt sich die Frage, woran die Metternichs des alten Herren bei der Genehmigung dieser für Massenverhaftungen berechneten Halle wohl gedacht haben mögen. Das Bauwerk faßt weit über dreitausend Menschen. War reine Großmannssucht die treibende Kraft? Der Ehrgeiz, neben den Prunkbauten der Kunst und der Gesetzgebung auch ein monumentales Polizeigefängnis zu besitzen? Hatte man an die bösartigen Sozialdemokraten gedacht, die eben begonnen hatten, die fetten Gewinne der priviligierten Klassen mit unverschämten Ansprüchen beschneiden zu wollen? Oder etwa an die nationalen Minderheiten, welche, von der Geisteskrankheit „Nationalismus" selbstmörderisch erfaßt, das Staatsgefüge zu lockern suchten?

Was immer der Beweggrund gewesen sein mag, die Halle war errichtet worden und jahrzehntelang so gut wie leer gestanden. Es blieb der Abenteuerlichkeit unserer Gegenwart vorbehalten, den Raum einer Verwendung zuzuführen, ihn aber zugleich sich als viel zu klein erweisen zu lassen. Denn ein reglos dunkles Vlies menschlicher Schultern und Köpfe füllt ihn jetzt bis auf den letzten Fleck – eine zähflüssige Masse, durch alle Türen in den Hof übergelaufen. Selbst die fernsten Ecken sind noch mit schweigsam und reglos Dunklem angefüllt.

Der Schub, mit dem ich angekommen bin, kann nur mehr in der Hofschlucht abgesetzt werden. Dennoch öffnen sich die hohen Flügel des Einfahrtstores jeden Augenblick von neuem vor einem Auto voll Menschenfracht. Die erschütterten Mauern dröhnen. Das stillstehende Ungeheuer speit Schatten aus; einzelne werden von ungeduldigen Fäusten von der Plattform gerissen. Dann wendet das Fahrzeug zu neuer Ausfahrt, zu neuer Ernte.

Ich weiß nicht, wie lange wir stehen, das Gesicht eng zur Mauer oder zu den Rücken früherer Ankömmlinge gewendet. Aus dem Winkel meiner Augen bemerke ich, daß eine größere Gruppe tiefer in der Hofschlucht aus unerfindlichen Gründen die Arme in die Luft gestreckt halten muß.

Alle Eigenpersönlichkeit geht in diesem Schweigen und Warten verloren; verliert sich mit dem Einzelnen in dem großen, leidenden Massenkörper, dem wir angehören, und der immer tiefer in das Dunkel des Spätherbstabends, immer tiefer in die Ungewißheit seines Schicksals sinkt.

Wir haben uns an die vielen Fehlzündungen der nach Ablieferung ihrer Fracht reversierenden Autos bereits gewöhnt, obwohl die schußartigen Geräusche, im engen Raum grausam verstärkt, von den Wänden auf uns zurückgellen. Doch diese knapperen, fast pfeifend hellen Detonationen, stammen auch sie von einem Motor? Sie scheinen ihren Ursprung ganz nahe hinter mir zu haben; unwillkürlich zucke ich zusammen.

Auch anderen sind diese besonderen, scharfen Laute offenbar in die Glieder gefahren. Denn in die jäh eintretende Stille, die sich auftut, schnarrt eine Stimme – schrecklich in all ihrer lächerlich reichsdeutschen Lehrhaftigkeit und Sprechweise: „Die haben ja noch nie schießen gehört! ... Fürchten sich vor'nem Motor, diese Helden! ... Was seid ihr? Helden?“ Und mit unvermittelt durchbrechender Brutalität: „Jüdische Verbrecher seid ihr! Feige Mörder. Sonst nichts.“ Und nun, mit einem Mal, inspiriert: „Nachsprechen, alle: Wir sind jüdische Verbrecher! ... Alle! Nachsprechen!“

Kann man Atemlosigkeit hören? Wie ist es möglich, daß Läppisches und Ungeheuerliches in einem Befehl so unsagbar eng verbunden sein können, noch viel enger als im Äußeren unserer Bedränger? In mir erwacht eine verzweifelte Neugierde: Wird diese tausendköpfige Menge dem Befehl entsprechen, oder wird sie sich weigern?

Schon glaube ich, daß ein massives „Nein!“ Gestalt annimmt; ein starres Schweigen mächtig trotzende Wirklichkeit wird.

Doch mit einem Mal steigt in zögernd dumpfem Chor, zwar widerwillig und undeutlich, den Befehl mehr anklagend als ihn ausführend, aber dennoch – ein Murmeln aus dem Massenkörper auf. Wenn man den nachzusprechenden

Text kennt und sich bemüht, kann man heraushören: „Wir sind jüdische Verbrecher!"

Die Schnarrstimme unterbricht den kargen Nachhall: „Noch einmal! Lauter! ... Viel lauter! Im Sprechchor!"

Und wieder – nach neuem Zögern – steigt es, skandiert, in das Dunkel des Abends: „Wir - sind - jü - di - sche - Ver - bre - cher!? ... Wir - sind - jü - di - sche - Ver - bre - cher!"

Es muß lange nach Mitternacht sein. Meine große Müdigkeit beginnt sich bemerkbar zu machen; auch habe ich geistig über den ersten, unmittelbarsten Aufruhr meiner Gefühle hinausgefunden. Solange die Nacht, und mit ihr unser In-Ruhe-gelassen-Werden, dauert, ist alles in bester Ordnung, wie die Dinge nun einmal liegen.

Da alle Zellen überfüllt gewesen waren, wurde hinter der Gruppe, die mich zuletzt aus der Halle in ein höheres Stockwerk geschwemmt hat, einfach ein Korridor abgesperrt. Er befindet sich im Frauentrakt; hinter den schweren Türen mit den verdeckten Gucklöchern, die eine der Wände in Abständen unterbrechen, sind weibliche Häftlinge untergebracht.

Anfangs war ich rastlos auf- und abgegangen und hatte mich meines Anspruches auf einen Sitz auf den schmalen Wandbänken, den mir der rasch eingeführte Turnus gewährte, nur einmal auf wenige Minuten bedient. Die Erleichterung unterband aber nur den Strom meiner Phantasien und Überlegungen, und es gab viele Gefangene, die des körperlichen Ausruhens weit bedürftiger erschienen als ich.

Die Maschine der alten Wiener Polizei, in deren Obhut wir geraten sind, ist in ihrer rauh fürsorglichen Art offenbar schon viel zu lange in Funktion gestanden, um von einem Tag auf den nächsten gestoppt werden zu können – selbst wenn es sich um Juden handelte, noch dazu in ungeahnter Zahl, denen die Fürsorge zugute kommen soll.

So tauchen also jetzt zwei ältliche Polizisten, ergraute

Redlichkeit ohne Kappe und Säbel, jeder mit einem großen Henkelkorb, in unserem Korridor auf: milde Weihnachtsmänner, die von einem Verhafteten zum nächsten schreiten und jedem eine dicke Schnitte Brot reichen.

Nur mit Mühe vermag ich zwei Bissen herunterzubringen und kaue vergeblich an einem dritten, während ich meinen Dauermarsch fortsetze. Vor meinen trockenen heißen Augen, vor der Krempe eines Hutes von Kopfschmerzen, die alles in eine unbestimmte Ferne rücken, und im trüben Licht fast ausgebrannter Glühbirnen steht das düstere Bild meiner veränderten Existenz. Der Geruch von Klosett und Lysol ist in diesen äußerlich ruhigen Stunden der einzige, unabänderliche Beweis dafür, daß ich nicht mit übersäuertem Magen in meinem Bette liege und davon träume, in den Lauf eines politisch heroischen Schicksals geraten zu sein.

Auf dem „Sitzstreifen" kauern verschwommene Gestalten, Greise und halbe Kinder, Kaufleute, Arbeiter, Intellektuelle, Menschen mit und Menschen ohne Gesicht, gegeneinander gelehnt oder vornüber gesunken, die Westen und Hemdkragen meist geöffnet. Andere Schemen liegen auf den Steinfliesen, den Rücken gegen eine Fensternische gestützt, und wieder andere wandern gleich mir auf und ab, rastlos und einsam in ihr zwanghaftes Grübeln und zweckloses Überdenken der Lage versunken.

Träume ich wirklich nicht? Warum nur ist mir immer wieder, als ob ich dies alles schon einmal mitangesehen hätte? Warum fühle ich diesen hoffnungslos nagenden Schmerz, der nicht meinem Mißgeschick gilt, sondern aus alten, verschütteten Tiefen meiner Erinnerung emporzudringen scheint? Habe ich jenen halbdunklen Gefängniskorridor wirklich schon einmal gesehen – in diesem oder in einem früheren Dasein? Ich vermag den Ursprung der seltsamen Anwandlung nicht zu finden und muß mich schließlich damit begnügen, daß sie auf Vorstellungen beruht, die jeder – zumindest jeder halbwegs gebildete – Mitteleuropäer in sich trägt, ohne sich dessen bewußt zu sein, daß sie Büchern, Theateraufführungen und veralteten Gemälden entlehnt ist, in welchen das fragwürdige Bedürfnis nach gemalter Literatur noch nicht überwunden war. Zumal Bilder aus der französischen Revolution, diesem aufwühlenden Kapitel der Weltgeschichte, drängen sich in diesem Korridor ganz nahe an mich heran. Ich glaube mich leibhaftig in Paris, in der Conciergerie zu befinden und das Leid von Menschen förmlich mit Händen greifen zu können, die vor etwa hundertfünfzig Jahren Opfer der Guillotine geworden sind.

Der bedeutsame soziale Aufschrei des ausgehenden achtzehnten Jahrhunderts hat eine nur ganz oberflächliche Ähnlichkeit mit dem Absturz ins Viehische, der unserer Zeit vorbehalten geblieben ist. Er soll durch keinen ernstlichen Vergleich mit diesem Absturz erniedrigt werden. Dennoch kann man nicht übersehen, daß das Schicksal der Opfer beider Ausbrüche vielfach gekennzeichnet ist durch die erschütternde Dissonanz, die auftönt, wenn hemmungslose Brutalität – gleichgültig aus welchem Grund – über Wehrlose herfällt.

Was macht es aus, daß die französischen Aristokraten in bunten, goldgestickten Röcken aus ihren Kaleschen oder Palais gezerrt, auf einen Karren gestoßen und in die Gefängnisse geschleift wurden, während diesmal die Menschen – ob arm oder reich – in den Kleidern eines grauen Jahrhunderts aus ihren Wohnungen geholt und mit wortloser Drohung und vorgehaltener Pistole auf Lastautos getrieben werden? Bleiben nicht auch sie ihren Frauen und Kindern entrissen? Sehen nicht auch sie in ergreifender Einsamkeit ihrem Schicksal entgegen?

Auch in meiner Conciergerie gibt es Vordergrunds- oder Mittelpunktsgestalten, in welchen das „Gemälde" aufschäumt, seine Handlung sich überschlägt. Der alternde Herr dort etwa, mit den tief eingesunkenen Wangen und den feuchten Haarsträhnen in der Stirne – sieht er, hingestreckt über zwei Sitzplätze und den Kopf im Schoß eines Samariters, nicht aus, als ob er schon gestorben wäre, und als ob die ihm nahe Sitzenden ihm dies nur rücksichtsvoll nicht zum Bewußtsein kommen lassen wollten? Er ist der Mann, den Nierenkoliken, gleich nachdem wir im Korridor angelangt waren, vor Schmerz aufbrüllend zu Boden geworfen hatten. Erst allmählich waren seine Schreie versickert, wobei das im Anfall wandbleiche Gesicht ledern und gelb geworden war.

Von einem plötzlichen Mitteilungsdrang erfaßt oder aus dem Bedürfnis nach menschlicher Gemeinschaft hatte er dann hervorgekeucht, zuletzt vor sich hingeflüstert – welchem praktischen Zweck hätte die Mitteilung dienen können? –, daß er einen Paß besitze, der ihn als „wirtschaftlich wertvollen" Juden zu jeder beliebigen Aus- und Einreise aus und nach Deutschland ermächtige. Erst vorgestern sei er von einer Auslandsreise zurückgekehrt.

Am anderen Ende der gleichen Bank sitzt der „Amerikaner". Mit kindlich beleidigtem Gesichtsausdruck, klein, dick, im Sonntagsanzug enger Lebensverhältnisse, den Regenschirm gegen seinen Rücken gepreßt und englische Brocken in sein Erzählen einstreuend, war er zuvor ohne Ende auf- und abgegangen. In all seiner Verzweiflung etwas komisch, hatte er jedem, der gefällig oder wehrlos genug war ihn anzuhören – und wenn niemand sich dazu hergab, sich selbst –, mit stumm bebenden Lippen erzählt, wie er am Westbahnhof aus dem Zug heraus verhaftet worden war; er, ein schon zur Hälfte amerikanischer Staatsbürger, im Begriffe nach Amerika zurückzukehren, von wo er nur gekommen war, um seine Frau abzuholen! Die Dokumente und Schiffskarten für beide trage er bei sich. Selbst wenn er bald enthaftet werden sollte – wie würde er seine Frau wiederfinden in dieser fremden Stadt? Sie hatten sich nur auf ein paar Stunden in Wien aufgehalten, ihr früheres Domizil in Ungarn war aufgelassen.

Jetzt ist sein endloses Den-Korridor-Durchmessen zugleich mit dem Strom seines Faselns zum Stillstand gekommen. Aber noch immer hält er den Regenschirm wie ein Rettungsseil fest, und noch immer starrt er in die dunklen Fragen, die seine Verhaftung ihm aufgeworfen hat.

Ein zweiter, selbst jetzt noch unermüdlicher Wanderer ist der kleine Rechtsanwalt, der mich einmal als Sachverständigen in einem Rechtsstreit wegen eines angeblichen „El Greco" zugezogen hatte. Doch die Schritte dieses Käfiggängers sind gesammelt und sparsam, ein Ausdruck klaren Denkens. Nach allen Aufregungen und Besudelungen des Tages noch immer wie aus dem Ei gepellt, enthält sich der zart gebaute Mensch jeder schwächenden Geselligkeit, jeden Zerredens seiner Not – eine wohlkonstruierte Maschine, die kühl leistungsfähig bleiben will für den Augenblick, der sie ganz beanspruchen wird.

Doch die Gestalt, die mich so recht eigentlich in die Conciergerie versetzt, ist ein Verhafteter, den ich seit langem vom Sehen kenne. Auch einem seiner öffentlichen Vorträge habe ich beigewohnt. Es ist Jeremias, Privatdozent an der Wiener Universität, der bis vor kurzem mit seinen Vorlesungen über Bernsteins „Schöpferische Entwicklung" und die kulturellen Voraussetzungen jeder abstrakten Philosophie eine beträchtliche Anzahl von Hörern angezogen hatte.

Sein verfeinert schmales Gesicht, das manchem Konzert und mancher Premiere den Stempel vornehmer und zugleich leidenschaftlicher Geistigkeit aufgeprägt hat, kommt erst hier, gegen den Hintergrund des in jeder Hinsicht andringenden Dunkels, zur vollen Geltung. Was man ihm unter glitzernden Kandelabern mit dem üblichen Zweifel an allem Erfüllten und Erfüllendem kreditiert hatte, wird hier zur erprobten Wahrheit.

Seine Haltung eines Aufgerufenen, Aufhorchenden bestätigt, wie wenig er der Sonderrücksicht bedarf, sich über zwei oder drei Plätze auszustrecken, die ihm von jüngeren Leidensgenossen angeboten worden waren, wie wenig er diese Erlebnisstunden verschlafen kann oder will. Seine dunklen, jetzt besonders großen Augen sind leuchtend in die Befreiung großen Erkennens gerichtet.

Während ich ihn aus einer gegenüberliegenden Wandnische beobachte, in der ich meinem angelehnten Rücken kurze Entspannung gewähre, teilt sein Friede sich mir mit. Ich fühle mich aus dem Episodischen einer Lebensgrimasse in das sichere Weiterströmen meines Schicksals zurückgesteuert. Als unsere Augen einander begegnen und er ahnt, daß ich ihn seit einer Weile gebannt betrachtet habe, verschließt sich weder sein Gesicht, noch zeigt sich darin Eitelkeit. Nur Ermutigung strömt mir daraus entgegen, und jenes unmittelbare, freudige Erkennen eines Brudermenschen, welches viel Ähnlichkeit hat mit der gesicherten Zuneigung eines Freundes, der einen seit eh und je kennt und viel Verborgenes über einen weiß.

Mit einer scheuen Handbewegung lädt er mich ein, seinen Platz auf der Bank einzunehmen, und will sich, als ich näher trete, erheben. Ich ergreife aber seine schmalen Schultern und halte ihn gegen die Bank gedrückt, setze mich auf ihre äußerste Kante neben ihn.

Die Formen unseres bisherigen Lebens bilden selbst hier noch eine trennende Wand zwischen Mensch und Mensch. Wir müssen die Versuchung überwinden, sie weiterbestehen zu lassen, und möchten etwas Rechtfertigendes für unsere schweigsame Unmittelbarkeit vorbringen; eine Wortbrücke herstellen, wo eine viel wesentlichere Verbindung sie überflüssig gemacht hat. Doch das Unmittelbare erweist sich als zu stark. Kein Wort fällt; keines findet zwischen uns Raum. Nur seine Hand legt sich, kaum spürbar leicht, auf mein Knie und ruht dort im Gefühl schweigender Gemeinschaft.

Zum ersten Mal erkenne ich in diesen beruhigten Augenblicken, wie verengt, wie dünn mein inneres Erleben seit dem Monat der Verhaftung dahinsickert, wie wenig ich das auf mich Eindringende in der losgelöst verknüpfenden, breit ausschwärmenden Art des Künstlers aufnehmen konnte. Doch eben, als ich diesem guten Erfassen nachhänge, mitten in den Raum der Beruhigung hinein, bringt sich uns das Furchtbare, das die Szene umlauert, wohl unsichtbar, aber nahe, beklemmend in Erinnerung.

Durch die auf einen schmalen Hof blickenden, geschlossenen Fenster dringen Laute, denen wir bestürzt nachhorchen. Sie als Fehlbericht verängstigter Nerven abzutun, wird rasch unmöglich. Schon stehen einige Gefangene aufrecht da, wie durch den Druck einer Stahlfeder in die Höhe geschnellt; andere richten sich schlaftrunken erst auf. Doch in allen Gesichtern vertieft sich die gleiche entsetzte Frage. Man stürzt zu den Fensternischen und hält Ausschau, da die Unheimlichkeit von tief unten im Hof auszugehen scheint.

Real ist nur, was nahen Bezug hat auf unser Schicksal. Die heraufgellenden, langgezogenen Schreie aber kommen aus einiger Entfernung. Man kann sie deutlich hören, sie aber auch mit etwas Mühe für bloße Sinnestäuschung halten. Nicht einmal die Richtung, aus welcher sie kommen, kann genau unterschieden werden. Hier oben ist und bleibt alles still.

Schon will das Grauen in uns untersinken. Ich versuche mir einzureden: die Maßregelung eines Aufbegehrenden, vielleicht ein Kranker, wieder einer, der an Nierenkoliken oder an Magenkrämpfen leidet. Doch plötzlich, und diesmal unzweifelhaft, dringen sie herauf – langgezogene, tierhafte Stimmen. Verschiedene, die einander ablösen, sich aber manchmal in Überschneidung vereinigen.

Die Hand des Philosophen auf meinem Knie wird schwer - ein Kraft-geben-Wollen, ein Kraft-Suchen; ein Bündnis gegen ein Näherkommendes, Unbekanntes. Seine Blicke, wie die anderer Mitverhafteter, senken sich schamvoll betreten zu Boden. „Wenn es Frauenstimmen aus einer Gebärklinik wären“, sage ich vor mich hin, „könnte ich verstehen.

Was aber bringt Männer zu dieser Preisgabe ihres Menschtums?“

„Vielleicht gebären auch sie“, kommt es leise zurück. „Hoffen wir, daß sie gebären.“ Und leiser noch: „Sich selbst und das ersehnte Land. – Erez. Gebären und sich preisgeben ist eng verknüpft.“

Erst viel später, als der Strom der Ereignisse uns mit den Gefangenen aus den tieferen Stockwerken wieder zusammenführt, erfahren wir ein paar Einzelheiten aus dem Ertüchtigungsprogramm, das sie dort zu bestehen gehabt hatten. Diese Stockwerke waren der SS unterstellt. Deutscher Lehr- und Ordnungssinn konnte sich sohin frei austoben. Vater Jahn, dem das deutsche Volk so viel verdankt, sollte selbst das jüdische Gewürm noch beeindrucken; sollte ihm zeigen, worin der Unterschied zwischen arischem Vollmenschentum und verweichlichter Untergangswürdigkeit eigentlich besteht. So wurde denn – geturnt. Wenigstens kriechen sollten diese Juden lernen, wenn sie schon Gewürm waren.

Sich in der Art von Raupen auf rauhem Betonboden fortzubewegen, ohne Arme und Beine zu benützen, ist eine sehr anstrengende, aber ausgezeichnete Übung. Immer weiter, im Kreise, einer hinter dem anderen, keuchen die Zöglinge dahin. Immer weiter, bis selbst SS-Stiefel die Erschöpften zu keinem noch so kleinen Versuch mehr ermuntern können. Dann müssen eben andere Übungen herangezogen werden, solche, die geeignet sind, einen Menschen wünschen zu lassen, er wäre nie geboren worden.

Freilich gibt es auch Pausen. In diesen findet andere Ertüchtigung statt. Man könnte von moralischer Festigung oder von Stählung des persönlichen Mutes sprechen. SS erscheint in der Zelle. Ein Kommandant und einige Schwerbewaffnete. Der Kommandant verliest die Namen von etwa sechs oder acht Gefangenen, und die Verlesenen werden, von den Schwerbewaffneten umringt, abgeführt – eine steile Wendeltreppe hinab, durch unterirdische Gänge, zwischen dicken Mauern, bis ein halbdunkler Keller erreicht ist. Die Gefangenen werden angewiesen, sich mit dem Gesicht zur Wand zu stellen, Mäntel und Jacken zuvor ordentlich gefaltet hinter sich auf den Boden zu legen, und schließlich die Arme hochzuheben. Sie hören hinter sich das kleine, scharfe Knacken entsicherter Pistolen. Dann beginnt eine Stimme bis drei zu zählen, sehr langsam. Eben als sie zum Wort „Feuer!" ansetzt, unterbricht sie sich, und brüllt einen Gefangenen, der lautlos zusammengesackt ist, unflätig an. Der Ohnmächtige wird in die Höhe gerissen, wachgerüttelt und wieder an die Wand gestellt.

Das Zählen beginnt von vorne. Doch wieder unterbricht sich die Stimme vor dem „Feuer!" und prustet mit plump geschauspielerter Vortäuschung „mühsam unterdrückten" Gelächters: „Den Gestank kann doch niemand aushalten. Ihr habt euch alle angeschissen. Da kommandiere, wer will. Hinaus mit euch! ... Hinaus!" Wieherndes Gelächter der Schwerbewaffneten setzt ein, und die Prügelorgie, in die sie sich hineinlachen, treibt die Opfer die Wendeltreppe wieder hinauf, in die Zelle zurück.

Ein milder Scherz, so harmlos, daß er sich nicht einmal mit der kleinen Perversität messen kann, die Gefangenen auf den Boden der Zelle spucken und wechselseitig das Sputum auflecken zu lassen, ist das „Haarschneiden".

Nichts offen oder versteckt Grausames. Bloß deutscher Humor. Zwei SS-Männer, mit Scheren, Kämmen und je einem Stuhl ausgerüstet, betreten eilig die Zelle: „Zum Haarschneiden!" Es sei Vorschrift, daß jeder der Gefangenen sich seiner Zotten entledigen müsse, auch würde er vor der Kommission, die über sein Schicksal zu entscheiden hätte, mit kurz geschnittenem Haar einen weit besseren Eindruck machen. Natürlich könne keiner erwarten, von seinen Schläfenlöckchen, von seinem ganzen rituellen Läusezirkus unentgeltlich befreit zu werden. Eine Mark pro Kopf sei wenig genug. Wer die Mark nicht besitzt, muß sie sich bei Kameraden ausborgen.

Das Köstliche der Sache besteht nun darin, daß die SS-Friseure für die einkassierte Mark mit beruflichem Ernst darangehen, allerhand kahle Muster, Spiralen, Kreuze, Kreise und Vierecke aus dem Haar der Opfer herauszuschneiden, was diese vorerst nicht bemerken können. Wenn sie sich zuletzt, wie räudig oder von Ratten angeknabbert, vom Stuhl erheben, scheint halb wahr geworden zu sein, was sie am Abend vorher, im erzwungenen Sprechchor, über sich ausgesagt hatten. Sie sehen aus wie Strolche, die ebensogut aus dem Irrenhaus wie aus einer Strafanstalt entsprungen sein können.

Dem allen entgehen wir, die wir im Korridor des Frauentrakts die Nacht noch in der Obhut der alten Wiener Polizei verbringen dürfen, die wir durch die dahinschleichenden Stunden des Dunkels und eines zögernd erwachenden, grämlichen Morgens uns selbst und unseren Gedanken überlassen bleiben: Reiter über einen Bodensee kleinlicher Foltern.

Tageslicht mit seiner fast unfehlbaren Besänftigung erfüllt den Korridor. Wir haben bereits den halben Vormittag in Ungeduld und allmählich zunehmender Hoffnung verwartet – Kinder, die davon überzeugt sind, daß ja doch alles wieder gut werden muß, und daß das Leben es auch diesmal bei einer bloßen Drohung bewenden lassen wird.

Unsere Zuversicht empfängt neuen Auftrieb, als hinter der Glastüre, die den Korridor abschließt, einer der alten, harmlos häuslichen Wachmänner auftaucht, die uns in der Nacht Brot gebracht hatten. Diesmal trägt er eine kurze Bank mit hochgeschlichteten Wurstbroten und, unter den Arm geklemmt, einen großen Pack Zeitungen. Beides, Brote und Zeitungen, wird uns zum Kauf angeboten.

Das friedfertige „Auge des Gesetzes" macht unter seiner sonngebräunten Stirne, die sich gegen die bleiche Glatze scharf absetzt, ein verdutztes Gesicht, als wir – eine ihm auch sonst recht unbegreifliche Spezies von Gefangenen – „Wie soll ma's denn nenna? Politische san's ja net!" – uns auf die Zeitungen stürzen, ohne vorerst die Brote auch nur eines Blickes zu würdigen. Und das, obwohl wir über vierundzwanzig Stunden ohne eigentliche Mahlzeit geblieben sind, und der hohe Stoß frischbedruckten Papiers nur aus „Völkischen Beobachtern", dem offiziellen Schund- und Lügenblatt besteht, dessen Absatz selbst in den Gefängnissen noch forciert wird.

Freilich widerstrebt es uns, aus dieser fragwürdigen Quelle Nachricht über das Geschehen zu schöpfen, in dessen Mahlwerk wir geraten sind, hoffen aber bei entsprechender Umwertung und sprachlicher Übersetzung, doch etwas Wahrheit erfahren zu können. Vielleicht würde das Triumphgeheul der journalistischen Lustknaben – oft noch vor ein paar Wochen die Austräger der Zeitung, für die sie jetzt schreiben – Rückschlüsse darüber ermöglichen, was mit uns beabsichtigt ist. Vielleicht wird durch empörte Dementis oder Anschuldigungen verraten, wie das Ausland auf das Geschehene reagiert, vielleicht wird verraten, ob die westlichen Großmächte zum Schutz eines Grundpfeilers ihrer Zivilisation bereits etwas unternommen haben.

Ich, für meine Person, komme nicht weit im Durchstöbern meines Exemplars. Eine kleine Notiz auf der ersten Seite saugt meinen Blick sofort an. Sie hält ihn fest. Sie lähmt den Geist durch unglaublich rasche Vergiftung.

Langsam, aber unaufhaltsam senkt sich ein dichter Vorhang zwischen mich und jedes weitere Interesse am Weltgeschehen. Was meine Gefährten noch brennend interessiert, ist mir tief gleichgültig. Die bisherige Gemeinsamkeit unseres Sorgens liegt in wehmutsvoller Ferne.

Es sind nur zwei Sätze, die mich so sehr vereinsamen, aber es kommt ihnen immerhin einiger Nachdruck zu. Sie beinhalten eine Anordnung des Gestapo-Chefs und SS-Reichsführers Himmler. Beim ersten Lesen hatten sie dem Auge keinerlei Mühe verursacht; jetzt tanzen ihre Buchstaben wie aufgereihte Erdflöhe vor meinen Blicken:

„Personen, die nach den Nürnberger Gesetzen als Juden

gelten, ist jeglicher Waffenbesitz verboten. Zuwiderhandelnde werden in ein Konzentrationslager überstellt und auf die Dauer von zwanzig Jahren in Schutzhaft genommen."

In meiner Wohnung, im Bücherkasten, hinter dem Goethe, Gesamtausgabe letzter Hand in 56 Bänden (eine Stimme in mir lacht grell auf über die Kläglichkeit des Verstecks) liegt meine Browningpistole – geladen, und durch ein Reservemagazin (oder sind es gar zwei?) unzweifelhaft zum „Waffenlager" gestempelt.

Jetzt stehen die Buchstaben der Bekanntmachung wieder halbwegs fest. Doch wieder lese ich: zwanzig Jahre. Zwanzig Jahre Konzentrationslager auf das Versäumnis, sich einer Waffe nicht entledigt zu haben. Kann das wirklich gemeint sein? Oder stimmt etwas nicht mit mir? Zwanzig Jahre Konzentrationslager. Das kann doch nicht sein! Auf den bloßen Besitz einer Pistole aus purer Nachlässigkeit, ohne jede Absicht, sie gegen ein Verbot behalten zu wollen, können doch nicht zwanzig Jahre Totsein bei lebendigem Leibe gesetzt sein!

Nochmals öffne ich die Zeitung. Ich suche nach Einschränkungen, die einen gesondert berichteten Teil der Verfügung bilden. Ohne Zweifel habe ich in meiner Bestürzung nur nicht die Geduld gehabt, mich bis zu diesen Ergänzungen durchzulesen.

Ich überfliege die Seiten, blättere, empfange aber nur einen zweiten Keulenschlag. Im Schmalzton patriotischer Befriedigung meldet eine Nachricht – die einzige, die auf die Anordnung anspielt – daß Hausdurchsuchungen bei den verhafteten Juden in vollem Gange seien und zur Stunde noch fortgesetzt würden. In vielen Fällen hätten sie bereits den Besitz von Waffen und verbotenen Schriften ergeben.

Ich springe mit einem gequetschten Schrei auf, stoße die mild nach mir tastende Hand des alten Philosophen weg, und stürze zur Glastüre. Um Himmelswillen, ich muß in meine Wohnung. Ein Taxi! Nach Döbling. Hartäckerstraße 16.

Fahren Sie, was das Zeug hält! Die Stiegen hinauf – immer zwei oder drei Stufen auf einmal. Gottlob, noch ist es still oben. Ich habe meine Schlüssel bei mir. Nur schnell! Ins Zimmer, zum Bücherkasten ... den schnüffelnden Hakenkreuzraudis zuvorkommen ... Dann mögen sie, nach alter Gewohnheit, die Schreibmaschine oder was sonst sie freuen mag, stehlen, und die ganze Wohnung auf den Kopf stellen ...

Doch das alles ist ja nicht wahr. Ich mache gar nichts. Wie zur Verhöhnung der Eile und Energie meiner Gedanken, sitze ich mit weichen Knien noch immer auf dem Sitzstreifen, auf den ich zurückgesunken bin, und verhalte mich, als ginge mich dies alles gar nichts an. Nur in einer zweiten, inneren Existenz habe ich gehandelt, geschrien, die Hand von Professor Jeremias nach mir tasten gefühlt. Er sitzt ja gar nicht mehr neben mir. Wo ist er denn hingeraten?

In meinem wirklichen, der Wirklichkeit nie entsprechenden Dasein erhebe ich mich erst nach einer geraumen Weile, ganz langsam, ganz still, ja, fast mit dem Bemühen, unauffällig zu bleiben, und gehe, mir selbst abhanden gekommen, auf und ab.

Der unfreiwillige Schauspieler in mir, auf Haltung bedacht wie er ist, tut so, als wären ihm die Füße eingeschlafen gewesen vom langen Sitzen, und als ob es dies wäre, was seine Schritte jetzt so kurz und unstet macht.

Nur die Gedanken strömen weiter: zwanzig Jahre! Zwanzig aus dem Leben gerissene Jahre! Zwanzig Jahre des Absterbens, der Selbstentfremdung, Tierwerdung! Soll das mein Weg, meine lächerliche Geschichte sein? Wegen einer Pistole, die ich, nachlässig, nicht weggeworfen habe? Soll alles, was eben noch – aller Hitlerei und Auswanderung ungeachtet – vor mir gelegen war, zumindest als Möglichkeit, sein Ende gefunden haben? Ein leeres, unwesentliches, stumpfsinniges Ende? Ein Ende, wie ein stümperhafter Romanschreiber es erfunden haben könnte, dem sein Stoff über den Kopf gewachsen ist?

Ich schiebe den Verdacht, daß letzten Endes jedes Ende, wenn es an einen herantritt, als stumpfsinnig und unwesentlich empfunden werden mag, von mir, und frage mich gequält, was ich unheldenhafter Einzelgänger, der niemals in irgendeiner organisierten Menge, oder gar für diese, Macht oder Ehre angestrebt, vielmehr zur Gänze die Steigerung innerer Erfahrungen zum Ziel hatte, mit der fragwürdigen Glorie eines historischen Untergangs zu schaffen habe.

Ohnmacht, Verzweiflung, Angst und das Gefühl, in eine Falle geraten zu sein, schlagen über mir mit einem Mal zusammen. Doch je mehr ich schreien und toben möchte, umso weniger gebe ich einen Laut von mir, umso weniger hebe ich auch nur eine Hand; versinke vielmehr in Lähmung. „Ist Ihnen nicht gut? Sie schwitzen ja furchtbar", fragt eine Stimme. „Wollen Sie sich nicht auf meinen Platz setzen?" fügt eine zweite hinzu. Der Gefangene hinter dieser Stimme ist aufgestanden und versucht, mich zur Bank zu ziehen.

Ich winke ab und setze meine Wanderung fort. Es zeigt sich aber, daß die teilnahmsvolle Unterbrechung ihre Absicht nicht ganz verfehlt hat. Plötzlich strömt Hoffnungslicht in hellem Bündel auf mich herunter, so wie alte Meister durch schwarzes Gewölk einfallenden Sonnenschein zu malen pflegten: Dieses Waffenverbot für Juden ist doch erst jetzt, soeben erst, erlassen worden. Welche Erleuchtung! Nach meiner Verhaftung also.

Ich kann doch nicht wegen einer Unterlassung bestraft werden, die noch nicht strafbar war, als ich sie beging, und an deren Berichtigung meine Haft mich jetzt hindert. Wohl habe ich nur einige Semester Jus studiert, weiß aber, daß solch ein Rechtsgebaren gegen die Fundamente jeder Gesetzlichkeit verstoßen würde. Für den Pistolenbesitz bis zur Bekanntgabe des Verbotes aber bin ich durch meinen Waffenpaß gedeckt, den mir die alte Regierung ausgestellt hat.

Mir ist wundersam leicht zu Mute. Wußte ich nicht, daß es eine Einschränkung, eine Lücke der fürchterlichen Anordnung geben mußte?

Wie aber mache ich sie für mich geltend? Soll ich die Pistole jetzt sofort anmelden, noch hier? Das Zeitungsblatt gewissermaßen in der Hand? ... „Ich lese soeben ..."

Wenn irgendeine Amtsperson, etwa einer der brotverteilenden Schutzmänner, zur Stelle gewesen wäre, wer weiß, vielleicht hätte ich den Blödsinn begangen. Da keiner in der Nähe ist, habe ich Zeit, zu einiger Klarheit zu kommen und darüber den Glanz meiner Erleichterung zu verlieren.

Leben wir denn in einem Land, in welchem die Gesetze, soweit sie schützen, auch für Juden Geltung haben? Wäre ich überhaupt hier, wenn dies so wäre? Würde die Meldung der Pistole mein Schicksal nicht geradezu besiegeln, statt mich zu retten?

Und während mir bei diesen Überlegungen klar vor Augen tritt, was ein Waffenpaß eigentlich ist, geht mir in bösem Rückschlag der letzte Rest von Fassung verloren. Wie im „Ödipus Rex" jedes Aufatmen des Vatermörders, der um seinen Gewissensfreispruch ringt, schon im nächsten Augenblick tragisch ins Gegenteil verwandelt wird, so fällt jetzt die Einsicht über mich her, daß der mir erteilte Waffenpaß zum Werkzeug meiner Vernichtung werden muß.

Was ist naheliegender, als daß die Waffensucherei zuerst und am eifrigsten bei jenen Juden betrieben werden wird, welchen Waffenpässe ausgestellt worden sind. Die Namen sind bei der Polizei sorgfältig verzeichnet.

Was habe ich verschuldet, daß gerade ich so grausam heimgesucht werde? Ich, unter allen meinen Freunden und Verwandten der einzige Schlemihl!

In Schweiß gebadet, erschöpft, halte ich in meinem Dauermarsch inne. Und wie schon mehrmals zuvor bin ich drauf und dran, meine Not einem Mitgefangenen zu erzählen, um mir meine eigene Angst zu erleichtern, um im Sprechen einige Urteilskraft wiederzufinden. Mißtrauen und Aberglaube lassen den Schritt nicht zu.

Ja, auch Aberglaube. Denn ich bin von der Vorstellung beherrscht, daß die bloße Erwähnung der absurd grausamen Klemme, in die ich geraten bin, Schicksalskräfte schwächen könnte, die mysteriös bereits am Werke sein mögen, mich zu retten. Ja, wichtiger, daß seine Erwähnung mein Verbrechen aus seinem Versteck des Noch-nicht-ans-Licht-gekommenen, und damit noch nicht Geschehenen emporkommen ließe, in jene eigentliche, harte Wirklichkeit, die Folgen nach sich zu ziehen pflegt.

Vor mir selbst muß ich das Geheimnis totschweigen; vor mir selbst so tun, als ob sich an meiner Lage nichts geändert hätte – durch eine bloße Zeitungsnotiz, ein bloßes Stück Papier, das etwas über Juden im allgemeinen zu berichten wußte. Nur so wird es Papier bleiben, wie jedes andere, das zuletzt in einen Papierkorb oder Ofen verschwindet, ohne einen Menschen zerstört oder geschädigt zu haben.

Leider aber lassen sich Gedanken nicht kommandieren. Sie laufen unter der Oberfläche allen Nichtdenkens weiter; sie wühlen ihre Gänge unter den kleinen Gesprächen und Tätigkeiten, unter allem Schweigen, mit dem ein Mann sich zur Ruhe zwingen will.

Himmel Herrgott, wozu habe ich nur diese unselige Pistole behalten? Wo ich doch vor kaum einigen Wochen (allerdings nur dem Beispiel eines Freundes folgend) eine zweite Waffe, einen Trommelrevolver, in das dichte Gestrüpp eines verlassenen Gartens geschleudert habe? Warum nicht auch die Pistole? Weil sie wertvoller, besser, handlicher war? Daß ich sie nicht würde ins Ausland mitnehmen können, mußte mir doch klar gewesen sein.

Hatte ich Absichten gehabt, sie vor diesem Zeipunkt zu benützen? Unbestimmte Absichten? Jene gewissen Phantasien und Gedankenspiele, welche Möglichkeiten ins Auge fassen, die dann niemals eintreten? Sollte ich doch, mir selbst kaum bewußt, mit dem Gedanken gespielt haben, den Weg zu gehen, den mein greiser Vater vor wenigen Wochen, gleich tausenden alter Leute, gewählt hatte, um nach einem starken, erfolgreichen Leben allen Demütigungen und Kläglichkeiten ein herrisch stolzes „Halt" zu gebieten?

Aus welchem Gund auch immer, ich hatte das handliche Werkzeug behalten, oder vielmehr hinter den Goethebänden liegen lassen, um später, kurz vor der Ausreise (oh, mein unseliges „Später", das von den Wirklichkeiten schon so oft über den Haufen gerannt wurde!) zu entscheiden, was damit geschehen soll. Ich Schlemihl aller Schlemihle!

Wie um mich selbst zu verhöhnen, erinnere ich mich an die Dringlichkeit, mit der ich bisher die Entlassung aus dieser Haft erhofft hatte. Was war die große Eile, die heiße Notwendigkeit gewesen? Hat denn der Wunsch nicht erst jetzt seinen triftigen Grund bekommen? Ist Entlassung nicht erst jetzt zu etwas geworden, das mit dem von den Männern um mich Erhofften nur wenig, nein, nicht das geringste zu tun hat, da es erst jetzt ein Mittel – das einzige Mittel – ist, um ein Todesurteil abzuwenden?

Qual kann sich in Schutz verwandeln. Es liegt soviel Sinn für Gleichgewicht im Kern der dunklen Macht, die unser Leben bestimmt. Die famose Anordnung beginnt wie eine Narkose zu wirken; sie stellt sich zwischen mich und alle Drohung, alle Pein, die mich nach dieser Zeitungsnotiz noch befallen soll. Wohl ängstigt und quält sie. Aber es sind Bedrückungen, die ich nur mit dem Körper und in einer äußeren Zone meines Geistes wahrnehme, während ich sie zugleich als den Preis betrachte, um welchen, wenn ich ihn nur still und ohne Klage zahle, die tiefere, unausdenkliche Bitternis an mir vorübergehen wird.

Schon stehen wir im Licht des sinkenden Nachmittags bei der Glastüre, um zur Entscheidung unserer Schicksale, vermutlich in einem unteren Stockwerk, weggeführt zu werden.

Plötzlich überwinde ich meine abergläubische Furcht, mich einem Mitverhafteten anzuvertrauen. In letzter Minute, ohne auch nur ein Sekunde vorher zu wissen, daß ich es tun würde, ändere ich meine Schicksalstaktik.

Dr. Kiesler, der elegante kleine Rechtsanwalt, die wohlkonstruierte Maschine, der so geschmeidig für seinen Klienten um den „El Greco" gekämpft hatte, ist neben mir zu stehen gekommen. Und in plötzlicher Eingebung wird es mir klar, daß er entlassen, ich aber zurückbehalten werden könnte. Die Möglichkeit wird rasch zur Wahrscheinlichkeit; sie nähert sich in meiner Phantasie der Gewißheit.

Der kleine Mann, den ich seit Jahren kenne, kann kein Nazispitzel sein, kein Denunziant. Er wird sich nach beruflicher Gewohnheit eines Auftrages gewissenhaft entledigen und auftauchende Schwierigkeiten klug überwinden.

Er sieht etwas betreten drein, als ich ihm mein Anliegen vortrage, findet aber sein Gleichgewicht bald wieder. „Selbstverständlich" ist er bereit, mir nach Kräften zu helfen. Aber sind denn unsere Chancen, entlassen zu werden, wirklich ungleich? Seine besser? Als Anwalt habe er viele Feinde, die seiner Klienten und dazu die eigenen. Ich dagegen hätte als Künstler abseits vom Markt gelebt, jedenfalls ohne die tägliche Aufgabe, Betrügern oder Erpressern, die jetzt obenauf sind, das Spiel zu verderben.

Auf jeden Fall memoriert er Lenas Name und Adresse. Gut, daß sie auch im Telephonbuch steht. Sein Gedächtnis für Zahlen sei immer elend gewesen. Auch prägt er sich ein, was Lena, ohne den Verlust auch nur einer Sekunde, für mich erledigen soll.

Kaum ist das Gespräch beendet, tönen laute Stimmen durch das Stiegenhaus herauf. Sie geben einander den Befehl weiter, der uns dem Tribunal entgegenführt.

Ein kleiner Raum mit holzgetäfelter Estrade. Hinter dem langen Tisch, der die Ecke der Estrade abschrägt, lümmelt eine zusammengewürfelte „Kommission", teils in Naziuniform, teils im Straßenanzug, die unter dem Vorsitz eines dunkel bemähnten Zivilisten bereits viel angestrengtes Tagewerk geleistet zu haben scheint.

Starr aufgerichtete SS-Wachen flankieren in ihrer schwarzen Paradeuniform die „Schranke der Gerechtigkeit". Düstere Fackeln, welche Grauen und Gehorsam in die Verhörten hineinleuchten.

Wie durch einen dichten Schleier erreichen mich diese Eindrücke in den wenigen Sekunden, in denen ich von der Türe bis vor die Estrade geschoben werde. Wieder fühle ich mich von der Empfindung angeflogen, daß der Zeiger der Weltuhr weit zurückgeschnellt ist, und daß ich vor ein Femegericht oder eine Junta südamerikanischer Rebellen trete.

Schon viele aus dem Korridor sind vor mir in diesen Raum geführt worden. Noch keiner ist zurückgekehrt. Nur böse aufbrüllende Stimmen hatten durch Türe und Wand die Wartenden erreicht, die unterdessen im Vorraum von SS-Wachen drangsaliert worden waren.

Das Verhör, dem mich der Vorsitzende unterwirft, hat das Tempo eines Säbelduells. Es fehlt ihm nur das Unentschiedene und vergleichensweise Edle eines solchen. Nur ein Kämpfer ist bewaffnet.

„Ihr Beruf?"

„Akademischer Maler ... Graphiker."

„Aha-a, akademischer Maler." Er wendet sich seinen Beisitzern zu und nickt bedeutungsvoll, als brächte dieses Geständnis alles ins Reine. Er streicht die schwarze Mähne aus seiner Stirne und starrt mich an: „Mit einem Atelier – natürlich! Mit Modellen – arischen Modellen." Und wieder den Beisitzern zugewendet: „Die sind nicht nur billiger, sondern auch williger. Auch bereitet es mehr Spaß. Extraspaß!"

„Ich habe nicht mit weiblichen Modellen gearbeitet."

„Nein? Was denn? Mit männlichen? Sind sie so einer?"

„Ich habe Holzschnitte und Portraitradierungen gemacht."

„Holzschnitte und Portraitradierungen." Sein Ton bringt es zuwege, meine Aussage zur Lüge zu stempeln und zugleich die Herstellung von Holzschnitten und Radierungen als die verachtenswürdigsten, obskursten Beschäftigungen erscheinen zu lassen.

„Und Sie konnten von diesen Holzschnitten leben?"

„Nicht allein."

„So? Nicht allein? Von was noch haben Sie gelebt? Außerdem?" Und unvermittelt brüllend: „Lassen Sie sich doch nicht alles erst herausziehen. Was sonst haben Sie getrieben? ... Wucher? ... Zuhälterei?"

„Ich war Mitarbeiter einer Zeitschrift."

„Jetzt kommt's heraus. ... Was für einer Zeitschrift? Sozialdemokratisch? Kommunistisch?"

„Weder noch. Hatte nichts mit Politik zu schaffen."

„Natürlich. Ganz unpolitisch. Selbstverständlich. Wer hätte auch anderes denken können? Aber womit hat sich diese famose Zeitschrift sonst befaßt? Irgend etwas muß sie doch enthalten haben!"

Soll ich den Namen nennen? Dem Kerl Handhabe liefern? Was immer ich sage, wird gegen mich verwendet werden. Gleichzeitig fühle ich, daß jeder Augenblick des Zögerns mich verurteilt. „Allerdings! Es ist eine Zeitschrift für Kunstgeschichte, Kunstkritik."

„Über Judenkunst natürlich. Also geistige Volksverseuchung. Intellektuelles Geschwätz über den entarteten Dreck, den wir jetzt loswerden müssen. ... Also wie ich's mir gleich gedacht habe: Ein Herr Redakteur, dicke Zigarren, ein Auto, eine Sekretärin; blond, unerfahren, arisch. Der alte Scherz: von der Schreibmaschine ins Bett – bis die Fetzen fliegen. Im besten Fall via Weekend. Ab! ... Dora!"

Kurz vor dem Betreten des Raumes hatte ich gehört, wie unsere Bewacher diesen Namen wie einen jonglierten Ball hämisch erfreut von ihren Lippen aufsteigen ließen. Der Sinn dieses Kennwortes war mir unklar geblieben. Jetzt bedarf ich keines Kommentares mehr. Die Art, in der es dazu dient, um mein Verhör wie ein Fallbeil abzuschließen und die höhnische Befriedigung, die es in den Fratzen der Beisitzer auslöst, sind Erklärung genug. Zu köstlich ist doch der Humor dieser kleinen Amtsmunkelei, die das Tribunal immer wieder zu belustigen scheint.

Jetzt erst löst sich in mir eine Lähmung des Ekels und der Angst. Ich sollte es herausschreien, fühle ich, daß ich mit meiner Zeitschrift stets nur korrespondiert habe, daß ich nur einmal für drei Tage in Düsseldorf war, wo sie erscheint. Ich sollte es herausschreien wie einen großartigen Besitz, eine moralische Leistung, eine Reinwaschung von Schmach und Schändlichkeit. Als ob es alle Anklage in nichts zerflattern lassen könnte. Als ob es hier wirklich darum ginge, ob ich mit einer imaginären Düsseldorferin geschlafen habe oder nicht. Erst im letzten Augenblick überwältigt mich die Zwecklosigkeit meiner Verteidigung. Ich sage gar nichts, schreie gar nichts heraus. Ich stehe vielmehr sprachlos da, gewürgt von Scham, den Geist, dem ich hier ausgeliefert bin, auch nur einen Augenblick überschätzt zu haben. Kein Widerstand ist in mir, als ein SS-Mann im gleichen Augenblick meinen Arm ergreift und mich einer kleinen Türe in der Täfelung neben der Estrade zudrängt.

So ist also alles entschieden, alles entzweigerissen, sage ich mir. Du wirst in deine Wohnung nicht zurückeilen, die Pistole nicht mehr aus dem Weg räumen können. Ungehindert wird das Unheil seinen Lauf nehmen.

Doch eine zweite Stimme schreit auf: Noch stehst du vor dem Mann, dem Macht gegeben ist über dein Leben. Noch ist also nicht alles verloren. Hier gibt's keine Zaghaftigkeit, kein Sich-Dreinfügen. Da es um alles geht, mußt du alles versuchen.

„Ich war Kriegsteilnehmer!“ Ich selbst höre den entstellten Schrei, als ob ein anderer ihn hervorgestoßen hätte, und ich wage es, dem mich drängenden und an mir zerrenden SS-Mann zu widerstreben.

„Ich habe für Deutschland gekämpft!" Gleichzeitig möchte ich mich anspucken dafür, daß ich es sage, und noch mehr anspucken dafür, daß, was ich rufe, wahr ist, selbst wenn mein Kämpfen nur erzwungen war. Und fast begrüße ich es, als die Mitteilung bezweifelt wird.

„Wie weit hinter der Front haben Sie gekämpft? An einem Schreibtisch des Kriegspressequartiers? Oder auf einem Divan der herrlichen Kulturabteilung im Kriegsministerium?"

„Nein, Vorsitzender! An der Front, der russischen und der italienischen." Das „Vorsitzender" war ein Geistesblitz. Der Schwarzbemähnte zögert. Dann: „Verwundet?"

Verdammte Ehrlichkeit, die man selbst Verbrechern mit Amtsgewalt gegenüber nicht los wird. „Nein!"

Jetzt ist er wieder im Sattel. „Na, da haben wir's ja! Ab! Der nächste!"

„Ich kann doch nichts dafür, daß ich ..."

„Ab!" Er brüllt es mit der fürchterlichen Stimme, die durch die geschlossene Tür in den Vorraum gedrungen war. Seine Kinnbacken treten brutal hervor.

Im Hauseingang, in den die kleine Seitentüre führt, mit dem Gesicht zur Wand gestellt, bleibe ich in meiner Betäubung, dem Würgen und Strömen nie erfahrener Verzweiflung überlassen.

Nach Anspannung aller Nervenkraft unvermittelt kalt gestellt, fühle ich mich am Ende einer Lebensstraße angelangt und habe der mich überkommenden Niedergeschlagenheit nichts mehr entgegenzusetzen. Ist es Schweiß oder sind es Tränen, was mir warmfeucht durch die Bartstoppeln sickert?

Nur drei Verurteilte stehen neben mir, und die Frage, was mit den vielen anderen geschehen sein mag, bringt für ein paar Augenblicke karge Ablenkung. Ein verstohlener Blick über die Schulter zeigt mir am Ende des Gangs zur Rechten eine Glastüre die auf einen jetzt bereits dunklen Hof führt. Durch diese Türe dürften die Vorgänger abtransportiert worden sein.

Mit einem Mal beginnen die großen Aktenschränke zu meiner Linken und meine drei Leidensgefährten in eine kreisende Bewegung zu geraten. Ich habe gerade noch Zeit und Entschlußkraft genug, meine Stirne gegen die kalte Mauer sinken zu lassen. Das rettet mich vor dem Erbrechen und bewirkt, daß ich nach bangen Minuten aus verlorener Tiefe wieder auftauchen kann.

Wo wird dieses Abenteuer für mich enden, wenn ich schon hier, schon unter dieser Kostprobe, so jämmerlich versage? Wie ein kleines Kind zusammenklappe? Warum haben meine Eltern und mein bisheriges Leben mich nicht darin unterwiesen, unberührter zu bleiben in Situationen dieser Art? Warum haben sie mich in dem Irrtum gelassen, daß ein klarer, skeptischer Geist Schutz genug ist?

Habe ich nicht von intellektuell weit weniger gerüsteten Menschen gehört, die schwere Gefängnisstrafen, unverdient oder verdient, mit Würde und Kraft hingenommen haben? Habe ich nicht selbst einige von ihnen in einem solchen Lebensgewitter mit Erschütterung beobachtet? Wie ich sie jetzt vertieft bewundere, diese Stolzen, die sich gegen ein taubes, auf jeden Fall verwerfliches Gesetz auflehnen – gegen eine dünkelhaft selbstsichere, fühllose Übermacht, die sich brüstet, das Recht auf ihrer Seite zu haben – diese noch im Unterliegen Starken!

Nur noch zwei aus dem kleinen Saal Taumelnde werden neben uns gereiht. So fällt ein bitterer Tropfen mehr in die Schale meines Unglücks: ich bin unter den Letzten, die das Urteil an diesem Tage getroffen hat.

Im Stiegenhaus, in welchem eine breite Steintreppe in gemächlichen Absätzen emporsteigt, wird eine Türe laut zugeschlagen. Takte einer gesummten Operettenmelodie, wie sie der Erleichterung nach einem überstandenen Arbeitstag oft entquellen, werden hörbar, verstummen aber bald wieder, abgelöst vom Geräusch unbeschwert über die Stufen herabplätschernder Schritte. Wer wohl so friedlichen Gemütes sein kann in diesem Haus? Gibt es dort oben harmlosere Ämter? Ämter mit Parteienverkehr und einer Atmosphäre, in der der Stickstoff und Haß nicht alle Nächstenliebe abgetötet haben?

Aber da schwingt auch schon ein junger Mann in einem hellen Herbstpaletot von den letzten Stufen in mein Gesichtsfeld und schlendert der Glastüre zu. Sein Gehaben bestätigt die Operettenmelodie, das Herabfließen der Schritte. Offenbar ist er jemand, der sich hier auskennt, hier zu Hause ist, Reporter oder Polizeibeamter.

Der SS-Mann, der argusäugig hinter mir steht, tritt dem jungen Mann in den Weg. Kann man wissen, ob es nicht ein Jude ist, der, unverfroren wie sie schon sind, fliehen will? Der Angehaltene sieht zuerst erstaunt, dann ärgerlich drein. Schon ist er drauf und dran, den plumpen Wichtigtuer, den reichsdeutschen Eindringling, der ein österreichisches Gesicht nicht einschätzen kann, anzufahren. Plötzlich aber besinnt er sich. Ein Grinsen überzieht sein hübsches Gesicht, und er sagt mit überlegener Ironie: „Kleines Mißverständnis!“ und entblößt unter seinem Mantelaufschlag ein großes Hakenkreuz.

„Oh, Verzeihung“, sagt der SS-Mann, und verdeckt den Irrtum mit einem kleinen Auflachen. Er tritt zur Seite, und der Weg ins Freie, die Türe in den milden, sinnlich trägen Wiener Herbstabend steht dem jungen Manne offen.

Eine Welle heißen Neidgefühls geht durch mich hindurch. Die farblose, selbstsichere Nichtigkeit dieses Menschen erscheint mir mit einem Mal als eine tief wünschenswerte Ausstattung. Denn sie ist es doch, was er uns Elenden voraus hat. Sie ist es, die bewirkt, daß er tun und lassen, kommen und gehen kann, wie er will – ein freier, in Rechten beruhender Mensch.

Ist er kein Verbrecher, wie wir? Kein Rassenschänder, Betrüger, Ausbeuter, Landesverräter?

Natürlich nicht. Er ist Arier. Eine höhere Art Mensch, die etwas verbrochen haben und einer Übeltat überführt sein muß, um als Verbrecher zu gelten.

Die Fahrt

In memoriam Nikolaus Deutsch

Wir betreten den Bahnhof von einer ungewöhnlichen Seite. Und ein ganz ungewohnter Bahnhof empfängt uns, auch wenn ich ihn zu genau kenne, um darüber im Zweifel zu sein, daß es der alte Wiener Westbahnhof ist.

Frachtwaggons, wie während des Verschiebens in langer Reihe stehen gelassen, verdecken die Abfahrtseite vor unseren Blicken und zugleich uns selbst vor den Schwärmen von Reisenden, die sich dort laut tummeln. Der Zug steht zur Hälfte außerhalb der Halle, auf der Ankunftseite. Ein Kordon von SS verwehrt, wie ich zufällig sehe, jeden Zutritt aus der Zugshalle oder von den Wartesälen her.

Es ist sohin eine Art Sonderbahnhof, durch den wir schreiten – menschenleer, hallend, geräumig. Fast könnten wir glauben, reisende Berühmtheiten zu sein: ein Korps von Diplomaten oder die Philharmoniker, die vor der bewundernden Menge geschützt werden müssen. Der Eindruck gewinnt Kraft, als die Wachleute, die uns in ihrem „grünen Heinrich“ herbegleitet haben, etwa dreißig Schritte vor dem ersten Bahnsteig, wie an einer unsichtbaren Grenze angelangt, stehen bleiben, in sich gekehrt, geradezu betreten. Erst später sollte ich Erklärungen für diesen erstaunlichen Umstand finden.

Kaum, daß die eskortierende Wache zurückgeblieben ist, ergreift uns Verhaftete eine würgende Aufregung. Wohl erinnert sie an gewöhnliche Reiseerregung, ist aber – verstärkt durch eine instinkthafte, jagende Beimengung – dennoch ganz anderer Art. Nur sekundenlang bleibt uns ihr unbestimmtes Wesen verborgen, dann „kristallisiert" es ins Eindeutige. Und damit verfällt unsere kurzlebige Existenz als reisende Berühmtheiten.

Denn etwa fünfzig Schritte vor uns, auf dem Weg zum Zugsende, wartet ein Empfangskomitee von vier oder fünf uns reglos entgegenstarrenden SS-Leuten, denen der unter dem Kinn festgeschnallte Stahlhelm das Aussehen bösartiger Affen verleiht. Einer von ihnen ruft uns entgegen: „Vorwärts! ... Laufschritt!" Er weist auf ein zweites, ähnliches Komitee neben dem Zuge von dem die Namen der Einwaggonierten von einer Liste abgestichen werden.

Ein Gefangener vor mir sagt: „Doktor Kaufler". Er ist hochgewachsen, und der schmale, hochstirnige, von zartem Adlerflaum überwehte Kopf verrät den Intellektuellen. „Doktor Joachim Kaufler", ergänzt er.

„Doktor ist Scheiße", schnarrt der Uniformierte, der die Liste hält, und von seiner schweren Faust mitten ins Gesicht getroffen, taumelt der entsetzte Mann des Geistes zurück. Erst dann, einem verwirrten, durchgehenden Pferd nicht unähnlich, stürmt er vorwärts.

Nur eine kleine Kostprobe, lieber Doktor Kaufler! Warum haben Sie auch den Fehler begangen, zu studieren, oder die Tatsache nicht wenigstens verheimlicht? Wissen Sie denn nichts von dem erbitterten Haß, den der Orden des Linzer Welteroberers, wenn er sich frei geben darf, gegen alles bekundet, was an Bildung und Kultur erinnert? Nichts fordert seinen Grimm in höherem Maße heraus. Bald werden Sie von unseren Zugsbegleitern lernen, wie inbrünstig die neue Herrenrasse sich den Unwert dieser Werte zu beweisen sucht. Was kann denn schon dran sein an etwas, das so gar keinen Schutz gegen Fußtritte bietet?

Von der Namensliste bis zu den Waggonstufen geht es durch eine Gasse von SS, deren Enge uns zwingt, einer hinter dem anderen zu gehen. Die Kerle hier halten weder Gewehre noch Pistolen in den lang herunterhängenden Händen. Nur im Hintergrund umkränzt ein Halbkreis matt leuchtender Karabinerläufe den Schauplatz. Ihre kleinen, wie schmollend gerundeten Münder starren uns tückisch entgegen.

Kaum sind wir vom Spalier eingeschlossen, sausen von allen Seiten Fäuste, zwar meist leer, aber dennoch hart genug, auf uns nieder. So jäh reißen sich die „Akteure" die Maske disziplinärer Zweckmäßigkeit und den Anschein soldatischen Gleichmuts vom Gesicht, daß wir, überrumpelt von der häßlichen Veränderung, wie sinnlos verwirrtes Schlachtvieh dem Ausgang der fürchterlichen Gasse zudrängen. Jede innere Abwehr ist verloren gegangen; den niederprasselnden Hieben auszuweichen unmöglich.

Von Wellen heißer Scham übergossen – als ob wir es wären, die das Niederträchtige begehen, die Köpfe eingezogen, die Schultern gewölbt, hasten wir weiter. Man könnte glauben, daß jedem von uns im Gedränge ein Ring oder eine Geldnote zu Boden gefallen ist, die er trotz aller Not nicht preisgeben möchte.

Körperlich fühlt man die Hiebe und Tritte nur wenig. Das innere Erlebnis ist zu stark. Man glaubt sich in eine Traumschlucht abgestürzt, in der das Schmerzempfinden herabgesetzt und das Bewußtsein getrübt ist. Wie ich die Stufen des Waggons in einem einzigen Satz hinaufkomme, weiß ich nicht, nur, daß es mir irgendwie gelingt.

Auf jedem Übergang von Waggon zu Waggon stehen zwei Schergen. Auch hier treffen Hieb und Fußtritt – wahllos und unvermeidlich. Im Türrahmen eines jeden Abteils, an dem wir vorbeirennen, lauert ein Geselle und nimmt an dieser Begrüßung teil. Ein Tritt wirft mich auf meinen Vordermann, den ich im Fall mitreiße. Der Mann hinter mir stolpert, stürzt über uns. Stiefel treten in den lebendigen Knäuel, bis wir auftaumeln und weitereilen können.

In dem Abteil, in das ich hineingestoßen werde, sind alle Plätze besetzt; selbst am Boden sitzen Häftlinge. Ich werfe mich an ihnen vorbei und lande nahe dem Fenster am Boden, mit dem Rücken gegen den Überwacher des Abteils. In den ersten Minuten bleibe ich daher ungeschoren, ja bringe es sogar zuwege, verstohlene Blicke auf die Reisegefährten auf den Bänken zu werfen.

Der Anblick ist so seltsam, daß Entsetzen oder Mitgefühl nicht aufkommen. Mit den überglänzten Gesichtern bemalter Holzpuppen in einer Schießbude sitzen vor meinen Augen nicht nur fremde, sondern sogar fremdartige Männer starr da – die Hände auf den Knien, die aufwärts gerichteten Augen weit aufgerissen.

Was treiben sie nur? Warum glotzen sie so hochmütig entrückt vor sich hin, wie seltsame Sektierer oder Narren, die ein übermächtiger Fanatismus in die Starre versenkt, durch welche irgendein Unheil abgewendet werden soll? Nur sikkert vereinzelt Blut aus dem Haar, aus der Nase.

Aber da höre ich auch schon die haßerfüllte Stimme des SS-Wächters: „In's Licht schau'n! Genau in's Licht! ... Nicht rühr'n! Hände auf den Knien! ... Genau in's Licht!" Und schon wirft er sich auf einen Gefangenen, der seinen Blick, wenn auch nur für den Bruchteil einer Sekunde, von den überstarken Glühbirnen über ihm weggewendet hat.

Immer wieder dieselben Rufe, derselbe Laut der Schläge. Immer wieder findet sich ein Unseliger, der seine Pupillen, oft ohne es selbst zu wissen, dem kleinen, schmerzhaftesten Punkt des Lichts zu entziehen versucht hat.

Die Lider sinken zu lassen, gilt als besonderes Verbrechen,

doch alle haben wir im Polizeigefängnis nur wenig geschlafen und sind dem Ende unserer Nervenkräfte nahe. Das grelle Licht und die Hitze im Abteil üben einen unseligen einschläfernden Einfluß aus. Nur mit größter Anspannung der Willenskraft behalte ich meine Augen offen.

Kaum fünf Minuten vergehen, und es gibt im Abteil keinen Gefangenen, dem es nicht klebrig warm über Stirn und Wangen sickert.

Das ist die Bühne. Auf ihr und durch sie bekomme ich eine Schulung des Hartwerdens und des Hinauswachsens über alles Selbstbedauern, wie sie wirksamer kaum gedacht werden kann. Auf ihr und durch sie reifen Charakter und Schicksal eines seltsamen Leidensgefährten einander entgegen.

Ich spreche von dem dicken Menschen, der dem Schergen zunächst, nahe der Türe, am Boden gesessen war. Schon im ersten Vorbeistürzen an ihm hatte mich der Eindruck einer dunklen, gequälten Masse gestreift und war mir, ungeachtet der bedrängenden Umstände, haften geblieben. Eine Note des völlig Deplacierten und dumpf Entrüsteten an der ungeschlachten Erscheinung hatte den Ausschlag gegeben.

Von allem Anfang an hatte er mehr zu leiden gehabt als wir anderen. War es seine Plumpheit, das Maulwurfartige, blind Abwehrende, oder nur die von dunklen Haarresten umgebene Kugelglatze, welche den über uns gesetzten Sadisten herausforderten? Vielleicht lag zuerst auch gar nichts Persönliches der an ihn verwendeten, besonderen Aufmerksamkeit zugrunde, und es zeigte sich in seinem Falle nur besonders deutlich, wenn er nicht in den Kern des Lichtes blikken konnte. Da er am Boden, direkt unter der ersten Glühbirnengruppe saß, mußte er den Kopf weit in den kurzen Nacken zurücklegen. Auch war ihm die Brille zerschlagen worden; der leere Rahmen hing an einem Brillenbein herab, und die unbewehrt zwinkernden Augen schienen der Tortur besonders preisgegeben zu sein.

Die Wortpeitsche: „In's Licht, Mensch! In's Licht schaust, Mensch! ... Ja, wirst, du Hund, nicht in's Licht schau'n?" trifft ihn weit öfter als die anderen. Und zum bösen Refrain fällt die Faust, klatschen die Schläge, schnalzen die dicken Lederhandschuhe (zu einer Art Pritsche gefaltet) auf seine Glatze nieder. Der Gepeinigte bemüht sich vezweifelt, den Blick auf den schmerzhaften Glanz zu fixieren. Vergeblich. Immer wieder umschwärmt, mit Hieben vermengt, der haßerfüllte „In's-Licht"-Refrain seine Ohren.

Schließlich erscheint dem Peiniger eine radikalere Methode geboten. „Aufstehen!" brüllt er. „Da–a–a, komm her! ... Da–a–a her! Nur näher, du fettes Judenschwein. So–o eine fette Judensau! ... Noch näher!"

Erst als die „Judensau" ganz nahe herangekommen ist, holt der SS-Mann zu dem mächtigen Faustschlag aus, der das Opfer rücklings über zwei hinter ihm Sitzende hinwirft. Ein zweiter Schlag geht daher ins Leere und bringt den Angreifer selbst ins Taumeln. Über alle Maßen erbittert, heult der auf: „Wa–a–a–s? Ausweichen? Na, wart' nur!" Über den Gestürzten herfallend, drischt er wie von Sinnen auf ihn ein.

Stunde um Stunde geht es mit diesem Vorzugsopfer so fort, bis sich aus dem Sumpf seines tierisch–trüben Leidens das Drama erhebt, das ohne eine solche Vorbereitung ganz unverständlich wäre. Doch dies greift zu weit vor.

Vorläufig widmet unser Überwacher, ungeachtet seiner Vorliebe für das besondere Opfer, seine Aufmerksamkeit noch annähernd gleichmäßig dem ganzen Abteil. Noch kommt jeder an die Reihe, noch kann keiner wissen, ob die grausamen Aufforderungen, die gerade den Raum erfüllen, nicht ihm gelten.

Das Gebot des In's–Licht–Schauens und die vorangegangene Hatz beim Einsteigen bringen es mit sich, daß kein Gefangener weiß, wie unser Folterknecht eigentlich aussieht. Außer, daß er groß und knochig ist und die Uniform der SS-Verfügungstruppe trägt, deren graugrüne Farbe für uns zum

Symbol alles Bösen geworden ist. Gleichgültig, ob die Lichtfolter diese Anonymität bezweckt oder nur nebenbei erzielt – der Kerl bleibt für uns eine bloße Stimme, ein nie gesehener, alles sehender und unfehlbar aus seinem Hinterhalt hervorzuckender Prügel-Robot.

Man sieht ihn erstaunlicherweise nicht einmal in den schlimmen Augenblicken, in denen man sich ihm nähern muß: „Nur näher ... noch näher ... ganz nahe!" – und die steinerne Faust eines, der offenkundig Veteran unzähliger Raufereien ist, das Nasenbein, die Augen, die Ohren trifft.

Mein dürftiges Asyl nahe dem Fenster hat schon längst ein Ende gefunden, ist dem bald berüchtigten „Platzwechseln" zum Opfer gefallen. Um Ungewißheit zu vermeiden, wem der Befehl gilt, stößt mich der Peiniger mit dem Stiefelabsatz zwischen die Schulterblätter und ruft: „Blitzartig!" Ich taumle auf und werfe mich auf den Sitz eines Leidensgefährten, der aufgesprungen ist, um sich über alle Hindernisse auf meinen Platz zu stürzen.

Wir sind nicht rasch genug gewesen. Wir müssen uns unsere Ohrfeigen abholen, müssen unser Glück nochmals versuchen, müssen es ein drittes, ein viertes Mal tun. Der Befehl, den ich anfänglich für die Ausgeburt einer Augenblickslaune gehalten habe, erweist sich als Teil eines feststehenden Folterprogramms. Schon deshalb kann das „Platzwechseln" nie rasch genug erfolgen. Immer muß es wiederholt werden, drei, fünf, ja zehn Mal, und wehe dem, der dabei auf Unbeteiligte Rücksicht nimmt. So treten wir denn auf Hände oder Köpfe, und werfen uns, wohin es gerade trifft, keuchend, schweißgebadet, einem Schlaganfall nahe.

Denn die Heizung ist auf das Maximum gestellt. Die Fenster und Ventilationen sind geschlossen, und wir haben keine Gelegenheit gehabt, die Mäntel auszuziehen. Doch immer wieder schnalzt der Befehl „Platzwechseln" auf diesen oder jenen Kameraden herunter, gefolgt vom unvermeidlichen: „Das nennst du rasch? ... Da kommst her! Auch du. Beide. Näher! ... Nur näher! Ich werd' euch zeigen, was rasch ist, ihr Judenschweine."

Und wirklich, er zeigt es uns. Mit Hilfe seiner Fäuste wirft man sich verblüffend flink über Beine oder Rücken, auf stöhnende Flanken oder erstickte Schreie.

Alle Pein und Erregung können nicht verhindern, daß ich mit Schrecken zu fühlen beginne, wie unaussprechlich müde ich in der überheizten Stickluft werde, und bereits jeden Augenblick, mit immer geringerem Erfolg, gegen das Zufallen der Lider ankämpfen muß. Keinem von uns kann es anders ergehen. Doch wir müssen die Mäntel jetzt hoch schließen, den Wollschal, den man etwa besitzt, dichtziehen und den Mantelkragen aufstellen.

Aber auch ein Folterknecht voll leidenschaftlicher Hingabe an seine Ideale ist letzten Endes nur ein Mensch. Man kann es ihm nicht verdenken, wenn er zuletzt die ermüdeten Arme sinken läßt, so daß eine Atempause für die ihm Anvertrauten eintritt. Hat er sich ganz aus dem Abteil zurückgezogen? Nachsehen wäre gefährlich. Man kann nur wagen, die Augen über die gegenüberliegende Sitzreihe gleiten zu lassen.

Der Blick prallt förmlich zurück. Aus den hölzernen Schießbudenfiguren ist ein Wachsfigurenkabinett von Mißhandelten geworden; die Gesichter tiefrot gedunsen, blutverschmiert, die Augen – jedes mit einem grell spiegelnden Punkt in der Pupille – die Augen von Wahnsinnigen.

Hat auch der Überwacher erkannt, daß die Ergebnisse seines Fleißes erstaunlich sind und für den Moment kaum überboten werden können? Jedenfalls hält er den Zeitpunkt für gekommen, die Folterorgie durch delikatere Methoden, den Daumenschrauben geistiger Ängstigung, zu bereichern.

Ehe er beginnt, scheint er uns lang zu betrachten. Zwar kann ich die selbstzufriedene Prüfung, welcher er uns unterwirft, nicht beobachten, spüre sie aber deutlich. Auch die Worte, die er jetzt im Tone tiefster Verachtung vor sich hinspricht, lassen darauf schließen.

„Da sitzen sie also, diese Juden. Jeder wie ein Christus. Schau'n in die Luft. Glauben wahrscheinlich, daß ihr Gott ihnen zu Hilfe kommen wird. ... Du glaubst es! Man sieht's dir ja an, du Hund, du Typus des fanatischen Juden." Ein fast liebenswürdig gemeinter Faustschlag trifft den Apostrophierten zwischen Nase und Mund. „Na, so laß dir doch von ihm helfen! Rührt er sich nicht? Was ist denn los mit ihm?"

„Eine feine Galerie von Judentypen!" Und im Tone eines Lehrers, in einem Hochdeutsch, das wie neue Stiefel in den Nähten knirscht: „Hier haben wir den vornehmen Juden, den feinen Mann, den jüdischen Kavalier, der von nichts weiß. Hier den geistigen Juden, den Denker. Natürlich weiß auch der von nichts. Und was bist du dort? Der jüdische Künstler am Ende? Du dort ... he! Hörst du nicht? Du."

Der Angerufene läßt sich verleiten, den Frager anzusehen. Dessen Stimme überschlägt sich in grausamem Triumph: „Sollst du denn nicht ins Licht schau'n, Mensch? ... Da komm her! Daher. Wa-a-s? Zurückzucken? ... Noch einmal komm her! So! Da! Da. Da hast es. Und laß nur ja die Händ' unten, sonst krepierst."

Aus der Ritze einer längeren Pause kriecht seine Stimme, süßlich verändert, hervor – ein kleines, giftiges Reptil: „Wart's nur, ihr Juden, bis wir einmal fahren ... bis wir ganz ‚unter uns' sind. Da werdt's ihr was zu seh'n kriegen. Jetzt ist's vorbei mit eurem schönen Leben. Was dafür gestanden ist, liegt hinter euch. Eure Brut, eure Sarahs, die seht ihr nicht wieder. Vierzig Stunden dauert die Fahrt."

Er lügt. Doch wir wissen es nicht; erfahren es erst später. Jetzt, in dem unwahrscheinlichen Alptraum, in den wir uns hineingeschleudert finden, sind wir bereit, das schlimmste zu glauben; vor allem, daß keiner von uns an Leib und Seele heil diesem Abenteuer entrinnen wird.

„Vierzig Stunden! Das zieht sich, ihr Juden." Fast gemütvoll erzählerisch klingt jetzt die Stimme. „Die Mäntel bleiben geschlossen; auch die Fenster. Zu trinken, zu essen – nichts. Wer die Augen zumacht, wird sich an etwas zu erinnern haben. Ausgetreten wird nicht. Das heißt, ihr dürft schon. Natürlich dürft ihr. Aber, ob der Betreffende auch zurückkommt ..." Er pfeift bedenklich durch die Zähne. „Und wenn einer am Ende fliehen will, tut er uns nur einen Gefallen. Ist gleich eine Drecksau weniger. Und sich selbst hat er vieles erspart. ... Das Morgenlicht sieht ja eh' keiner von euch mehr."

Durch die verhängten Fenster dringen die Bahnhofsgeräusche – ein Gemisch aus Handwagengepolter, Rufen, eilenden Schritten, ausgestoßenem Dampf und schrillen Pfiffen. Wer kennt sie nicht, diese Symphonie versunkener Kindheitsferien, die in dunklen Tiefen der Erinnerung forttönt und noch immer den aufwühlenden und beschwichtigenden Duft von Reise und Ferne vor meine Sinne zu zaubern vermag. Ich lausche den dissonanten Tönen, und mit einem Mal steigt aus meiner Bedrängnis das helle Bewußtsein hervor, daß ich mich auf demselben Bahnhof befinde, von dem mich so mancher Zug hinausgetragen hat ins Licht, in tiefen Sommerfrieden, in ganze, in sich abgeschlossene Leben von Freude und Erneuerung.

Ich erlebe die leuchtenden Vormittagsstunden, die wogenden, duftenden Getreidefelder, alle die verzauberten Dinge, an denen der Zug vorübergebraust war. Und es kehrt auch der Augenblick wieder, als ich im trägen Dämmer des vorangegangenen Sommerabends entspannt in die Polsterung zurückgesunken war und meine Blicke, seltsam ergriffen, auf dem Weiterfluten der Vorstädte ruhen ließ, welche schon von ein paar Straßenlaternen durchfunkelt waren.

Aber noch während mich diese Erinnerungen der harten

Faust des Augenblicks entrücken, bemerke ich mit einem Mal, daß die weiße Decke unseres Abteils mit einem Muster roter Strichelchen verziert ist. Welch ein seltsamer Einfall, eine Waggondecke so zart zu ornamentieren! Aber da kommt auch schon die Erklärung – ersticktes Aufschreien, Stöhnen, und die Worte: „Da kommst her! Du Typus des negroiden Juden, du. Nur näher!" Denn zum Takt der Schläge, von Sekunde zu Sekunde, verdichtet sich das zarte Muster an der weißen Decke.

Die Wirklichkeit packt mich. Sie überwältigt alle geistige Flucht, alles Fragen, ob ich am Ende wahnsinnig geworden bin oder träume, und macht mich begreifen: Was hier vorgeht, trägt die Merkmale eines großangelegten Verbrechens. Ich bin bei klarem Verstand und wach, selbst wenn ich nicht sagen kann, wo ich eigentlich bin und was mich hierher gebracht hat.

„Man muß die Polizei verständigen", schreit es in mir. „Man muß um Hilfe rufen. Ein ganzer Zug voll wehrloser Menschen ist Verbrechern in die Hände gefallen." Doch im gleichen Augenblick kommt – zum ersten Mal mit voller Wucht – das Erfassen über mich: Das ist die Polizei! Das ist die Staatsgewalt!

Die Bahnbehörden des Deutschen Reiches wirken mit. Sie haben die Folterkammern beigestellt. Wir befinden uns nicht in einem Zug, sondern in rollenden Mordstuben, welche von der Bahnhofsleitung unübertrefflich vor den Augen der Öffentlichkeit geschützt werden.

Auf dem Perron dort drüben steigen Ausländer aus und ein. Prächtige Plakate zieren die Wände des Bahnsteigs: „Das schöne Deutschland lädt ein", oder „Wintersonne in Tirol." Farbenfroh und technisch auf höchster Stufe, gaukeln sie dem Geldbringer aus dem Ausland vor, daß er in einen Rechtsstaat gekommen und vom sittlichen Klima des zwanzigsten Jahrhunderts umgeben ist. Aber kaum hundert Schritte von seiner arglosen Reisefröhlichkeit entfernt, hinter den Frachtwaggons, werden Menschen gefoltert, unbekannten Martern und anonymem Tod entgegengeschickt.

Ist es wirklich möglich, daß wir Gefangenen in dieser unwahrscheinlichen Nacht, mitten in unserem Absturz aus noch immer freiem, wenn auch bespieenen Menschentum in die Sklaverei, bei aller schleichenden Zersetzung unseres Lebenswillens, auf uns selbst vergessen konnten – um mit atemloser Spannung den Vorgängen auf einer intensiveren Bühne zu folgen? Meine Erinnerung besteht darauf, daß es so war. Die Gewalt des Beobachteten muß dämonisch gewesen sein. Was sonst könnte das Verwunderliche erklären?

Ich denke an den vielgeprügelten mit der Glatze, an sein seinem Tode Entgegenwachsen, oder wenn man will, seinem Tode anheimfallen, und an das faszinierende Umherirren seines Geistes im Grenzbezirk zwischen Wahnsinn und gewagtem Spiel.

Mag, was er gesagt und getan hat, sinnlos gewesen sein oder ein törichter Versuch, Verhängnis mit den Mitteln der Komödie zu bekämpfen – dennoch bewundere ich ihn. Sein Treiben ist mir letzten Endes als ein Selbstmord mit verteilten Rollen verständlich geworden, ähnlich dem eines Menschen, der seine Kleider in Brand steckt und in seinem Kleid von Flammen in den Wind hinausläuft.

Wir Gefangenen erleben durch ihn, daß es eine verzweifelte Selbstachtung gibt, welche nur zusammen mit dem Körper zerbrochen werden kann. Wir schulden ihm den Funken rettenden Widerstandes und erwachenden Trotzes, den er in uns entfacht, und schließlich eine entscheidende Atempause, die seine Qual uns erkauft hat. Daß ich mich des Stillstandes unserer Peinigung erfreuen konnte, während er vor unseren Augen fürchterlichen Preis dafür bezahlte, darf ich nicht verschweigen, wie beschämend auch immer das Bekenntnis ist.

Das eigentliche Duell zwischen dem seltsamen Menschen und der Zugs-SS setzt ein, als sein besonderer Feind, unser erster Überwacher, von einer Ablösung zurückkehrt. Zu diesem Zeitpunkt ist es etwa zwei Stunden her, zwei endlose Stunden, daß der Zug – formlos und ohne Signale, ohne alles Winken von Mensch zu Mensch – aus dem Bahnhof geglitten ist. Noch hat sich nichts zugetragen, das die Unheilsankündigungen unseres Quälers gerechtfertigt hätte.

Die Stimmung der Wachen ist wohl etwas hemmungsloser – blanke Bayonette werden uns gegen die Schenkel oder die Brust gedrückt, Pistolen an die Stirne gesetzt – doch das ist nicht ganz ernst zu nehmen – ein grimmiges Spiel, mehr oder minder. Wer kann dafür, daß wir uns nicht genug Geistesfreiheit bewahrt haben, um knabenhaften Übermut dieser Art richtig einschätzen zu können, und immer wieder glauben, daß die Wächter eben erst dabei sind, sich von einer Art Blutrausch überkommen zu lassen?

Spiel und Neckerei ist es, wenn der SS-Mann im Korridor verschwindet und die Türe hinter sich schließt. Wir atmen auf. Da veranlaßt ein leises Kratzen am Glas der Türe hinter dem Vorhang Unvorsichtige, in die Richtung des Geräusches zu schielen. Im Nu fliegt die Türe zur Seite, und mit einem wahren Trommelfeuer von Schlägen wirft sich der frohlockende Scherge auf die Verleiteten.

Spiel nur und Zeitvertreib sind die Fragespiele. Etwa: „Weißt du, warum du hier bist?" Der Angefahrene stammelt und tastet sich, im Sprechen, vorsichtig weiter. (Seine Fistelstimme wird mir später als die des Flickschneiders Mendel Tragbaum oft genug auf die Nerven fallen.) „Weil ... weil, weil ich ein Jude bin."

Ein Faustschlag belehrt ihn, daß die Antwort kein glücklicher Griff war. Eine zweite, in Selbstbesudelung dem Sprechchor „Wir sind jüdische Verbrecher" entlehnt, zeitigt kein besseres Resultat. Erst als der Geschlagene in seiner Pein auf den Einfall kommt, dieselbe Antwort in absurder

Konkretheit zu wiederholen: „Weil ich ... den Mord ... in Paris ... begangen habe“, läßt der SS-Mann die Faust ruhen und sagt mit lehrerhaft selbstzufriedenem Ton: „Na, siehst du, daß du es weißt.“

Auch der gestärkt zurückgekehrte erste Peiniger geht mit einer Rundfrage an die Fortsetzung seiner Arbeit. Das Thema lautet: „Was warst du bisher?“ Als die Reihe am Dicken ist, erfaßt der nicht, oder will nicht erfassen, daß es gilt, möglichst farblos zu bleiben, auch wenn man nicht gerade das Schlimmste zu bekennen hat – nämlich einen Beruf, den die Nazipropaganda als bloßen Deckmantel für Schwindeleien oder sexuelle Ausbeutung hingestellt hat.

„Beim Film“, ist die hart hingeworfene Antwort.

„Beim Film? Du? Du willst beim Film gewesen sein? Du dicke Sau? ... Was denn? A Filmschauspieler gar?“

„Filmproduzent.“

„Was is des?“

„Filme habe ich gemacht. Den ‚Studenten von Prag‘ zum Beispiel.“

„Wa-as? Den ‚Studenten von Prag‘? Den willst du gemacht haben? – Den ‚Studenten von Prag‘?“

Er verschwindet aus dem Abteil und kehrt im nächsten Augenblick mit einem Nachbarpeiniger zurück. „Komm herüber“, sagt er dem Kameraden. „Schau dir amal den da an. Weißt, was der sagt? Den ‚Studenten von Prag‘, den Film, hat er dreht. Schau dir die fette Judensau an. Beim Film will's g'wesen sein. ... In's Licht, Mensch. Ja, wirst du nicht in's Licht schau'n?“

Von da an steht der angebliche Schöpfer des „Studenten von Prag“ im Mittelpunkt des Geschehens. Die heftigsten Schläge fallen auf seinen Scheitel; immer wieder ist er es, dem der Ruf gilt: „In's Licht Mensch!“ Ich frage mich entsetzt, wie lange ein menschliches Gehirn diese Dauerbearbeitung, diese zahllosen Erschütterungen aushalten kann, ohne, wie unauffällig auch immer, aus den Fugen zu gehen?

Wie um meiner Frage Nahrung und Antwort zu geben, geschieht es schließlich, daß mit dem Gefangenen, unter einem neuen Sturzregen von Hieben, eine auffallende Veränderung vorgeht. Herrisch schreit er zu seinem Peiniger empor: „Halt! Genug! Rühren Sie mich nicht mehr an. ... Wie lange eigentlich glauben Sie, das so weitertreiben zu können?"

Dem SS-Mann verschlägt diese Kühnheit den Atem. Die Schläge, die er weiter auf die Glatze niederklatschen läßt, verraten tiefe Erregung. Doch das Opfer, jetzt wie unberührt von Schmerz, wehrt sie nur leichthin ab, als würde es Fliegen verscheuchen. „Jeden Schlag werdet ihr büßen," ruft er, „jeden Schlag. Das Ausland ist verständigt. Alles weiß man draußen bereits."

„Soo? Wer bist du denn groß? Ich hab' g'laubt, du hast den ‚Studenten von Prag' g'macht. Wer bist du denn jetzt?"

„Das werden Sie rechtzeitig erfahren."

Ein kurzes, unsicheres Innehalten. Dann ein jäher Wutanfall. „Eine jüdische Drecksau bist du ... ein ausgefressenes Schwein. Das ist alles!"

Der Gefangene sagt ruhig, doch bestimmt: „Mich könnt ihr nicht so leicht um die Ecke bringen – wie irgendeinen." Und wieder im Kommandoton: „Aufhören! ... Aufhören, sag ich, mit diesem feigen Schlagen!"

„Na, so sag schon, wer du groß bist!"

„Sobald ich genug gesehen haben werde."

Haßerfüllt schaut ihn der Peiniger an, knurrt aber nur: „Fettes Schwein!" Er zieht sich zurück – unsicher und am Ende seiner Weisheit angelangt. Erst nach kurzer Abwesenheit kehrt er mit einem anderen SS-Mann zurück.

„Da ist der, der nur da ist, um sich alles anzuschau'n." Der Herbeigeholte glaubt den Zwischenfall rasch abtun zu können. „Frech bist du, Jud?" sagt er, und hebt die Hand.

In die Höhe taumelnd, starrt ihm der Dicke ins Gesicht. „Unterstehen Sie sich!"

Zwar sitzt der Schlag, aber der Getroffene stößt den SS-Mann so heftig von sich, daß dieser gegen den Türrahmen fällt. Erst nachdem er sich wieder fest auf die Beine gestellt und einen Augenblick an seinem Erstaunen gewürgt hat, kann er herausheulen: „Ja, Me-e-nsch! Du bist ja verrückt. Weißt du, daß ich dich jetzt erschießen kann?“ Er zieht seine Pistole, entsichert sie, richtet sie auf den Kopf des Gefangenen. Doch den lassen die Vorbereitungen kühl.

„Natürlich können Sie mich erschießen. Alles könnt ihr ... alles. Vielleicht gehört es sogar zu meiner Aufgabe, erschossen zu werden. Was hier vorgeht – das müßt ihr wissen – bleibt aber nicht geheim. Schießen Sie nur! ... Schießen Sie!“ Er schreit es heraus wie den Befehl an einen Untergebenen. Auch ich sage mir: der Mann ist verrückt.

Der Augenblick nimmt kein Ende. Wird der SS-Mann zurückweichen, oder wird der dunkle Geselle im nächsten Augenblick getroffen zur Seite sinken?

Langsam kommt halbe, bedenkliche Erlösung. Der SS-Mann steckt die Pistole ein. Wie angewidert sagt er: „Ist ja schad' um die Kugel. Dich kriegen wir schon noch anders.“ Und erst jetzt, von Zorn jählings überkommen: „Dich kriegen wir schon!“

Er wirft sich auf seinen Gegner, der nicht zurückweichen kann und schon deshalb rücklings auf dem Boden landet. Die Hiebe, die auf ihn nun besonders brutal niederregnen, bezeugen die moralische Niederlage des Angreifers. Fast tierisch unartikuliert klingt das langgezogene „Aufhören! ... Aufhören!“, das aus dem Menschenknäuel aufsteigt, und erst allmählich in Keuchen und leises Wimmern übergeht.

Mit blind verbissenem, knechtischem Eifer, ohne jemals anzuhalten, trägt der Zug seine gefolterte Fracht ins Dunkel. Die beleuchteten Städte, die trüber dämmernden Orte, die still funkelnden Gehöfte dieses Landes, sie können nicht alle verschwunden sein. Aber für uns bestehen sie nicht mehr.

Uns verrät höchstens ein gelegentliches Aufblitzen um einen Vorhang herum ihre räumliche Nähe und geistige Ferne.

Immer mehr löst die Fahrt allen Zusammenhang zwischen uns und einer ganzen Welt, die uns feindselig oder zumindest teilnahmslos verrät. Ein Meer von Drohung lauert selbst in der Nacht, durch die wir fahren und die nur durch das Rasen des Zuges gehindert wird, über uns herzufallen.

Auch den Rebellen mit der jetzt verquollenen Glatze treibt ein blindes Müssen, den Zwang, dem er sich unterwerfen soll, immer störrischer abzuwerfen, neue Kontroversen heraufzubeschwören, sich neue Prügel zu holen. An einem Punkt jedoch überwältigen ihn Verzweiflung und Todesangst. Er möchte – nur so läßt sich sein Tun verstehen – seinem Verhängnis ein Ende setzen oder das Tempo mäßigen. Oder treibt er bereits ganz ohne Plan auf den Wellen geistiger Umnachtung?

Er reißt ein Päckchen von Papieren aus seiner Tasche und fuchtelt damit über seinem Kopf. „Da ... da ... da!" Wie ein Ertrinkender stößt er die Worte heraus, und zugleich wie einer, der sich zur Preisgabe eines großen Geheimnisses entschlossen hat.

„Na, was hast denn ... da ... da?" Und in den Hohlraum von Stille, den die äffende Frage des SS-Mannes nach sich zieht, keucht der Gequälte: „Bin gar kein – Jude! Da ... da!" Aus den hochgeschwollenen Augen funkelt es fiebrig.

So oft ich auch in der Folge über die Gestalt dieses seltsamen Märtyrers nachgedacht habe und über den Platz, den mein schwankendes Gefühl ihm zuwies, war ich doch nie völlig imstande, diesen einen Schritt zu ergründen. Was konnte einen geborenen, stiernackigen Rebellen dazu treiben, sein Schicksal – das Schicksal, das er selbst bis zu diesem Punkt heraufbeschworen hatte – mit einer hoffnungslos kurzbeinigen Lüge abwenden zu wollen?

Ist unmittelbare Todesangst allvermögend? Kann sie aus einem Menschen Unwahrscheinlichstes hervorholen? Eine mögliche Erklärung für sein Verhalten, die ich schon mehrmals als letztes Auskunftsmittel heranziehen mußte, liegt darin, daß es etwas wie Schauspielerwahn gibt, einen Drang, die Wirklichkeit im Geiste zu besiegen, der an Wahnsinn grenzt, oder bereits dem Wahnsinn erwächst. Nur solch ein unwiderstehlicher Spieldrang kann den völlig Verzweifelten dazu getrieben haben, seine Quäler, wenn auch nur für kurze Zeit, verwirren oder bloßstellen zu wollen.

Die Papiere bestätigen seine Behauptung nicht. Sie widerlegen sie. Ein herbeigeholter SS-Offizier (so hat diese Mörderbande also einen Kommandanten, schießt es mir bei seinem Anblick durch den Kopf) liest aus den Dokumenten vor. Der Gefangene heißt Nikolaus Deutsch, 51 Jahre alt, in Ungarn geboren, seine Mutter Arierin, sein Vater Jude.

Die Schergen finden das köstlich. „Ha, ha, ha! So ein Trottel! Kein Jude, und nur hier, um sich das alles anzusehen. Dieser Mischling, dieser jüdische Mischling!"

Wut folgt ihrer Erleichterung auf den Fersen. Sie schäumen, daß sie auch nur einen Augenblick lang Bedenken gehabt hatten, und daß der Versuch, sie zu täuschen, gar so plump gewesen war. Der Kommandant schlägt persönlich drein. Daß Nikolaus Deutsch einen der Peiniger der Feigheit geziehen hatte, muß ihm berichtet worden sein. Es erbittert ihn maßlos. „Und du wagst es, einen SS-Mann feig zu nennen?" ruft er, während er das Opfer mit behandschuhten Fäusten bearbeitet. „Einen SS-Mann, ein Mitglied des Elite-Korps im Dritten Reich? Du, ein dreckiger, verlogener Jude!"

Doch Nikolaus Deutsch, von einem Anflug zurückkehrender Persönlichkeit erfaßt, fährt ihn an: „Was sonst ist es als die erbärmlichste Feigheit, bis an die Zähne bewaffnet wehrlose, verschüchterte Menschen zu mißhandeln? Niedrigere Feigheit kann ich mir gar nicht vorstellen."

Meine Augen brennen vor Erregung. Etwas hebt mich fast von meinem Sitz. Wie Labsal trinke ich ein, wie ein Wunder steht es vor mir, daß einer, ein schwacher, verprügelter Mensch, eben aus dem Rachen der elementarsten Todesangst zurückgekehrt und noch immer in unmittelbarer Gefahr, hier hinausschreit, was wir anderen kaum mehr denken können, kaum uns selbst zuzuflüstern wagen würden, wenn wir es noch denken könnten.

Ich genieße das befreiende, wenn auch erschreckende Schauspiel, daß es seinen Gegnern die eingewerkelten Phrasen verschlägt, daß sie förmlich nach Luft schnappen. Die Erwartung ihrer Antwort in der einzigen Sprache, welche sie solcher Dämonie entgegenzusetzen haben, spannt die Nerven zum Zerreißen.

Als der Kommandant jetzt mit einem Mal dem Rebellen den Rücken zuwendet und das Abteil verläßt, sinkt tiefe Erleichterung in uns ein. Freilich fragen wir bange: Was hat das zu bedeuten? Was bereitet sich vor? Doch wir kommen nicht dazu, darüber nachzudenken, denn gerade in diesem Augenblick überwältigen Verzweiflung und Grauen einen zweiten Gefangenen.

Oberleutnant bei den Pionieren ist er im Weltkrieg gewesen und hat allerlei Auszeichnungen für Tapferkeit erhalten. Als er dies bei einer der Rundfragen dem Schergen mitgeteilt hatte, waren Hohn und Ohrfeigen die Antwort gewesen. Das Offizierspatent und die Auszeichnungsurkunden, bei der Verhaftung offenbar in naiven Hoffnungen eingesteckt, waren in mühsamem Hochdeutsch, torkelnd zwischen Dialekt und übertrieben reiner Aussprache, verlesen, zerknittert und dem Besitzer ins Gesicht geworfen worden. Von da an nur mehr „Oberleutnant" gerufen, erntete er für seine Anmaßung, ein Held und Patriot gewesen zu sein, Extraportionen an Ohrfeigen, bis sein Kopf, ähnlich dem des Rebellen Nikolaus, wie eine dunkelrote Melone aussah.

Jetzt erhebt sich dieser Mann mit einem Mal von seinem

Sitz. In seinem Gesicht steht eine hölzerne Starre, grauenvolle Entschlossenheit. Er schlägt die Hacken in stramm militärischer Haltung zusammen und sagt: „Ich bitte gehorsamst um die Erlaubnis, mich zum Fenster hinausstürzen zu dürfen."

Die Worte bleiben förmlich in der Luft stehen – in einem Raum allgemeiner Sprachlosigkeit. Denn niemand zweifelt, niemand könnte auch nur versuchen zu zweifeln, daß der Mann bereit ist auszuführen, um was er bittet. Ein Wort des Gestattens, und ein geborstener Automat kollert verstümmelt den Bahndamm herunter. Es ist weder Hohn noch ein letztes Schwanken, wenn er bittet, wo er an sich reißen könnte.

„Wa–a–as willst du? ... Wa–a–as sagst du ... du Schweinehund?" Fürchterlich nähert sich ihm der SS–Mann. Die Bitte scheint ihn besonders aufzuregen, ihm vielleicht die Ungeheuerlichkeit seines ganzen Treibens grell zu beleuchten. Der glimmende Funke von Menschlichkeit in seinem Herzen kann aber nicht rasch genug zertreten werden. „Wa–a–as willst du?"

Der Oberleutnant sagt seinen Spruch noch einmal auf, sich selbst entrückt, eine mechanische Puppe, die nur eine Walze hat: „Ich bitte gehorsamst ..." Zuletzt etwas menschenartiger, stöhnt er hinzu: „Ich halt' es nicht mehr aus."

„Nicht mehr aushalten tust du es, du Oberleutnant? Du tapferer Mann? So also schaut's aus mit deiner Tapferkeit!" Und in verändertem, kühlen Ton: „Kannst ja einen Fluchtversuch unternehmen. Brauchst nur das Fenster aufreißen. Wird mir ein Vergnügen sein. Daß ich dich schön zwischen die Schultern treff, ist Ehrensache. Hast es sofort überstanden. ... Na?" Er nimmt von irgendwo über unseren Köpfen einen Karabiner herab. „Los! Auf was wart' ma?"

„Ich flüchte nicht", sagt der Oberleutnant in hölzerner Starre. „Bin auch im Krieg nicht geflüchtet. Ich bitte darum, mich aus dem Zug werfen zu dürfen."

„Nichts wird erlaubt!" herrscht ihn der SS-Mann an. Erst einen Augenblick später, wie ein listig verhandelnder Junge, fügt er hinzu: „Wannst willst, kannst fliehen." Aber der Oberleutnant setzt sich auf seinen Platz, ebenso unvermittelt, ebenso maschinenhaft, wie er aufgestanden ist.

Der Scheinwerfer des Schicksals wirft sein Licht wieder auf Nikolaus Deutsch. Worauf warten seine Mörder? Herrscht zwischen ihnen Uneinigkeit über die technische Frage? Es kann doch nicht ausbleiben, daß die herausgeforderten Vertreter der Edelrasse sich an der unfaßlich frechen Judensau rächen werden. Man fühlt's in jeder Fiber, daß die Sache ihren heimlichen Fortgang nimmt. Und Nikolaus Deutsch selbst, vom Dämon der Selbstzerstörung getrieben, sorgt jetzt dafür, daß sie nicht versandet.

Aufforderungen ignoriert er. Spricht von einem, der ihm Zeichen gibt. „Jetzt!" sagt er etwa, als er einem Befehl verspätet entspricht. „Jetzt hat er mir den Auftrag gegeben. Was ihr sagt, ist mir gleichgültig. Nur wenn ich den Befehl von ihm bekomme, ist's mein Weg."

In abstoßender und nur für unsere Ohren auch heimlich schluchzender Mischung aus dummer Herausforderung und Schauspielerei stößt er den Schergen, als dieser ihn wieder schlägt, mit den Worten zurück: „Wie benehmen Sie sich, Sie Lümmel? ... In Gegenwart einer Dame!" Und er starrt auf die imaginäre Dame – so suggestiv, daß selbst der SS-Mann sich umwendet.

Als dieser eine Zigarette hervorholt, schnarrt der Rebell in gut kopiertem SS-Ton: „Die werden Sie nicht rauchen!"

„So-o-o? ... Und warum nicht?"

„Weil ich sie mit Dynamit habe laden lassen."

Wieder braucht der SS-Mann jemand, mit dem er sein Erlebnis teilen kann.

„Weißt, was jetzt ist?" sagt er dem herbeigerufenen Kameraden, „Mei Zigarettn wird explodieren, wann i's anzünd."

Soviel Hirnrissigkeit gegenüber sind Ohrfeigen nicht

mehr ausreichend. Natürlich bedient man sich ihrer, aber nur, um den Vorfall abzuschließen und ohne wirkliche Lust.

In diesem vorgeschrittenen Stadium tritt jede kleinste Veränderung ruckartig und überraschend ein. Alle Unheilserwartung, so angespannt sie auch ist, kann an der Gangart der Ereignisse nichts ändern. Als Nikolaus Deutsch mit einem Mal aus Lauten des Erbrechens die Worte: „Wasser! ... Wasser!" hervorgurgelt, bleibt mir das Herz stehen. Unter den gegebenen Umständen kommt die Äußerung einer Selbstpreisgabe gleich, die ein Anfall körperlichen Unwohlseins ihm abzuringen scheint.

Mit einem Schlag kommt Leben in den SS-Mann. Aber noch ist sich diese erhöhte Lebendigkeit ihrer Grundlage nicht ganz sicher; noch versucht der Mann, gleichgültig zu erscheinen. Übertriebene Freundlichkeit dämpft und verzuckert die verhaßte Stimme: „Wasser willst du?" Es klingt, als wollte er einem Kind beibringen, von einem unzeitgemäßen Verlangen abzustehen. Doch dann, wie einlenkend, wie nachgiebig: „Na, so komm halt raus. Draußen bekommst Wasser. Komm raus." Er reißt die Coupétüre auf – zu rasch für sein Spiel – und in dem Augenblick, den er für den letzten hält, ehe Deutsch, der bereits aufgetaumelt ist, das Abteil verläßt, ruft er mit jäh veränderter Stimme in den Korridor hinaus: „Schofför!"

Der Ruf hat die Wirkung unwillkürlichen, alle Vernunft überspringenden Grauens. Es versteht sich von selbst, daß der Ungesehene, der an seinen Posten gerufen wird, Chauffeur im gewöhnlichen Sinne nicht sein kann. Die furchtbare Funktion seines besonderen „Chauffierens" und Überstellens geht mir blitzartig auf.

Auch Nikolaus Deutsch hat erfaßt. Wie sehr die abstumpfende Bedrängnis ihn auch einhüllen mag – solche Warnung durchdringt sie. Er läßt sich auf den Boden zurücksinken. Er braucht kein Wasser mehr. Alle süßliche Zureden des Schergen, welches zuletzt in Hohn und Beschimpfung umschlägt, bestärkt nur seine Ablehnung.

Für eine Weile läßt ihn sein Schicksal in Ruhe, währenddessen der Peiniger sich seiner anderen Pfleglinge besinnt. Wir müssen uns jetzt gegenseitig schlagen. In kleine Blutpfützen fällt die Hand, doch die Schläge, die man gibt oder erhält (wehe dem, der zu schonen versucht!), scheinen alle Wirklichkeit, alle Schmerzhaftigkeit verloren zu haben gegen den Hintergrund des Schicksals, dessen nahende Erfüllung uns dicht umweht.

Der Kommandant des Zuges muß jedoch erscheinen, um die Sache des Rebellen wieder in Fluß zu bringen. Von neuem kreuzen die beiden die Degen ihrer gegenseitigen Verachtung. Von neuem sagt Deutsch Dinge, die auf dieser Fahrt zu äußern ebenso wahnsinnig ist wie es uns aufwühlt, sie gerade dort zu hören. Wieder siegt der dämonisch irrende Geist des Geprügelten, und wieder endet das Duell damit, daß der Unterliegende auf ihn eindrischt. Er stampft auf Deutsch herum, bis dieser ihn gegen das Schienbein tritt.

„Getreten hat er mich", krächzt der Kommandant wie ein beleidigtes Kind, das seines Staunens nicht Herr werden kann. Das ihm Widerfahrene ist so ungeheuerlich, daß er die Tatsache ein wenig abschwächen muß: „Nach mir getreten hat diese jüdische Drecksau. ... Das hat ihr den Garaus gemacht." Und zu Deutsch direkt: „Mit dir ist's jetzt vorüber. Schon viel zuviel Geduld haben wir an dich verschwendet."

Wirklich, das haben sie. Man muß es ihnen zubilligen, zumal rückblickend, wenn man weiß, was in den anderen Abteilen – ohne nennenswerte Widerspenstigkeit – vorgefallen ist. Eine Kraft scheint dem Menschen innezuwohnen, die ihn zwar vernichtet, zugleich aber seine Quäler besonders lange unentschlossen erhält.

Eine letzte Phase des ungleichen Kampfes tritt ein, bis Deutsch selbst auch diese beendet. Hat er seinen Wink von Ihm bekommen? Ist alle Hoffnung seinem Herzen entsikkert, sein Lebensekel bis an den entscheidenden Punkt gediehen? Speit er eine Welt von sich, in der Menschen andere Menschen so sehr schänden und ursprünglichstes Menschenrecht mit Füßen treten? Oder überwältigt ihn einfach ein Versagen seines Körpers?

Furchtbar rasch geht jetzt alles vor sich. Noch einmal verlangt er – diesmal in einem Schwall von Erbrechenslauten – nach Wasser, und selbst die Eilfertigkeit, mit welcher sein Henker die Türe aufreißt, selbst das fürchterliche „Schofför!", von neuem unheilsschwanger hinausgerufen ins scheinbar Leere, können ihn nicht mehr zurückhalten.

Etwas wie eine eilige Rollenverteilung vollzieht sich im Korridor; ein Hin und Her, Schritte, Stimmen, ein Hasten und sich Bereitstellen. Sie kommt zu halbem Stillstand, während Deutsch, dunkel und maulwurfartig in seinem dikken Winterrock, sich durch die halboffene Türe des Abteils pfercht.

Was zwingt ihn zu laufen, kaum, daß er draußen ist? Was sollen die entmenschten Stimmen, die an verschiedenen Stellen aufzuspringen und einander zuzuspielen scheinen? Und dieser donnernde Laut, dieses Poltern, wie von einer zugeschlagenen oder wild aufgeworfenen Türe? ... Ist es? ...

Nein. Denn erst jetzt ertönen die Geräusche, die gar nicht ausbleiben konnten; dieses trocken abschließende Aufbellen einer oder zweier Pistolen. Nein, ich bin nicht im Theater. Ich wohne keiner Gestaltung bei, welche die Skala meiner Erlebnismöglichkeiten auszuschöpfen versucht. Ein Mord wird vor mir begangen, ein ungespielter Mord, hier und jetzt, in dieser furchtbaren irdischen Wirklichkeit. Ich höre die Stimme dieses Mordes, bin von seiner atemberaubenden Gegenwart ganz umhüllt, in jeder Faser getroffen.

Dem trocken kargen Gebell der Schüsse folgt, unverbrüchlich wie der Donner dem Blitz, wie eine neue Harmonie dem Leitton – der dumpfe, gedämpfte Fall eines schweren Körpers. Um die Worte zu gebrauchen, die unser Quäler an den Oberleutnant gerichtet hatte: Nikolaus Deutsch hat es „überstanden".

Meine Ohren haben zu sehen gelernt. Mehr als durch bloßes Hören erlebe ich mit, wie der dunkle, schwere Sack, welchem der rebellische Geist genommen wurde, nun den Korridor entlang geschleift wird. Wohin? Haben sie ein eigenes Abteil oder einen Waggon für die „Gefallenen"? Oder geht es mit ihnen einfach zur Türe hinaus, ins Dunkel, den Bahndamm hinab? Wer kümmert sich schon darum in diesem Staat des Mordens, wenn die Vermutung nahe liegt, daß SS am Werk gewesen ist?

Ich habe keine Zeit, darüber nachzudenken, denn da ist unser Peiniger auch schon wieder – furchtbar erregt. „In's Licht!" brüllt er! „In's Licht, ihr Juden!" Wahllos schlägt er jetzt drein und mit verdoppelter Kraft, wie berauscht vom Blut, das er eben vergossen hat. „In's Licht! ... In's Licht, ihr Hunde!"

Im Korridor sagt eine Stimme laut – vielleicht sollten wir es hören, als die einzige Öffentlichkeit, vor der man sich hier rechtfertigen kann: „Flüchten hat der Jud wollen. So ein Hund! ... Der wird nicht mehr flüchten."

Als am nächsten Tag jene von uns, welche die Nacht mit noch brauchbaren Gliedern, wenn auch nicht klaren Sinnes, überdauern konnten, im Sonnenlicht eines erschütternd herrlichen Herbsttages in Reih und Glied aufgestellt stehen, verliest ein auf einem großen Tisch stehender SS-Mann die Namen jener, die anwesend sein sollten. Meist folgt dem Anruf das erwartete „Hier!", manchmal bleibt es aus.

Grauen, seltsam mit Feierlichkeit vermengt, faßt mich an, als der Name N i k o l a u s D e u t s c h ins Weite hallt – zwei, drei, vier Mal, und als die Antwort auf jeden dieser Anrufe in einem immer hohleren, immer anklagenderen Schweigen besteht.

Die Umstände, welche diesen Fehlenden daran hindern, sein „Hier“ zu rufen, stehen eindringlich vor meinem Geist. Und ich nehme mir vor, falls ich die Freiheit dazu erlangen sollte, sie einer Welt mitzuteilen, die langsam lernt und rasch vergißt.

Die Bremsen kreischen lauter. Sie überwältigen die Eile des Zuges, bis er nur mehr in kleinen Rucken vorstößt. Jetzt steht er.

Wir sickern in den Korridor, angereiht zum Aussteigen. Auf einer nebeldurchbrauten Baumreihe liegt Sonne. Hell getünchte saubere Häuschen mit roten Dächern erwecken in mir Gefühle, die zwischen Erinnerung an Altvertrautes und Ingrimm schwanken. Ganz vorne an der in einer Kurve nun still daliegenden Waggonschlange erspähe ich die Lokomotive und neben ihr einen kleinen, anspruchslosen Alpenbahnhof von der Art, wie ich sie von vielen Sommer- und Winterferien her kenne.

Noch wissen wir nicht, wo wir sind. Vermutlich ist es Bayern, doch das weitoffene, freundliche Hochtal könnte ebensogut irgendwo in den Alpen liegen. Die Luft, die durch die Fensterritzen eindringt, ist auf jeden Fall erlösend. Ich schließe die Augen und atme tief.

Nach dem Mord an Deutsch war die dramatische Hochspannung in unserem Abteil einer unwahrscheinlichen Stille gewichen. Der Tatendrang der Zugs–SS schien sich anderen Abteilen zugewendet zu haben. Doch von dem, was dort vorgegangen war, erhielten wir erst nach dem Aussteigen indirekt Kenntnis, als wir an einer mit Leichen bereits beladenen Lore vorbeiliefen und sahen, wie Kameraden aus dem Zug neue Tote in Zivilkleidern heranschleppten. Allerdings hatte ein Gespräch zwischen zwei SS–Männern, das ich noch im Zug belauschen konnte, einiges angedeutet.

Es war im allerersten Morgenlicht, im grämlichen und dennoch schützenden, Mord und Grauen in das Reich der Unwahrscheinlichkeit verweisenden Licht des neuen Tages. Ein Spalt der Abteilstüre stand offen, und ich saß auf dem Fußboden, auf demselben Fleck, den vor mir Nikolaus Deutsch eingenommen hatte, ohne daß mich diese Erbschaft im Zuge der uns aufgezwungenen „neuen Sachlichkeit" viel angefochten hätte.

Da erscheinen, leicht schwankend, wie Tänzer aus einem Ballsaal, die Kühle und Rast suchen, zwei halbwüchsige SS–Jünglinge im Korridor. Nicht mehr als zwei Schritte weit von mir bleiben sie stehen, lehnen sich jeder an eine Seite des Waggonfensters. Sie sehen wie uniformierte Bauernjungen aus. Gesichter von Milch und Blut, noch ohne Bartflaum, typische Alpensöhne, wie ich sie von Skitouren und Klettereien gut kenne.

Die beiden entzünden Zigaretten und berichten einander wie Jäger nach beendeter Jagd – das gehört unter Kameraden zum Ausruhen dazu – von ihren Großtaten und Mißgeschicken der Nacht. Der eine, ein besonders hübscher Knabe, führt bittere Klage. Die Repetierpistole, die er ärgerlich aus ihrem Futteral zieht, hat ihn in dieser einen Nacht – ist es zu glauben – nicht weniger als zweimal im entscheidenden Augenblick im Stich gelassen.

„Stell' der vor: Da will i so an Hund ane aufabrenner, der wie a g'stochene Sau schreit und zur Waggontür satzt – aber der Dreck geht mer net los. I druck' no amol. Ja da kannst aber grad so guat auf an Stan druck'n. ... Stell dir mei Situation vor. Fast g'want hab' i. Und mit sowas soll ma dann Fluchtversuche verhindern kenna."

Noch einmal taucht mein Blick in das Gesicht des Sprechenden. Es bleibt das frische, harmlose, samtig durchblutete eines jungen Älplers; es fährt fort, die friedlich entrückte, großzügig haßlose Bergwelt vor meinen Geist zu stellen, der es entstammt. Es hat nicht die geringste Ähnlichkeit mit der hart gezeichneten, degenerierten Visage von Verbrechern, wie das Kino sie zeigt, und wie sie in gewissen Vierteln moderner Großstädte unter fahlen Laternen aus dem Dunkel tauchen.

Ohne jede Furcht hätte ich mich noch vor kurzem dem Träger dieses Älplergesichtes in den Bergen anvertraut. Und kein Zweifel kann bestehen, daß er sich bei der Rettung oder Talbringung eines abgestürzten Kletterers – selbst eines jüdischen – aufopferungsvoll benommen haben würde. Was hat sich da zugetragen? Was erklärt die erschütternde Wandlung vom friedlichen Holzfäller oder Bauernjungen zum Mörder aus Lust und Sport – wenn es überhaupt eine Wandlung ist, und nicht bloß eine Demaskierung?

Der Brennpunkt des Transportdramas, der grell beleuchtete Bühnenfleck, ist wohl aus unserem Abteil abgewandert, aber das bedeutet keineswegs, daß wir der Langeweile preisgegeben sind. Immer noch und immer wieder ist ein Scherge über uns. Die Lichtfolter nimmt ihren Fortgang und höchste Vorsicht bleibt geboten. Erst gegen Morgen bringen die vorgeschrittene Ermüdung der Wächter, unterstützt von ihrem Sinn für Abwechslung, und die im nahenden Tageslicht verringerte Wirkung der Glühbirnen eine neue Note in das Programm. Ihr etwas subtil Teuflisches und Originelles abzusprechen, ist nicht gut möglich.

Wir müssen nämlich singen. Ja, so unglaublich es sein mag: singen. Jeder einzeln, ein Lied, eine Arie, eine Walzermelodie, was ihm gerade in den Sinn kommt – zerschlagen, besudelt, erniedrigt, mit Grauen ausgestopft bis in die Augen, wie er ist.

Das zerbrochene, von Schluchzen unterhöhlte Krähen oder Wiehern, das da aufsteigt, bis es, von der eigenen Unglaubwürdigkeit überwältigt, versickert oder mitten im Wort abbricht, läßt uns Gefangene die Augen abwenden vor Scham, daß auch wir der menschlichen Gattung angehören. Es ist Gaudium für die Bedrücker und Nahrung für ein Überlegenheitsgefühl, an das sie trotz aller Propaganda nicht ganz glauben können. Das also wollen die musikalischen Juden sein! Die so überklugen, so begabten, sich so überlegen dünkenden! Da kann man nur lachen. Einer der Schergen kläfft es unter Gelächter in eingewerkelten Phrasen heraus. Uns aber dämmert auf, was die vermeintlichen Gehörshalluzinationen bedeutet hatten, die aus Nachbarabteilen zu uns gedrungen waren.

Leichthin und wie unbedacht stellt unser erster Bewacher jetzt die Rundfrage, die mir bald als der verschämte Abschluß der ganzen Bewachung erscheint und tatsächlich zu einem Wendepunkt wird. Neue Kraft und neue Hoffnung strömen in mich ein.

Unvermittelt spricht der SS-Mann den ihm zunächst sitzenden Gefangenen an. Seine Stimme entbehrt aller Unfreundlichkeit, ja klingt fast kameradschaftlich: „Woher hast denn diese Verletzung?" Er deutet auf das Nasenbein des Befragten. „Blutet ja."

Es dauert bei dem einen Gefangenen länger, bei dem anderen kürzer – beim ersten, wie sich begreifen läßt, am längsten – bis er versteht, und seine immer wieder verbesserte Antwort Gnade findet vor der steinernen Faust, die jede falsche Antwort mit einem scharfen Hieb quittiert. Dann aber ist er auch schon in die Erkenntnis hineingeprügelt, daß er niemals geprügelt wurde.

Die zuletzt Gefragten antworten ohne Zögern. Einer nach dem anderen sagt aus, vielfach ohne sich um die kleinste Ausdrucksvariante zu bemühen, daß er sich im übervollen Zug angeschlagen habe oder beim Einsteigen gestolpert sei.

Dieses Einpauken der Unwahrheit ist für mich ein Stück blauen Himmels im Gewölk meiner Verlorenheit. Denn was sonst kann die Übung bedeuten, als daß wir im Begriffe sind, an einem Ort anzukommen, wo unser zerbeulter Zustand nicht gerne gesehen, wo die Folterorgie der Nacht verurteilt wird?

Sie wird also nicht fortgesetzt werden. Menschenwürdige Behandlung wird einsetzen. Ich werde also, vielleicht, mit ungebrochenen Knochen und unzerstörten Sinnesorganen aus dieser Hölle, in die ich da abgestürzt bin, herauskriechen können; werde den Selbstmord nicht begehen müssen, dem ich ins Leben Verbissener in dieser Nacht in meinen Gedanken so nahe gekommen bin. So reich durchflutet mich neue Hoffnung, daß die letzten Viertelstunden der Fahrt in einem Gefühl vorüberfliegen, das man fast freudige Erregung nennen könnte.

Ehe der Zug das Tempo verlangsamt, beginnt unser Überwacher – selbst jetzt tritt uns der Mensch nicht von Angesicht zu Angesicht gegenüber – uns Verhaltungsmaßregeln für das Aussteigen zu geben. Das Erschossenwerden nimmt darin viel Raum ein. Wer sich verzögert, die Waggonstufen nicht herunterspringt, nicht sofort dann den Zug entlang nach vorne läuft, kann als fluchtverdächtig erschossen werden. Ebenso, wer sich umsieht oder mit anderen Gefangenen spricht.

Mitten im Vortrag hören wir auf, ihm volle Aufmerksamkeit zu schenken. Denn mit einem Mal, ausgelöst durch ein Wort, einen unscheinbaren Zusammenhang, springt uns die Frage an: „Werden wir wieder durch eine Prügelgasse laufen müssen?"

Die zerrütteten Nerven halten dem Gedanken nicht stand. Die bereits wie in den Körper eingesunkene und von dort herausschreiende Angst läßt uns haltlos zittern. Selbst die Drohung des Erschossenwerdens erscheint vergleichsweise farblos.

Die Mahnungen werden aber, für mich wenigstens, auch von anderer Seite her durchlöchert. Aus der Vorstellung des Aussteigens, die sie heraufbeschwören, steigt immer befreiender ein Gedanke auf, der das Dunkel jeder Drohung verklärt. Es ist der Gedanke an die frische, unverpestete Luft, die wir werden atmen dürfen. Im Geiste sauge ich sie schon jetzt tief in mich ein. Es ist der Gedanke, daß wir die steifen, gepeinigten Glieder wieder strecken und beugen können und vom Strahl der verhaßten Glühbirnen erlöst sein werden. Wer hat genug Phantasie, um sich Übel vorzustellen, die solche Verheißungen zu übertönen vermögen?

Durch die Abteilstüre und die Waggonfenster im Korridor erhaschen meine Augen vorübereilende Ausschnitte spätherbstlicher Landschaft – vergilbte Wiesen, abgeerntete, in aller papierenen Trostlosigkeit noch beglückende Maisfelder, dampfende Ackerfurchen, Pfade, Hügelzüge. Der Anblick bringt mir zum Bewußtsein, wie lange dies alles uns Juden schon vor dieser Fahrt geraubt war; wie lange wir unsere von Hakenkreuzen verseuchten Ghettos ohne Ketten und Mauern nicht hatten verlassen dürfen, um aus der ewigen, still wartenden Quelle friedlicher Natur einen Trunk beglückender Erneuerung zu tun. Nach dem Kalender war es kein volles Jahr gewesen, nach dem Zeitmesser meiner Sehnsucht ein halbes Menschenleben.

Jetzt ist also der grimmige Augenblick herangekommen. Wir laufen den Zug entlang – eine dunkle, verängstigte, atemlos schweigsame Herde. Kein Teufelsspalier bezeichnet den Weg, keine Faust erhebt sich gegen uns. Niemand brüllt.

Aber gerade das starre Schweigen der uns beobachtenden SS aller Ränge und der Halbkreis ebenso starr und schweigsam auf uns gerichteter Maschinenpistolen üben eine fürchterliche Wirkung aus. Die Nervenpein bleibt hinter der des Spießrutenlaufens kaum zurück.

Worauf zielen diese Vorbereitungen ab? Welchem Schicksal nähern sich Menschen, denen mit dieser unheilverkündenden Stummheit begegnet wird? Daß der Aufwand bloßer Vorsicht entspringt, ist höchst unwahrscheinlich. Wohin sollte einer der zerrütteten, nun deutlicher als je gebrandmarkten Menschenhammeln fliehen wollen im fremden Land? Was könnte der Erfolg einer „Rebellion“ sein?

Dezimierung erscheint also das Geringste, was der tödliche Grimm der Veranstaltung erwarten läßt. Der kleine Anstoß, der das Signal dazu geben wird, kann nicht ausbleiben. Mein ganzes Nervensystem erwartet ihn. Ich höre im Geiste den Schrei, den eines der Menschenwracks in den ungeschlossen-wehenden Mänteln ausstößt. Ich sehe, wie ein Gefangener sich, erschöpft oder verzweifelt, zu Boden wirft. Und erlebe, wie die schwarzen, runden Kindermünder rings um uns zu rattern beginnen und ihre stählernen Kirschenkerne auf uns spucken.

Doch, Wunder und Gnade, nichts von all dem geschieht. Nur dehnen sich die Augenblicke unseres Laufens zu Ewigkeiten, in welchen der Laut keuchenden Atems und das Scharren eilig hingeschleppter Füße übergroß aufwachsen, unseren ganzen Bewußtseinsraum erfüllen.

In der Nähe des Stationsgebäudes stehen die bewaffneten Roboter besonders dicht – eine Art Riegel, der uns von dem Bahnhof weg- und einem Nebengeleise, dem Beginn und Ende einer Vizinalstrecke, zulenkt. Dort warten, ohne Lokomotive noch, zwei weit offene, leere Viehwaggons.

Niemand erteilt einen Befehl. Das Schweigen bleibt tief. Doch wir erklettern die Viehwaggons ohne Verzug und wie aus einem Instinktwissen heraus, daß dies von uns erwartet wird. Im Nu sind die beiden Kästen mit menschlichen Leibern so dicht gefüllt, daß niemand mehr richtig stehen, aber auch nicht umfallen kann.

Die große Schiebetüre wird zugekracht und von außen verriegelt. Auf dem Waggondach beginnen die Schritte eines auf- und abgehenden Postens – ohne Zweifel mit schußbereiter Maschinenpistole – ihren harten Rhythmus zu trommeln.

Dennoch soll mir der Augenblick, in dem das Dunkel des geschlossenen Waggons über uns herfällt, als eine der Erlösungen, der gnadenvollen und tief belebenden Entspannungen meines Lebens in Erinnerung bleiben. Wir sind, empfinde ich – wo auch immer es hingehen mag – allein, unüberwacht. Wir dürfen, nun, da das Dunkel allmählich in Dämmerung übergeht, die Augen schließen, wenn es uns gefällt, oder sie in die noch schwarzen Ecken auf die Weide schikken. Wir dürfen das wundgeprügelte Gesicht auf die Brust sinken lassen oder an das rauhe Holz der Waggonwand lehnen.

Bruder Holz, murmle ich unhörbar, du hast Späne; man kann sich an dir verletzen, aber du willst einem nicht übel. Du bist ein Ding, und mir darum nahe, darum willkommen, denn du bist frei vom Fluch menschlicher Häßlichkeit.

Wir können – deutlichstes Zeichen der eingetretenen Veränderung – sogar flüstern miteinander. Doch die Gefährten nützen die Möglichkeit zu sehr aus. Ihr Gemüt, wie ein Schwamm vollgesogen mit Grauen, läßt das Übermaß in Gestalt von belanglosen Mitteilungen oder unangebrachten Tiraden abfließen. Was als Wispern einsetzt, schwillt rasch zu wildem Schullärm an. Wenn das Zischen von Besonnenen dreinfährt, nimmt er nur für Augenblicke ab, und selbst die Kolbenschläge an die Waggonwand, die dunkle Mahnung bringen, können den Lärm nur zu kurzem Schweigen bringen.

Die prickelnd kalte Höhenluft, die ich während des Laufens mit Lust in mich eingetrunken hatte und die das samtene Dunkel um uns zuerst erfüllte, verdirbt zusehends; die Hitze, welche die eng zusammengepferchte Herde ausströmt, beginnt mir Übelkeit zu verursachen; bald glaube ich, dem Ersticken nahe zu sein.

Plötzlich springt Angst auf – jähe, aus Urgründen des Instinkts hervorquellende, daß die beiden Waggons eine Stunde oder zwei stehen gelassen werden könnten. Nicht mehr wäre notwendig, um viele von uns bereits jetzt nach Luft Ringenden, auf die natürlichste Art „ausfallen" zu lassen.

Warum eigentlich sind unsere Feinde, die Meister feigen Mordens, noch nicht auf diesen Gedanken verfallen? Wollen sie etwa heute damit beginnen? Eine einfachere Methode der Vernichtung, einen unschuldiger aussehenden Nachlässigkeitsmord kann man sich wohl kaum ausdenken.

Doch unerwartet klappt ein Verzweifelter das Lukenbrett herunter, das er an der dem Perron abgewendeten Wand, hoch oben, entdeckt hat. Durch den schmalen Streifen vergitterten Blaus, der uns grüßt, dringen Kühle und Licht. Von allen Seiten trachten die Gefangenen näher heranzukommen. Streit bricht aus, und zuletzt bestehen Ängstliche – nicht ohne guten Grund – darauf, daß die Klappe wieder geschlossen wird. „Wollt ihr, daß sie hereinschießen? Wartet wenigstens, bis wir fahren, und die offene Luke von draußen nicht gesehen werden kann!" So schließt der Streifen von Himmelsblau sein Auge also wieder.

Der kleine rundliche Herr neben mir, mit den dicken Augengläsern, dem eingedrückten steifen Hut und dem gestern noch unbesudelten Samtkragen-Winterrock – der ganze Mensch ein Petrefakt aus einer verkalkt behäbigen Welt, deren Friede und Menschlichkeitsbegriffe mir mit einem Mal wie ein verlorenes Paradies erscheinen – ist mir im Grunde genommen höchst unsympathisch. Unter anderen Umständen wäre er mir als Gesprächspartner unwillkommen. Doch jetzt meldet sich auch in mir ein überstarkes Bedürfnis nach Mitteilung. Die unbestimmte Erwartung, die ich daran knüpfe, durchbricht alle Bedenken, setzt sich wie ohne mein Dazutun durch.

Kaum habe ich eine leise Frage an ihn gerichtet, da beginnt der mechanische Apparat, der er geworden ist, und den meine Worte an einem Auslösungspunkt berührt haben, seine Walze abzurasseln – wirres, unzusammenhängendes Zeug. Der Strom des leeren Geschwätzes trotzt jedem Versuch, es aufzuhalten. Als selbst beharrliches Schweigen den Apparat nicht abstellt, wende ich ihm den Rücken zu.

Die Luft füllt sich mit dem beizenden Geruch von Urin, welchen die Menge gegen die Waggonwand oder wohin es gerade trifft, abschlagen muß. Ich bin nahe daran, mich zu übergeben. Da setzt sich endlich der Zug in Bewegung, sehr langsam zwar, ruckend und rüttelnd, aber Luft dringt durch die Fugen des Kastens und der Gestank läßt nach. Trübsinn und Bängnis weichen, und alles hält die Augen erwartungsvoll auf die Stelle geheftet, an der früher das blaue Viereck geleuchtet hatte.

Endlich kann man annehmen, daß der Zug sich durch die eigentliche Ortschaft hindurchgewunden hat und nun in freierem Gelände dahinfährt. Der Übergriff dürfte jetzt unbemerkt bleiben. Das Lukenbrett wird wieder heruntergeklappt.

Baumwipfel wischen in regelmäßigen Abständen durch das nun wieder leuchtende Auge. Wenn der Rhythmus aussetzt, zeigt helles Geratter und ein Stück rötlichen oder grünen Gibeldachs an, daß wir nahe an einem Gehöft vorbeifahren. Die Geräusche und vorbeifliegenden Bildausschnitte sind für mich reich an Bedeutung, voll Erinnerungen an ferne Seligkeiten. Aber erlösender als alle Wiegenlieder für Ohr und Auge ist die reine Kühle, die mit einem schrägen Prisma goldenen Lichts in die dunkle Ausdünstung unserer Not dringt.

Alle Köpfe sind dieser hereinströmenden Kühle und dem Licht entgegengestreckt. Sie trinken sie in sich ein, andächtig, inbrünstig, mit einer Hingabe, die an Gebet und an den

Säugling an der Mutterbrust erinnert. Die Bevorzugten, die in der Nähe der Luke und damit in einem Chiaroscuro stehen, das ihre Züge eindringlich scharf herausarbeitet, werden von der unbestimmter profilierten Menge im Hintergrund immer mehr an die Waggonwand gepreßt.

Es ist sehr still geworden in dem wackelnden Kasten. Das kleinstc Flüstern schweigt in der aufgewühlten Andacht der nach langem Durst sich an atembarer Luft satttrinkenden Herde.

Noch sehe ich das dampfende Strahlenprisma, das trostreich durch die vergitterte Öffnung fällt, und, in seinem dämmrigen Verebben, die herangedrängten, abgehärmt häßlichen, aber in ihrer Andacht tief ergreifenden Menschenköpfe. Doch schon im Augenblick, wo dieses Bild als leibhaftige, tausendfältig umwitterte und durch nichts zu bannende Gegenwart vor meinen Sinnen steht, erkenne ich die gnadenvolle, erschreckende Anrufung, die sich an den Künstler in mir richtet.

Mit aller Empfänglichkeit und aller Kraft ergreife ich die düster leuchtende Gabe, die mir wie zur ergebeneren Hinnahme alles Bevorstehenden dargeboten wird.

Mit einem wahren Indianergeheul springen fünf oder sechs Bauernjungen aus dem Fliedergesträuch neben dem Kiesweg. Das Pony bäumt sich auf, schlägt zweimal hoch aus, fällt auf die Hinterhufe zurück. Ich kann mich nicht länger im Sattel halten. Einen Augenblick lang bleibe ich unnachgiebig: Und selbst wenn ich mir das Genick breche! Dann werden sie wegen Mordes angeklagt und hingerichtet werden. Doch mein Wunsch zu leben, und das womöglich unverletzt, siegt. Ich mache die „Rolle über die rechte Schulter", in der ich im Jiu-Jitsu Kurs allen voran war.

Warum diese Landjungen mich und meinen Bruder nur so hassen? Obwohl wir ihnen gar nichts getan haben und mit ihnen spielen möchten, ja, obwohl ihre Väter uns mit Achtung behandeln, mit „ifiur" ansprechen, was ungefähr „junger, gnädiger Herr" bedeutet, und die Mütter uns immer anlächeln, wenn wir an den Haustüren oder Arbeitsplätzen vorbeigehen.

Meine rechte Schulter und der Nacken schmerzen heftig. Der Kies ist klein, aber scharf. Ich war nicht weich genug im Kreuz, kann auch sein, daß ich zu lange getrotzt habe.

Aber ich liege ja gar nicht auf dem Kiesweg, versuche auch nicht, die Zügel des Ponys festzuhalten, blicke dem Davongallopierenden, als ich loslassen muß, gar nicht traurig nach. Keine Spur von all dem. Ich sitze auf der Bank vor der Hütte am Loser, die schwarzseidene Schlinge abgestürtzer Touristen um Hals und Arm. Der breite, roh gezimmerte Tisch, auf den ich gestützt bin, steht dicht am hölzernen Geländer, nahe dem Abgrund. Ich blicke über das grün leuchtende Becken in der Tiefe hinweg und lasse meine Blicke zuletzt über dem stählern gleissenden, reglosen See in seiner Mitte ruhen. Die dunklen Fichtenminarette stürmen in der warmen Vormittagssonne den steilen Hang herauf.

Plötzlich erscheint Jeremias, erst sein Kopf, dann der Oberkörper, aus der Tiefe. Er ist außer Atem und trocknet sich die Stirne mit einem blaugetupften Taschentuch. Er trägt einen schweren, prall gepackten Rucksack, dessen Gewicht ihm Rock- und Hemdkragen vom Halse wegzieht, und auf den eine Wolldecke und darüber ein Paar genagelte Reserveschuhe aufgeschnallt sind. Eigentlich ungehörig, so toll bepackt auf einen Berg zu gehen – und gar für einen Philosophen, denke ich. In die schmale Hand eines Philosophen gehört eine Rolle Papier, wie man sie auf den Monumenten sieht. Damit muß er auskommen können.

Jetzt hat Jeremias die Höhe erreicht, wirft die Beine über das Geländer, und sagt: „Ich gehe nach Erez, nach Zion. Auch du wirst nachfolgen. Aber erst mußt du die Aufgabe lösen, die ich dir gestellt habe, du weißt schon – dieses Stilleben mit den Lichtreflexen: die grüne, bauchige Flasche und der Kerzenhalter aus Messing, in denen sich die Schachtel mit den Zündhölzchen und die dicke, weiße Porzellanuntertasse spiegeln."

Jeremias hat sich nämlich in den Hofmeister meines Bruders verwandelt, der mir in den Sommerferien Mathematik- und Zeichenstunden zu geben pflegte. Sein Auftrag behagt mir nicht. Wie soll man malen können nach einem Unfall, und noch dazu in dieser grellen Sonne. Das Licht blendet mich. Malen hat jeden Sinn verloren unter Umständen wie diesen. „Das sind Ausreden. Man kann immer malen", kommt es zurück. „Du bist nur faul."

Jetzt ist es wieder Jeremias, mit dem ich spreche. Er schreitet mit langen Schritten aus, wendet sich aber nach mir um. „Wie weit ist es nach Zion?" frage ich etwas bedrückt. „Kann man nicht fahren?"

„Man kann," sagt er, „aber es wäre nicht recht, es sich bequem zu machen – wo so viele darum kämpfen und sterben müssen."

Ein sonngebräuntes Gesicht mit hohen Backenknochen unter einer Militärkappe steht über mir, während die Spitze eines Stiefels, nicht unsanft, an meinem Körper stöbert. „Nanu? Auch etwas gebrochen? Arm? Bein? Rippen? Möcht' mich nicht wundern. Schönen Sprung gemacht."

Ich sperre meine Augen auf. Wo bin ich? Das ist nicht der junge Gutsadjunkt, der mir in Rendeg Puszta nach dem Sturz vom Pony zu Hilfe gekommen ist. Wohl hat auch der eine alte Husarenkappe getragen und meist deutsch gesprochen. Aber „Nanu?" hätte er doch nie gesagt. War der spitze Schrei, der mir im Ohr nachklingt, auch nicht von dem Bauernjungen ausgestoßen worden, den ich im Sturz mitgerissen hatte?

Die Stiefelspitze an meiner Hüfte und ein dringlicher wiederholtes „Nanu!" bringen mich auf meine Beine, und mit einem Schlage weiß ich, wo ich bin. Rendeg Puszta, die schöne Gutspachtung meines Vaters, der Sturz vom Pony, das Gespräch mit Jeremias waren Traum gewesen. Auf dem hohen Bahndamm hinter mir stehen, wieder offen, wieder leer, die beiden Viehwaggons, die wir bei dem kleinen Alpenbahnhof erklettert hatten.

Aber vor mir, kaum zwei Meter entfernt, liegt Jeremias, im veränderten, unerbittlichen Licht der Wirklichkeit, in dem zerrissenen, mit Erde beschmierten Herbstmantel, den er auf der „Liesl" noch unversehrt getragen hatte. Wieder sind seine dunklen Augen in ernster, liebevoller Überwindung des ihn Bedrängenden auf mich gerichtet. Eben treten zwei Mitgefangene, von einem SS-Mann geführt, mit einer Tragbahre auf ihn zu, um den offenbar Verletzten wegzutragen. Ich mache zwei rasche Schritte, um neben ihm zu sein.

Da packt mich der SS-Mann mit dem breiten Gesicht, der an mir gestöbert hatte, hart am Arm. „Halt! Dort – gehörst du hin. Marsch!"

Während ich mich in die Schar der Auswaggonierten menge, geht in mir allerlei vor. Ein Teil meiner Gedanken hält an Jeremias fest. Daß er so unvermutet wieder in meinem Gesichtskreis aufgetaucht ist, also mit zu den Verdammten gehört und die furchtbare Fahrt miterlitten hat, während ich gar nicht an ihn gedacht hatte, all dies erschüttert mich in einer besonderen, seltsamen Art. Es wird mir eindringlich klar, wie sehr Furchtbarkeit oder Glanz eines Erlebten von der Person des Erlebenden abhängen und vom Grade, in welchem wir uns durch Erfassen seines Wesens mit ihm identifizieren können.

Was ist diesem Empfänglichsten unter uns jetzt, beim Absprung aus einem der Waggons zugestoßen? War er es, der den spitzen Schrei ausstieß? Habe ich ihn mit meinem wilden Sprung zu Fall gebracht? Wohin tragen sie ihn? Werde ich ihn wiederfinden?

Aber fast gleichzeitig mühe ich mich damit ab, den Zusammenhang der Ereignisse wiederherzustellen, die meiner Betäubung unmittelbar vorangegangen waren. Wohl fühle ich, daß dies eigentlich ganz unwichtig ist, aber dennoch ringe ich darum, dieses Dunkel aufzuhellen, als ob es um ein kostbares, wichtiges Geheimnis, einen wichtigen, verlorenen Besitz ginge.

Erst als ich in der vergeblichen Bemühung nachlasse, dämmert das Untergegangene wie freiwillig vor mir auf. Ich sehe mich selbst, von Fahrtgenossen umgeben, in der weit aufgerissenen Schiebetüre des Viehwaggons. Wir starren in den leeren Raum, der sich vor uns öffnet. Was hat das unvermittelte Halten des Zuges auf offener Strecke, was haben die offenen Schiebetüren zu bedeuten?

Wir begreifen nur, daß von uns erwartet wird, kurzerhand aus dem Waggon zu springen, dessen Höhe sich durch die des schrägen Bahndamms vervielfacht hat. Denn wir sehen jetzt auch den Halbkreis von geschickt aufgestellten Maschinengewehren, der die beiden Waggons umringt.

Der Sprung ist keine Kleinigkeit, und man könnte glauben, daß ich ihn ängstlich oder zögernd unternommen habe, während sich meine Gedanken zugleich in die grimmigen Unbestimmtheiten dieser Ankunft vortasteten. Vermutlich wäre dies auch der Fall gewesen, wenn ein besonderer Eindruck mich nicht gerade in diesem Augenblick aller Überlegung und Angst entrückt hätte.

Was ich in dem kurzen Dastehen in der offenen Schiebetüre eigentlich, ja fast ausschließlich sehe, was jeden anderen Gedanken aus mir verdrängt, sind – ein paar hohe, von der Morgensonne bis zur halben Stammhöhe herab vergoldete, verzauberte Fichten.

Nicht mehr als etwa 80 Schritte ragen sie vor mir auf, Vorposten eines gleichfalls besonnten kleinen Wäldchens, das ihnen auf den Fersen nachschleicht. Der warme Glanz des herbstlichen Lichts durchwebt geruhsam ihr dunkles Grün.

Der aufwühlende, an Stunden feinster, schöpferischer Sammlung und innerster Seligkeit erinnernde Anblick umhüllt mich so sehr, daß ich nur ganz oberflächlich bemerke, daß der größere Teil der vor mir Abgesprungenen den Bahndamm hinunterkollert.

Die Fichten im Auge und im Sinn, wie getragen von ihrem Anblick, springe auch ich und mache, als ich erkennen muß, daß ein glattes Landen ausgeschlossen ist, erst im letzten Augenblick die „Rolle“, höre etwas gedämpft den spitzen

Schrei und liege mit schmerzendem Arm – in Rendeg Puszta auf dem Kiespfad.

Die Bloßlegung des Zusammenhanges befreit meinen Geist. Ich blicke um mich und glaube zu erkennen, warum es gerade ein Gut meines Vaters war, wohin meine Betäubung mich zurückgetragen hatte. Der mit einem niederen, weißen Bretterzaun umgebene Reitgrund, der sich an das Wäldchen anschließt, die lange Reihe einstöckiger, reinlicher Gebäude im Hintergrund, Kasernen oder Ställe, erfüllen mich mit Bildern aus meiner Knabenzeit. Die Gerüche von Gutshof, Pferdestall, Heu, Zaumzeug und Wagenpolsterung sitzen mir in der Nase. Sie mengen sich mit den Aromen meiner Militärzeit und bringen Erinnerungen an Sorglosigkeit und Jugend, die ich – warum nur? – nicht tief genug genossen habe.

Zwei kleine Gruppen makellos gestiefelter Offiziere ohne Waffen und Mäntel beobachten uns lässig aus einer Wolke halb ländlicher, halb weltmännischer Loslösung. Ihre erfreuliche Erscheinung vervollständigt die Melodie des Vergangenen und die der immer noch in mir schlummernden Sehnsüchte. Weder Ungeduld, noch Verachtung oder Feindseligkeit spricht aus den Mienen dieser Halbgötter, unter deren Augen eine Art SS-Feldwebel bemüht ist, uns in eine kleine Marschtruppe zu formieren. Nicht anders, zwischen Langeweile und Anregung, pflegten österreichische Kavallerieoffiziere der Ankunft von Rekruten oder der Auswaggonierung von Remonten zuzusehen.

Die trocken kalte, durchsonnte Luft (seit der letzten Nacht für mich eine unfaßliche Gnade und Kostbarkeit) wirkt auf mich wie ein Kohlensäurebad; ich genieße ein lange entbehrtes Kraftgefühl und fühle mich von beglückender Zuversicht getragen.

Selbst die kleine Beobachtung, daß die SS-Leute in der landwirtschaftlich-militärischen Anlage, die uns aufgenommen hat, in dünklerem Grün uniformiert sind, als die Mordgesellen aus dem Zuge, und ihre Kappen mit einem kleinen silbernen Totenkopf verziert sind, trägt zu meiner Erleichterung nicht wenig bei. Da es sich um eine andere Spielart von SS handelt, denke ich, kann diese nur menschlicher, keinesfalls blutrünstiger sein als die Spezialmannschaft im Zuge.

„Kolonne: stillgestanden! ... Ausrichten! ... Aufdecken! ... Kolonne: Schritt marsch!“

Die Kommandos sind militärisch; die Truppe, die sich Mühe gibt, ihnen gerecht zu werden, ist es nicht. Ein Schwarm engbrüstiger, straffen Gehens unfähiger Jammergestalten wankt und flattert hinter und neben den Kraftgestalten sonngebräunter SS-Männer einher. Auf den hochgezogenen schmalen Schultern hockt die durchlittene Nacht. Am Schritt, an der Kleidung, an den Gesten jedes einzelnen glaubt man das Kaffeehaus oder den Geschäftsladen zu erkennen, in dem er sein Leben verbracht hat.

Zwei Offiziere, an denen der Elendshaufen vorüberstolpert, schütteln die Köpfe. Auch in ihren Gesichtern steht weder Haß noch Verachtung – nur Erstaunen, das an Enttäuschung grenzt: „Und diese verängstigten, blutleeren Schatten, dieser armselige Menschenmißwuchs, den man einfach umblasen könnte, sind die gefährlichen Juden??“

Nach der qualvollen Reglosigkeit im Zuge jetzt richtig ausschreiten zu dürfen, belebt mich vollends. Ich marschiere betont stramm, bemerke aber bald, daß ich den schöngestiefelten Gaffern, den Halbgöttern, und hinter diesen einem ganzen Kreis von imaginären Ich-Gestalten zeigen will, daß es auch unter uns Juden einige gibt, für die es einen wichtigen Teil ihres Lebensbegriffes ausmacht, einen Körper zu besitzen, mit dem sie „Lust und Müdigkeit der Glieder“ fühlen können.

Sofort mäßige ich meinen Eifer und schäme mich der kläglichen, und doch so hilfreichen Eitelkeit, die einen dazu verführt, noch vor seinen Schändern und Bedrückern, ja, gerade vor ihnen, bestehen zu wollen.

Die Anlagen, denen wir zuschreiten, verlieren im Näherkommen nichts von ihren reinen Linien, ihrer geschmackvollen Erfreulichkeit. Was immer auch ihr Zweck sein mag, sie sind großzügig und nicht ohne Schönheitssinn hingesetzt. Wieder hebt mich eine Welle von Zuversicht.

Es wird militärisch streng zugehen hier. Gewiß. Ganz besonders streng, vielleicht. Aber mit hartem Entschluß, mit Mut und all der Sportlichkeit, die man im Laufe der Jahre im geheimen Kampf gegen eine Welt des Hasses in sich gestählt hat, wird es geleistet werden können.

Dieser Dickwanst da neben uns, der seine SS-Uniform fast sprengt, während er, Befehle hervorschmetternd, neben der Kolonne einherwuchtet – sieht man es ihm nicht geradezu an, daß er noch vor kurzem als Feldwebel in einem bayrischen Wehrmachtsregiment Rekruten gezwirnt hat und noch immer mit einem prächtig geputzten Stiefel mild gestimmt werden kann?

Was wir in der Nacht erlebt haben, war ein Alptraum. Hier atmet eine neue, großzügige Wirklichkeit, die mit kleinlich Grausamem, verkrochen Feigem nichts zu tun haben kann. Warum sollte ich erwarten, warum die Vorwegnahme in mich einsinken lassen, daß wir uns einer Stätte des Grauens und zwecklosen Quälens nähern – wie die Gerüchte es erzählen?

Bald werden wir uns in einer Aufnahmekanzlei niedersetzen dürfen, dort drüben etwa, in einem der langgestreckten weißen Gebäude hinter den schönen Rasenflächen. Man wird einen Fragebogen ausfüllen oder einem vernehmenden Offizier das Nationale abgeben.

Ich verwerfe den Gedanken, mich über die Mißhandlungen im Zuge zu beschweren. Wer davon wissen will, der sieht sie ohne alle Worte – deutlich genug. Nein, ich werde darüber Schweigen bewahren.

Umso angestrengter versuche ich dagegen, in mir alle die Gründe zu präzisieren, die ich vorbringen kann, um meine sofortige Entlassung zu erwirken. Aber selbst wenn es mir nicht gelingen sollte, dies herbeizuführen – für den Rest des Tages würde man jedenfalls in Ruhe gelassen werden; würde in den Quartieren etwas zu trinken, zu essen bekommen, wird sich waschen, in einen menschenwürdigen Zustand versetzen, vielleicht sogar ein wenig schlafen dürfen.

Wahrhaftig, man braucht dies alles, wie ich trotz der augenblicklichen Erfrischung fühle. Ganz verzweifelt braucht man es. Eine volle Ewigkeit, weit mehr als bloße Zeit, beginnt merklich zwischen mir und diesen gewohnten Notwendigkeiten zu liegen.

Freilich halten mich Nervenanspannung und die unsagbar herrliche, reine Luft hier für den Moment noch aufrecht, aber ohne baldige Rast und Nahrung könnte es gar nicht lange ausbleiben, daß selbst der Stärkste unter uns zusammenklappt. Diese Erwägung allein ist Grund genug, um anzunehmen, daß eine Mahlzeit und irgend ein Ruhelager nicht mehr fern sein können.

Sind diese komischen Spielzeuggestalten dort drüben etwa Häftlinge? Offenbar! Obwohl niemand sie bewacht, ist ihr Stand durch die betont adretten, wie erst gestern gekauften, dunkel gestreiften Anzüge aus rauh wolligem Gewebe und die lächerlich randlosen Kappen außer jeden Zweifel gesetzt. Der offene Lastwagen, den sie ziehen – ein Baum mit seinem Ast- und Wurzelwerk ist aufgeladen – läuft auf Luftreifen und Kugellagern. Schwer kann diese Arbeit nicht sein. Sie ermöglicht es dem Gehaben der Männer, zumindest aus der Entfernung betrachtet, den eingefügten Frieden auszudrücken, den ruhiges Dahinarbeiten in freier Natur zu geben vermag.

Wieder trifft mich der erinnerungsreiche Hauch von Kaserne, Gutshof, ländlichem Industriebetrieb. Wieder erfüllt mich Zuversicht, daß der geruhsame Geist, der langsam beschauliche Puls solcher Örtlichkeiten auch hier bestimmend sein wird. Auch wir – schon bin ich davon überzeugt – werden solche Wagen auf leicht rollenden Rädern schieben müssen, vielleicht Bäume in den umliegenden Wäldern fällen, auf einsamen Karrenwegen ansteigen, Zweige unter den Schritten knacken, Astwerk über uns rauschen hören.

Nun sind wir durch den breiten Torbogen mit der Aufschrift „Arbeit macht Frei" – derselben Aufschrift, die später, schamlos verrucht und wahrhaft gotteslästerlich, sogar die Vernichtungslager wie etwa Auschwitz und Treblinka zieren wird – durchmarschiert, und stehen auf dem Appellplatz.

Zum ersten Mal. Noch immer ohne zu wissen, wo wir eigentlich sind, und ohne zu ahnen, welchen Charakter, welch verhaßtes Gesicht dieser Platz bald für uns annehmen, wieviel Traurigkeit und eschütterndes Erleben er uns bedeuten wird. Im Augenblick erfassen wir kaum, daß er ein von Gebäuden fast gänzlich umschlossener Platz ist; so weitläufig liegt er da, so raumfüllend ist seine Begrenzung.

Wir bilden jetzt zwei lange, lange Reihen, die einander zugekehrt sind. Ein freier Streifen, etwa zehn Schritte breit, liegt dazwischen.

Die helle Sonne stellt die Häßlichkeit meiner mir unaussprechlich fremden Leidensgefährten unbarmherzig bloß. Ich frage mich, wieso, im Gegensatz zum Kotter des Polizeikommissariats und zu dem Korridor auf der „Liesl", der Platz hier keinen einzigen Mitgefangenen aufweist, dessen Erscheinung, Haltung oder Kleidung mir ermöglichen würde, mich ihm menschlich oder sozial nahe zu fühlen.

An den Köpfen vieler sieht man die Spiralen, Treppen und kleinen Tonsuren, die ihnen das „Haarschneiden" zugefügt hat, und obwohl ich mir die Ursache dieser Entstellung vor Augen halte, vermag mein Wissen nichts gegen den Anschein auszurichten. Die Kerle sehen aus, als hätte eine schleichende Räude ihr Haar zerfressen, oder als hätten Kanalratten an ihnen genagt. Dazu kommt, daß ihre Augen blauschwarz umrandet sind, und alle Gesichter Blutunterlaufungen jeglicher Form und Färbung zeigen. Mir dämmert auf, daß selbst die nächsten Verwandten dieser Menschen Mühe haben dürften, sie durch die Maske ihrer Entstellung zu erkennen. Mochte auch ein Teil von ihnen noch gestern die sozialen und persönlichen Erfreulichkeiten aufzuweisen gehabt haben, die es mir gestatten würden, mich hier weniger schlemihlhaft vereinsamt zu fühlen.

Ein kleiner Mensch mir schräg gegenüber bringt das fast Unmögliche zustande, durch seine besondere Häßlichkeit und sein verkommen abstoßendes Aussehen aus der Menge hervorzustechen. Über dem kurzen, bei aller Zartheit schwammigen Körper wuchtet ein unproportioniert großes Gesicht, das ich unter anderen Umständen ohne Zögern als das eines Beutelschneiders, Pferdediebes oder Zuhälters schlimmster Art angesehen hätte. Ein Auge ist unter blaurotem Lide hoch verschwollen, während das andere, das von dem unteren Lidrand weit absteht, abscheuliches Gelb aus einer bereits angetrockneten Schicht von Sekret hervortreibt.

Gerade als ich wieder fasziniert vor Abscheu zu der anrüchigen und dennoch seltsam ergreifenden Erscheinung hinüberstarre, schwankt und tappt das Objekt meiner Aufmerksamkeit aus seiner Reihe hervor. Es wendet sich nach rechts und wandert auf dem freien Streifen zwischen den beiden Reihen einem mir nicht vorstellbaren Ziele zu. Die Nähe eines Rudels von SS scheint seinem Schweben durch Schlafwelten kein Hindernis zu bedeuten.

Die Wanderung findet ein rasches Ende. Denn schon haben ein paar langbeinige Sätze eines SS-Mannes den Gnom erreicht. Der Schlag, den ihm der uniformierte Riese versetzt, ist nicht heftig. Nein, er ist es nicht. Er ist sogar in erstaunlichem Grade dem Format des Opfers angepaßt. Dennoch fegt er es der Länge nach hin.

Am Rockkragen wieder in die Höhe gerissen, wird der nun

zugleich Festgehaltene und Hochgehobene mit Fußtritten in die Einteilung zurückbefördert.

Durch den empfangenen Schlag hat der Kleine das Auge über oder hinter dem abstehenden Lid, das sich nun als ein Glasauge entpuppt, verloren. Irgendwo liegt es jetzt – im trockenen Kot des Kasernenbodens.

Wozu man, vom praktischen Standpunkt her, ein Glasauge braucht, weiß ich nicht. Vielleicht fehlt es dem Unseligen jetzt nur als ein gewohnter Besitz, als ein Gegenstand, der seine Kleidung vervollständigt. Vielleicht befallen ihn, der sich selbst mit dem Glasauge abgründig häßlich, abstoßend und lächerlich weiß, Schreck und Scham bei der Vorstellung, wie er mit seiner leeren Augenhöhle aussehen muß. Das gelbe Sekret tritt jetzt frei aus und sickert abscheulich über die Backe.

Was auch immer der Grund dafür sein mag: im Gefühl des kleinen Mannes scheint das Glasauge jedenfalls die Bedeutung eines echten angenommen zu haben, oder zumindest die einer unerläßlichen Brille. Kaum ist er an seinem Platz, tappt er schon wieder, angstvoll spähend, pirschend hervor.

Ah! Jetzt hat er die Kostbarkeit entdeckt. Ich sehe sie auch. Sie glitzert, noch rein, noch feucht, auf dem Boden. Schon neigt er sich darüber, schon streckt seine Hand sich mit der Fingerhaltung liebevollen Auflesens aus. Da trifft ihn die Faust des bereits ärgerlichen SS-Mannes.

Sie wirft ihn ein zweites, und sofort darauf ein drittes Mal zu Boden. Er will, kaum wieder auf den Beinen, etwas sagen, offenbar, daß er sein Auge verloren hat; aber ein neuer Schlag schneidet ihm die Rede ab. Diesmal schleift ihn der SS-Mann am Rockkragen hinter sich her und stellt ihn mit solchem Nachdruck an den verlassenen Platz, daß nur das Schlimmste als Folge neuerlichen Ausbrechens erwartet werden kann.

Auch der verzweifelte Gnom scheint dies deutlich zu fühlen. Er unternimmt einen neuen Versuch, zu sprechen. Es gelingt ihm, ein paar Worte hervorzustottern und auf die Stelle am Boden zu zeigen, wo das Auge funkelt.

Der SS-Mann überprüft kurz die Mitteilung. Ein angewiderter Blick in das Gesicht des Kleinen, ein zweiter auf die Stelle am Boden. In der stumpfen Fratze des Kraftmenschen wetterleuchtet es boshaft. Er nähert sich langsam der gläsernen Kugel. Schon glaube ich, daß er sie für den Besitzer bergen will, doch im nächsten Augenblick hat er sie mit einem heftigen Schritt und dem breiten Absatz seines Stiefels in den Boden getreten. „Was brauchst denn den Dreck hier? ... Zu schau'n hast hier nur eins: wie'st rauskommst wieder, amal!"

Am Abend sehe ich, daß mit dem Glasaugenmann eine tiefgreifende Veränderung vorgegangen ist. Das Gesicht hat einen fernen Ausdruck angenommen, der ihn von der Welt abschließt; den Ausdruck einer schmerzlich großen Entschlossenheit. Die Sinnesänderung zeigt sich aber bald als weit unwirksamer, als ich zuerst geglaubt habe. Die neben ihm Stehenden müssen ihn an seinem Platze festhalten, oder, wenn dies mißlingt, zurückholen, ehe er einem SS-Mann in die Hände gerät.

Sucht er sein Glasauge noch immer? Wir stehen doch in einem anderen Teil des Lagers, und die Hoffnung, es wiederzufinden, müßte selbst dem verzweifelten Verlustträger als geschwunden erscheinen. Doch immer wieder reißt er sich los. Immer wieder tappt er, den Blick auf den Boden geheftet, drauf los; immer wieder verdreschen ihn die Wachen, immer wieder trampelt der eine oder andere SS-Mann auf dem zu Boden Stürzenden herum.

Einer, es ist der feiste, pfiffig amüsierte, der uns bald humorvolle Standreden halten und den Metallknauf seines Spazierstöckchens aus spanischem Rohr auf unsere Köpfe schnellen lassen wird, eine Kraftgestalt, die einem der schlesischen Dramen Gerhart Hauptmanns entsprungen zu sein scheint, beginnt den Fall von der komischen Seite zu betrachten. „Ja, wohin möchtest du denn eigentlich?" prustet er, als er dem Kleinen wieder einmal nachsetzt. Und als der sagt: „Ich muß telephonieren gehen; man erwartet mich", und auf die Frage, wo er erwartet werde, „in Argentinien" hervorstößt, trägt ihm die Antwort den Vorteil ein, daß er nicht geschlagen, sondern nur an seinen Platz zurückgeschleift, und bei neuerlichen Eskapaden bloß zu ähnlichen, köstlichen Aussprüchen provoziert wird.

Als ich nach allerlei Vorrückungen und Aufstellungsänderungen einmal neben ihm zu stehen komme, benütze ich die Gelegenheit – wie mir heute vorkommen will, zu meiner eigenen Ablenkung und moralischen Kräftigung – ihm eindringlich vorzuhalten, wie wichtig es für ihn wäre, sich besser in der Hand zu haben und nicht so viel Aufmerksamkeit auf sich zu lenken.

Seine Antwort, mit klanglos bebender, müder Stimme ins Leere geflüstert, hat wenig von dem unfreiwilligen Humor an sich, der die SS-Männer und selbst einzelne Mitgefangene an dem kleinen Mann so sehr entzückt: „Ist doch ganz egal! ... Komm auf keinen Fall mehr lebendig heraus."

Ob er wohl recht behalten hat? Ich habe ihn nur noch einmal gesehen, knapp nach der Einkleidung. Und mit seiner leeren Augenhöhle hätte ich ihn selbst unter Tausenden erkannt.

Kaum fähig, uns noch auf den Beinen zu halten, durchfroren und durch das endlose Stehen ohne Zweck wie ausgehöhlt, bekommen wir endlich – es mag neun oder zehn Uhr abend sein – jeder ein paar Schlucke eines undefinierbaren, lauwarmen Getränks und eine Schnitte kleiigen Brotes. Selbst diese Mahlzeit müssen wir im Freien, in Reih und Glied einnehmen. Dem Flügelmann jeder Zehnerreihe wird eine Eßschale mit der muffigen Flüssigkeit verabreicht. Von ihm geht die Schale durch die Reihe, von Mund zu Mund.

Das bißchen Wärme, so geringfügig es ist, erfrischt unsere Lebensgeister in erstaunlichem Maße. Die Wirkung scheint mehr darauf zu beruhen, daß unsere Anwesenheit in irgend einer Form zur Kenntnis genommen wird und ein Akt der Fürsorge sich vom Himmel auf uns herabsenkt, als auf der unerheblichen Zufuhr von Kalorien.

Der Gleichschritt von etwa tausend Mann – ein kleiner Teil der Ankömmlinge des Tages – dröhnt wundersam, ergreifend, verbrüdernd durch die hallend leere Lagerstraße.

Von den nach beiden Seiten abzweigenden Lagergassen sind zwei zur Rechten gelegene mit hohem Drahtgeflecht abgeschlossen. Dort befinden sich die Isolierbaracken, nicht nur dazu bestimmt, gelegentlich Infektionskranke aufzunehmen, sondern vor allem jene, über die Isolierung als Strafe verhängt worden ist. Wir erfahren das natürlich erst später. Augenblicklich stehen diese Baracken leer, und da wir weder eingekleidet noch auch sonst in den Lagerbetrieb aufgenommen sind, werden sie als die geeignete, uns strenger abschließende Unterkunft angesehen.

Kaum sind wir durch das ins Drahtgeflecht eingefügte Tor marschiert, wird es hinter uns wieder versperrt. Die Geste ist ominös. Sie beschwört wieder einmal Bilder herauf, die ich in einem früheren Leben durchlebt zu haben scheine. Doch meine Verzagtheit dauert nur einen Augenblick. Schon im nächsten lächle ich: „Wie ihr wollt! Wer so wehrlos wie wir eurem Haß ausgeliefert ist, außerhalb des Drahts so gut wie innerhalb, und wer nur einen Wunsch und zu nichts anderem mehr Kraft hat, als zu Boden zu sinken – den kann auch diese Geste nicht schrecken."

Ein hochgewachsener SS-Offizier ist in der versperrten Lagergasse aufgetaucht. Uniform und Gehaben erinnern an einen preußischen Major. Später kennen wir ihn gut, denn es ist Obersturmbannführer Grünewald, der Lagerleiter in eigener Person. Sofort schnarren Befehle, brüllen heisere Stimmen. Er ist bald hier, bald dort, sehr geschäftig nach dem Rechten sehend, sehr verärgert. Kaum hat er den offenbar Rangältesten der arischen Gefangenen, die uns hergeführt haben, aufgestöbert, als er ihn aus vollen Lungen anschreit: „Warum steht die jüdische Bagage hier herum?" Und zu uns direkt: „In die Baracke mit euch! Nicht erst blöd geschaut! Hinein! Schon! Die Hälfte nach rechts, die anderen nach links. Sich drinnen sofort auf den Boden werfen. Irgendwohin. Ohne Lärm zu machen. Und das Maul nur ja geschlossen halten, sonst erlebt ihr was – jüdische Saubande ihr."

Es dauert eine Weile, ehe etwa vierhundert einander drängende Menschen zwei schmale Türen passieren können. Daran ändert sich nichts, selbst wenn arische Häftlinge und SS-Männer in diesen Türen und dem dazwischen liegenden Vorraum Spalier stehen. Wieder sausen Fäuste auf unsere Köpfe und Schultern nieder, wieder stürzen einige unter Fußtritten oder fallenden Körpern hin. Ist uns die Hölle aus dem Zuge hierher nachgefolgt? Hat die Abschluß-Rundfrage dort keine Wahrheit enthalten? War der Tag hier nur eine Pause im Geprügeltwerden gewesen, die jetzt ihr Ende gefunden hat?

Die wunden Nerven reagieren mit panischem Schreck. Fassungslos werfe ich mich endlich in die Stube und lande tief betroffen am Boden, oder vielmehr auf zwei Mitgefangenen. Die schütteln mich zwar empört ab, was aber nur die Wirkung hat, daß ich auf andere Körper rolle. Der Fußboden weist keinen freien Fleck mehr auf, der auch nur einen Menschen noch beherbergen könnte.

Wird man die Nacht in dieser Lage, teils auf, teil unter einem Gewirr von Körpern verbringen müssen? Ohne Dekken? Fast lache ich laut heraus über das Deplacierte der eigenen Frage. Sind denn die Beine, die meine Brust überqueren, und die Brust, die auf meinen Beinen lastet, nicht Decke genug?

Kaum haben sich die arischen Häftlinge, welche offenkundig unsere Überwachung und Leitung übernommen haben, aus dem Raum zurückgezogen, da bricht in der aufgewühlt daliegenden Menge, wie ich es bereits im Viehwaggon erlebt hatte, ein hemmungsloser Zwang zu reden durch. Ist der Teufel in diese Menschen gefahren? Wo doch die Fenster weit offen sind, und die Wände des Raums nur aus harter Pappe oder einer ähnlichen Masse bestehen? Die wenigen Besonnenen, welche die Schwätzer zur Ruhe zischen und donnern möchten, machen den Lärm nur schlimmer.

Schon eilen wieder arische Häftlinge herbei und teilen im Halbdunkel Schläge und Tritte aus, wahllos, angstgejagt, um nachweisen zu können, daß sie nach dem Rechten gesehen haben. Jemand stöhnt um Wasser, und Laute aufsteigender Übelkeit geben der Bitte Nachdruck. Einer der Arier verspricht Wasser, wenn wir nur still sind.

Wenige Augenblicke lang gelingt es der Menge, die Bedingung zu erfüllen. Dann bricht das Geschwätz von neuem los. „Die Kerle sind ja nicht mehr bei Sinnen!" knurrt jemand unter mir.

Abermals stürzen arische Häftlinge in den Raum. Wieder werden Schläge und Tritte ausgeteilt. Der Druck der zur Seite getretenen oder sich wegwälzenden Körper macht sich bis in die entferntesten Ecken qualvoll fühlbar.

Mit einem Mal überkommt mich, wie ich so – halb begraben unter Körpern, halb selbst begrabend – daliege, die Überzeugung (es ist keine bloße Frage mehr), daß ich mich in einem gespenstisch unwirklichen Geschehen, einem Alptraum befinde, der sich eben jenem Höhepunkt nähert, an dem man den wilden Schrei ausstößt und das Entsetzen zerfließt. Doch in diesem Fall quält zugleich die Gewißheit, daß der Schrei vergeblich gellen, daß er nicht imstande sein wird, den Bann zu brechen.

Allmählich versickert der Lärm. Es wird, wie mit einem Mal, ganz still in der Baracke und durch die breiten, weit offenen Fenster haucht befreiend die kalte Nachtluft. Ihr reiner Atem überwältigt den Geruch der nahen, angstverschwitzten Körper.

Das Stück Himmel, das meine Augen durch das Astwerk verrenkter Glieder erreichen und festhalten können, ist tiefblau, das eigentümliche ergreifende, intensive Blau einer wolkenlos stillen, späten Nachtstunde. Auf dem sanft abgeschrägten Dach einer gegenüberliegenden Baracke schimmert silbernes Mondlicht.

Eine Weile bleibt die Bühne, welche das Fenster gegen diesen Hintergrund ausschneidet, leer. Dann tritt ein dunkler Kopf auf. Genau genommen taucht er auf – in der Art des alten Deus ex machina, von unten, aus der Versenkung. Die Züge, die uns zugewendet und daher vom Mondlicht nicht getroffen sind, bleiben dämmrig verwischt, der Körper von der Fensterbrüstung halb verdeckt. Ich bin an den Schaukasten des „Wurstels" nahe dem Riesenrad im Wiener Prater erinnert, vor dem ich als Kind erste Eindrücke des Elementar-Dramatischen empfangen habe, und ich denke an einen Marktplatz in Nizza, wo ich einst atemlos den noch im Moralisieren blutrünstigen Grausamkeiten des Grand Guignol zugesehen hatte.

Der Policinello, der hier aufgetaucht ist, Arbeiter, Sozialdemokrat oder Kommunist, beginnt mit einer hastigen, kurzen Ansprache, und die Gefahr, unter welcher er spricht, tropft von jedem Wort:

„Kameraden!" sagt er. „Ich beschwöre euch, seid still. Hört ihr? Ich meine, bleibt still. Wer immer, was immer ihr seid – hier sind wir Kameraden. Ich bitte euch, bleibt still. Aus Kameradschaft für uns. Dann stehen auch wir ein für euch – ich und meine Freunde. Dann bringen wir euch Wasser, für jeden genug – soviel ihr nur wollt ..."

Eine mächtige Ohrfeige fegt den Kopf mitten aus dem wärmsten Ton seiner Menschlichkeit und Bruderliebe von der Bühne. An seiner Stelle bezieht sie der SS-Offizier von vorhin. Er ragt viel höher auf. Seine mächtige Silhouette verdunkelt die Helligkeit von draußen, und die flache Kappe beschattet die brutalen Kinnbacken.

Seine Rede hat, bei aller Knappheit, mehr Schwung. Ihre Durchschlagskraft ist kaum zu übertreffen: „Maul halten, ihr Saujuden, sonst lasse ich hineinschießen!"

Um eine Spur minder brutal doziert er weiter. „Und das sollt ihr schon jetzt wissen: „Wer in der Nacht aus der Baracke heraustritt, wird ohne Warnung erschossen. Wer sich zum Fenster hinausneigt, ebenso. In Dachau nach dem zweiten Sirenensignal außerhalb der Baracke angetroffen werden, ist für einen Schutzhäftling so gut wie tot sein. ... Noch ein Wort da drin jetzt, und ich laß hineinknallen!"

Auf der wieder leeren Bühne liegt blasses Mondlicht. Aus dem Hintergrund dringt in milden, kühlend reinen Stößen der blaue Atem der Nacht. Ein Schluchzen, das den befreienden Punkt nicht erreichen kann, steigt in mir auf; ich denke daran, wie abgeschnitten ich bin von jenen, die meinethalben in Sorge sein mögen. Ich bin ein Verschütteter in einem Bergwerk, der noch vor kurzem im Licht vertrauter Dinge seines sorglosen Weges gegangen ist. Wie in einem Verschütteten ruft meine Verzweiflung: „Hierher, Freunde! Noch lebe ich – inmitten dieses gespenstisch über mich Hereingebrochenen. Noch bin ich erstaunlich unversehrt. Doch mir ist unsagbar bange. Ich bin so unaussprechlich fern von euch. Werde ich je an euer Tageslicht zurückkehren?"

Doch ohne jeden Übergang, aus der Tiefe meines Aufgewühltseins, kommt eine innige Ruhe über mich – ein fast entkörpertes Schweben zwischen Wachen und Schlaf. Nur mit dem unsagbaren Blau im Fenster und dem Absoluten hinter diesem Blau bleibe ich einen Augenblick noch in Fühlung.

Umsonst versuche ich, den wundersamen Zustand – das Letzte, was dieser Tag der unzählbaren Stunden mir zuträgt, festzuhalten. In der nächsten Sekunde von der Gnade des sanfteren Bruders weggerafft, weiß ich nichts mehr von mir.

Noch im Dunkel aus der Baracke und der vergitterten Gasse herausgeführt, warten, frieren und hungern wir durch lange Stunden. Nur die kreisenden Scheinwerfer der Wachtürme erhellen zuerst, von Zeit zu Zeit, die Szene, geben ihr etwas Abenteuerliches, Schützengräben und Kriegsfilmen Entlehntes. Wir stehen neben dem breiten Rasenstreifen, der das innere Lager an den Längsseiten umschließt.

Das bißchen Schlaf hat mich erfrischt und ich fühle mich voll neuer Energie. In wohligen Augenblicken gelingt es sogar meiner Phantasie, mir vorzugaukeln, daß wir Bergfexe oder Reisende sind, die einen unwirtlichen Gasthof vorzeitig verlassen mußten, die Unbequemlichkeit aber in sportlichem Geist, mit guter Laune und in Erwartung eines großen Erlebnisses hinzunehmen entschlossen sind.

Wieder steigt in mir verzweifelter Optimismus auf. Es liegt nichts vor, was zu einem empörten Aufschrei Anlaß geben könnte, sage ich mir. Wir Juden sind ein empfindsames Pack. Wir sind noch immer das auserwählte Volk (in unseren Ansprüchen), und glauben, daß der Himmel einstürzen muß, wenn uns geschieht, was viele Tausende ebenso arg und ärger erleiden mußten.

Der Transport war böse – was weiter? Nur Rebellen, Narren, unfähig sich zu beugen, ihre Menschenwürde in die Tasche zu stecken, wenn eine Übermacht es von ihnen für ein paar Stunden verlangt, sind erschossen worden. Was weiter? Ich gehöre, wie es sich zeigt, nicht zu diesen Narren. Ich werde ausharren, durchkommen – werde nicht den Kopf verlieren.

Der große Feind scheint hier nicht die Zwangsarbeit und nicht die militärische Disziplin zu sein, sondern die Kälte, die rauhe Witterung. Doch eben dies öffnet einen tröstlichen Ausblick. Ohne Zweifel werden wir bald Uniformen bekommen, so warm, ja, vielleicht wärmer als die der Gefangenen, welche ich gesehen habe. Unifomen, die uns viel Bewegungsfreiheit gewähren und es ermöglichen, uns bei der Arbeit gründlich durchzuwärmen.

Und schließlich, wer sagt denn, daß wir alle bei Arbeiten im Freien Verwendung finden werden? Es muß hier doch Werkstätten verschiedener Art geben. Kommt dort drüben nicht eben unter Führung eines Gefangenen – er trägt ein gelbes Band um den rechten Arm, mit einem großen K darauf (das Abzeichen der Kapos) – ein Trupp von Ariern vor einem langgestreckten Bauwerk an, in welchem sie offenbar an irgendeine Arbeit gehen werden? Ehe sie eintreten, machen sie auf Kommando eine Wendung, um den Urin abzuschlagen, so daß es aufspritzt und die gegen den fahlen Morgenhimmel silhouettierten Männer im Dampf ihrer warmen Ausscheidung fast gänzlich verschwinden. Sind diese Gefangenen Schuhmacher, Tischler oder Schneider, die nun lange Stunden in geschlossenem Raum sitzen und in Traumwelten Vergessenheit werden finden dürfen?

Bin ich nicht auch zu allerhand Arbeit zu gebrauchen, mit meinen geschickten Händen? Kann ich nicht genug, um mich als Tischler, Anstreicher, Mechaniker ausgeben und bei solchen Arbeiten den harten Anfang überdauern zu können? Wie um das Luftschloß heller erstrahlen zu lassen, aber ihm auch gleichzeitig die große Wichtigkeit zu nehmen, durchbricht jetzt die Sonne den weißlichen Nebel. Bald steht sie wärmend über uns.

Auch hier spenden ein paar schöne Fichten mit ihrem jetzt goldleuchtenden Grün Trost – leider nur von jenseits des Rasenstreifens, des Betongrabens und des elektrisch geladenen Drahtverhaus, welche das innere Lager vom äußeren trennen. Sonst könnte ich in einem unbewachten Augenblick meine Hand über die rissige Rinde eines Stammes gleiten lassen oder einen der langen Nadelfittiche streicheln. Wie gut das wäre!

Ein Toter aus dem Zug kann nicht agnosziert werden. Der Lagerleiter geht von einer Ankömmlingsgruppe zur nächsten und sucht Gefangene, die über den Unbekannten Auskunft geben können. Sofort bin ich davon überzeugt, daß es sich um Nikolaus Deutsch handelt. Jeder von uns ist überzeugt, daß es der Tote – oder einer der Toten – aus seinem Zugsabteil ist.

Die Befragung und schließlich das Wegführen einzelner Gefangener bleiben erfolglos. Nun werden alle Wiener letzter „Lieferung" ausgesondert. Wir sollen gemeinsam an der Leiche vorübergeführt werden, die zu diesem Zweck im Vorraum einer Baracke zur Schau gestellt sein wird. Einige Zeit vergeht mit den Vorbereitungen, so daß wir unterdessen darüber nachsinnen können, aus welchem Teil des Lagers, welchem Keller, welcher Kammer die Leiche wohl herangeschleppt wird. Wann und wie ist die Fracht der Lore, an der wir am Bahnhof vorbeigelaufen sind, ins Lager geschafft worden?

Als wir schließlich zu der Baracke geführt werden, die für die Beschau ausersehen ist, erwartet uns der „Unbekannte Soldat von der Schlachtbank des Transports", geduldig aufgebahrt, bereits im Vorraum. Der Kopf ist nahe an die Wand des Klosetts und Waschraums herangeschoben und blickt durch eine der beiden Türen in den goldenen Herbstmorgen hinaus. Die beschuhten Füße, die unter einer groben Decke hervorragen, baden förmlich im warmen Schein. Wir müssen den Raum in langer Einzelreihe betreten, die Leiche umwandern, und bei der zweiten Türe wieder ins Freie treten.

Das Bild, das sich beim ersten, unbeabsichtigten Hinblikken in meine Augen einfrißt, ist so furchtbar, daß ich sie instinktiv zu Boden schlage, ja, schließe, um sie dann nur mit starkem Willensaufwand für kurze Flimmerblicke zu öffnen. Dieser zur Hälfte eingeschlagene Schädel eines zarten, alltäglich harmlosen Juden hat mit Nikolaus Deutsch, dem dunkelhäutigen, unfaßlichen Rebellen, nicht das mindeste gemein. Das ist das Erste, was ich, eigentümlich erlöst, feststelle. Auf der rotblonden Haarperücke des aufwühlend bleichen Männleins (es ist echtes Haar und sieht nur jetzt so perückenhaft aus) klebt geronnenes Blut in dunkler, dicker Verkrustung.

Das Gesicht liegt hoheitsvoll im hellen Licht – nicht in der eindringenden Herbstvergoldung, sondern gewissermaßen über ihr; losgelöst von der eigenen Alltäglichkeit; endlos ferne vom Verfangensein in den Kleinlichkeiten eines Vekaufsladens, hinter dem der Tote noch vor drei oder vier Tagen gestanden sein mag.

Dieser Mensch ist nicht – noch immer vergleiche ich ihn mit Nikolaus Deutsch – erschossen worden. Ein Gewehrkolben oder ein furchtbarer Stiefeltritt hat ihm die rechte Schädelhälfte völlig zertrümmert.

Ich denke an die Frau, welcher dieses eingedroschene, entstellte Gefäß ungesprochener Zärtlichkeiten – für mich nur mehr ein Gegenstand des Schauderns – noch immer liebenswert erscheinen mag. Ich sehe die Kinder, welchen diese viel zu bleichen Hände noch jüngst über den Kopf gefahren sein mögen, und den Vater, dem das jetzt eingestürzte

Gesicht bei der Verhaftung mühsam tröstlich zugelächelt haben mag.

Denk nicht so viel, Ahasver! Sieh nicht zu viel! Frag nicht, ob dieser Bruder am Ufer des farbig weiterströmenden Lebens so entfärbt daliegen muß, weil vor ein paar Jahren ein geborener Vereinsobmann in verbrecherischem Minderwertigkeitsgefühl den Juden Feindschaft geschworen und allmählich erkannt hat, daß sein manischer Haß das beste Mittel ist, um seine Machtträume zu erfüllen und ein ganzes Volk zum Mitschuldigen zu machen.

Frag auch nicht, ob sich hier, immer weiter in die Zeiten forthallend, jüdisches Leidensschicksal, das sich schon vieler ähnlicher Wichte als Vollstrecker bedient hat, ein weiteres Mal vollzieht? Frag nicht! Frag nichts!

Rück vor einen Schritt, und noch einen, und noch einen jetzt, bis du die Tür erreicht hast. Dort melde, daß du den Mann nicht kennst, noch irgend etwas von ihm weißt.

Jetzt steht die Sonne, hoch und heiß, im Zenith. Ohne unmittelbaren Grund bemächtigt sich unser in diesem Mittagsstillstand, in dieser wie glasigen Durchsichtigkeit, eine furchtbare Stimmung. Auf allen Seiten und fast gleichzeitig bricht aus den Gefangenen sinnlos-sinnvolles Treiben hervor – Spiegelung des Grauens, das in ihnen zu groß geworden ist. Keiner von uns kann, wie ich erfasse, noch das genannt werden, was „normal" genannt wird.

Da gibt es vor allem die „Ausreißer", deren Wanderzwang mir schon am Tage zuvor an dem Mann mit dem Glasauge begegnet war. Stürz' ihnen nach, wenn sie die Einteilung verlassen, hol' sie zurück, stell' sie wieder in Reih und Glied, du oder ein SS-Mann; halt' sie mit beiden Händen und aller Kraft fest – es nützt nichts. Immer wieder beginnen sie zu gehen. Gehen, gehen. Gehen so, als ob sie ein Ziel hätten, aber zugleich doch wieder so, daß man deutlich sieht, daß sie keines haben.

Wenn du die Augen ein wenig zukneifst, kannst du glauben, mechanische Spielzeugfiguren zu sehen, von der Art, wie sie gelegentlich von Straßenverkäufern demonstriert werden. Am Rücken aufgezogen und aufs Pflaster gestellt, beginnen die kleinen Dinge nach kurzem Zögern mit leicht schwankender, starrer Unbeirrbarkeit draufloszuwackeln, bis sie zuletzt vom Boden aufgehoben werden oder in ein unerbittliches Hindernis, Hauswand oder Anschlagsäule, hineinlaufen.

Einer dieser Zwangswanderer in meiner Gruppe hat das kahle, aber unendlich feine Haupt eines Talmudgelehrten – was auch immer er in Wirklichkeit zu seinem Lebensunterhalt getrieben haben mag. Alles an ihm – bis hinauf zum edel schmalen Kopf mit den durchgeistigten Zügen – schwankt und nickt, schwankt vorwärts und ein wenig seitwärts, während die unter dem kaftanartigen Mantel herausragenden Beine ihre starren Schritte machen. Das Gesicht zeigt dabei einen selig verträumten, weltabgewandten Ausdruck, zu dem das Mechanische der Schritte in erschütterndem Gegensatz steht.

Ein etwa fünfunddreißigjähriger Gefangener, der für mich bis dahin durch nichts aus der gesichtslosen Menge hervorgetreten ist, wirft sich auf einmal in die schmale Raseneinfassung einer Baracke, neben welcher wir unter dem Kommando eines Kapos Turnübungen ausführen müssen.

Arische Häftlinge schlagen auf ihn ein; versuchen vergeblich, ihn emporzureißen. Er will nicht aufstehen. Er hat nie geturnt. Er hat genug – genug von allem. Er spielt nicht mehr mit. Und plötzlich beginnt er zu singen. In kindlich entschlossener Zuflucht des Herzens und völliger Abkehr von einer ihm unerträglichen Wirklichkeit wendet er sich mit den ungarischen Worten seines Singsangs an eine Rośika – vielleicht seine Frau. Von seinem Gesang herbeigezaubert, scheint sie ihn immer wirklicher, immer enger, immer tröstlicher zu umgeben. Manchmal tritt eine Variation der

Litanei ein, die Melodie verändert sich, und es ist, wie ich einzelnen Worten zu entnehmen glaube, seine Mutter, deren Schutz er in wiedererwachter Kindheit sucht.

Ebenso ungewohnt wie aufreizend hier, ruft der seltsame Gesang erst einen Kapo, dann einen SS-Mann herbei. Doch die Schläge und Tritte, die sie dem Sänger abwechselnd versetzen, bringen ihn weder auf die Beine noch zum Schweigen. Selbst der Kübel kalten Wassers, mit welchem der SS-Mann ihn, nachsichtig genug, überschütten läßt, bewirkt nur, daß der Verwirrte sein: „Rośika, Rośika, edes ..." ein paar Mal leise hervorstöhnt, um dann wieder rasch in langgezogenen, tief genossenen Gesang überzugehen.

Der Gedanke streift mich, daß ich, medizinisch gesehen, einen Herzanfall miterlebe. Aber menschlich betrachtet ist es unverkennbar das Erwachen eines zarten, durch nichts vorbereiteten und wehrunfähigen Menschen im Licht einer Furchtbarkeit, welcher er nicht gewachsen ist.

Der SS-Mann scheint endlich zu erfassen, daß Brutalität den Gewalten, die hier sprechen, nicht mehr beikommen kann. Er läßt eine Tragbahre bringen, auf welcher der Kranke stirbt, kaum daß sie ein paar Schritte weit getragen wurde. Nie ist mir ein Tod in höherem Grade als sinnvolle Erlösung erschienen. Wie eine mir selbst erwiesene Wohltat empfinde ich, daß es dem jungen Menschen vergönnt war, in seiner herbeigesungenen Geborgenheit, in der imaginären Nähe geliebter Menschen aus einem Inferno ihm unbegreiflicher Grausamkeit zu scheiden.

In dieser Stunde mittäglicher Fieberträume ereignet sich auch das Zwischenspiel mit einem ältlichen Gefangenen, dem ich später als meinem Stubengenossen Salzer wiederbegegnen werde – ohne ihn zunächst nach dem Bilde seiner uneingekleideten Erscheinung wiederzuerkennen. Der Mann muß – nichts kann mir die Überzeugung nehmen – vor seiner Verhaftung Oberbuchhalter eine größeren Firma gewesen sein. Falls er es dennoch nicht war, so liegt einfach ein Mißgriff des Lebens vor, durch welchen er einem ihm minder gemäßen Beruf anheimfallen konnte.

Mit einem grellen Aufschrei wankt dieser Mann jetzt an den Straßenrand und bricht dort zusammen. Er brüllt vor Schmerz auf, als ein riesiger Kapo ihn über die Böschung des Rasens hinaufreißt und dort in halb schwebendes Stehen stützt. „Was ist denn mit dir los?“ herrscht ihn der Kapo an.

Der Gefangene wimmert nur, daß es einem das Herz zerreißt. Dann erst stößt er ruckweise hervor: „Ge-bro-chen! Mein Schienbein ... Hab mir mein Schienbein gebro-chen.“ Der Kapo zögert einen Augenblick lang unschlüssig, aber läßt dann den Verletzten mit angewidert verächtlicher Miene, wie etwas nun völlig Wertloses auf den Rasen fallen. „Einfach liegen lassen sollte man dich, du käsiger Stubenhocker“, drückt sein Gesicht aus. Doch dann, sich anders besinnend, ruft er zu uns herunter: „Ist einer unter euch ein Arzt?“

Zwei melden sich. Zu einem sagt der Kapo: „Untersuch ihn! Untersuch, ob sein Bein gebrochen ist. Aber weh dir – hörst du? Weh dir, wenn du nicht die Wahrheit sagst. Mehr fehlt dir nicht!“

Der Arzt kniet neben dem Kauernden nieder. Er rafft ihm das Hosenbein in die Höhe und tastet die bläulich weißen Gliedmaßen behutsam ab. Alles hält den Atem an, alles starrt auf die greifenden, prüfenden Finger. Jetzt blickt der Arzt auf, und man fühlt, daß er sich die Gründe und Gegengründe seiner Diagnose durch den Sinn gehen läßt. Wieder auf den Beinen, reißt er sich militärisch zusammen: „Melde gehorsamst: kein Bruch!“

„So-o-o? ... Du Trottel!“ Ohne auch nur eine Sekunde verstreichen zu lassen, schreit der Gefangene es heraus. „Das soll kein Bruch sein?“ Seine Stimme überschlägt sich vor Empörung.

Er reißt das Hosenbein wieder in die Höhe und weist auf eine bestimmte Stelle. „Das da! Kein Bruch?“

„Kein Bruch", wiederholt der Arzt kalt, sachlich. Seine Auskunft wendet sich an den Kapo, nicht an den Frager. Der Kapo scheint den Zwischenfall für beendet zu halten. Mit einem weit ausholenden Fußtritt befördert er den „Simulanten" über die Rasenböschung hinunter.

Der auf die Straße Kollernde heult unartikuliert auf. Die Schmerzen, die ihm der Sturz verursacht, müssen unerträglich sein. Doch im nächsten Augenblick schon hält er unvermittelt inne. Wieder betrachtet er sein Bein, und plötzlich stößt er in einer Stimme, die zwischen Entsetzen und hämischer Genugtuung schwankt, hervor: „So-o! Jetzt steht sogar der Knochen heraus. Da! Vielleicht wird das euch genug sein! Da habt ihr es ... Mit eurem Trottel von Doktor!"

Eben kommt ein anderer Häftling auf den Kapo zugewankt. Allem Anschein nach will auch er eine Meldung erstatten. Wie um beide Angelegenheiten in einem abzutun, oder bloß, um sich eines ihm gerade darbietenden Instrumentes zu bedienen, schleudert der Kapo wortlos den Herankommenden auf den auf der Erde sitzenden Verletzten. Die Grausamkeit ist so empörend, daß ein leises Murren in unseren Reihen erwacht. Aus dem Knäuel der beiden Körper, der sich auseinander zu schlingen sucht, dringen erstickte Schmerzenslaute.

Der Kapo scheint ein hart geschulter Kämpfer für seine Ideale zu sein. Physisch ein prachtvolles Menschenexemplar, könnte er mutatis mutandis ebensogut unter den grün uniformierten Quälern gefunden werden wie jetzt unter blaugrün uniformierten, mit dem Abzeichen der „Politischen" auf der Brust. Er erweist sich als ein erfahrener Kenner der geistigen Zusammenbrüche, die nach jeder neuen Einlieferung in den Ankömmlingen auftreten dürften. Denn, während ich, wie die Mehrzahl meiner Kameraden, überzeugt bleibe, daß dieser bleiche Oberbuchhalter in irgendeiner Art ernsthaft verletzt ist, läuft dieser, als ich ihm ein paar Tage später in der Lagergasse begegne, munter dahin. Seinen Beinen ist keine Behinderung anzusehen, und als ich ihn wegen des Vorfalls befrage, kann er sich daran überhaupt nicht erinnern.

Des Erschütternden, mich Aufwühlenden, Aufrufenden und Beschämenden ist kein Ende in diesem herbstlichen Stillstand voll Blau und Gold, in diesem milden Scheiden der gütigen Jahreszeit.

In der Reihe vor mir, ein wenig zur Linken, steht ein Mensch mit einer reichen, dunklen Haarmähne. Seine männlich kraftvolle Schönheit ist mir bereits früher, mehrmals, aufgefallen. Es hatte mich seltsam angefaßt, daß er zu all den Vorgängen um uns ein undurchdringlich schweigsames Gesicht bewahrte, das keine Vermutung über seine Gefühle zuließ.

Jetzt, unvermittelt, ohne unmittelbaren Anlaß, brüllt dieser Verschlossene mit unartikulierten Lauten auf. Er schüttelt seine Mähne wie ein zorniger Löwe, der einem Feinde ankündigt, daß das Maß der Provokation nun voll ist. Erst dann wendet er sich unseren beiden Kapos auf dem erhöhten Rasenstreifen zu und schleudert ihnen wild hervorbrechende, bei aller Erregung den Kern treffende Anklagen, Tatsache um Tatsache, entgegen.

Die Einzelheiten des Geschrieenen sind mir entglitten. Ich weiß nur, daß die Worte mit unheimlicher Resonanz die Brutalität der Beschuldigten und ihre Unterwürfigkeit gegenüber einem grauenvollen System geißeln, und in der bitteren, verzweifelten Feststellung gipfeln:

„Ihr seid ja keine Menschen mehr! ... Keiner von euch hier! ... Keine Menschen!“ Immer wieder schreit er die Quintessenz seines Grauens in den blaugoldenen Glockenraum der Stunde. „Ihr seid ja – keine Menschen!“

Ich bin starr vor Entsetzen und zugleich wundersam erlöst. Ich möchte mich verkriechen aus Angst vor dem, was nun eintreten und auch uns erfassen muß. Doch es kostet mich Mühe, mich dem Protest nicht in irgendeiner Weise anzuschließen. Wie ich sie segne; wie herrlich sie mir erscheint, die Entrüstung, aus der heraus einer unbedingt genug zu sein vermag, um zur Tat werden zu lassen, was in jedem von uns schreit.

Wie mitreißend wirkt auf mich dieses Sich-einem-Schicksal-zum-Fraß-Vorwerfen, um nicht geschwiegen, sich durch Schweigen nicht zum Mitschuldigen gemacht zu haben. Wieder, wie im Transportzug, als Nikolaus Deutsch unser Wortführer war, pocht in meinen Schläfen die Rebellion, und ein ungeheueres Gefühl hebt mich fast vom Boden.

Doch ich habe nicht die Anlage zum Märtyrer, zum aussichtslosen Dulder – und weiß nicht einmal, ob ich „leider" oder „zum Glück" sagen soll. Denn ich weiß auch nicht, ob dies bedeutet, daß ich nicht einmal den Funken habe zum Kampf in weniger verlorener Sache. Soll ich glauben, daß es Situationen gibt, die auch mich zur Tat aufrufen würden?

Die beiden Kapos sind – anfangs zumindest – mehr entsetzt als empört über den Aufschrei des schönen Gefangenen. Nicht ganz unberührt von seinen Anklagen wie es scheint, blicken sie verstört zum nahen Wachtturm hinauf und dann hinüber zu einer Gruppe höherer SS-Leute, die sich etwa zweihundert Meter entfernt am Rasen versammelt hat. „Wenn der wilde Ausbruch dort gehört wird?" steht in ihren Mienen geschrieben. Eile ist dringlichst geboten.

Sie stürzen sich auf den Bekenner. In gemeinsamem, äußerstem Kraftaufwand reißen sie ihn aus seiner Reihe, zerren ihn auf den Rasen, werfen ihn hin und dreschen mit unbeschreiblicher Wildheit auf ihn ein – wo und wie immer sie treffen. Binnen weniger Augenblicke fließt dem Manne das Blut in dickem Strom über das Gesicht. Nie wieder, empfinde ich, wird der nun offenbar Bewußtlose wieder zu sich kommen.

So abscheulich die Brutalität der Kapos anzusehen ist, habe ich doch das Gefühl, daß sich darin, neben der besinnungslosen Angst, die allen Gefangenen hier zur zweiten Natur geworden zu sein scheint, auch etwas wie grimmige Fürsorge ausdrückt. Besser für diesen Narren, blutig geschlagen dazuliegen, als im Bunker zu verschwinden oder erschossen zu werden. Auch scheinen die beiden Kapos tief entrüstet zu sein. Waren sie nicht, in ihrer Art, bemüht gewesen, den Ankömmlingen das Lager von seiner milden Seite zu zeigen? Und hatten sie nicht einmal selbst – wann war es nur gewesen? – dieselben Anklagen gefühlt und in geheimen Flüchen gegen die gemeinsamen Bedrücker erhoben – ohne den Mut dieses Verzweifelten zu haben?

Wie um ihre Brutalität sinnfällig zu rechtfertigen, vergehen nur wenige Minuten, ehe ein anderer Ankömmling auf dem nahen Appellplatz erschossen wird. Eine dazwischenliegende Baracke verdeckt uns den Vorgang selbst, doch wir hören das zweimalige trockene Klopfen des Maschinengewehrs und sehen die Bewegung unter den Wachen am Turm. Wie wir später erfahren sollten, handelt es sich um einen „Ausreißer". Er war mehrmals zur Wand des „Schurhauses" gewandert. Von einem SS-Mann in die Reihe gewiesen, weigerte er sich, dorthin zurückzukehren: Er muß seiner Frau telephonieren. Dringlichst.

Als wäre ein Telephon an der Wand angebracht, macht er, zitternd vor Hast, die Bewegungen des Abhebens und Wählens. Der SS-Mann versucht, ihn wegzuführen und schließlich gewaltsam wegzureißen. Er wehrt die Störung ab; stellt sich drohend gegen den Störer.

Die am Turm rufen herunter, ob sie ein Ende machen sollen. Der SS-Mann aber winkt ab, versucht es noch einmal mit Milde – seiner Prägung. Doch der Geisteskranke ist hartnäckig. Er duldet keine Hinderung. Er muß mit seiner Frau sprechen. Er muß. Und das sofort.

Da tritt der SS-Mann einige Schritte zurück. Das Maschinengewehr tockt trocken auf. – Die telephonische Verbindung ist hergestellt.

TEIL II

Auch ein zweiter Morgen findet uns als schweigsam reglose Anhäufungen von Dunkel, die sich von der umgebenden Finsternis der Lagergassen oder der Straße längs des Rasens nur durch ihre tiefere Schwärze abheben. Doch das Wetter scheint umgeschlagen zu haben – eine mißliche Erinnerung daran, daß es Mitte November ist, und daß Tage wie der gestrige kaum mehr wiederkehren werden.

Zwischen den Baracken hängt ein naßkalter, bis an die Knochen dringender Nebel. Selbst die schweifenden Scheinwerfer durchdringen ihn nur schwach und geisterhaft. Erst in der anhebenden Dämmerung beginnt ein scharfer Wind von der umgebenden Ebene her durch das Lager zu fegen, und ich erkenne im bleichen Licht, daß es in der Nacht gefroren haben muß. Der Straßenboden knistert an manchen Stellen und ist über seiner verrunzelten Haut mit schwärzlichen Eisfiguren wie bestreut.

Noch stecken wir in unseren eigenen Kleidern, verschmutzt und verklebt, wie sie von der Fahrt und zwei gespenstischen Nächten sind; noch haben wir an Nahrung nicht mehr erhalten als wieder am Abend zuvor einen

Schluck muffig-lauwarmer Flüssigkeit und ein Stück Brot; noch dämmern die meisten, wie durch eine unsichtbare Wand von den Gefährten getrennt, dahin, an sich selbst verloren, durch keinen Einzelkameraden gestärkt und an keinem ein persönliches Interesse nehmend, höchstens durch die Gesamtheit in kaum empfundenem Herdengefühl ein wenig beschwichtigt.

Vor Kälte zitternd verfluche ich mich dafür, daß ich bei der Verhaftung keine wärmere Kleidung angelegt habe, wie mir dies leicht möglich gewesen wäre. Das blutige Schwitzbad der Fahrt ist vergessen.

Ich grüble mit all meinen Geistes- und Phantasiekräften darüber nach, in welcher Kleidung wir dem Angriff der zusehends rauher werdenden Jahreszeit würden standhalten müssen. Die Uniformen der arischen Häftlinge habe ich nunmehr aus größerer Nähe und mit wachsendem Mißtrauen betrachtet. Wohl sind diese Jacken und Hosen aus einem wolligen Stoff geschnitten. Doch ich habe meine Bedenken hinsichtlich der Menge und Qualität der verwendeten Schafwolle. Der Wert dieser Uniformen in Wind und Kälte scheint ganz davon abzuhängen, was an Wäsche und Unterwäsche darunter getragen wird.

Daß die blaugrauen Uniformen auch uns binnen kurzer Zeit ausgefolgt werden würden, steht für mich außer Zweifel, es wäre denn, daß eine allgemeine Entlassung jeder Einkleidung zuvorkäme – oder ein gütiges Schicksal wärmeres Zeug für uns Neulinge bereit hielte.

Die erste Erschütterung erleidet diese Hoffnung – keine vollständige, da der Mensch Absurdes nicht leicht aufnimmt –, als wir im Laufe des Vormittags in unserem schrittweisen Vorrücken und wieder Stehenbleiben in einiger Entfernung eine Kolonne von Gefangenen erblicken, deren Bekleidung uns nicht wenig befremdet.

Die Kolonne, welche unser Erstaunen erregt, steht in weiß und blau gestreiften Zwilchuniformen da, wie ich sie an heißen Sommertagen Bademeister oder Schwimmlehrer an der blauen Adria tragen gesehen hatte.

Während wir uns der Gruppe nähern, packt mich ein eigentümlich schmerzliches, noch unverbürgtes Vorwissen, das aber dann plötzlich auf klaren Anzeichen fußt. Mit einem Mal weiß ich: die Kolonne besteht aus Juden.

Mein Gott! Härtet das Leben hier so sehr ab, daß diese Burschen, die offenbar im Hochsommer eingeliefert worden sind, es jetzt noch in Pyjamas aushalten können? Der Gedanke ist erschreckend und tröstlich zugleich. Aber, wenn es nun doch Juden sind, wenn auch fremdartige, vielleicht aus dem äußersten Norden Deutschlands herangeschleppte – warum sollten wir mit ihnen nicht sprechen? Warum nicht sie fragen, wann sie mit ihrer Abhärtungskur begonnen haben?

Als wir nahe an sie herangelangen, flüstere ich einem – es ist ein kraftvoll sonnengebräunter Mensch – über die halbe Straßenbreite zu: „Wann seid ihr hergekommen?"

Die Antwort „Vor drei Tagen" kann nur einem Hörfehler zugeschrieben werden. „Wie lange ihr schon hier seid!"

„Drei Tage." Der Ton ist etwas ungeduldig.

Aber die Antwort bleibt unsinnig. Auch ich werde ein wenig ungeduldig: „Wie lange ihr schon in Dachau seid!"

Doch es kommt zum dritten Mal zurück: „Drei Tage!"

Ja, wie kann denn das sein – bei dieser Abhärtung, dieser Ausrüstung? Mit einem Mal zuckt in mir die Erleuchtung auf: Es gibt andere Lager, fast in allen Teilen von Deutschland. Vermutlich sind diese Leute nur überstellt worden. Dann freilich wäre ihr Aussehen veständlich.

„Von wo kommt ihr?" frage ich.

„Von München."

„München?" Dort gibt es keine Lager. „Aus der Stadt München?" Und als der Mann bejaht, etwas betroffen: „Das ist doch ganz nahe!"

„Natürlich ist es ganz nahe. Was gibt's da zu staunen?"

Wirklich, was gibt's da zu staunen? Warum soll ein Gefangener nicht aus München und vor drei Tagen erst angekommen sein, auch wenn er einen hochsommerlichen Schlafanzug trägt?

Aber ich staune doch und setze das kleine Verhör fort. „Was habt ihr unter dem Zeug da an?"

Jetzt grinst er. Er hebt ein Bein hoch, so daß die Hose hinaufrutscht und die nackte Wade über dem Schuh zu sehen ist. Dann klatscht er, um seine wortlose Antwort zu ergänzen, auf beide Schenkel, und man hört, wie nackt sie unter der Hose sind. Aber der Mensch nimmt nun einmal Absurdes nicht ohne Widerstreben auf. Wohl gibt mir die Begegnung zu denken, aber ich entlasse die erweckte Sorge.

Zwischen dem, was deinem Nachbarn und dem, was dir passiert, liegt eine tiefe, eine weite Schlucht. Bei dir wird das Schicksal eine Ausnahme machen, verlaß dich d'rauf. Es muß sie machen. Nicht etwa, weil du dem auserwählten Volk angehörst, sondern weil es um dich, dich persönlich geht; weil du die Ausnahme so dringend brauchst und, im Grunde, weil du es so sehr gewohnt bist, von Ausnahme zu Ausnahme zu schreiten.

Am frühen, leicht erwärmten Nachmittag des gleichen Tages wird die nagende Unlust unbeschäftigten Wartens ohne die kleinste Ablenkung zum ersten Mal zu offener Pein. Sei froh, sage ich mir, daß sie uns in Ruhe lassen; doch der Gedanke hat keine Kraft.

In diesem Zustande steigt die Sorge wegen der Pistole wieder in mir empor. Wie kommt es, frage ich mich, daß mich noch keine Anzeichen einer Weiterentwicklung erreicht haben? Darf ich die Masse, in deren Schicksal ich untergetaucht bin, als Asyl betrachten, als einen Schutz gegen gesonderte Verfolgung? Schwerlich. Was sie androhen, pflegen sie auszuführen, und wenn sie mich wirklich finden wollen, werden sie mich hier nur umso leichter finden.

Was mag sich unterdessen in Wien, in meiner Wohnung zugetragen haben? Was ließe sich tun, um das Unheil, falls es seinen Lauf nicht schon genommen hat, noch jetzt, noch von hier aus abzuwenden? Meine Gedanken durchpflügen das Gebiet, klar und ruhig jetzt, und ich stelle fest, daß meine Furcht, so rege sie noch ist, das lähmend Ausweglose, Schreckhafte, Ungemilderte eines bösen Traumes verloren hat.

Ich gelange zu dem Ergebnis, daß ich nur eines tun kann: Lena auch brieflich zu beschwören, die Waffe aus der Wohnung zu entfernen, für den Fall, daß meine Nachricht sie nicht erreicht hat oder sie den Wunsch noch nicht ausführen konnte. Doch wie läßt sich die Bitte durch die Zensur schmuggeln, der jeder Brief eines Gefangenen zweifellos unterworfen wird?

Dennoch beschäftige ich mich damit, in meinen Gedanken den Brief vorzubereiten. Kann das Erforderliche überhaupt unverfänglich ausgedrückt werden? Auf engem Raum? Wo es doch jedenfalls in weitläufige Belanglosigkeiten eingebettet sein müßte, um die Aufmerksamkeit des Zensors zu ermüden. Der Kern, der sich sprachlich von dem ihn Umgebenden nicht unterscheiden darf, könnte lauten:

„Falls Du von Dr. Kiesler (Franz, Adresse im Telephonbuch), der mir noch unlängst wichtige Ausreisehilfe versprochen hat, noch nichts gehört hast, setz Dich bitte sofort in Verbindung mit ihm. Laß Dir berichten. Ich hoffe, daß er bereits nach Wien zurückgekehrt ist."

Lena kennt meine Schritte und Bemühungen. Von einem Dr. Kiesler, mit dem ich etwas wegen meiner Ausreise besprochen hätte, kann sie nichts wissen; weiß, daß nichts dergleichen von mir unternommen wurde. Sie wird Lunte riechen und erfassen, daß hier Wichtiges verborgen liegt. Sonst würde ich kostbaren Briefraum nicht auf dieses Ersuchen verschwenden. Falls also Dr. Kiesler zwar freigekommen ist, sie aber doch nicht verständigt hat (immerhin denkbar), wird Lena ihn sofort aufsuchen und meine große Sorge erfahren.

Aber wie, wenn er nicht freigelassen wurde, wenn er auch im Lager ist, oder noch in Polizeihaft? Ich ergänze also den gedachten Brief: „Bitte bereite in der Wohnung alles für die Ausreise vor. Laß meine Kleider und Gebrauchsgegenstände, welche mitgenommen werden können und dürfen, verpacken; auch die kleinen Bilder und alle Bücher. Sonstiger Kasteninhalt und Unnötiges ist ohne Verzug zu verschenken oder wegzuwerfen. Was an der Grenze oder sonstwie Schwierigkeiten bereiten könnte beziehungsweise im Ausland nicht unbedingt nötig ist – wegschenken oder wegwerfen! Je weniger Kram, umso besser."

Das klingt unschuldig genug. Aber Lena, die mich als Zögerer kennt, der sich des Wertlosesten nicht entledigen kann, wird die Mitteilung spätestens beim Anblick der Pistole im Bücherkasten dechiffrieren können.

Es wird gehen, es wird gehen! Lena ist klug. Sie ist die Frau, die solange grübeln wird, bis sie versteht, was sonst keinen oder nur kargen Sinn ergeben würde. Das Detail kann verfeinert werden, aber jedenfalls: es wird möglich sein, sich durch das Drahtverhau der Zensur durchzuschleichen.

Mir wird geradezu wohl zu Mute, und ich beginne, meine Lage fast interessant zu finden. Wie jede Gefahr stellt sie ihre Anforderungen an Mut und Geist, steigert aber auch Spannkraft und Geschmeidigkeit des Gefährdeten.

Den ersten kleinen Anfang, Menschen um mich zu „sehen", was soviel heißt wie sie einigermaßen losgelöst von mir selbst auf mich einwirken zu lassen, mache ich zu diesem Zeitpunkt. Meine Blicke fallen mit einem Mal auf meinen unmittelbaren Nachbarn zur Linken. Erstaunt, fast mit den Empfindungen eines Erwachenden, sehe ich das Ergreifende und das Komische an seiner Erscheinung. Sie bietet das Bild so völliger Gebrochenheit, daß mir eine fast übermütige Bestätigung meiner Lebenskraft daraus erwächst.

Was neben mir steht, oder vielmehr über den „struppierten“ Knien eines todmüden Droschkengauls an sich selbst zu hängen scheint, ist eine noch recht jugendliche Jammergestalt. Unter dem steifen Hut, der an sich in eine überwundene Zeit und Geisteshaltung zurückweist, sich hier aber, eingedrückt und besudelt wie er ist, besonders grausam selbst verhöhnt, ruht, herabgesunken auf die Brust, ein feingeschnittenes, in aller Entstellung noch angenehmes Gesicht.

Die unrasierten Wangen welken und sind unter den tiefschwarz umrandeten Augen – dem Abzeichen aller Gefährten aus dem Zug – von schlaffen Säckchen überhangen, wie man sie sonst nur an ganz alten Menschen sieht. Der modisch in die Taille gearbeitete, ausgezeichnet geschnittene Wintermantel und die in allem seelischen Absturz bewahrte Haltung bezeugen, daß der junge Mensch seine Lebensstraße bisher in der zukunftsfrohen Sicherheit eines arbeitsamen Emporkömmlings geschritten sein muß. Doch gerade der Abglanz dieser einstigen Selbstsicherheit und sozialen Eingefügtheit unterstreicht den Zusammenbruch besonders deutlich. Fassungsloses Entsetzen, daß geschehen konnte, was ihm widerfahren ist, drückt sich in ihm weit augenfälliger aus als die erlittenen Mißhandlungen.

„Na, na, na!“ sage ich, mir selbst unerwartet. „Was schmeißt dich denn gar so sehr um?“ Erst jetzt kommt mir zum Bewußtsein, daß ich mich des auf nackte Wesentlichkeit beschränkten „du“ bedient habe, einer Anrede also, die aus meinem Zurückfallen in die Militärjahre aufsteigt. Ich berichtige sie aber im Verlauf des Gespräches nicht, da ich empfinde, daß gerade diesem Mann rauhes Geradeheraus besser helfen kann, als die Formen seines untergegangenen Lebens.

Sein Blick, den er erst wie aus großer Ferne zurückziehen muß, gleitet langsam über mich hin, kehrt dann aber sofort wieder in die Asyle seiner Verlorenheit zurück. Die zwei

Worte, die er tonlos von seinen Lippen tropfen läßt, ergeben keinen Sinn.

„Was sagst du?" frage ich. „Klienten? Was ist's mit ‚Klienten' hier?"

„Ich habe ‚Meine Klienten' gesagt."

Schon geb ich es auf, ihn verstehen zu wollen und erblicke in dem Gefasel einen neuen Fall der geistigen Auflösung, die mich hier umgibt. Da fährt er, aus den Räumen seiner Verlorenheit von neuem auftauchend, fort: „Nicht auszudenken, was jetzt geschehen wird ... bleibt alles liegen ... niemand da, der sich kümmern könnte ..." Und stöhnend, in erstickter Verzweiflung: „Was wird geschehen?"

Jetzt begreife ich und fahre heftig, wenn auch mit gedämpfter Stimme auf: „Um Himmelswillen, Mensch! hast du wirklich nichts anderes zu tun, als dir mit solchen Sorgen dein bißchen Kraft zu untergraben? Hast du noch nicht begriffen, daß es hier ums nackte Leben geht?"

Mein harter Zuspruch lockert ihn ein wenig auf, doch hält er an seiner Planke, an seiner rettenden Sorge fest. „Eine große Anwaltskanzlei", murmelt er. „Wichtige Angelegenheiten ... ganze Menschenschicksale ... Ohne mich bleibt alles liegen." Er fährt sich mit einer schmalen Hand über die Stirne, wie um den Ort zu berühren, wo alle Rettung für seine Klienten sitzt. „Ich allein weiß das Notwendige, die Zusammenhänge."

„Mach dich doch nicht lächerlich!" Die Hälfte meines Ärgers ist nur noch „therapeutisch". Die andere Hälfte ist echt, auch wenn ich nicht weiß, was mich an den Worten und der Haltung des Mannes ärgert. „Kein Mensch ist unersetzlich. Als Schicksalslenker müßtest du das besser wissen als ich. Jeder von uns hier hat Angelegenheiten zurückgelassen, die nur er ordnen kann – wichtige Angelegenheiten ... Schicksale." Der Gedanke an meine Pistole hinter den Goethebänden wetterleuchtet in mir.

Meine Weisheit verfängt nicht. Die zwei Worte: „Meine

Klienten“ tauchen wie Sumpfblasen in fast regelmäßigen Intervallen aus dem Brüten des Geknickten auf. Mitteilungsbrocken, die er zwischendurch hervorstößt, befähigen mich, mir seine kleine Geschichte zusammenzustükkeln. Nur die Intensität seines Leids gibt ihr etwas Bedeutung.

Er war Rechtsanwalt gewesen und aufgrund seiner Verdienste oder Umstände neu zugelassen worden, nachdem ein neues Gesetz den jüdischen Anwälten die Ausübung ihres Berufes verboten hatte. Ein Dekret darüber war ihm in aller Förmlichkeit ausgestellt worden. Im Zuge der Intervention für einen in Schutzhaft genommenen jüdischen Klienten wurde er trotzdem verhaftet. Kaum, daß er sich dem amtierenden Polizeikommissär vorgestellt und den Zweck seines Erscheinens genannt hatte, sagte der Beamte lakonisch: „Sie sind Jude, nichtwahr? Dann können Sie gleich selbst dableiben.“ Das Dekret seiner Neuzulassung, das er vorweisen konnte, hob die Verhaftung nicht auf.

Der kaltblütige Rechtsbruch des Vorgangs verrammelt sein Denken mit einer geistigen Hürde; er kann sie weder nehmen noch aus dem Weg räumen. „Wie kann ein Staat ... ein Staat jemanden, den er zur Ausübung der Rechtspflege eben erneut zugelassen, also geradezu damit beauftragt hat, inmitten der Ausführung dieses Auftrages verhaften lassen – ohne einen Grund auch nur vorzuschützen?“

Es ist unvermeidlich, daß mir wieder einmal durch den Sinn geht, wie ich selbst das Hereinbrechen der Hitlerei in mein persönliches Leben hingenommen hatte. Wie anders! War in dem Menschen da neben mir in keinem Augenblick etwas von den Gefühlen aufgetaucht, mit welchen ich die Veränderung betrachten konnte? Hatte in ihm wirklich nichts von der Abenteurerfreude aufgeleuchtet, nichts von dem Höherschlagen des Herzens im Gedanken, daß der Himmel ihm eine Befreiung geschickt hatte, die ihm – ganz gegen den Willen ihres irdischen Urhebers – ein zweites, freieres, sein eigentliches Leben sichern sollte? Ist also der neben mir nie tief genug mit seinem Leben zerfallen gewesen, um zu wünschen, daß ein Sturm ihn an neue Lebensküsten verschlagen möge, ohne Bedenken, daß der Sturm ihn auch vernichten könnte? Niemals bereit, alles Enge, Schale, Unbefriedigende seiner Existenz freudig abzustreifen, das Sichernde, Angenehme daran ohne Schmerz zu verlieren und neu zu beginnen?

Und war ich mit meinem fast jubelnden Nichtbedauern, das einen so tiefen Abgrund zwischen mir und diesem Rechtsanwalt aufdeckt, nur ein Narr, ein unverbesserlicher Träumer, und er einer, der „mit festen, markigen Knochen" auf dem Boden der Wirklichkeit gestanden ist? Oder er ein unheilbar Enger, an das Gesichert-Kleine Verlorener? Ich dagegen ein Wandelbarer, Ewig-Freier, von heiligem Ungenügen Erfüllter, für den Untergang nur eine Form von Neugeburt bedeuten konnte?

Wie immer die Frage zu beantworten wäre, ich erfasse in diesen Augenblicken des Zuhörens und Staunens von neuem, wie wenig meine bürgerliche Existenz mir geboten hatte, und wie echt mein Wegstreben von dem gewesen war, was ich – durch mein eigenes Versagen oder unabhängig davon – als tief unerfüllend empfunden habe, ja, noch immer empfinde.

In den kommenden Monaten, die ich mit dem Mann als einem durchaus vernünftigen, angenehmen, bescheidenen Kameraden verbringe, erwähnt er seine Klienten kein einziges Mal. Er denkt auch nicht mehr an sie. Als ich ihn einmal nach einem längeren Gespräch an unsere erste Begegnung erinnere und daran, wie wichtig seine zurückgelassenen Angelegenheiten ihm damals gewesen waren, lächelt er mild ungläubig. „Habe ich das wirklich gesagt?"

Er lacht hellklingend auf und betrachtet meinen Bericht als eine köstliche Anekdote. „So weltfremd soll ich gewesen sein?“ Doch selbst jetzt kommt es ihm nicht in den Sinn, daß er die Klientensorge als eine Schutzwand zwischen sich und eine Wirklichkeit gestellt hatte, für die er erst hart genug werden mußte.

Die zwei Ärzte in der Reihe vor mir treten an diesem Nachmittag ebenfalls aus der Menge der für mich noch Gesichtslosen hervor. Beide sind von hohem Wuchs. Dem liebenswerten Graukopf des älteren vermögen die blau umschwollenen Augen und die Bartstoppeln einiger Tage nichts an Vornehmheit zu rauben. Er ist eine Kraftquelle für viele. Wenn dieser alte Mann mit dem gütigen Löwengesicht jede unverdiente Erniedrigung in stiller Würde erträgt und sich in aller körperlichen Erschöpfung so stolz aufrecht hält, wirst du Halbwüchsiger, Sportgehärteter, ein Gleiches leisten können. Ich sage es mir, und manch anderer scheint ähnlich zu empfinden. Niemand könnte ihm und dem anderen Arzt, der weit jünger, rotblond und das Urbild eines katholischen Österreichers ist, den Juden ansehen.

In der Provinzstadt, in der beide gelebt hatten, dürften sie verbitterte Konkurrenten gewesen sein, die nicht mehr verbunden hatte, als die gezierten Höflichkeiten der „Standesrücksicht“, nicht mehr als die Vertrautheit mit denselben winkeligen Gassen, denselben Gerüchen, denselben, nun von ihnen abgefallenen Bemühungen um das Leben derselben Patienten und um das Fernbleiben neuer Konkurrenz. Hier aber halten sie einander bei der Hand wie zwei kleine Buben. Sie machen alles gemeinsam, um ja nicht von einander getrennt zu werden, um leichter zu ertragen, was an Erschreckendem und Bösem auf sie einstürmt.

Der jüngere der beiden ist übrigens der Mann, der das „Kein Bruch“ nach der Untersuchung des angeblich gebrochenen Beins gemeldet hatte. Obwohl ich ihm in der Sache nichts Bestimmtes vorwerfen kann, hat er sich mit seiner Diagnose und besonders mit der servilen Art ihrer Meldung meine Sympathie durchaus nicht erworben.

Als ich mit ihm jetzt trotz dieser Einstellung ein Gespräch beginne und nebenhin äußere, daß ich in ihm niemals den Juden hätte erkennen können, sagt er eifrig, in einem Ton, in dem sich Stolz und tiefe Kränkung die Waage halten:

„I hab's ja selber net g'wußt. Hab total drauf vergessen, daß i a Jud bin. Stell dir amol vor: Als Säugling getauft, als Christ aufgezogn, als Christ durch alle Schulen gegangen, nur mit Ariern verkehrt, so weit ich zurückdenken kann, nix als arische Patienten gehabt ... mei Frau natürlich Arierin – und jetzt, jetzt auf amol ... bin i Gottfried Hirzinger – a Jud."

Kränkung tropft nur so von ihm. Er kann es nicht fassen, daß einem Menschen, der sich in solchem Maße assimiliert hat und zu jeder erdenklichen Angleichung bereit ist, eine Behandlung widerfahren soll, wie das Gesetz sie nur für Juden verordnet hat.

Ein grauhaarig kurzgeschorener Katerkopf auf gedrungenen Schultern in der vorderen Reihe – später mein guter Freund Aberbach, der ohne besonderes Dogma Tiefgläubige – wendet sich nach mir bedeutungsvoll um. Er hat uns zugehört, betrachtet den Arzt, der sich an sein Judentum gar nicht mehr hatte erinnern können, prüfend eindringlich, und begleitet zuletzt das Ergebnis mit sardonisch amüsiertem, befriedigtem Kopfnicken.

Der Gefangene zu meiner Rechten, selbst hier noch unzerstörbar elegant und dem Typus „Engländer auf Reisen" nicht unähnlich, der mich schon früher mehrmals teilnahmeheischend angesehen hatte, zieht mich in diesem Augenblick unvermittelt in ein Gespräch – als ob er mich vor der zudringlichen Proselytenmacherei des geringen, rundlichen Mannes da vorne (mein lieber Aberbach!) beschützen wollte. So viel Entschlußkraft ist verwunderlich bei ihm, da er bisher weinerlich fassungslos den Zumutungen seiner veränderten Lage gegenübergestanden war und nur immer wieder aus seinem Dösen mit der Feststellung aufgeseufzt hatte, daß er Kriegsinvalide und ehemaliger Frontkämpfer sei. Die große Silberplatte in seinem Hinterkopf, die greifbare Zeugenschaft für diese Tatsache, hatte ihn nicht davor bewahrt, hierhergeschickt zu werden.

„Kennen Sie mich nicht?" fragt er. „Ich kenne Sie gut. Habe Sie in Wien oft gesehen, kannte auch Ihren Vater, der Klient in unserer Bank war. Mein Name ist Dr. Paumgarten, Odilo Paumgarten", sagt er zeremoniös. Er berichtet, daß er Prokurist eines allgemein bekannten Bankhauses in Wien gewesen ist, und am Schluß unserer kleinen Unterhaltung bin auch ich überzeugt, daß ich ihn bei allerlei öffentlichen Anlässen wie Premieren und Redouten, in eleganten Restaurants als versnobten Herzensbrecher und Frauenliebling gesehen haben muß.

Hier ist er wie ein Frackhemd; zwar noch gefältelt, aber ohne die wünschenswerte Steifung. Er kann nur bestehen, wenn er sich an einen Leidensgefährten seelisch anzulehnen vermag, allerdings erscheint ihm nicht jeder für diese Hilfe geeignet. Es muß jemand sein, dem er sich durch Ähnlichkeit der vergangenen Lebensführung – vermeintliche oder wirkliche – verbunden fühlt und den er für sozial ebenbürtig hält. Nur dann glaubt er, ihm in allen zarten Details von seiner Verstrickung in eine große Leidenschaft für eine Dame der Gesellschaft, seinen Reisen mit ihr, und von seinen Auslandskonten mit wehmütig nachkostender Lust erzählen zu können.

Zu diesem Zeitpunkt genieße ich die Ehre dieser freundschaftlichen Anklammerung, die mir aber bald nicht nur abschal, sondern geradezu nachteilig erscheinen soll. Die Abneigung, auf die er mit seiner vornehm weinerlichen Art bei den Gefährten und den sozialistischen Blockchargen stößt, droht sich auf mich zu übertragen. Es ist weder die Gediegenheit seiner Kleidung noch sein Doktortitel, was ihn unbeliebt macht, sondern seine verknöcherte Unfähigkeit, die Umstände zu erfassen.

Dies zeigt sich mir besonders deutlich an der Person eines anderen Wieners, den ich von flüchtigen Begegnungen her kenne, Rechtsanwalt Dr. Hugas. Auch er, elegant, hochgewachsen, schlank, sticht von der Menge deutlich ab. In Wien hatte ich ihn für einen trockenen Gecken und leisetretenden Rechtsverdreher gehalten. Zu meinem Erstaunen, welches sich bald zu Beschämung steigert, blickt er hier mit kalt-ruhiger Geringschätzung in die Szene, ohne von der Einsamkeit, die seine Selbstgenügsamkeit um ihn schafft, im geringsten angefochten zu sein.

Er zeigt sich während seiner ganzen Haft den körperlichen und moralischen Anforderungen in erstaunlichem Grade gewachsen und erwirbt sich die schweigende Achtung der Kameraden. Noch sehe ich ihn in meist verbissen hochmütiger Einsamkeit in unseren Reihen stehen, in der späteren Reinlichkeitsperiode, die uns heimsucht, vor der Baracke die Fenster mit zusammengeknülltem Zeitungspapier blank reiben. Er hat einen Hocker bestiegen, scheint den eisigen Wind, der seine Sträflingsuniform durchbläst, nicht zu fühlen, und erzielt Resultate, welche selbst die Blockchargen erstaunen. Man könnte glauben, daß er ein Doktorat im Fensterputzen erworben hat, oder daß zumindest jenes, dem er seine Zulassung zum Barreau verdankt, Intensivkurse im Fensterputzen voraussetzt.

Er lächelt nur hämisch, wenn die Leistung gelobt wird. Sein ganzes Wesen drückt – auch auf dem Hocker – eine Verachtung aus, die selbst für Analphabeten als Götzzitat an die Adresse des obersten SS-Führers Heinrich Himmler lesbar ist.

Schon am ersten Abend im Lager hatten wir hinter der Glasfront eines ebenerdigen Gebäudes, das einen Teil der Umsäumung des Appellplatzes bildet, nackte Männer, schweißglänzend und in langer Zehnerkolonne, reglos aufgereckt stehen gesehen. Sie waren, als wir am nächsten Tag an dem Gebäude vorübergekommen waren – unheimlich genug – noch immer dort gestanden, reglos starr, geradeaus blickend.

Erst jetzt, als meine Gruppe, nach endlosem Vorrücken wieder vor dem Gebäude angelangt, im Begriffe zu sein scheint, selbst in den verglasten Raum geführt zu werden, und die nackten Männer noch immer in regloser Verschwitztheit dastehen, dämmert es mir auf, daß es nicht dieselben Individuen sind wie am ersten Tag, sondern daß dort immer neue Partien von Novemberhäftlingen die ärztliche Untersuchung erwarten, der auch wir jetzt nach einem Bade unterzogen werden sollen.

Doch ehe wir diese Endstation vor der Einkleidung erreichen, müssen wir die Prozeduren des „Erkennungsdienstes", der Taschenvisitierung und der Ablieferung aller Kleider und Besitztümer über uns ergehen lassen.

Wie jeder Verewigung im Lichtbild geht auch dieser die hier vorgeschriebene Verschönerung voran: Rasieren, Berichtigung allfälliger Bekleidungsmängel. Die deutsche Ewigkeit soll den Homo judaicus unseligen Angedenkens zwar bilddokumentarisch richtig überliefert bekommen, damit seine Verjagung und allmähliche Ausrottung auch kommenden Generationen als gerechtfertigt erscheinen mag, dennoch aber zugleich ein imaginärer höherer Beamter der geheimen Staatspolizei, wenn er einmal das Album seiner einstigen Pfleglinge durchblättert, sein deutsches Wohlgefallen an der korrekten Ordentlichkeit und Einheitlichkeit ihres Aussehens finden können.

Anders ist die Sorgfalt, die der Erkennungsdienst unserer Erscheinung angedeihen läßt, nicht zu verstehen. Und darum werden wohl nur jene Häftlinge verschönert und photographiert, bei welchen dunkle Flecken, Blutgeschwülste oder offene Wunden im Gesicht die wünschenswerte Erfreulichkeit der Bildgestaltung nicht von vornherein ausschließen.

Die Wände des Raums, in welchem der Photograph und seine Gehilfen – auch sie arische Häftlinge – ihre Arbeit verrichten, sind mit Kunstaufnahmen vergangener Generationen von Schutzhaftjuden geschmückt. Offenbar soll jeder, der hier eintritt, um sich aufnehmen zu lassen, beruhigt werden, daß er nicht im Begriffe ist, sich Stümpern anzuvertrauen. Was die Amerikaner als „race discrimination" verabscheuen – wenn auch nur theoretisch –, ist in diesem Wandschmuck sorgfältig vermieden. Es sind also einige Konterfeis degenerierter Arier in die Galerie eingestreut. Natürlich bleibt das Schwergewicht der Sammlung auf die Erfassung des jüdischen Antlitzes gerichtet, und die künstlerische Geschicklichkeit, mit der in diesem Bestreben das individuell Antipathische ins allgemein Teuflische gesteigert worden ist, verdient hohe Anerkennung. Ich kann, während ich auf die Bilder starre, von dem Gedanken nicht loskommen: Was ist mit den Urbildern geschehen, nachdem sie ihren Dienst als Modelle geleistet hatten? Wie viele sind noch am Leben, und wie haben jene, die es nicht mehr sind, geendet?

Während ein Gehilfe den Photoanwärtern das Haar scharflinig scheitelt und jenen, die ihre Krawatten auf der Fahrt oder schon auf der „Liesl" in jüdischer Zuchtlosigkeit verloren hatten, ein prächtiges fertiggebundenes Exemplar leihweise umhängt, wird von einem zweiten Gehilfen eine kleine, schwarze Tafel mit dem Namen und den Geburtsdaten des zu Photographierenden versehen.

Der Mann ist ein Kalligraph ersten Ranges; er vollbringt mit seiner scharf gespitzten Kreide wahre Wunder herkömmlich wohlgefälliger Leserlichkeit in Kurrentschrift. Lehrer Simandl, wie beklemmend warm hättest du mich an deine begeisterungsfähige Brust gedrückt; welche Note hättest du für mich erfunden, wenn ich in deiner Klasse ähnlich Schönes je geleistet hätte? Ein bloßer römischer Einser hätte das Maß deiner Anerkennung schwerlich ausdrücken können.

Die schön beschriebenen Tafeln werden an der verstellbaren Kopfstütze befestigt, die einen Teil des Drehstuhls bildet, in welchen der Bildkandidat genötigt wird. Der Photograph, dessen Kopf meist unter dem altmodischen schwarzen Tuch verborgen bleibt, ändert seinen Standplatz nicht; nur der Stuhl und das Täfelchen werden gedreht. Dies macht es möglich, den Gefangenen samt Namen und Daten ohne Zeitvergeudung sowohl von vorne wie von beiden Seiten aufzunehmen.

Scharfäugige Kameraden entdecken, und minder scharfäugige, doch feinnervige bestätigen es, daß die Sitzfläche mit einem Dorn versehen ist, der von den Gehilfen mit einer unscheinbaren Vorrichtung betätigt werden kann. Es bleibt uns überlassen, was wir als den Zweck dieses Dorns, oder vielmehr als seinen Endzweck, betrachten wollen. Besteht er darin, Gefangenen, die sich in dem Stuhl einen Augenblick länger als unerläßlich ausruhen möchten, solche Eigenmächtigkeit auszutreiben? Oder sollen mittels des Dornes Gefangene, die zu apathisch, zu friedlich, zu freundlich, zu wenig teuflisch dreinschauen, zu erhöhter Lebhaftigkeit des Gesichtsausdrucks ermuntert werden?

Während ich in dem seltsamen Atelier darauf warte, an die Reihe zu kommen, und bald die emsigen Gehilfen, bald die starren, von der Kopfstütze in die Höhe gepreßten Gesichter meiner Vorgänger betrachte, erinnere ich mich plötzlich an manche Aufnahmen in den „Stürmer“-Schaukästen oder in der Zeitschrift der SS „Das schwarze Korps“, die alle Wiener Kaffeehäuser ihren Gästen vorgelegt hatten.

Auch diese Aufnahmen waren mit den gleichen, über dem Kopf mitphotographierten, kalligraphisch unübertrefflichen Täfelchen mit den Daten der dargestellten „Verbrecher“ versehen gewesen. Waren alle jene „jüdischen Verbrecher“ in dieser Stube aufgenommen worden, oder nur in gleichartigen in anderen Lagern mit ebenso tüchtigen Kalligraphen wie diesem, mit denselben Drehstühlen?

Die Vision der zerbeulten, verquollenen, entwürdigten Gesichter, die ich mit dem starren, vielverratenden Täfelchen gesehen hatte, überkommt mich jetzt während meiner eigenen Verewigung. Aus dem Vordergrunde der Schar dringt wuchtig die ergreifende, stumm anklagende Leidensmaske des in einem deutschen Lager zu Tode geprügelten Schauspielers Paul Morgan, und noch sehe ich mich fasziniert durch das Drahtgitter des Stürmerkastens in der Nähe der Akademie starren, der neben einem Pissoir das Bildnis dieses in einen Tragöden verwandelten Komikers öffentlich bloßstellte.

Passanten waren stehen geblieben und hatten ihre unsagbar stumpfen Blicke oder ihre gehässigen Fratzen darauf ruhen lassen; hatten aufreizend brutale oder noch aufreizender gleichgültige Bemerkungen gemacht und mich argwöhnisch von der Seite angesehen.

Hätte ich mir damals wohl in den Sinn kommen lassen, daß auch ich bald in ähnlicher Art aufgenommen werden und sozusagen von innen sehen würde, was ich damals nur erschüttert von außen auf mich einwirken ließ?

Jetzt war es mir kein Geheimnis mehr, wie Bildbeweise für das Abstoßende oder Verbrecherische in Menschen hergestellt werden können. Staunend war mir klar geworden, wie leicht sie erzielt werden können. Das Rezept ist einfach: der abgründig Verzweifelte sieht dem abgründig Schlechten zum Verwechseln ähnlich.

Noch während wir etwas später im Badehaus das stark beeinträchtigte Vergnügen genießen, unter SS-Bewachung die warmen Brausen benützen zu dürfen, bleibe ich davon überzeugt, daß ein gütiges Schicksal sich bereits dafür ins Zeug gelegt hat, daß uns wirklich warme Uniformen verabfolgt werden. Wärmere als die von uns an den arischen Gefangenen beobachteten, und keinesfalls die blauweißen Schlafanzüge, in denen wir unsere Münchner Schicksalsgenossen wegen ihrer Abhärtung bestaunt hatten. Schließlich sind ja auch auf der Flucht aus Ägypten die Juden trockenen Fußes durch das Rote Meer geschritten. So beschämend widerstandsfähig können Illusionen sein, wenn vezweifelte Wünsche sie speisen.

Die hier in Rede stehende welkt und fällt erst, als den ersten in meiner Gruppe von einem arischen Gefangenen über einen breiten Tisch Kleiderbündel zugeschoben werden, und aus jedem dieser Bündel Blauweiß–Gestreiftes hervorlugt. Es zeigt sich beim Aufschnüren, daß sie außer den uns bereits bekannten Zwilch–Pyjamas nur ein dünnes, kragen– und meist knopfloses Hemd aus schleißiger Baumwolle enthalten, nebst Schuhen und einem Paar Socken, deren Material bloß dürftig an Schafwolle erinnert.

In dem mir zugeschobenen Pack fehlt die blauweiße Jakke. An ihrer Stelle finde ich ein verwaschenes grünliches Baumwolljäckchen, das vor langer Zeit eine militärische Sommerbluse gewesen sein mag und am Rücken von oben bis unten klafft. Ein Mann, halb so breitschultrig wie ich, würde Mühe haben hineinzukommen.

Und das soll die Kleidung sein, in der ich aus dem warmen Brodem dieses Badehauses in die Kälte hinaustreten und einen Winter überleben soll? Entsetzt suche ich die Augen von Kameraden, die ihr Zeug neben mir anzulegen versuchen, begegne aber nur konsterniert entrückten oder geschäftig niedergeschlagenen Blicken.

Als ich mein grünes Jäckchen trotz aller Anstrengung nicht einmal über die Schultern ziehen kann, erwacht in mir Verzweiflungsmut. An den lauernden SS-Männern vorbei schleiche ich in den Raum zurück, in dem die Bündel ausgegeben werden, und halte dem Arier hinter dem Tisch das grüne Jäckchen vor die Augen.

„Wie soll ich denn da hineinkommen können? Schaun's mich doch einmal an. Der Janker ist für ein Kind gemacht!"

Schon schwebt die Ohrfeige über meinem Kopf, schon

zuckt der Fußtritt im Bein des Angeredeten, der ebenso erstaunt wie empört ist. Aber ein Etwas, ein Ton, ein Zug, eine Qualität meines Gehabens oder Gesichts berührt den Menschen in dem Mann.

„Viele haben noch schlechteres Zeug", knurrt er. „Hab' ja nichts mehr!"

Er wendet sich brüsk um und holt von einem Wandbrett unter einem Stoß alten Zeugs eine blaue Militärjacke hervor. Der Stoff ist zwar bis auf das Grundgewebe abgewetzt; auch verspricht sie, mich mit ihrer Farbe und den lächerlichen, über das Gesäß hängenden, beknöpften Schößeln aus der Menge hervorstechen zu lassen, aber sie ist wenigstens groß genug, um von mir angezogen werden zu können, und am Rücken nicht aufgeplatzt.

Mein Gesicht scheint dennoch Bedenken auszudrücken. Denn: „Jetzt sag aber nix mehr!" schnauzt mich der Spender an. „Kannst hochzufrieden sein. Schau der an, was andere bekommen haben."

Ich beende nun rasch meine Verwandlung in einen Schutzhaftjuden besonderer Klasse und drücke mich bange der Tür entgegen, durch die einige Kameraden bereits ins Freie geeilt sind. Doch unerwartete Hilfe wird mir zuteil – in der Gestalt eines jäh aufzuckenden SS-Stiefels.

Diesmal begrüße ich sie geradezu, denn der Tritt oder die Drohung erspart mir alle Überlegung, alle Pein, mich mit eigenem Entschluß in ein Übel stürzen zu müssen. Schon bin ich mittendrin und schließe mich den Gefährten an, die vor dem Gebäude warten.

Da stehen wir nun, die wir noch vor kurzem Individuen waren, zwar verdreckte, zerbeulte, frierende, aber immerhin noch Individuen. Jetzt sind wir – was sind wir jetzt? Sträflinge? Nicht einmal das noch. Wir kommen eben erst zur Welt – als Nummern, noch ohne Nummer.

Aber selbst ohne Individualität und eigentliche Existenz frieren wir erbärmlich, mehr denn je, besonders, da wir nach vollendeter Verschönerung im photographischen Atelier ratzekahl geschoren worden sind und keine Kopfbedeckung erhalten haben. Dennoch müssen wir auf eine große Anzahl von Mitgefangenen warten, die in diesem Augenblick noch im warmen Dampf hinter den Scheiben zur ärztlichen Untersuchung angestellt sind.

Nur mit Mühe erkennen wir einander in unserer Verkleidung. Nachdem Aberbach mich umschritten und von allen Seiten betrachtet hat, kann er ein innig tieftöniges Lachen nicht unterdrücken. „Lach mit, oder lach nicht mit, aber du schaust komisch, verdammt komisch aus, Kamerad!" sagt er.

So bange uns allen auch zu Mute ist und so schutzlos wir uns der Zukunft preisgegeben fühlen, saugen wir doch auch Befreiung, Kraft, ja Erheiterung aus unserer Beraubtheit. Etwas Endgültiges ist eingetreten; ein Zustand, der uns körperliche Beweglichkeit und die moralische Entschlossenheit gibt, uns dieses Körpers bis zur Grenze des Möglichen zu bedienen. Auch bilden wir nicht mehr eine dunkle, suspekte Herde, die nirgends hingehört und nicht einmal den Beginn von etwas gemacht hat, das zu einem Ende führen könnte.

Wir stehen dem Schicksal frontal gegenüber, fast nackt, bewehrt nur mit dem, was wir auf diese Erde mitbekommen haben und das uns unveräußerlich angehört.

Wohlan! Hier sind wir. Mit diesen einfachen Mitteln, frei von allem Hergebrachten, aller Selbstschonung, allen überflüssigen Ängsten werden wir kämpfen. Mit diesen einfachen Mitteln ausgerüstet, haben wir nur die Wahl, das schlimme Abenteuer zu bestehen oder darin zu krepieren; gesund zu sein oder tot.

Krankheit ist hier nur eine kurze Durchgangsstation zum immerwährenden Dunkel.

Es ist nun etwa drei Wochen her, daß wir eine der etwa dreißig gegenwärtig belegten Baracken, hier Blocks genannt, bezogen haben. Wir bedeutet in diesem Fall: ungefähr 800 Österreicher und eine annähernd gleiche Anzahl von deutschen Juden, vielfach aus der Pfalz. Niemand hat Befehle gegeben, wo wir uns anzuschließen und unterzukriechen hätten. Von kleinen Gruppen abgesehen, die sich aneinander klammerten, war es der Hand des Zufalls überlassen, uns zusammenzuwürfeln, wie es gerade kam.

Wir haben wenig anderes getan als zu frieren, zu warten, das sogenannte Exerzieren zu erdulden, Begegnungen mit der SS ängstlich zu vermeiden; uns mit allerlei raschen Kameradschaften und rascheren Antipathien kleine Anker zu schaffen, damit wir in unserer Anonymität und der tiefen Benommenheit uns selbst nicht völlig verloren gingen – inmitten eines stimmen- und bewegungsreich wimmelnden, folternden, und doch Wärme und Farbe spendenden Menschengewirrs.

Nur ich, so will es mir vorkommen, wurde mir dieser

Anonymität und meines darin wie selbstverständlichen Dahintreibens gelegentlich glücklich-erschrocken bewußt – im nächsten Augenblick schon bange, ob das „Versteck" auch wirklich halten würde.

Der Blockschreiber Fritz, ein Kommunist, den fast fünf Jahre im Lager nicht um alle Menschlichkeit hatten bringen können, hat die Stube soeben fliegenden Schrittes betreten. Er hält ein Bündel von Papieren in der Hand und sagt in atemlosem Ton, der seine Ursache in mitfühlender Erregung oder auch in der Eile seines Kommens haben kann, mir aber auf jeden Fall wie Engelsmusik klingt: „Briefe werden geschrieben!" Und nach einer Pause, welche die Außerordentlichkeit der gemachten Mitteilung unterstreicht: „Heut' nachmittag und morgen vormittag."

Er scheint sich mit der Botschaft vorzugsweise an mich zu wenden. Warum nur? Weil er zufällig gerade vor mir halt gemacht hat in seinem Eilschritt? Oder erinnert er sich an das kurze Gespräch, als ich mit der Horde von neu Eingekleideten, von Kälte und Hunger gepeinigt, zum erstenmal in die Baracke gekommen war?

Ich hatte damals gar nicht so sehr darauf gebrannt, meinen in Gedanken bereits feststehenden Brief an Lena schreiben zu können – vorübergehend von einer für mich bezeichnenden Gleichgültigkeit gegen Entlegenes erfaßt. Weit mehr hatte mich der Wunsch beherrscht, mich von der peinvollen Endgültigkeit meiner Gefangenschaft abzulenken und mich zugleich in sie vorzutasten – durch Fühlungnahme mit einem Menschen, der diese Endgültigkeit schon gründlichst erforscht hatte. Die strahlenden grau-blauen, mir in kühler Freundlichkeit entgegenlächelnden Augen des jungen Gefangenen, den jemand als den Blockschreiber bezeichnete, waren vielleicht ausschlaggebend gewesen. Mißtrauen schien bei ihm nicht am Platze zu sein.

„Dürfen wir Briefe schreiben?" kam es ohne alle Begrüßung aus mir. „Briefe – nach Hause, oder an uns Nahestehende?"

„Briefe? ... Briefe schreiben?" Er dehnte das zweimalige „Briefe" ungläubig in die Länge, ehe er das „schreiben" nachhinken ließ. „O je, o je!" Eine wegwerfende Handbewegung machte jede weitere Antwort überflüssig. Dennoch sagte er: „Das kommt noch lange nicht."

Vielleicht konnte er die schmerzliche Wirkung seiner Auskunft in meinem Gesicht lesen, denn nach einer Pause fügte er sanfter hinzu: „Da wirst dich schon in Geduld fassen müssen, mein Lieber!"

„Noch lange nicht? ... Wann kommt es?"

„Bist gar an Ungeduldiger, kommt mir vor. Das wird dir schon gesagt werden. So in a vierzehn Tag oder drei Wochen." Aber wie um die Ernüchterung dieses ungeduldigen Muttersöhnchens vollständig zu machen: „Dann werd'ts a jeder a Kart'n bekommen – mit sieben vorgezeichneten Zeilen. Und was zu schreiben ist, wird euch auch g'sagt wern."

Ich starrte ihn betroffen an, fragte aber, daran gewöhnt, daß Hindernisse dazu da sind, um überwunden zu werden: „Kann man unter keinen Umständen früher schreiben? Selbst wenn es sehr – sehr wichtig ist ... sehr dringlich?" Ich versuchte mein Interesse rein theoretisch erscheinen zu lassen. Schließlich kannte ich den Mann nicht, auch wenn ich gerade zu ihm etwas Vertrauen gefaßt hatte. Doch meine Besorgnis war überflüssig. Ohne sich um die Gründe meines Interesses im geringsten zu kümmern, dozierte er:

„Für solche Fälle gibt's den sogenannten Rapportbrief. Da muß man aber beim Lagerkommando um Erlaubnis ansuchen und genau, aber schon haargenau, angeben, warum es so dringlich ist, daß man außertourlich schreibt."

„Kann ich also ansuchen?"

„Jetzt? ... Jetzt? Kaum daß d' komma bist?" Er war sehr ernst geworden. „Du kannst ansuchen. Gewiß. Ja, du kannst auch jetzt schon ansuchen." Aber noch ernster, die Augenbrauen bedeutungsvoll hochziehend: „Nur raten möcht' ich dir's nicht! Magst mehr bewilligt bekommen, als dir lieb ist."

Er hatte unvermittelt eine hochfahrend näselnde Nazistimme angenommen: „Den Juden muß ich mir mal näher anschau'n, der's mit dem Schreiben gar so eilig hat. Dem will ich mal unter die Eier greifen!' Hab's den Lagerleiter selbst zehnmal sagen gehört in solchen Fällen. Und was dir bewilligt wird auf dein Ansuchen, sind 25 auf den Arsch oder eine Stunde ‚auf dem Baum'. I man's der guat. Such net an. Was d' zu schreiben hast, wird scho net gar so wichtig sein, und die zwei oder drei Wochen vergehn, bevor du dich recht umschaun kannst."

Er hatte recht gehabt. Meine anfängliche Enttäuschung war erstaunlich rasch verflogen, und mein in dieser Sache Nichts-vorkehren-Können und Nichts-vorkehren-Müssen begann mir rasch zu behagen. Mir selbst und der eigenen Sorge verborgen zu bleiben, wurde zu einem erfreulichen Aspekt der Haft und zu einem Vorschuß auf die Belohnung, die ich für meine Selbstbeherrschung in der Pistolenangelegenheit erwartete.

Aber da die Stunde zum Schreiben gekommen ist, jetzt, elektrisiert mich dennoch die Vorstellung, mich an einer siebenzeiligen offenen Karte, geschmälert durch vorgeschriebene Sätze, zu messen. Auch möchte ich mir nicht vorwerfen müssen, daß ich in dieser Sache irgend etwas Wichtiges unterlassen hätte. Nicht zuletzt strahlt auch der Gedanke in mir auf, daß Briefe Antworten nach sich ziehen. Es kann also nicht mehr lange dauern, bis ich Worte der Liebe von Mensch zu Mensch hören werde – beschwichtigender und zugleich aufwühlender als die klügsten Worte von Menschen, die man vor einigen Wochen noch gar nicht gekannt hat.

Fritz schwenkt sein Papierbündel wie eine Fahne und fordert mich mit einer Kopfbewegung auf, ihm hinter den großen Brottisch vor dem Fenster zu folgen. Er ist ein Bild beneidenswerter Erfreulichkeit und Frische, wie er da knabenhaft wichtig vor seiner papierenen Beute sitzt und prüfend darin blättert.

Ich betrachte ihn von der Seite und erinnere mich mit Verwunderung an Einzelheiten von dem, was er mir in der vergangenen Woche – oder war es die vorvorige gewesen? – über sich erzählt hatte. Wie kann man so aussehen, so viel frohen Lebensmorgen ausstrahlen, wenn man Erlebnisse hinter sich hat wie jene, die ihn gerüttelt haben? Und daß dieser Mensch kein Aufschneider ist, steht für mich außer jedem Zweifel.

An dem Tag, an dem er mir und einigen Kameraden von seiner ersten Lagerzeit erzählt hatte, waren wir bei strömendem Regen erwacht. In der noch stockdunklen Lagergasse, in der wir lange auf den Abmarsch zum Lagerappell warten mußten, war zuerst nicht so richtig erkennbar, wie intensiv der eisige Herbstregen niederging. Doch binnen weniger Minuten war an unseren Uniformen kein trockener Faden mehr zu finden. Die Schuhe hatten sich eine wässrige Sprache angeeignet, in der sie miteinander Erinnerungen an ein früheres Dasein als Enten auszutauschen schienen.

Als wir nach dem Vormittagsexerzieren in die Baracke zurückkehren durften, war keiner unter uns, der nicht unter Flüchen dem Augenblick entgegenträumte, wo er die kalt am Körper klebenden Hüllen abstreifen und am großen Kachelofen in der Mitte des ersten Raumes, oder wenigstens in der Nähe des Ofens, trocken würde. Wußten wir doch alle, daß das Antreten zum Mittagsappell und Nachmittagsexerzieren unmittelbar nach der kurzen Essenspause zu erfolgen hatte.

Doch das Unglaubliche war eingetreten. Der Blockälteste (sein Name entzieht sich hartnäckig meiner Erinnerung) und Lübke, der Stubenälteste, dessen deutsche Schnauze gelegentlich von Kameradschaftsphrasen überfloß, hatten wohl ihre eigenen Uniformen am Ofen ausgebreitet, jedoch uns verboten, ein gleiches zu tun – was freilich nicht verhinderte, daß ein paar Verzweifelte es heimlich dennoch versuchten. Das Komplott wurde rasch entdeckt. Die Sache endete mit Gebrüll, Ohrfeigen und aus der Baracke in den Kot hinausgeworfenen Kleidungsstücken.

Fritz hatte das Benehmen seiner Mitchargen mit schweigender, doch unverkennbarer Ablehnung betrachtet. Er trocknete die eigene Uniform nicht und versuchte, uns auf seine Art unauffällig zu ermutigen.

Um so etwas da scheißert er sich gar nicht, an unserer Stelle, sagte er. Als er eingeliefert wurde, da standen überhaupt noch keine Baracken. Es war im März, und bitter kalt. Auf dem Bauch hatten die Eingelieferten vom Geleise des kleinen Zuges bis ins innere Lager kriechen müssen, durch Schmelzschnee und Kot, über Sand und scharfe Steine, ununterbrochen geprügelt, immer wieder mit Tritten und Gewehrkolben bearbeitet.

Nur ein Bruchteil der Angekommenen habe dieses Stück der Reise lebend überstanden. Viele waren barfuß, auch er, da man ihn mitten in der Nacht aus seiner Haftzelle in den Zug geschleppt hatte, ohne ihm auch nur Zeit zu lassen, seine Schuhe mitzunehmen. Dennoch mußten die Barfüßigen, auch sonst halbnackt, tagelang im nassen Schnee stehen.

Die ersten Baracken wurden von den Gefangenen selbst gebaut. Auch da gab es Opfer genug unter den Gefangenen. Diese Baracken mußten aber bald wieder abgerissen werden – wegen der unerträglichen Verwanzung. Es waren nicht die Paläste gewesen, die wir jetzt bewohnten, sondern verdreckte Steinhütten, ohne Licht, ohne Öfen.

Wenn wir diese Zeit mitgemacht hätten, würden wir uns „eins lachen“ bei unserem Frieren. Die Verwanzung, das sei das Allerschlimmste gewesen, das hätte den Stärksten umgelegt. „Was kann denn aus an Menschen werd'n, was will er denn machen, wenn er alle zwei Stunden aufwacht, in die Latrine taumeln muß, um sein Hemd auszuschütteln, und ganze Klumpen von vollgesoffenen Wanzen herausfallen, vollgesoffen mit seinem Blut. So erschöpft kann er gar nicht gewesen, so tot kann er gar nicht hingefallen sein auf seinen Strohsack nach einem Tag in der Kiesgruben, daß er nicht die Prozedur längstens alle zwei Stunden hätte wiederholen müssen. Ihr hättet's mich damals sehen sollen, wie ich ausg'schaut hab. Haut und Knochen. Kaum mehr stehen hab' ich können."

Nichts von all diesem Erleiden ist ihm jetzt anzusehen. Er bietet ein Bild der Gesundheit, der Jugend und Frische, und seine Augen strahlen – kaum noch in flüchtigen Sekunden angefochten von dem, was er mitansehen muß, was eine Welt der Häßlichkeit und des Hasses vor ihm, gegen ihn, und durch ihn unternimmt.

„Der erste Brief," sagt er, „den ihr schreiben dürft, wird nur a Kart'n sein." Er entnimmt einem Umschlag ein Pack von steifen, grünlichen Blättern, das er sich wie Spielkarten durch die Finger rauschen läßt. „Sieben Zeilen müssen auf jeder von diesen Karten vorliniert werden. Es darf nur auf den Zeilen geschrieben werden, und das sehr leserlich. Jede Karte muß beginnen: „Ich bin in Dachau. Es geht mir sehr gut. Bitte bestimmt, wenn ihr mir schreibt, in die Adresse (das ‚bestimmt' müßt's unterstreichen!) die Bezeichnung ‚Schutzhaftjude' vor meinen Namen zu setzen und ja nicht zu vergessen, die Nummer des Blocks anzuführen. Titel wie Doktor, Ingenieur und dergleichen müssen unbedingt vermieden werden!"

Ich frage mich, was da wohl von den sieben Zeilen noch übrig bleiben mag, und das Thermometer meiner heimlichen Hoffnungen sinkt beträchtlich. Fritz setzt seine Weisungen fort:

„Das mit die Titel müßt ihr euren Leuten besonders einschärfen. Sonst verschwindet der ankommende Brief in einem Papierkorb, und es kann obendrein a saftige Lagerstrafe geben."

Er läßt seine Augen einen Augenblick lang abgründig prüfend auf mir ruhen: „Was warst du im Zivil?“

Ich zähle auf, womit ich mich beschäftigt habe.

„Dann kannst net ganz teppert sein. Such dir acht oder zehn von deinen Kameraden aus, die auch bißl was im Kopf hab'n – du weißt schon – Rechtsanwälte, Lehrer und so. Ihr neun oder elf schreibts eure Karten heute nachmittag – genau nach der Vorschrift. Morgen, nach dem Frühappell, schreibt der Rest der Stube – in Partien. Da geht's ihr dann von einem zum anderen und sagt's jedem, der sich nicht auskennt, wie er's machen soll. Wann aner net schreib'n kann – aber vielleicht kommt des gar net vor bei euch Juden – schreibts ihr, was er zu sagen hat und sagen will – für ihn. Die fertigen Karten sammelst du alle ab und gibst mir's, damit ich sie gleich nach dem Mittagsappell in die Lagerschreiberei tragen kann.“

Die Aussicht, den Nachmittag und morgigen Vormittag in der Stube verbringen zu dürfen, ist eine kleine Schicksalsgnade. Fast 24 Stunden sollen vergehen, ohne daß ich den Gefahren, dem Frieren, der geistigen Versumpfung ausgesetzt sein würde, die das stundenlange, zwecklose, unsagbar monotone Vorbeizotteln an immer denselben Baracken mit sich bringt.

Im wohligen Gefühl dieser Erwartung wird sogar die Sorge leicht, wie ich meine Geheimbotschaft im Rest der sieben Zeilen unterbringen soll, den die vorgeschriebenen Mitteilungen freilassen mögen. Ich komprimiere die Formulierung, die ich im Kopfe getragen habe, bis an die Grenze der Verständlichkeit. Aber als ich am Nachmittag das Ergebnis meiner Mühe zu Papier bringe, staune ich darüber, daß es mir möglich geworden ist, den Kern in dreieinhalb Zeilen auszudrücken und mit den vorgeschriebenen Sätzen in den erlaubten sieben Zeilen unterzubringen.

Als ich mit meiner Karte schließlich den Stoß der einzusammelnden anderen begründe, bin ich nur bange, ob ich nicht zu deutlich war in all meiner Knappheit. Gleichzeitig aber fürchte ich, daß meine Mitteilung ihr Geheimnis auch dort bewahren könnte, wo sie es preisgeben soll.

Doch es vergehen nur etwa vierzehn Tage, und ich halte – wie von unsichtbaren Händen gestreichelt und tief aufgewühlt – den Beweis in Händen, daß meine Nachricht die Gestapozensur passiert hat und von Lena dechiffriert werden konnte. Denn da steht es, deutlich, unzweideutig, vor meinen Augen, wie oft auch immer ich den Antwortbrief hervorhole und mich an die gesegnete Stelle heranlese. Sie ist fast auffällig übergangslos hingesetzt und lautet:

„Habe alles nach Wunsch erledigt. Kannst ganz beruhigt sein."

Das erste, eilige Lesen gelingt mir gleich nach dem Empfang – beim Aufmarsch zu einem Appell. Ort und Situation helfen, die glückliche Erschöpfung zu überwinden, die mich übermannt und mir das Gewicht meiner unterdrückten Sorge erst in dem Augenblick zum Bewußtsein bringt, da sie von mir abfällt.

Ich möchte lachen und weinen; denen, die mir zunächst marschieren, um den Hals fallen, die ganze Welt umarmen, und tue gar nichts – nichts als, vermutlich blasser als sonst, dumm-selig lächelnd weiterzutrappen. Nur Aberbach zu meiner Rechten bemerkt mein Durchwogtsein.

„Ist es Gutes?" fragt er hellsichtig, meinen Arm mit seinem streifend. Ich nicke. „Sehr Gutes ... Wunderbares!" Mehr zu sagen – ist auch das Aberglaube oder nur noch zu weit getriebene Vorsicht? – vermag ich nicht. Doch das innige Lächeln, welches das breite Gesicht des Gütigen überzieht, entläßt mich aus allem Unbehagen über mein Schweigen.

In einem zweiten Brief, den ich nach einem weiteren Monat von Lena erhalte, finden sich abermals Worte, die ich nur als klarer verkündete, reiner gesungene Erlösung verstehen kann.

So wäre also dieser böse Kelch an mir vorübergegangen, und ich müßte nun – meiner stillen Abmachung mit dem Schicksal gemäß – alles Ungemach ergeben, ja, fast freudig ertragen. Dieser Vertrag aber war, wie ich fürchte, einer von vielen mit mir selbst abgeschlossenen, mit denen ich mir weit mehr zugemutet hatte, als ich erfüllen konnte.

Briefschreiben und Postempfang werden nun zur monatlichen Erregung – beglückend und schmerzlich in einem. Ich denke hier aber, was das Schmerzliche betrifft, nicht etwa an die Bangigkeit, die den Gefangenen umklammern mag, dessen Name von dem verteilenden SS-Mann irrtümlich übersprungen wird, noch an die totale Sonnenfinsternis, die sich auf jene niedersenkt, die tatsächlich leer ausgegangen sind oder denen der Brief nicht gebracht hat, was er hätte bringen sollen. (Die Liebesbeweise, die hier gelten, sind Tatsachen, Tatsachen, und wieder nur Tatsachen!)

Nein, diese natürlichen, wenn auch schlimmen Schmerzlichkeiten sollen hier außer Betracht bleiben. Es ist der Verteilungsvorgang, an den ich denke, bei dem wir von neuem erfahren, daß hier in ein Schrecknis verwandelt wird, was sonst das Beglückendste ist oder sein könnte.

Du bist in der Stube, du versuchst eben, deine Schuhe aus ungefähr hundertfünfzig Paaren, die auf einem rohgezimmerten Gestell abgestellt wurden, herauszusuchen. Denn bald wird zum Mittagsappell angetreten werden müssen, und du weißt aus Erfahrung, daß deine Schuhe, die du im Schnee oder Kot der Lagergasse, günstigstenfalls in den Pfützen des Vorraums hast ausziehen müssen, oft verwechselt oder verschleppt werden, und jedenfalls feucht, wie sie immer sind, einige Zeit erfordern, um an den Fuß gebracht werden zu können.

Endlich hast du beide gefunden. Da wird plötzlich die Stubentüre aufgerissen und ein Gefangener ruft laut: „Achtung!“

Irgendeiner ruft es, der gerade in der Nähe steht. Und du läßt deine Schuhe fallen oder was immer du in Händen gehalten hast, und stehst selbst regungslos aufgereckt da. Denn das hast du nach einigen Faustschlägen in dein Gesicht gelernt: Daß es purer Masochismus wäre, nach dem „Achtung!", welches das Nahen einer SS-Gottheit ankündigt, auch nur einen Schritt zu machen oder einen Gegenstand in der Hand zu behalten. Du mußt ihn fallen lassen oder hinstellen und dastehen, wie aus einem Exerzierreglement gesprungen.

„Antreten in der Lagergasse!" kommandiert die Gottheit, und der Blockälteste verwandelt sich in das vervielfachte Echo ihres Befehls. Sie selbst aber bleibt bei der Türe stehen, und wer nicht in den nächsten Augenblicken schon, an ihr vorbei, ins Freie stürzt, bekommt eins drüber. Man springt hinaus, wie man gerade ist, in den Socken oder ohne Jäckchen, gleichgültig, ob Schnee am Boden liegt oder Regen niederpeitscht.

Nun steht man also im Freien – ausgerichtet und aufgedeckt, frierend oder durchnäßt, noch unbekannten Unheils gewärtig. Denn es kann ja alles mögliche sein, um das es bei solchem Alarm geht. Erst später magst du aufatmend erkennen, daß der böse Beginn die erfreuliche Fortsetzung einer Postverteilung finden soll.

Du frierst und stehst also jetzt mit freundlicher klopfendem Herzen, bis alle dir im Alphabet Vorangehenden aufgerufen wurden und ihren Brief in Empfang genommen haben – gemeinsam mit der fast unfehlbar dazugehörigen Ohrfeige; mit dem Schlag, den die österreichische Mundart als „Watschen" oder „Flaschen" bezeichnet.

Der Ausdruck hat einen Witzbold der Stube dazu inspiriert, von unserer einlangenden Post als „Flaschenpost" zu sprechen, die dem Empfänger geschmückt – wie Fisch oder Geflügel in vornehmen Restaurants – dargereicht wird, geschmückt allerdings nicht mit Petersilie, sondern mit Wortblüten. „Dicke Sau ... Arschgesicht ... Sohn einer jüdischen Drecksau!“ gehören zu den zarteren.

Lesen darfst du deinen Brief aber noch lange nicht. Denn kaum ist die Postverteilung zu Ende, erfolgt die Aufstellung zum Appell. Du hast kaum Zeit, dir die Schuhe oder Jacke aus der Stube zu holen oder die sonst nötige Vervollständigung deiner Kleidung vorzunehmen. Und anschließend an den Appell wird exerziert.

Es versteht sich von selbst – du liest dennoch; unter Gefahr. Aber schließlich, was tust du hier nicht unter Gefahr? Was ist hier erlaubt? Genau genommen nichts. Genau genommen kann dir alles Schläge mit oder ohne „Meldung“ eintragen. Die „Meldung“ ist fast unfehlbar gefolgt von „Auf-den-Baum-Kommen“ oder von „fünfundzwanzig auf da Orsch.“ Stell es an, wie du willst, unter Umständen rennst du so oder so in Strafe hinein.

So liest du also den Brief, schon im Marschieren oder, hinter den Rücken deines Vordermanns gekrümmt, während des Appells.

Und es geschieht, daß der Härteste da weich wird – und oft gerade der am meisten. Der Verschlossenste beginnt zu sprechen nach dieser hastigen Lektüre, diesem Die-Zeichen-Einsaugen mit Augen und halboffenem Mund. Er spricht, spricht ... strömt über ... kann das Überströmen seines Gefühls nicht dämmen, gleichgültig, wer neben ihm marschiert oder steht, ein gewählter Kamerad oder nur einer, mit dem ihn der Zufall des scheinbar gleichen Zwanges zusammengeführt hat.

Dr. Richter, ein stämmiger Graukopf mit Augen, die hinter seinen Brillen scharf hervorfunkeln, gehört der kleinen Gruppe an, die eine Schlafpritsche mit mir teilt. Streber und Mantelwender von Natur, ist er hier überdies Disziplinmensch aus Berechnung. Er war Rechtsanwalt in Stockerau bei Wien gewesen, hätte gar nichts anderes sein können. Jeden Augenblick erwähnt er seine Frontjahre, sagt „Sei ein

Mann!" und ist jedenfalls hart genug, um das Grausamste trockenen Auges und schlimmstenfalls mit hart angespannten Wangenmuskeln mitanzusehen.

Mein Erstaunen ist nicht gering, als ich und ein paar Kameraden ihn nach der ersten Postverteilung am stilleren Ende der Lagergasse mit tränenverschmierten Wangen und roten Augenrändern antreffen. „Was gibt's denn mit dir?" fragt ihn einer von uns.

Da streckt er dem Frager die Karte entgegen, die er von seiner Frau bekommen hat, und ist unfähig, einen Satz zu sagen, ohne von schnuppernden Lauten, die ihn förmlich schütteln, unterbrochen zu werden. Man merkt es seinem Weinen an, daß es das erste seit seinen Kindertagen ist.

Die Karte enthält nicht mehr als ein paar innige, ganz unbesondere Worte, wie sie jede beliebige Gattin geschrieben haben könnte. Doch der verbissene Streber, den Hartes, zumal wenn es ihn gemeinsam mit anderen oder andere allein trifft, kaum jemals umwerfen könnte, kann sich noch immer nicht fassen.

Wir müssen mit ihm sehr herzlich sein und so tun, als ob die Worte auf seiner Karte ganz großartig und erschütternd wären, obwohl wir ihn im Grunde nicht ausstehen können; damit wir uns nicht zu sehr schämen müssen für ihn.

Von Briefen, die du wieder und wieder liest, bis ihre Worte, wie in die Luft geschrieben, vor dir einherwandern und dir im Wachen und Schlafen ein Kleinod aus Hoffnung und Trost bedeuten, trennst du dich nicht leicht. Aber selbst jene anderen, die bange Fragen aufgerissen, an alte Wunden gerührt, Todesfälle oder den Einsturz einer menschlichen Beziehung berichtet haben, bleiben dir lange wichtig. (Ich denke an den Brief der Gattin eines Stubenältesten in unserem Block. Sie bat ihn darin, in die Scheidung der Ehe einzuwilligen, falls nicht unzweifelhaft Aussicht bestünde, daß er zu Weihnachten entlassen würde. Nach vier Jahren des Wartens könne sie nicht länger ohne Mann leben, selbst wenn sie ihn bereits seit etwa einem Jahr mehrmals betrogen habe.)

Die Behältnisse dieser guten oder bösen Mitteilungen bloß hie und da anzusehen, das Bild der vertrauten Schrift auf sich einwirken zu lassen, heißt vom Hauch des Lebens umwittert sein, heißt daran, wie schmerzlich auch immer, noch teilzunehmen, haucht Heimat, gibt Schutz.

Wenn der eine oder andere in der Kantine seine kleine, hier erworbene Geldbörse herausnimmt (sie wird von vielen um den Hals getragen), kann man darin, klein gefaltet, verknitterte, abgegriffene, an den Rändern schwärzlich durchgewetzte Briefe sehen. Aber so ist es nun einmal: Das Lager duldet nicht das kleinste bißchen Heimat, nicht die geringste Verwurzelung. Nicht einmal denselben Schlafplatz darfst du lange benützen. Nicht einmal dieselbe Decke wird dir allabendlich zugeworfen.

Es dauert nicht lange, und der gefürchtete Lautsprecher auf dem Appellplatz, die metallische, von aller Menschlichkeit und Menschenähnlichkeit gesäuberte, abstrakte Stimme des Verhängnisses verkündet, daß empfangene Briefe zu vernichten sind – mit Ausnahme des jeweils letzten. Inspektionen auf Tascheninhalt werden Tagesordnung. Wehe dem Gefangenen, bei dem alte Briefe gefunden werden. Selbst den letzten Brief darf man nicht mit sich tragen. Er muß, falls man ihn nicht lieber gleich vernichtet, an einer dazu bestimmten Stelle im Kasten liegen.

Dennoch trage ich zwei mir besonders trostreiche Briefe immer an mir – zwischen den nackten Fußknöcheln und den Socken. Dort werden sie nicht so rasch zerrieben und in eine unleserliche Maische verwandelt, wie es mir mit dem ersten geschah, den ich im Schuh unter den Fußsohlen getragen hatte. Es ist richtig, sie stören gelegentlich neben den Knöcheln und machen Geräusche, aber wenigstens fühle und höre ich dann, daß sie mir nahe sind. Zwei andere Briefe breite ich im Kasten ein – zwischen dem Brett des Faches und dem mit Reißnägeln befestigten Blaupapier.

Aberbach muß besondere, leistungsfähigere Methoden gehabt haben. Als er nach einigen Monaten entlassen wird, sehe ich ihn einen ganzen Packen kaum mehr leserlicher Briefe seiner Frau hastig in winzige Stücke zerreißen und dann die kleinen Zeugen einer großen Liebe, die ihm immer noch verderblich werden könnten, in der Lagergasse in den Wind streuen. Ich muß dabei für ihn an der Ecke unserer Baracke Posten stehen.

Er leistet die Opferhandlung, als ob es die Asche eines Toten wäre, die er ins All zurückgleiten läßt. Das Spiel seiner Hände, dieses Halten und Entlassen, verrät seine Ergriffenheit und eine Selbstüberwindung, für welche er die Kraft von der glücklichen Erregung empfängt, die in ihm gärt und ihn weiterreißt.

Während der Block, aufgestellt in der nächtlich dunklen Lagergasse, auf das Sirenensignal zum Morgenappell wartet, erfreut sich Fritz, der Blockschreiber, im jetzt leeren Waschraum einer gemächlichen Waschung.

Wie er dasteht, mit nacktem, rosig reinem Oberkörper, hübsch wie ein Operettentenor, wenn auch männlich genug, könnte er einer ganzen Mädchenschule den Schlaf rauben, sie aber auch an den Rand der Verzweiflung treiben – mit seinem unbegehrend entrückten Gleichmut, der sich – zumindest hier im Lager – niemand und nichts wirklich nahe gehen läßt, allerdings auch niemandem und niemandes Leid gegenüber völlig teilnahmslos bleibt.

Als Blockcharge, die mit ihrem SS-Blockführer so gut steht, wie ein Gefangener mit einem Gott überhaupt stehen kann – er verfaßt ein kompliziertes, prächtig kalligraphiertes „Pedigree", welches das reine Ariertum des Gottes bis hinauf in die fünfte oder sechste Generation nachweist – darf Fritz es sich leisten, meist um ein paar Minuten verspätet am Appellplatz zu erscheinen.

Ich habe mich in die Baracke zurückgeschlichen, um mir

meine Schuhe fester zu schnüren, oder mehr eigentlich, um mich vor dem großen Frieren noch ein klein wenig anzuwärmen. Der Waschraum ist der geeignete Ort dafür, denn er enthält auch das Reihenklosett, und man könnte notfalls vorgeben, von unerwartetem Drang überfallen worden zu sein.

Vor dem aller kleinlichen Disziplin abgeneigten und mir überdies freundlich gesinnten Schreiber muß ich mich weder schleunigst zurückziehen, noch irgend etwas vorschützen, wie dies bei einer derartigen Begegnung mit Lübke oder dem Blockältesten nötig wäre.

Dennoch behalte ich Fritz, während ich mich über meine Schuhe neige, im Auge – vorsichtshalber. Das Lager ist nun einmal kein Boden, auf dem Vertrauen und Sicherheitsgefühl gedeihen, und die Schläge, die ich einmal wegen einer ähnlichen Eigenmächtigkeit erhalten habe, scheinen mir die Wachsamkeitsinstinkte eines Buschmannes zu verleihen.

Wieder einmal bin ich betroffen, wie erfreulich und gar nicht „gefangenenhaft" – es läßt sich kaum anders ausdrükken – der junge Mensch aussieht. Ein geringer Aufwand an Phantasie, und ich könnte glauben, im Ankleideraum eines eleganten Tennisklubs in Wimbledon zu stehen, in welchem ein Trainer sich soeben äußerlich in den makellosen Gentleman zurückverwandelt, der er innerlich auch im schärfsten Kampfspiel geblieben war.

Kaum zu glauben, daß man sich in diesem fürchterlichen Lager so rein halten, in seinem Menschentum so unverstümmelt bleiben kann! Erst gestern hat er mir wieder einmal in seiner mundartlichen Sprechweise, die ich besser nachahmen als bestimmen kann, Dinge über sich erzählt, die einen Verfall seiner Moral wohl rechtfertigen könnten:

Er ist in aller Sachlichkeit davon überzeugt, daß er niemals entlassen werden wird. Der Akt, der bei der Gestapo über ihn aufliegt, betrage an die 2000 Seiten. Vor seiner Verhaftung waren die Nazis im Wahlkreis seines Heimatortes regelmäßig durchgefallen. Bei Prügeleien hatten sie den kürzeren gezogen: Beides dank der straffen Organisation, die er fast alleine geschaffen hatte.

Gefängnisse hatten ihn nicht auf lange festsetzen, Staatsgrenzen ihn nie aufhalten können. Sie hatten für ihn als Hindernisse so gut wie gar nicht existiert. Immer wieder sei er durch alle Fangnetze der Gegner und ihrer Polizei durchgeschlüpft, bis er dann eben doch einmal – in einem besonders plumpen – hängen geblieben war. Was ihm jetzt noch helfen könne, weiß der Himmel allein.

Sein Erzählen hatte ihn von einer Erinnerung auf die nächste gebracht und zuletzt den Bericht zutage gefördert, der mich, wie ihn selbst, schaudernd in die tiefen Abgründe menschlicher Herzen blicken ließ.

Es war während dieses Berichtes, daß ich den sonst immer fröhlich Unangefochtenen, Lächelnden, von nichts wirklich Berührten, wie geschüttelt von nachwirkender Erregung gesehen habe. Ich empfand, daß jede Äußerung zu dem Erzählten einem Versagen gleichkommen würde, und daß nur größte Gelassenheit, scheinbares Nichts-gehört-Haben, Entfremdung zwischen uns verhüten könnte:

Hier im Lager, in der Nähe des Badehauses, sei es gewesen, beim Einrücken von einer Arbeitsabkommandierung. Noch sieht er sich mit den anderen Gefangenen ausschreiten – müde, verschwitzt, schmutzig, aber doch ruhig und von innen heraus frei, wie man sich nach einem überstandenen Arbeitstag oft fühlt. Mit einem Mal sieht er, „als SS-Mann ausstaffiert", inmitten eines kleinen Haufens von SS-Leuten, an denen seine Gruppe vorbeimarschiert – seinen besten Freund, einen Menschen, mit dem er von ganz klein an aufgewachsen ist. Ein Bruder kann einem nicht annähernd so viel sein, wie dieser Junge ihm gewesen war.

Alles hatten sie miteinander geteilt und getan – sogar gestohlen hatten sie gemeinsam, sich gemeinsam dafür prügeln lassen – und einander nicht verraten. Nie hatten sie einander verraten. Es läßt sich gar nicht in Worte fassen, wie nahe sie einander gestanden waren. Natürlich war dieser Blutsbruder auch Kommunist gewesen wie er selbst – ein prachtvoller, verläßlicher Kämpfer.

Als Fritz ihm nun so völlig unerwartet gegenüberstand, habe er das Notwendige augenblicklich erfaßt. Er sei auch überzeugt, daß es ihm vollkommen gelungen war, sich in Zaum zu halten, selbst wenn ihm dabei die Hoffnung ins Herz sank, daß er dem Freund einmal ohne Zeugen begegnen würde.

Vielleicht aber war die Maske doch nicht undurchdringlich genug gewesen – für Heinz, der ihn besser kannte als irgendein Mensch, für Heinz, der ihm näher gestanden war, als ein anderer Mensch ihm je stehen würde. Denn mit einem Mal, blutrot im Gesicht, wie von Sinnen vor Zorn, warf sich Heinz auf ihn.

Noch niemals sei er so unmenschlich, so unwürdig verprügelt worden; nie sei er, von Grauen und einem inneren Schluchzen gelähmt, so unfähig gewesen, auch nur den Arm zur Deckung seines Gesichtes zu heben. Immer von neuem, immer fürchterlicher habe der Kindheitsfreund und Blutsbruder ihm ins Gesicht gedroschen, bis Fritz – er weiß nicht, ob vor Schmerz oder in unerträglichem Entsetzen – bewußtlos zu Boden gesunken war.

„Warum – ist er über mich so viehisch hergefallen?" Die Frage entringt sich erst nach lastendem Schweigen und selbst dann kaum hörbar seinen Lippen; doch ein Blick auf mich belehrt ihn, daß auch ich keine Antwort habe, ja eigentlich erwartet hatte, die Erklärung von ihm zu hören.

„So ist es eben", sagt er schließlich mit mühsamer Beherrschung, aber noch bebend, und wie übergossen mit Scham. „Das gehört nun einmal dazu – umso bösartiger zu werden, je mehr Angst man hat."

„Angst – vor was?"

Er sieht ratlos aus. Erst dann, tastend: „Vielleicht, daß ich verraten könnte, daß er mein Freund gewesen ist ... oder der kommunistischen Partei angehört und an einer berühmten Schlägerei in unserem Ort auf unserer Seite teilgenommen hat – obwohl sie das doch sicher wissen. Angst vielleicht, daß ich Vorteile von ihm erwarten und ihn auf diese Weise gefährden könnte. Da sollte ich denn gleich sehen, wieviel diese Hoffnung wert war. Aber vielleicht war es auch nur besinnungslose Wut darüber, daß ich der alten Sache treu geblieben war, während er so jämmerlich vor mir dastehen mußte im Glanz seiner faulen Macht."

Die Erinnerungsbilder waren erlösend wild aus Fritz hervorgebrochen, hatten ihn aber zuletzt nur gequält und über alte Abgründe geneigt zurückgelassen.

Hier, im Waschraum, scheint auch dieses böse Erlebnis, ebenso wie die physischen Qualen der ersten Zeit im Lager, von ihm ins Niegewesene abgefallen zu sein. Morgenfrisch und tief erneuert gibt er sich in genießender Entrücktheit seiner Reinigung hin.

„Bist du der Kassner Berthold?" fragt er unvermittelt durch die in seinem Mund hin- und hergehende Zahnbürste hindurch.

„Der bin ich."

„Dann kommst zur Vernehmung. Wenn's nach dem Zählappell heut heißt: ‚Vernehmungen raus!', trittst vor."

Nach Augenblicken bedrückten Schweigens frage ich: „Was hat ‚Vernehmung' zu bedeuten?"

„Das wern's der schon sag'n bei der Politischen. Kann alles Mögliche sein."

Meine Schuhe sind geschnürt, und ich begebe mich – nicht gerade beglückt – ins Freie.

Was mag die „Politische", wie die Gestapo hier genannt wird, nur wollen von mir? Natürlich ist Lenas briefliche Beschwichtigung schon im ersten Augenblick, da Fritz mir die Vernehmung angekündigt hatte, zwischen mich und meine alten Befürchtungen gesprungen. Auch jetzt sehe ich, wie in die Luft gezeichnet, die krause Melodie der lieben Handschrift, und sauge den Trost ein: „Habe alles nach Wunsch erledigt! Kannst völlig beruhigt sein.“

Aber was sonst kann diese Vernehmung bedeuten, wenn nicht die Entdeckung der Pistole? Vielleicht waren Agenten der Gestapo vor Lena in der Wohnung gewesen und hatten die Waffe an sich genommen. Lenas Briefstelle mag sich auf andere Konterbande bezogen haben, Dinge, die ihr gefährlich erschienen waren und die sie aus dem Weg geräumt hatte. Genug von dieser Art mag es in der Wohnung gegeben haben.

Aber selbst wenn meine Phantasie mich in diesem Punkt auf eine falsche Spur führen sollte – ist denn der Teufel nicht endlos findig, wenn er sein Werk vollbringen will? Er könnte sich etwa der Hausbesorgerin bedient haben. Sie mag durch irgend einen Zufall Gelegenheit gehabt haben, Lena bei der „Rettungsexpedition“ zu überraschen, und der süßlichen Bestie war eine hurtige Anzeige bei der NSDAP ohne weiteres zuzutrauen.

Und wie, wenn Lena mich überhaupt nur hatte beruhigen wollen, weil nichts mehr vorgekehrt werden, aber auch kein Schaden aus einer frommen Lüge entstehen konnte? Es entsprach durchaus Lenas Denkart, sich in so einem Fall zu sagen: „Wenigstens die paar Tage soll er in Ruhe verbringen dürfen, bis er durch die Gestapo selbst von seinem Elend erfährt.“

Was sonst, um Himmelswillen, konnte diese Vernehmung zu bedeuten haben? Doch plötzlich schießt, warm und köstlich, ein Springbrunnen von Hoffnung in mir auf: „Entlassung? ... Sollte es das sein? Etwa, weil ich bei der Einlieferung auf's geratewohl gelogen hatte, daß mir ein mexikanisches Visum zugesichert sei? Oder hatte sich die Akademie nun endlich doch für mich eingesetzt? Oder gar die schwedische Zeitschrift, die mich als Mitarbeiter haben wollte?

Die Fontäne fällt rasch in sich zusammen, wie zurückgeholt von vager Beunruhigung. Wenn sie mich doch nur in Ruhe lassen wollten! Die durchlebte Ungewißheit, die sich im dichten Gefüge bedrängter Tage allmählich in halbes Hoffen und vielfach in Vergessenheit verwandelt hatte, erscheint mir jetzt mit einem Schlag wie ein verlorenes Paradies, in das ich – wie gerne – zurücksinken möchte.

In der Lagergasse humpelt Salzer auf mich zu. Er sieht gealtert aus. Mehr denn je scheint sein Beruf als Buchhalter ihm etwas Pergamentenes, zeitlos Veraltetes zugefügt zu haben. Er ist in unserer Stube der erste des rasch anwachsenden Heeres jener, die wegen einer Erfrierung am Fuß keinen Schuh mehr anziehen können und sich an dessen Stelle Holzbrettchen anbinden, um so, im nachhumpelnden Zug der Invaliden, auf dem Appellplatz erscheinen zu können. Die Wunde ist, wie er mir vor einigen Tagen erzählt hat, zu einem tiefen Loch ausgeartet.

„Kassner", ruft er jetzt, „sag!" Die Stimme und zwei karminrote Flecken oberhalb der unrasiert-fahlen Wangenhöhlen verraten mühsam niedergehaltene Aufregung. „Sag! Ich hab' gehört – du bist auch zur Vernehmung bestellt."

„Leider. Der Teufel soll's holen!"

„Hast du eine Ahnung – warum?"

„Nicht die geringste", lüge ich ihm und dem Schicksal ins Gesicht. „Es kann alles Mögliche sein – sagt der Blockschreiber."

Leise, als ob er bloß denken und der Gedanke sich eigenmächtig in Worte verwandeln würde, entschlüpft es ihm: „Wenn's nur nicht wegen meines Fußes ist!"

„Wegen deines Fußes?" War der Mann wieder einmal verrückt geworden? Ich sehe ihn prüfend an. „Wie kommst du denn nur darauf? Was kann die Vernehmung mit dem erfrorenen Fuß zu tun haben? Sei froh, Mensch, wenn du nicht mehr auf dem Kerbholz hast, so daß du auf so tolle Vermutungen kommen kannst." Wie beneide ich ihn. Wäre ich doch ahnungslos genug hinsichtlich des Anlasses meiner Vernehmung, um meine Zuflucht zu ähnlichem Unsinn nehmen zu müssen!

Aber Salzer murmelt: „Der Arzt war sehr böse. ‚Sie werden schon sehen!' hat er gesagt."

„Warum war er böse?" eifere ich. „Weil sie dir den Fuß erfroren haben? Was hast du angestellt?" „Die Wunde so groß werden lassen." „Die Wunde so groß werden lassen?" „Ohne zu ihm zu kommen." „A-a-ah!" rufe ich in entspanntem Begreifen. So ist der Kerl also doch nicht ganz verrückt, und das Lager kein Irrenhaus.

„Aber ich bin doch dort gewesen!" schreit er mitten in meine fromme Selbsttäuschung hinein und setzt wimmernd fort: „Mindestens fünfmal ... vor dem Revier angestellt ... jedesmal eine Stunde oder länger ... bis zu den Knöcheln im Schnee – ohne dranzukommen. – Immer wieder haben sie mich weggeschickt. Keine Zeit ... morgen, etc. ..."

„Hast du es ihm gesagt?"

„Leider, ja. Gerade das hätte ich wahrscheinlich nicht dürfen."

„Mag sein, daß es ein Fehler war", sage ich, mir die Heuchelei unserer Bedrücker rasch vergegenwärtigend. „Aber trotzdem, mach dir nur keine Gedanken darüber. Nicht einmal hier bestraft man Menschen, weil sie ein Loch im Fuß haben." Und als er noch immer besorgt dreinschaut: „Glaub nur nicht, daß mir sehr wohl zu Mute ist."

Über dem Appellplatz lagert noch tiefes Dunkel. Die Masse der in vielen schwarzen Blocks reglos harrenden Gefangenen steht wie im eigenen Schweigen gesichtlos geworden da. Nur die Scheinwerfer auf den Wachtürmen sind schon zu emsiger Tätigkeit erwacht. Ihr lautlos unheimliches Schweifen und Tasten erhellt, zusammen mit den grünlichen, tausendwattigen Lampen des Lazaretts, die Szene ein wenig.

Erst allmählich beginnt sich einer jener aufregenden Sonnenaufgänge zu entfalten, die mir hier, neben manchem Sonnenuntergang, der einzige Begriff für ewige Schönheit sind, die mich der qualvollen Gegenwart entrücken kann.

Über der mächtigen Ebene, die man hinter der hohen Betonmauer wohl nicht sieht, doch ahnt, steht der Himmel grenzenlos offen, und es mangelt nicht an Zeit, um das tausendfach sich wandelnde Formen- und Farbenspiel zu beobachten, welches das große Wunder des Überganges vom Tag zur Nacht oder umgekehrt begleitet.

Meist lagert, wie auch heute, zu Beginn des Morgendramas noch tiefes Dunkel über uns. Es ist dies das Dunkel, aus welchem die eigentümlichen Nachtvögel mit den schmalen, geschwungenen Flügeln, die ich nur im Lager gesehen habe, in lautlosen Sturzflügen auf uns herabstoßen, um, knapp bevor sie uns erreichen, ebenso blitzschnell wieder aufzusteigen und im Wesenlosen zu verschwinden.

Jetzt beginnt es im Osten, ganz tief im Hintergrund des toten Grau über der Ebene, in vorerst kaum merklichen rosigen und orangefarbenen Streifen heller zu werden. Die Streifen steigen, schwingen näher heran, bis ihr gedämpfter Farbenjubel, immer mächtiger auftönend, zuletzt den ganzen Himmel erobert. Durch die lange Vorbereitung von Dunkel und Qual unwiderstehlich gemacht, tröstet das siegreiche Flammen, weitet das Herz, und führt schließlich dazu, daß man selbst hier noch dem Leben die Arme weit öffnet.

Die Nachtvögel, die während des Schauspiels, solange das Licht noch nicht ganz gesiegt hat, wie irrende Seelen über unseren Reihen hinhuschen und darauf bedacht scheinen, dem furchtbaren Etwas, das die gewaltige Menschenherde in ihr dunkles Schweigen bannt, nicht nahe zu kommen – wie oft blicke ich ihrem Schattenflug nach, erschüttert, geängstigt, sehnsüchtig.

Ihnen kann niemand gebieten, ihr Kommen und Gehen niemand aufhalten. Wenn doch auch ich alles, was mein Denken und Fühlen ist, in solch einem Vogel davonfliegen lassen könnte – mit der Wirkung, daß nur eine leblose Hülle an Stelle meines fühlenden, leidenden, quälbaren Ichs zurückbliebe!

In den ersten Haftwochen hatte ich zu bemerken geglaubt, daß die Vögel das Lagergebiet meiden. Keiner zeigte sich. Nur einmal war ein Dreieck reisender Wildgänse hoch oben vorübergezogen – so ungewöhnlich hoch, daß man keinen Laut hören konnte und daß auch sie zu dem Eindruck beitrugen, daß alles Fliegende, Freie dem Starren, Unheimlichen, Toten da unten so ferne blieb wie nur möglich. Dennoch hatte das erregende Dreieck selbst in seiner übermäßigen Höhe die Blicke und Herzen der Gefangenen noch lange nachgezogen.

Kreatur, leidende, hatte ich damals gedacht, ist in diesem Lager nur der Mensch. Freilich, da waren auch der Affe und der große Hund, welche den „Scharfrichter" auf seinen mysteriösen Gängen durchs Lager begleiteten. Aber die gehörten dem Lager der Quäler an, nicht dem der Gequälten. Erst später entdeckte ich die Schwärme von Spatzen, dieser unbeirrbaren Realisten und Abfallsucher, die an manchem Morgen auf dem Dach des Wirtschaftsgebäudes an einer bestimmten Stelle Sitzungen abhielten, dort, wo der Rauch und der Dunst des Küchenschlotes sie ein wenig zu erwärmen vermochte.

„Schutzhaftlager, stillgestanden!"... „Schutzhaftlager, Augen rechts!"

Die Kommandos, welche das Nahen des Lagerleiters verkünden und wie Peitschenhiebe auf eben geheilte Narben fallen, bringen mich zur Erde zurück. Doch das gespreizte Soldatenspiel der Meldung – nur der Atem der teuflischen Grausamkeiten, der solche Zeremonielle umhaucht, läßt sie weniger lächerlich erscheinen, als sie sind – geht heute ereignislos und rasch vorüber. Bald ertönen die Worte, die ich vorher nie beachtet hatte: „Vernehmungen heraus!"

Nach vorne eilend, treffe ich mit Salzer zusammen, der im

Sturmschritt von der Invalidengruppe herangehinkt sein muß. Seine Blicke suchen meine, hilflos, flehend, als läge es an mir, ihn zu retten. Ich verlangsame meinen Schritt, um ihm wenigstens in diesen Augenblicken das Einsamkeitsgefühl zu lindern, und wir treten gemeinsam vor die bereits zerbröckelnde Front.

Ein Lagerschreiber hält dort die Namensliste in den Händen und macht zu dem Namen jedes Vortretenden ein Zeichen. Salzer und ich werden zwei verschiedenen Gruppen zugeteilt. Jede besteht aus etwa zwanzig Mann, ohne jede Sonderung von Ariern und Juden. Meine Abteilung erhält den Befehl, ohne Führung, also unter eigenem Kommando, zum Turm der Kommandantur zu marschieren und dort zu warten. Die Abteilung, welcher Salzer angehört, zieht, vom Mann mit der Liste geführt, ab – Richtung Lagerschreiberei.

Während ich ausschreite, klammert sich mein Nebenmann zur Rechten an meinen Arm. Er ist ein Jude, der auf den ersten Blick kräftig aussieht, wenn auch etwas verfettet, aber auf den zweiten schon gedunsen und ungesund. „Du mußt mich stützen!" stöhnt er. „Ich bitte dich. Sonst komme ich nie hin." Und schon hängt er an mir wie ein nasser Zementsack.

„Was gibt's? Ist dir schlecht?"

„Kann die Knie nicht abbiegen ... Gelenksrheumatismus."

Was will man da machen? Ich bemühe mich, ihn mit mir innerhalb der Kolonne fortzuschleppen. Doch der Kranke ächzt bei jeder rascheren Bewegung und hängt immer schwerer und schwerer an meinem Arm. Trotz aller Anstrengung bleibe ich mit ihm hinter der Abteilung zurück.

Der Appellplatz ist bereits ziemlich leer. Die Judenblocks sind zum Exerzieren abgerückt; von den zur Arbeit abkommandierten Ariern wird soeben eine letzte Gruppe abgefertigt. Das kleine Häuschen, das während der Arbeitseinteilung und Abkommandierung die wohlgenährten, wohlbemäntelten Kraftgestalten der SS vor dem scharfen Winde zu schützen hatte, wird gerade zum Abtransport zerlegt. Nur ein paar SS-Offiziere stehen noch im Gespräch in der Nähe der diese Arbeit leistenden Häftlinge herum. Ihre Anwesenheit erscheint mir Grund genug, das Äußerste zu tun, um mit meiner menschlichen Last aus ihrem Blickfeld zu kommen, ehe sie mich bemerken.

Leider gelingt es nicht. Doch der Luftraum über dem Lager ist fast den ganzen Tag von Gebrüll und Kommandos jeder Art erfüllt. Ich beziehe es nicht auf mich, als eine mächtige Stimme den weiten Platz besonders laut überhallt. Das Wort „Hunde", das mehrmals aus dem Stimmengewirr hervordröhnt, erreicht mein Bewußtsein nur unvollständig – schon weil meine ganze Aufmerksamkeit auf das Weiterschleppen des Kranken gerichtet ist.

Erst als das wilde Röhren sich auf einem Höhepunkt förmlich überschlägt, sehe ich, daß einer der Offiziere aus der Gruppe hervorgetreten ist und mit beiden Armen in meine Richtung gestikuliert. Sind es am Ende der Kranke und ich, die mit dem Ruf „Hunde" gemeint sind? Sind wir es, die das Geschrei angeht? Und mit einem Mal verstehe ich jetzt: „Was ist's denn mit den Hunden dort? ... Hierher, ihr Hunde! ... Hierher! Sofort!"

Ich lasse meinen Mann los, unbekümmert darum, daß er zu Boden sackt, und stürze dem Offizier – es ist, wie ich entsetzt erkenne, der Lagerleiter in eigenster Person – entgegen. Schreck und Eifer lassen mich fast vergessen, daß selbst ein herangerufener Gefangener sich keinem Angehörigen der SS auf weniger als sechs Schritte nähern darf – im Freien. Nur im letzten Augenblick reiße ich mich zurück, ehe ich das Verbot übertrete.

Mit brutal angespannten Kinnbacken, die Faust zum Schlag erhoben, kommt Grünewald auf mich zu. „Wa-a-as soll das heißen – hier spazieren gehen?"

Ganz dicht über meinem Kopf schwebt die Ehre, vom Lagerleiter persönlich niedergeschlagen zu werden. Doch meine Militärzeit kommt mir zu Hilfe.

„Melde gehorsamst, Herr Obersturmbannführer, wir sind zur Vernehmung bestellt. Der Mann ist krank. Kann nicht allein gehen."

„Das ist mir schoißegal! – Ihr Sauhunde. ... Schoißegal!" Er schwelgt im Klang des Lieblingswortes der SS. „Hier ist kein Sanatorium. Soll hinkommen, wie er will."

„Jawohl!" Ich rufe es sehr laut und reiße mich nochmals zusammen. Das hilft. Die geballte Faust sinkt an mir vorbei. Kein Strafdiktat ertönt – nur ein heiser wütendes „Ab!" Und schon jage ich der Abteilung nach. Erst als ich glaube, einige Distanz zwischen den Lagerleiter und mich gebracht zu haben, wende ich mich über meine Schulter nach dem Kranken um und sehe die auftaumelnde, blauweiße Gestalt hilflos dastehen.

In der Nähe der Kommandantur, vor und neben dem turmartigen Gebäude, bläst es fast immer und schärfer als irgendwo sonst im Lager. Immer ist es dort um einige Grade kälter. Etwa zwei Stunden lang bleiben wir den bis ans Mark dringenden Luftwirbeln preisgegeben.

Exerzierend nähert sich meine Stube. Ganz nahe exerziert sie an mich heran und entfernt sich wieder. Und wie ich den Kameraden nachblicke, beneide ich sie mit einem Mal tief. Ich sehne mich geradezu danach, wieder in ihrer Mitte stumpfsinnig einherzotteln zu dürfen. Es bedeutet nicht nur, sich zu bewegen und somit ein wenig zu erwärmen; sie sind – beneidenswerter noch – in einem Alltagstun befangen, also unaufgewühlt von Sorge und Veränderung.

Jeden Augenblick kommen und gehen hier die mir vielfach schon wohlbekannten Gestalten der Lager-SS, unter ihnen der feingliedrig elegante Blockführer, für den Fritz das Pedigree verfaßt, und der plump-pfiffige Scharführer aus dem schlesischen Drama, das Gerhart Hauptmann nur wegen vorgeschrittenen Alters nicht mehr geschrieben hat;

derselbe, der den Mann mit dem Glasauge bei seinem „Ausreißen" glimpflich behandelt, uns in den ersten Tagen des Herumstehens Wasser verabreicht, aber auch, leicht betrunken, mit dem Messingknauf seines Spazierstöckchens aus spanischem Rohr traktiert hat.

Auch der dunkelhäutige, südländisch-schöne Einzelgänger kommt vorbei, der seinen Dienst in unverbrüchlichem Ernst und tiefer Einsamkeit versieht, nie schlägt, nie auch nur die Stimme erhebt. Es heißt, daß ein seltsamer Zufall es einmal Häftlingen ermöglicht hat, ihn davor zu retten, in einem Keller des Lagers hingerichtet zu werden. Sein stiller, wie versunkener Zustand gehe auf diesen Zeitpunkt zurück.

Fast alle SS-Männer kommen mit Fahrrädern angefahren, derer sie sich mit großer Geschicklichkeit bedienen. Neben dem Tor sind Eisengestelle angebracht, in welchen die Räder in zwei Stockwerken stehen können. Kommt ein SS-Mann an, springt er nach rückwärts ab und läßt sich das Rad gegen das Gestell zu durch die Beine laufen. Dort steht der Torwart, der unter anderem die Aufgabe hat, die heranlaufenden Fahrräder aufzufangen und zu verstauen.

Er ist eine Lagerpersönlichkeit von ausgeprägter Eigenart und zugleich die vollkommene Verkörperung des Geistes, dem wir ausgeliefert sind. Er ist dies in kaum geringerem Maße als der unglaublich verrohte Hinauswerfer-Hausknecht der Kantine, der auch ein politischer Häftling ist und wegen seiner besonderen Brutalität, ebenso wie der Mann im Tor, bei der SS in hohen Ehren steht. Aberbach und andere Blickbegabte behaupten, daß der Letztere vor seiner Gefangenschaft nichts anderes gewesen sein kann als ein Gewohnheitsverbrecher und Vorstadt-Messerheld. Seine erschreckende Häßlichkeit und die plumpe Gorillagestalt mit den darin gespeicherten ungeheuren Energien scheint der Ansicht viel Stütze zu geben.

Sein ausgesprochen bösartiges Gesicht zeigt in einer vergröberten, ins Abstoßende verzerrten Art eine große Ähnlichkeit mit dem des Menschengestalters Pallenberg. Bei aller Unterschiedlichkeit erscheint er uns wie ein Doppelgänger des großen Mimen, und wir nennen ihn unter uns nur den „Pallenberg“. Sein Sonderdienst ist mit Sonderprivilegien verbunden; dazu gehören der Rang eines Kapos, das Recht zu kurzangebundener Brutalität gegen Mitgefangene und ein blaugrauer Mantel, der, über der Uniform getragen, bis zum Boden reicht.

Mir bleibt jetzt Zeit genug, mich mit dem Eindruck seines herrischen Gehabens vollzusaugen und zugleich zu beobachten, mit wieviel Servilität – keinem einzelnen SS-Menschen, sondern dem Prinzip der Ordnung und Grausamkeit gegenüber – er seine Roheit überdeckt. Denn das Warten nimmt kein Ende.

Meine Zähne beginnen, immer selbständiger, immer gleichgültiger gegen jeden Versuch, sie stillzuhalten, in kurzem Staccato gegeneinanderzuschlagen.

Das „Totenwagerl“, wie wir das blank glitzernde Fahrgestell nennen, das auf Pneus läuft und zur Fortschaffung der im „Revier“ Gestorbenen dient, kommt auf seinem Weg ins Krematorium zweimal vorbei. Nach Ablieferung seiner Last kehrt es beschwingt und zu neuer Fahrt bereit zurück.

Die auffällige Figur des „Scharfrichters“ mit dem Pavian und dem dunkel struppigen Hund wandert aus der Richtung des Bunkers heran, um bald ebenso spukhaft, ebenso sehr aus der Atmosphäre ringsum herausgehoben, in der entgegengesetzten Richtung vorüberzugleiten. Schicksal und Funktion dieses Häftlings, der innerhalb des Stacheldrahtes fast vollkommene Freiheit genießt, sind nur solchen bekannt, die es vermeiden, darüber zu sprechen.

Wir empfinden, daß seine melancholisch ziellosen Gänge durch das Lager die Wege eines Menschen sind, der Ungewöhnliches hinter sich hat. Der Schatten dieses Ungewöhnlichen scheint sein steter Begleiter zu sein, neben dem er dahinschreitet, den mächtigen, weißlich-kahlen Kopf wie einen Mauerbrecher vorangetragen, die affenartig langen Arme mit den großen Händen und starkgliedrigen Fingern gewichtig herabhängend. Die Züge sind ausdruckslos verhängt, wie nach innen gestülpt. Was seines Weges kommt, scheint er nicht zu bemerken, und weit weniger noch sieht er sich jemals nach irgend etwas um. Den Pavian trägt er entweder auf einem Arm oder er läßt ihn an einer kurzen Leine neben sich einherstelzen.

Ein Lagergerücht, noch unverbürgter als die meisten Gerüchte hier, behauptet, daß er nach Verbüßung einer Kerkerstrafe auf Lebenszeit im Lager interniert sei, und sein Zeitlupengehaben widerspricht dem Gerücht jedenfalls nicht. Die besonderen Zusammenhänge seiner Haft scheinen etwas damit zu tun zu haben, daß er zum Vollstrecker der Lagerstrafen bestellt ist und von uns deshalb die Kennzeichnung „Scharfrichter" erhalten hat.

Aus dem Torbogen mit dem ins Gitter geschmiedeten Hohn: „Arbeit macht Frei" nähert sich uns jetzt endlich ein Zivilist. Seine bloße Anwesenheit im Lager, zusammen mit seinem amtsmäßig unbeeindruckten Benehmen, beseitigen jeden Zweifel, daß er ein Gestapobeamter ist. Im Ton eines ländlichen Volksschullehrers verliest er von einem Blatt Papier ein paar Namen, wobei er die Zunamen den Vornamen vorangehen läßt und ein merkwürdiges „der" hinzufügt. „Der Heimann Karl, der Zeisl Isidor", und so fort.

Etwa sechs Gefangene, ich unter ihnen (dem Himmel sei Dank!) werden aufgerufen und als erste Teilgruppe mitgenommen. Im Gehen sagt er: „Beim Durchmarsch durchs Tor muß einer von euch bei der Wache die Meldung erstatten: ‚Sechs Mann zur Vernehmung', aber sehr stramm, sehr deutlich."

Ein Arier unterzieht sich der Aufgabe. Er tritt zum Schiebefenster eines Glasverschlages im Torgang, wo eine pittoresk hingelagerte Handvoll von SS-Jünglingen an der Oper „Carmen" mitzuwirken scheint. Doch die Meldung hat ihre Risiken, wie der Umgang mit den Göttern dies wohl zu allen Zeiten mit sich gebracht hat. Feinheiten der Unterwürfigkeit, wie nicht nahe genug oder zu nahe herantreten, nicht lange genug oder zu lange stehen bleiben, die Kappe nicht früh genug oder zu früh herunterreißen – dies alles und mehr kann Zornausbruch und Strafe heraufbeschwören.

Heute sind die Götter gut gelaunt oder zu sehr damit beschäftigt, Zoten und Histörchen zum Besten zu geben. Die Meldung geht ohne Zwischenfall ab. Erst jetzt, also jenseits des Torgangs und damit des Machtbereichs der Lager–SS, übernimmt der Zivilist die Führung. Er bringt uns zu dem ebenerdigen Gebäude, über dessen Verwendung wir uns schon öfters Gedanken gemacht hatten. Nur die Breite einer kleinen Fahrstraße und der elektrische Stacheldraht trennen es vom inneren Lager.

Der Korridor, in welchem wir angewiesen werden, zu warten, ist ein Bad der Erneuerung, ein Tropenparadies, eine Rückkehr zum Leben. So wunderbar entspannend fällt die Wärme, die ihn erfüllt, über einen her, daß mir ganz weich und tränenlocker zu Mute wird. Die Entspannung, die immer wohliger durch die Glieder schleicht, schließt zuerst alles Beobachten, alles Denken aus. Kaum ist der Zivilist in einem Kanzleiraum entlang des Korridors verschwunden, presse ich mich ganz nahe an den Heizkörper der Zentralheizung hinter uns. Ich umfasse sogar mit meinen klammen Händen das an der Seite aufsteigende heiße Rohr, bis alles innere Vibrieren und Zähneklappern aus mir gewichen ist.

Der Zivilist kommt zurück und holt einen von uns in seine schräg gegenüberliegende Amtsstube ab. An der Tür ist eine Karte angebracht, die Auskunft gibt, daß man sich vor einem Raum der Dachauer Expositur der Gestapo–Leitstelle München befindet. Jählings befällt mich wieder Angst.

Was kann die Gestapo-Leitstelle München von mir wollen? Was anderes kann sie wollen, als sich mit mir wegen des in meiner Wohnung gefundenen Waffenlagers auseinanderzusetzen? Tausend Erwägungen drängen sich mir auf, doch sie dienen nur dazu, die beklemmend lückenlose Schlußfolgerung zu verdichten, daß ich im Begriffe bin, in den bösen Mahlgang zu geraten, der sich für mich in einem anderen Korridor, dem auf der „Liesl", so alptraumhaft angekündigt hat.

Was wird die unmittelbare Folge dieses anscheinend noch zivilisierten Vernehmungsaktes sein? Welche Veränderung wird meine bisherige Lage in ein verlorenes Eden verwandeln? Wie beneidenswert doch selbst die neben mir aufgereihten Gefangenen sind, die ihrer Vernehmung offenbar ohne die erdrückend bestimmte Gewißheit entgegenwarten dürfen, daß es sich um das Grimmigste handelt.

Erst allmählich geht meine Angst in Gleichgültigkeit unter. Ein stumpfes Mit-allem-Abgefundensein kommt über mich, und ich bekenne, daß der Heizkörper hinter mir mit seinem warmen Hauch nicht wenig dazu beigetragen haben mag.

Als die Reihe zuletzt an mir ist, kommt der Zivilist nicht mehr in den Korridor hinaus. Mein Name wird durch die offene Tür gerufen – eine beklemmend unpersönliche, lautsprecherhafte Einladung, ein Abgrund, ein Versinken, dem man nicht Widerstand leisten kann.

Der Raum, der mich aufnimmt, ist geradezu befremdend wohnlich eingerichtet und voll hellen, warmen Lichts. Vor den kleinen, tief in die Wand einspringenden Fenstern stehen glasierte Töpfe mit Blattpflanzen, deren sattes Grün den Schein der blassen Wintersonne seidig auffängt. Folterwerkzeuge, kleine Seitentüren, Klappen im Fußboden – fehlen.

„Sie sind Kassner Berthold? Akademischer Maler?"

„Jawohl."

„Setzen sie sich bitte, Herr Professor."

Ich bin versucht, mich umzusehen. Hat eine Stimme hier

„Herr Professor“ gesagt? Und das Wort einer versunkenen Welt, „bitte“, eingefügt? Hat mir jemand gestattet, mich zu setzen? Nein, mich geradezu gebeten, es zu tun?

Was soll das alles bedeuten? Ist dies die Art, in der sich die Spiralfedern der Falle spannen, die im nächsten Augenblick zuklappen soll? In welcher besonderen Weise wird mein Teufel hier aus der Schachtel springen, wenn ich die Einladung annehme?

Zögernd lasse ich mich auf der Kante eines Sessels nieder, während der Beamte – allem Anschein nach ohne mich zu beachten – in einer Mappe kramt. Schicksalsbeschwörung hindert mich jedoch daran, die Armlehnen mit dem Ellbogen zu berühren. Mein ganzes Fühlen und Beobachten, oder vielmehr der Stillstand meiner Existenz, klebt an den Papieren, die der Mann vor sich hat und an den Händen, die sie jetzt ergreifen. Je gemächlicher er Blatt um Blatt nun wendet, umso schreckhafter wird mir das Grausame, Vernichtende, das ja schließlich doch kommen muß. Inmitten dieser Spannung aber stelle ich fest, daß die Hände, in denen mein Schicksal liegt, eigentlich ganz ungefährlich aussehen, ganz unwissend, ganz harmlos.

Wie wenig doch solchen Einzelheiten abzulesen ist. Doch auch der ganze Mensch sieht ungefährlich aus – frei von allem bösen Wollen. Er obliegt meiner Vernichtung ohne erkennbare Vorfreude, ohne Jagdinstinkt. Das ist zu deutlich, um Raum für Täuschung offen zu lassen. Aber vielleicht kennt er den Inhalt der Mappe nicht, weiß selbst noch nicht, um was es bei mir geht!

Jetzt richtet er seine Augen auf mich. Und wieder bin ich tief betroffen. Denn es sind freundliche, milde Augen, die mich da ansehen. Augen, welche die Gabe besitzen, vor Freude leuchten zu können. Augen, welche die unverbrüchliche Erkenntnis hervorrufen, daß ihr Besitzer seiner ganzen Welt, Allem und Allen, wohlwollend zugetan ist.

„Ja, da haben wir also ein Schriftstück, das ihnen zugestellt werden soll", beginnt er behäbig. Seine Sprechweise ist die zeitvergeudend breite eines Provinzlers, in dessen Weltwinkel die Zeit langsam dahinfließt.

„Ein Gerichtsstück, das ich ihnen vorlesen möchte, so daß sie mir dann, wenn sie wollen – aber nur in diesem Fall – den Empfang mit gutem Gewissen bestätigen können. Es betrifft ..." Er sieht die Papiere vor ihm nochmals, sich vergewissernd an ... „Ja, es betrifft die Erbschaft nach ihrem Onkel. Das ist doch ihr Onkel, Ingenieur Rafael Kassner?"

Ich stürze geradezu ein vor Erleichterung. Die Frage, der Name meines toten Onkels, singen nachhallend in mir, erheben sich wie Engelschor im Raum. Sie erneuern, erwecken mich, den Halbgestorbenen, zu neuem Leben. Wunderbar müde mit einem Mal versinke ich in den Armsessel und fühle lustvoll die spiegelnd glatten, klug geschwungenen Armlehnen, die ich nun nicht mehr meide.

Kaum höre ich, was mein Gestapo-Mann mir vorliest, und nur wie durch einen Nebel von Fröhlichkeit erlebe ich den Augenblick meines Herantretens an den Schreibtisch, mein Unterschreiben der mir vorgelegten Bestätigung. Der Vorgang vollzieht sich umständlich und gießt, ähnlich einem Vertragsabschluß zwischen Bauern, Feierlichkeit und Selbstachtung über die Beteiligten aus.

Dann sitze ich wieder, von neuem dazu eingeladen, in dem Armsessel, und mein einziger Wunsch geht dahin, daß der Rest der Amtshandlung – die Eintragung ihres Vollzugs in ein Buch mit hartem Lederrücken und das Wegordnen meiner Empfangsbestätigung – nie enden möge. Wie schön doch ist, was ich immer so gering eingeschätzt habe: ein Beamter zu sein. In einer warmen, hellen Stube sitzen, Schriftzeichen auf Papier setzen, das Rad von Angelegenheiten, die einen nicht selbst betreffen, um ein Zähnchen weiterrücken und vom eigentlichen Strom des Lebens unberührt bleiben ...

„Hier also ist das zugestellte Schriftstück", sagt der Beneidete, und eine Stimme in mir seufzt „schon?“ „Stecken Sie es sorgfältig ein, damit Sie es nicht verlieren. Mag immerhin noch von Bedeutung sein ... wer weiß?“ Wieder horcht etwas in mir auf. Welch eine Zukunftsschau eines Mannes unter Hitler! „Und somit wäre diese Sache erledigt.“

Groß und greifbar steht es mit einem Schlag vor mir, daß dieser Mann, als Mensch und als Polizeibeamter, tief in einer rechtlichen, den Menschen noch achtenden Zeit wurzelt, und daher mit den Grausamkeiten der gegenwärtigen, von der er sich übernehmen lassen mußte, nichts gemein haben kann. Doch als bedürfte mein Erfassen einer letzten Bestätigung, fragt er jetzt mit freundlicher Teilnahme: „Na, und mit Ihrer Entlassung – rührt sich da noch nichts? ... Müssen dazuschau'n, daß Sie eine Einreisebewilligung bekommen.“

Ich starre ihn freudig betäubt an. Die bloße Frage – die Tatsache, daß einer aus der Reihe der Bedrücker davon spricht, daß man aus diesem Lager entlassen werden kann, und sich nach meinen Chancen erkundigt, ist eine fast zu starke Dosis von Glück. Es reißt überwältigende Perspektiven auf, es holt Gefühle der Schulzeit herauf – wenn das Wohlwollen eines Lehrers Hilfe, Engelsstimme, Rettung bedeuten konnte. Ich stammle irgendeinen Unsinn – und lasse den günstigen Augenblick vorübergehen.

Nicht eine der vielen, bedrängend wichtigen Fragen stelle ich, deren Antwort ich fast in Händen halte, und die mich zum Helden der Stube, des Blocks, ja, des ganzen Lagers machen müßte.

Als mich mein Cherub in Zivil zur Türe begleitet, um den nächsten Häftling aufzurufen, flüstert er – wie vor sich hin: „Warten Sie, bis der letzte vernommen ist. Können sich anwärmen ein wenig.“ Er weist auf den Heizkörper im Korridor und läßt es zu, daß seine Stimme, die nun ganz leise geworden ist, von Mitgefühl überströmt: „Ich weiß ja, was die da draußen mit euch treiben!“ Sein Gesicht widerspiegelt und verdammt, was er darüber erfahren haben mag oder selbst beobachten konnte.

Nur eine Sekunde währt die Demaskierung. Schon reißt ihn Angst in sein angenommenes Ich zurück, und er sagt, wohl noch leise zuerst, aber unerwartet hart und mit einem Unterton von Drohung: „Das heißt: Ich weiß gar nichts! ... Gar nichts weiß ich davon, was draußen vorgeht!"

Daß er, der noch soeben die Güte selbst war, sich in reinster SS–Art geben kann, ist wohl erschreckend, vermag aber meine Freude nicht zu trüben. Zu klar ist die tiefere Wahrheit geworden, und ich halte fest an dem tröstlichen Bewußtsein, daß ich selbst hier, im Hauptquartier der großen Haßentfaltung, einem Menschen begegnet bin. Mein inneres Glühen ist so lebhaft, daß ich auf das „Anwärmen" von außen gut und gerne verzichten könnte.

Während ich, dennoch an den Heizkörper gelehnt, warte, tönt meine „Vernehmung" nochmals in mir auf. Die Worte: „bitte Herr Professor ... setzen Sie sich ... das ist doch Ihr Onkel ... mag immerhin noch von Bedeutung sein" tanzen auf dem Springbrunnen meiner Entspannung wie jene leichten, bunten Glaskügelchen oder Zelluloidballen auf der Fontäne in einer Schießbude. Die Behandlung, die mir zuteil geworden ist, nimmt einen so großen Raum in mir ein, daß ich gar nicht bis zum Bersten erfüllt bin von dem Bewußtsein, daß die Pistole nicht entdeckt worden ist und nun wohl, wie ich annehmen darf, nie entdeckt werden wird. Oh, Lena, so warst du eine treue Helferin, und nichts hat dein mutiges Tun vereitelt. Dein „kannst ganz beruhigt sein!" hat nicht gelogen.

Wieder im Lager, stoße ich vor unserer Baracke auf Salzer. „Na, was gibts bei dir?" rufe ich ihm fröhlich, übermütig zu; so sehr bin ich davon überzeugt, daß auch seine Sorge von ihm abgefallen sein muß. Doch er scheint meine Frage nicht gehört zu haben. Er schüttelt den Kopf und starrt wie traumverloren vor sich hin.

„Ist das möglich ...?“ murmelt er kaum hörbar.

„Was? ... Ob was möglich ist?“

„Ich komme auf den Baum.“ Und nach bedrückend langer Pause: „Eine ganze Stunde Baum.“

„Jetzt gesteh’ mir aber“, fahre ich, mir selbst unerwartet, auf: „Was hast du angestellt? Mir kannst du’s doch eingestehen.“

„Nichts!“

„Nichts?“

„Nichts – als daß ich mich, angeblich, nicht rechtzeitig gemeldet habe – wodurch das Loch im Fuß so groß geworden sein soll.“ Er versinkt wieder in sein Brüten, aus dem er mühsam wieder auftaucht: „Vielleicht werden sie warten, bis der Fuß ein wenig verheilt ist. Das wird sich aber erst zeigen.“

Ich blicke ihn von der Seite an und frage: „Wie alt bist du eigentlich?“

„Sechsundfünfzig – und kein gesunder Mensch.“ Und wieder an sein Erstaunen verloren und den Kopf schüttelnd: „Möchte man es für möglich halten? ... Einen Menschen an den Baum hängen, weil er eine – Erfrierung hat?“

Die Stimmung in unserem Block ist fürchterlich. In der Nacht erhebt sich ein vielstimmiges Hustenkonzert. Es gibt Solisten, welche die Anstrengung zu zerreißen droht, und rings um sie einen Chor geringerer Gegenstimmen. Auch die klingen erschreckend hohl, springen aber das Mitgefühl nicht ganz so direkt an und tragen die Melodie des dürren Geigers nicht so klar.

Die Erfrierungen nehmen überhand. Der Pilgerzug der Maroden wächst mit jedem Tag. Und der Hippenmann hält gute Ernte.

Die paar Menschlichen unter dem Blockpersonal sind in sich gekehrter als sonst; die „Hunde" dagegen prügeln und schikanieren mit gesteigertem Eifer. Erst allmählich erfasse ich, daß das Herannahen und Vorbeigehen der Weihnachtsentlassungen diese ihren Familien zum Teil schon fünf Jahre entrissenen Menschen quält. Die in ihnen wühlende Mischung von Hoffnung und Angst ist umso begreiflicher, als die Weihnachtsentlassungen für sie die einzigen im Jahr sind. Nur ganz wenige von den Ariern kehren jährlich ins Reich der Lebenden zurück. Auch hängt ihre Befreiung nicht nur von der Gestapo in der Heimatgemeinde, sondern obendrein von der Laune der Lager-SS ab. Der kleinste Zufall kann ihre Chance zunichte machen.

Ich beobachte, wie Hoffnung und Verzweiflung – in ihrer wahren Intensität den Wartenden selbst verborgen – sich als gesteigerte Reizbarkeit, als Unrast und Brutalität äußern, in diesen Verkleidungen einen Höhepunkt erreichen, um erst allmählich, nach eingetretener Enttäuschung, einer fast befreiten Resignationsruhe zu weichen.

Lübke ist allgemein verhaßt. Nur seine Günstlinge schweigen, wenn wir von ihm sprechen, oder rechtfertigen seine Übergriffe. Bei ihm kann von Resignation keine Rede sein, auch nachdem das allgemeine Entlassungsfieber abgeklungen ist. Er drischt aus den nichtigsten Gründen – wohin es gerade trifft. Daß nur einzelne Gefangene Zeichen und Male seiner Stubenherrschaft davontragen, ist kaum zu verstehen.

Was mag dieser krummbeinige Taschenhitler mit den aus armseligen Stahlbrillen vergrößert hervorglotzenden Augen wohl anstreben, wenn nicht seinem von Kindheit an verprügelten Selbstbewußtsein ein Pflaster aufzulegen? Auch seine Günstlingswirtschaft, die in so krassem Widerspruch zu seinem politischen Gleichheitscredo steht, scheint diesem Zweck zu dienen. Sie gehört für ihn zum Wesen der Macht, welche er in der Unterwürfigkeit seiner Günstlinge mit schlecht verhüllter Lust genießt. Daß es fast immer „rote" Parteigänger sind, denen er Erleichterung zuschanzt – unabhängig Denkende ohne politische Knopflochüberzeugung sind ihm ein Greuel – bedeutet nur eine Verbrämung seines kläglichen Machtstrebens.

Als der kleine Anwalt aus Kaiserslautern, dessen französisch klingender Name mir immer wieder entfällt, sich eines Nachts im Waschraum erhängt, hält Lübke einigen Gefangenen, die zu verstört sind, um noch Schlaf finden zu können, eine kleine Standrede. Sie hatten den baumelnden Körper abgeschnitten und vergeblich versucht, den Selbstmörder noch zu retten – beides in Unkenntnis des gegen solche Anmaßungen erlassenen strengen Verbots.

Wer sich etwa mit der Absicht trüge, erklärt ihnen Lübke, den Notausgang zu wählen, durch den der Tote dort drüben gegangen sei, der solle sich nur ja nicht abhalten lassen, es so zu tun. Im Grunde sei es das Allerklügste, was wir tun könnten. Auch wenn ein kleiner Prozentsatz der jüdischen Gefangenen jetzt entlassen würde – verwunderlich genug – so wäre für den Rest kein Grund vorhanden, sich großen Hoffnungen hinzugeben. Er sei bereit, noch einmal fünf Jahre im Lager zu bleiben, wenn auch nur die Hälfte von uns in einem Jahr entlassen sein sollte.

In dieser grimmigen Zeit macht mir mein Pritschennachbar und Spezi, Grün, eines Tages die Eröffnung, daß er mit Lübkes Hilfe und unter dessen Patronanz einen Musik- und Vortragsabend veranstalten und daran selbst mitwirken wolle. Ich verhalte mich gleichgültig. Ich verhöhne den Plan, bitter und verletzend – schon weil Lübke die Sache protegiert. Aber Grün, der großen Ehrgeiz dreinsetzt, sich vor den Kameraden und, wie er mich glauben läßt, besonders vor mir, als Komponist und Sänger zu erweisen, kommt immer wieder auf die Absicht zurück. Er bringt mich schließlich dazu, es ihm nicht allzusehr anzukreiden, daß er sich mit Lübke eingelassen hat und nun jeden Abend lange Unterredungen mit ihm führt.

Freilich ist er ein Windbeutel und Großmaul, mein Freund Grün, aber er ist auch ein warmherziger Junge, ein guter Lacher und ehrlicher Bewunderer, und ein armer verlassener Teufel obendrein. Der unermüdliche Fresser und Hamsterer in ihm bringt es zuwege, unter den schwierigsten Verhältnissen noch Nährendes oder Wohlschmeckendes zu ergattern. Ich bin zur Überzeugung gekommen, daß selbst das Verschwinden aller Nahrung aus dieser Welt ihn nicht hindern könnte, sich und seinen Freunden etwas zum Fressen aufzutreiben. Doch man kann ihm seine Sancho Pansa-Gier nicht übelnehmen. Zu deutlich liegt es auf der Hand, daß sie ihm Kompensation ist für Entsagungen des Herzens, welche selbst ihm in ihrem vollen Ausmaß unbekannt sein mögen.

Auch teilt er mit einigen Bevorzugten, und das ebenso willig, wie er sie notfalls oder gelegentlich, bloß um des Sportes Willen, auch bestiehlt.

Wenn er mit ihnen teilt, so tut er dies, weil er gutmütig ist, aber auch, weil es seiner Eitelkeit schmeichelt, Helfer und Retter sein zu können. Sich die Mittel zur Freigebigkeit zu beschaffen, wird ihm zu einem tröstlichen Inhalt seiner Gefangenschaft, dessen Reiz mit den Schwierigkeiten wächst – und mit der Anerkennung, die seine Findigkeit ihm einträgt.

Allerdings gelange ich mehrmals zur fast lückenlosen Überzeugung, daß er sich Sami Spitzers, seines Schlafnachbarn zur Linken, nur deshalb so rührend annimmt, weil er ihm allerhand kulinarische Genüsse abschmeicheln kann. Manchmal will es mir sogar scheinen, daß seine besondere Zuneigung für mich im Grunde darauf beruht, daß ich hier „Kapitalist" bin und ihn manchmal in die Kantine auf einen Kaffee und die Bäckerei einlade, die man nur zusammen mit dem braunen, gesüßten Wasser erwerben kann. In beiden Fällen aber muß ich zuletzt meine Ansicht korrigieren. Auch seine mütterliche Fürsorge für Spitzer und mich entspringt seinem fast rührenden Geltungsdrang und – wenn ein noch tieferes Motiv erfühlt werden soll – dem Bedürfnis, all dem Rohen, das wir hier erdulden und in uns selbst großzüchten müssen, Liebe, gelebte, geübte Liebe, entgegenzusetzen.

Von Beruf ist er Kabarettkünstler und ahmt das Blockpersonal und manche Häftlinge oder SS-Ungetüme ergötzlich nach. Die Stunden unserer rasch geschlossenen Freundschaft sind die unbeschwertesten, die ich im Lager verbringe. Sie sind es, welche die Uhr meiner Jahre zurückstellen, und, mehr noch als die tägliche Überlistung der Bedrücker, Knaben- und Schulzeitgefühle aus der Tiefe des Vergangenen emporsteigen lassen.

Dennoch hätte mich seine knabenhaft unbekümmerte, dem Augenblick hingegebene Natur allein kaum angezogen. Sie vermag dies nur, da ich zugleich mit unbestimmtem Mitgefühl die tiefe Einsamkeit, ja Untergangsbereitschaft fühle, die sein Wesen fast tragisch umwittert. Wunden, der frühen Kinderseele zugefügt, die er mehr überschweigt als gelegentlich andeutet, führen in dieser seltsamen Vereinigung eine deutlich vernehmbare Sprache.

Sein Benehmen anläßlich der ersten „Promenade imaginaire" durch Wien, die ich mit dem alten Dubsky, der an einem Mädchengymnasium Geschichte und Kunstgeschichte unterrichtet hatte, auf dem Appellplatz unternahm, bringt ihn mir gut in Erinnerung. Sooft ich an Grün denke, tritt die kleine Szene vor meinen Geist.

Er steht an diesem Morgen zu meiner Linken, der etwa 70jährige, zerbrechliche, philosophisch inklinierte Dubsky zur Rechten. Der Lagerleiter läßt sich mit dem Erscheinen endlos Zeit, und unsere Füße erstarren und schmerzen immer mehr. Zur Seite blickend bemerke ich, daß lautlos Tränen des Sich-Überwindens über die schmalen, stoppeligen Backen Dubskys herunterlaufen. Er bemerkt den Blick und begegnet der Indiskretion meiner Teilnahme mit einem Lächeln, mit dem mich Erinnerung an Jeremias überhuscht. „Komm!" sagt er leise. „Machen wir einen Spaziergang. Gehen wir ein wenig durch die Stadt – damit wir sie nicht ganz vergessen. Den Füßen wird es gut tun." Und so stapfen wir denn los, am Fleck, im gleichen Schritt.

„Beginnen wir hier", sagt Dubsky, „bei diesem zwar nicht besonders schönen, aber interessanten Dokument aus Stein, der Capistrankanzel am Stumpf des nie zustandegekommenen zweiten Turms der Stephanskirche. Ein guter Ausgangspunkt, der einigen Bezug auf unsere gegenwärtige Lage hat.

Denn der Antisemitismus war damals, als der später heilig gesprochene Eiferer und päpstliche Nuntius aus Capistrano von dieser Kanzel zu einem Kreuzzug gegen die ungläubigen Türken aufrief, ebenso wie heute in Blüte. Für Ritter, die es leichter haben wollten und sich an die Scholle gebunden fühlten, schloß er leidenschaftliche Hetzreden gegen die Judenschaft ein. Doch wir wollen keinen Haßspaziergang machen und in Wien von einer jüdischen Leidensstätte zur anderen schreiten – wie wir wohl könnten –, sondern einen Wehmutsspaziergang, uns mit den Beschaulichkeiten und alten Glanz hauchenden Schönheiten der lieben Stadt umgeben."

Grün hatte in tiefer Bewunderung schweigsam zugehört und nur unsere Schritte im gleichen Rythmus mitgemacht, als Palais um Palais, Kirche um Kirche, Gäßchen um Gäßchen vor unserem Geiste auftauchten. Ein paar Tage später jedoch, als wir nebeneinander ohne Dubsky frieren, fordert auch er mich zu einer gemeinsamen Promenade auf. Diesmal aber sind es die Theater, Nachtlokale und Tanzsäle Wiens, die sich uns in den Weg schieben und aus deren Geschichte Grün allerhand Anekdötchen zum besten geben kann. Das Privatleben der bekannteren Darsteller ist für ihn ein offenes Buch. Doch bald degenerieren die Spaziergänge mit ihm zu Besuchen der berühmten oder heimlich geschätzten Speisehäuser. Aus den „Promenades imaginaires" sind unversehens „Dinés imaginaires" geworden.

Ohne alle beruflichen oder freundschaftlichen Verbindungen im Ausland und – von seiner Mutter abgesehen – verwandtenlos, hat er niemanden, der um seine Entlassung ansuchen und sie betreiben könnte. Die Mutter, seit vielen Jahren von seinem verschollenen Vater geschieden, ist arm, dumm, und, wie er überzeugt ist, gänzlich unfähig, die erforderlichen Schritte zu unternehmen, ohne dabei alles zu verderben. Die überheizt Peer-Gyntische Art, in der er sie zugleich liebt und verachtet, kommt, wenn er von ihr spricht, deutlich zum Ausdruck. Seine Aussichten, in absehbarer Zeit entlassen zu werden, sind somit gleich Null. Nur ein Wunder oder der alte Herr, der nach Grüns Andeutungen einst der Geliebte seiner Mutter gewesen sein dürfte, scheinen ihn retten zu können.

Die Stube ist unverändert, als der große Augenblick heranrückt. Sie ist die gewohnte Stätte unserer allmorgendlichen Erwachungsqual und die Stätte unseres Kampfes ums Einschlafen in der Nacht. Sie ist der Schauplatz unseres schuhlosen Herumsitzens bei elenden Mahlzeiten in Gestank und Körperbrodem, in dichten Wolken des Schwätzens und Schmatzens von Menschen, deren Fremdheit und schlechte Manieren einem die wenigen Minuten Rast verleiden. Sie ist die Bühne der unerwarteten Visitierungen, des von Decke und Wänden zurückfallenden SS-Gebrülls und des bange angehaltenen Atemeinklangs der Angebrüllten.

Keinerlei Zurüstung, kein Schmuck. Dazu fehlt es am Notwendigsten. Auch ist die Veranstaltung, wie alles hier, unerlaubt und gefährlich, ja, unerlaubter und gefährlicher noch. Posten sind aufgestellt in der Lagergasse, und es muß möglich sein, den Spuk binnen weniger Sekunden verschwinden zu lassen. Man muß zumindest die Sache als spontane Unterhaltung hinstellen können. Daher werden auch die aus Hockern bestehenden Sitzreihen erst im letzten Augenblick zusammengeschoben.

Bühne ist der große Tisch, auf dem das Brot von der Lagergasse hereingetragen und dann in Viertellaibe zerschnitten wird. Die Hocker reichen nur für die „Honoratioren" und für Gäste aus den Nachbarstuben. Wir anderen sitzen auf den Schlafstellen im Parterre der Balkengestelle, die Beine unter uns verschränkt, oder lassen diese vom oberen Stockwerk der Gestelle, der „Galerie" herunterbaumeln.

Der Blockälteste ist krank. Unter leisem Fluchen klettert er in seine Schlafstelle und wendet sich wütend von dem

Wahnsinn ab, der die Stube seiner Ansicht nach erfaßt hat. Er hat irgendein heißes Getränk mit Pulvern in sich hineingestürzt, um schlafen und eine ihm zäh anhaftende Angina endlich abwerfen zu können. Denn morgen wird er wieder, wenn auch gekrümmt und von Fieberschauern überlaufen, mit uns auf dem Appellplatz lange Frierstunden durchstehen müssen. Doch die Stube ist blind und taub für sein Bemühen – ebenso wie er es ist, wenn ein Gefangener schwerkrank darniederliegt.

In einigem Widerspruch zu diesem Mangel an Rücksicht, der aus dem Genius loci ganz natürlich erwächst, sind wir, was die bevorstehenden Darbietungen betrifft, höchst skeptisch – abgesehen von einigen kindlich- oder bäurisch primitiven Gefangenen aus der Pfalz, die das Land des Darstellerischen als fast unbetretenes Neuland in jedem Fall lockt.

Wir anderen sind aber nicht bloß skeptisch. Eine eigenartige Beklommenheit erfaßt uns. Wird die armselige Unternehmung ihr Ziel erreichen – oder dessen Gegenteil? Wird sie uns nicht unserer ungelösten Verzweiflung noch tiefer überantworten? Erst im allerletzten Augenblick raffen wir uns auf und bringen etwas Bereitschaft zustande, unserer Funktion als willige Zuhörer „in Gottesnamen" nachzukommen.

Bald jedoch erweist es sich, daß Darsteller nur selten ein intensiver aufnehmendes, voller mitschwingendes Publikum gefunden haben können. Das Leid, das uns hier so dicht bedrängt, scheint die Seelen beflügelt zu haben. Es gibt den Darbietungen eine besondere Weihe, es hebt sie in die ergreifende Zone des Einmaligen, unmittelbar aus der Quelle aller Schöpfung Hervorbrechenden.

Gerade die Abwesenheit jeder theatralischen Zurüstung beginnt, ebenso wie das unwahrscheinliche Bild, das die blauweiß, verwildert im Stroh lagernden, immer tiefer gebannten Gesellen bieten, vom Mangel zum Vorteil zu werden – wie Beschränkungen in künstlerischen Dingen dies oft tun. Die Stimmung wird so dicht wie sonst nur bei ganz ungewöhnlich packenden Darbietungen.

Den Beginn macht ein Kantor aus einer westdeutschen Gemeinde, der plötzlich auf dem Brottisch steht – klein und gedrungen, in den Socken und in knopflosem Hemd, das über einer haarig dunklen Brust weit klafft. Sein erstes Lied durchströmt uns mit dem Wohlklang eines schönen Baritons und einer Sprache, welche die allerwenigsten unter uns verstehen. Wir erraten nur, daß die Worte hebräisch sind. Die Gesichter der arischen Häftlinge sind ernst und hingegeben, und das ist uns – nicht weniger als die ungewöhnlichen Laute – Labsal.

Das zweite Lied, mit jiddischem Text, verstehen wir fast ganz, teils aus gewissen Anklängen ans Deutsche, und mehr noch, weil der Inhalt, wie aus unserem gegenwärtigen Erleben hervorgewachsen, es aufwühlend durchleuchtet. Ohne alle Ausschmückung berichten die Worte von der Liebe, mit der eine jüdische Mutter – keine bestimmte, sondern die jüdische Mutter schlechthin – ihr Söhnchen ernährt und beschützt. Sie schildern, wie diese Mutter jeden unsanften Hauch des Lebens von dem Kinde abzuhalten sucht; wenn nötig mit ihrem Leib.

Ist es zu verwundern, daß dieser in seiner genialen Unscheinbarkeit übermächtige Protest uns völlig mit sich fortreißt? Wer von uns Zuhörern hat sich nicht, in der Transportnacht oder auf dem Appellplatz, die Frage gestellt: „Haben unsere Mütter uns dazu liebevoll aufgezogen, dazu über uns gewacht, dazu aus oft schwer verdienten Ersparnissen Ärzte und Kuren bezahlt, damit das Ergebnis dieser heiligen Mühe hier geschändet, hier mutwillig der Vernichtung preisgegeben wird?"

Einander ansehen ist unratsam, während das Lied verklingt. Man möchte nicht seinen letzten Halt verlieren; nicht zu deutlich zeigen, wie sehr einen Schmerz und Zorn übermannt haben, obwohl jeder einzelne weiß, daß es dem anderen ebenso heiß, unaufhaltsam und erlösend, über die Wangen herunterläuft wie ihm selbst.

Wir sind froh, als der schwere Druck verringert und unsere Aufmerksamkeit abgelenkt wird: Der Stubenälteste der Zweierstube hat sich auf die Tischbühne geschwungen und kündet mit heisergeschriener, kicksend eifriger Stimme an, daß er ein altes Gedicht, unbekannten Verfassers, vortragen werde.

Es zeigt sich, daß sein „altes Gedicht unbekannten Verfassers" Heines „Belsazar" ist. Der Vortrag ist über alle Begriffe unbeholfen. Es peinigt zu hören, wie der arme Teufel sich mit seiner tonlos ungelenken Stimme abquält, auch nur die Worte hervorzubringen. Ich senke unwillkürlich den Blick, denn ich schäme mich für den langen Menschen da oben, den – nur Gott weiß, was – dazu treibt, einen Beitrag zu diesem Abend zu leisten.

Und dennoch beginnt gerade von diesem Pennälerbemühen, von diesem hilflosen Erfaßtsein und dem, was an Inhalt zögernd daraus aufsteigt – das Gedicht war mir nur dürftig in Erinnerung geblieben –, eine eigenartig aufpeitschende Wirkung auszugehen. Als Höhepunkt und Ende sich nähern, erschrecke ich über die Aktualität des Vorgetragenen: Belsazar schändet Gott – in jüdischem Heiligtum, in Jüdischem Gesetz und Sein. Es sind Juden, die unter seiner Vermessenheit leiden.

Ein Schauer weht über uns hin, als das armselige Gestammel die Hand heraufbeschwört, welche die göttliche Warnung an die Wand schreibt, als es darum kämpft, das „Mene, mene, tekel, upharsin" auszusprechen, und zuletzt mit heiser geborstenem Aufwand in den Endvers ausbricht: „In selbiger Nacht wurde der König von seinen Dienern umgebracht."

Ist diesem Einfältigen die Parallele nicht völlig bewußt, die sein poetischer Erguß uns aufzwingt? Weiß er, der arbeitsgewohnte Land- oder Kleinstadtbewohner, der er war, nicht von der fürchterlichen und darum gefürchteten Gewalt, die Worten und Bildern innewohnen kann? Oder wagt er den Aufschrei, obwohl er die diesem innewohnende Rebellion erfaßt?

Wir blicken schweigend, ängstlich betreten zu Boden und atmen erst leichter, als sich nichts ereignet, keine SS-Stimmen jählings dreinpeitschen; nichts zu hören ist als gedämpfter, rasch verebbender Applaus und Dank.

Von Lübke eingeladen, haben sich zwei Arier aus einem anderen Block, ungeachtet der Gefahr, in die Stube geschlichen. Es sind Wiener Volkssänger – Repräsentanten, Zeugen eines untergegangenen oder tief verkrochenen Wiens, das mit der Stadt, in der wir verhaftet wurden, nur wenig gemein hat. Dennoch sind sie zugleich auch mutige Hüter des Geistes, der – mit uns verhaftet – in diesem Lager sitzt.

Bald tönen Altwiener Vorstadtlieder durch den Raum, zu welchen sich die Sänger mit ihren Gitarren oder Lauten begleiten. Wie es ihnen gelungen sein mag, die Instrumente ins Lager mitzubringen oder hier zu beschaffen, bleibt mir ein Rätsel.

Schon nach wenigen Takten erkennt man die professionelle Hand. Zugleich wird es unverkennbar, daß ihr Spiel für diese beiden Männer kein bloßer Broterwerb ist. Es ist Berufung, der Raum ihrer eigentlichen Existenz, und das, was diesen Raum erfüllt. Nur mit den Körpern scheinen sie noch anwesend zu sein, während sie singen und die Begleitakkorde greifen.

Was sie singen, hat den Duft von Lavendel und auf Kästen nachreifenden Äpfeln. In den Texten spielt die Liebe zur Mutter eine große Rolle, eine größere, als die erstaunlich wortkarge zum Mädl. Sie ist die eigentliche Rivalin einer Heimatliebe, die hingegeben von kleinen Gärtchen mit dichten Flieder- und Holundergebüschen erzählt, von sanft besonnten Weingeländen, die auf die Stadt herunterblicken, von ansteigend winkeligen Zeilen windschief an die Erde geschmiegter Vorstadthäuschen, und der unbeschwert beschaulichen, im Gestern verwurzelten Lebensfreude ihrer Bewohner.

In diesem geistigen Raum schlagen jetzt die Herzen der beiden Sänger, und wenn wir die Augen schließen, sitzen auch wir unter der Pawlatschen eines Alt-Sieveringer oder Lerchenfelder Hofes und haben, wie sie, vor Augen, was sie besingen und was der Einbruch der großen Gier ihnen zu nehmen droht.

Ein heißes Abschiednehmen und In-die-Vergangenheit-Grüßen erhebt sich in uns. Noch einmal bekennen wir Wiener uns zu dieser Stadt und ihrer Menschlichkeit, von der wir uns, tief verletzt, schon völlig abgewendet zu haben glaubten. Wir erkennen, daß sie weiterlebt und „weiterleben läßt", und immer wieder die Überfälle des Unmusischen, raffend Hastenden lange verzögern und bald von sich weisen wird.

Eine unerwartete Befreiung überkommt uns immer stärker. Wir sind nicht mehr hoffnungslos. Das Ferne ist nahe gerückt; das allzu Nahe weicht zurück. Die Unsympathischen unter den Gefährten sind nicht mehr unsympathisch, die Freunde sind noch liebenswerter.

Orpheus hat die verzaubernde Gewalt seiner Kunst im Hades der eisigen Hochebene noch einmal erwiesen.

Und was ist denn über Lübke, den Hund, dort drüben hinweggegangen? Das Entrückende der Stunde, einer einzigen Stunde, hat ihn so gründlich verändert, daß man ihn kaum mehr erkennt. Sollte es selbst in ihm ein verschüttetes, menschlicheres Sein geben? Ein Ich, aufgeschlossen dem Göttlichen, das durch die Kunst seine Stimme findet? War er also im Grunde doch keine Pfennigtrompete, keine deutsch-proletarische Ausschußware, die hier zum Jagdhorn eines ihr artverwandten Hasses aufgerückt war? So daß, falls der böse Druck dieses Ortes einst von ihm genommen wäre, er wieder verbindliche, achtbare, ja vielleicht ergreifende Seiten hätte?

Wenn man das sanft leuchtende, entspannt zurückgeneigte Gesicht sieht, mit dem er den warmen Sprühregen der Musik auffängt, kann man daran glauben. Als der Blockälteste jetzt aus seinen Decken auffährt und mit heiserer Stimme in die Szene brüllt: „Genug mit dem Lärm! Endlich!" steht er auf und bringt den Störer, seinen unmittelbaren Vorgesetzten mit ruhiger Bestimmtheit dazu, in seine Deckengruft zurückzusinken.

Der zweite Teil des Programms, vorwiegend heitere Vorträge und Lieder, trägt uns tiefer ins Land des glücklichen Vergessens.

Ein Berliner Schauspieler extemporiert mit Witz und starker Eigenart. Zwei Brüder, Berufskomiker aus Wien, erzielen mit ihren knappen Black-out-Szenen den eigentlichen Höhepunkt der Erquickung. Grüns Kompositionen sind ein großer Erfolg. Die einschmeichelnde Melodie seines Heurigenliedes wird noch lange von den Gefangenen gesummt werden – ein Leitmotiv der Unverzagtheit in grimmigen Augenblicken, eine süß tönende Weise der Entspannung, wenn eine Gefahr glücklich vorübergegangen ist.

Verwandelt, fürs nächste ausgesöhnt mit unserem Schicksal, legen wir uns in dieser Nacht aufs Stroh. Noch im Einschlafen summt so mancher Tonfolgen des Grün'schen Liedes oder sagt sich die Worte vor.

Eine deutlich fühlbare Befreiung ist eingetreten. Die Krise einer verzweifelten Zeitspanne hat sich gelöst. Der Anwalt aus Kaiserslautern mit dem französisch klingenden Namen würde jetzt kaum mehr in dem Emailmast im Waschraum den einzigen Weg in die Freiheit sehen – so wenig sich rein äußerlich an unserer Lage geändert hat.

So wenig! – Durchaus nicht gar nichts. Denn die Beziehungen unter uns Kameraden und die zwischen den Gefangenen und dem Blockpersonal haben sich merklich verbessert. Die Dornenhecke zwischen Lübke und den Nicht-Günstlingen weist für eine Weile gut passierbare Breschen auf. Er schulmeistert und schlägt in der nächsten Zeit fast überhaupt nicht mehr. Er übersieht Verbotenes, und der Ton seiner Anordnungen ist wärmer.

Wer am Wunder des großen Abends als Künstler mitgewirkt hat, steht fortan in seiner besonderen Gunst. Er bewundert und liebt die Menschen, durch die sich ihm das Wesen des Schöpferischen ein wenig erschlossen hat. Er ist ihnen dankbar für den Hauch von Freiheit, den sie durch die Stube wehen ließen und dafür, daß ihn dies – wie vorübergehend auch immer – in sein Ich einer glücklicheren Zeit zurückzutragen vermochte.

Einige werden auf Grund ihrer musischen Begabung schon am nächsten Morgen für höchst geeignet befunden, den Besen zu führen, den Ofen anzuheizen oder zu reinigen, kurz Stubendienst zu machen. Sie sind geradezu unentbehrlich für diese Funktionen und somit vom Exerzieren befreit. Wir anderen lachen und fühlen uns in den Bevorzugten neidlos geehrt. Sie haben sich die kleine Erleichterung wohl verdient.

Mit Grün steht Lübke oft am Abend, ehe die Sirenensignale ertönen und das Licht verlischt, lange im Vorraum beisammen. Sie rauchen und sprechen von den Wundern der Unternehmungen, welche die erhoffte Freiheit ihnen verheißt; und schmieden Pläne der Gemeinsamkeit.

Und da ich nun einmal ein Freund Grüns bin, auf den dieser große Stücke hält, fällt ein blasser Widerschein von Lübkes Gunst vorübergehend sogar auf mich.

Gröbner und ich kommen einander an dem Tage näher, an dem ich den ersten – bedrückend inhaltsreichen – Brief von Gilberte erhalte. Schon während er mir übergeben wird, erkenne ich, daß er nicht von Lena ist. Wohl beschwichtigt das Bild der wohlvertrauten, ehrlichen Schriftzüge auf dem Umschlag – der Schrift Gilberte Iselles, einer wunderbaren Frau und alten Freundin, aber meine Erwartung ist hier nun einmal auf Briefe von Lena gerichtet. Diesmal mehr denn je, da ich auf greifbare Mitteilungen gehofft hatte, daß ein Entlassungsgesuch für mich überreicht worden ist. Gilbertens unerwartetes Eingreifen muß triftige Gründe haben, die nur Sorge erwecken können.

Schon die ersten Sätze bestätigen meinen Argwohn. Lena ist nach England abgereist. Der Gesundheitszustand ihrer Mutter hatte keinen Aufschub zugelassen. Lena sei tief unglücklich gewesen, mitfahren und mich, wie es aussehen mag, im Stich lassen zu müssen. Aber die Wirklichkeit würde mich, wie Gilberte hoffe, bald eines besseren belehren.

„Da Du aus dem Ausland keine Post bekommen und nur einen Korrespondenten haben darfst, sind Lena, Gabriele und ich übereingekommen, daß ich Dir von nun an schreiben, Gabriele aber sich um Deine Angelegenheit hier kümmern wird. Sie ist weitaus tüchtiger als ich und setzt sich mit ihrem ganzen Schwung für Dich ein. Sei also beruhigt, das Nötige geschieht. So gut wie bisher.

Lena war verzweifelt, mitfahren zu müssen. Vielleicht wirst Du einsehen, wie notwendig es war, wenn ich erwähne, daß ihre Mutter die paar Schritte zum Taxi auf's Flugfeld nicht mehr gehen konnte, sondern getragen werden mußte."

Ich sehe alles ein. Selbstverständlich, selbstverständlich. Und was die „Angelegenheit" betrifft, die nun von Gabriele betrieben werden soll – vielleicht wird sie wirklich keinen Schaden nehmen. Denn Gabriele, meine geschiedene Frau, weiß Himmel und Erde in Bewegung zu setzen, wenn sie etwas will. Ihr Mut hat mich oft genug verblüfft. Aber gerade ihr kokett anspruchsvolles Drängen erscheint mir in diesem Fall gefährlich. Eine stille, einfache Frau, entwaffnend durch friedfertige Trauer, wäre mir als Sachwalterin weit lieber. Auch erscheint es mir durchaus nicht ausgeschlossen, daß ihr Eifer erlahmen oder, von geheimen Haßgefühlen angefallen, ins Gegenteil umschlagen könnte.

Obwohl wir einander in den letzten zehn Jahren nur mehr selten begegnet sind, hat sie sich von ihrer Bindung an mich nie ganz befreien können. Viel Sprengstoff liegt aufgestapelt in ihr. Der kleinste Eifersuchtsfunke, ein unbedachtes Wort, eine aufdämmernde Erinnerung mag genügen, um mich und meine Angelegenheit in die Luft zu sprengen. An Interessensgegensätzen fehlt es noch immer nicht – zumal Ivas wegen. Jeder von uns beiden möchte das Kind mitnehmen, wohin ihn der Zufall verschlagen mag.

Doch warum soll ich mir das Eigentliche nicht eingestehen? Es schmerzt, daß Lena das Land verlassen konnte, während ich noch hier bin. Ihre Gründe mögen so zwingend gewesen sein wie sie wollen.

Selbstsüchtig? Despotisch? Meinetwegen! Ich bekenne

mich zu diesem Despotismus, den zu überwinden mir keine Gelegenheit geboten wurde. Gegen alles bessere Wissen sind meine Gefühle die eines Mannes, den ein hämisches Schicksal von jenseits des Grabes auf das Treiben eines geliebten Menschen blicken ließ, und der dabei erkennen mußte, wie leicht er ersetzt, wie rasch er vergessen werden kann.

Nichts aber vermag meinen kompakten Block von Gram darüber zu lockern, daß Lena nun unter keinen Umständen zurückkehren kann. Die Tatsache behält ihr tief Beklemmendes, wenn ich sie dahingehend abwandle, daß die Freundin nicht mehr den Gefahren ausgesetzt ist, die uns so lange gemeinsam bedroht haben. Natürlich ist das wunderbar. Natürlich leuchtet es bei diesem Gedanken ein wenig auf in meiner Finsternis. Das kleine Aufflackern erlischt aber, vom Dunkel überwältigt, ebenso rasch. Ich komme mir unsagbar verlassen vor, wie noch dichter abgeschlossen von der Welt, wie endgültig von ihr aufgegeben.

Schmerzliches – das meine Bangigkeit kontrapunktisch vertieft – bringt auch das Postskriptum: „Soeben Brief von Lena erhalten, mit innigsten Grüßen an Dich. Leider teilt sie auch mit, daß ihre Mutter zwei Tage nach der Ankunft in London gestorben ist. Hat den Flug gut überstanden, schien nur sehr müde, dann plötzlich Herzschwäche."

Plötzlich zerknülle ich den Brief. Um den Hals würgt es mich. Ich bin nahe daran, laut aufzuschreien. So hat mir diese Haft auch das noch angetan! Ich werde diese ergreifende alte Frau nie wieder sehen – ohne Abschied genommen zu haben, ohne die nachsichtige Allmählichkeit, die einem das Leben sonst zu vergönnen pflegt. Ich durfte ihr Sterben nicht miterleiden, nicht nahe und neben Lena sein. Das hätte mir gehört – wie schmerzlich auch immer. Ist mir gestohlen worden.

Aber – schier unerschöpflich ist dieser Brief an Schmerzlichem – da steht ja noch etwas in kleiner Schrift: „Gabriele läßt Dich um Verzeihung bitten, daß sie Iva ohne Deine Einwilligung nach Holland schicken mußte. Die Gelegenheit dazu wäre kaum so günstig wiedergekehrt. Nimm's ruhig, Freund. G. hat mit mir eingehend, ernst, und sanft gesprochen. Ich konnte ihr nicht abraten. Es ist das Beste für Iva."

Ja, zum Teufel, ja! Es ist das Beste. Denn ich bin tot – ich werde vielleicht nie ins Leben zurückkehren. Und die Mitteilung heißt doch auch, um in der Sprache der Bibel zu reden, daß mein Same gerettet ist. Jetzt können sie mich hier nur mehr in mir selbst ermorden, nicht auch in meinem Kinde. Der Mord kann kein vollständiger sein. Immer wieder sag ich's mir vor, und ein Teil meines Herzens frohlockt auch schließlich; der Rest aber zeigt gar kein Verständnis.

Vielmehr geben mir Gilbertens Mitteilungen auf der Ebene des Unkörperlichen nochmals, was mir die Einkleidung entgegeben hat. Sie geben durch Nehmen. Sie lassen mich entschlossener, von „Ballast" befreit, dem Kampf entgegengehen, der mir, in dieser oder jener Form, verschärft bevorsteht.

Ich hatte den Brief in einer fast leeren Baracke gelesen, in der einige aus unserer Stube, recht unbelästigt, auf Formulare warten mußten, um darauf Verzeichnisse ihrer im Lande befindlichen Vermögenswerte abzuliefern. Plötzlich steht Gröbner neben mir – breitschultrig, und selbst in seinem abgemagerten Zustand eine kraftvolle Erscheinung

„Schlechte Post bekommen?"

Die Frage bringt mir erst zum Bewußtsein, daß ich, verloren an Weh und Wut, getragen und ausgehöhlt von Bitternis, ins Leere gestarrt hatte.

Ich reiße mich zusammen. Wie dumm es doch wäre, hervorzuknirschen, was ich eben an Sinnlosem gedacht hatte: „Das werden die Hunde büßen!" Niemand büßt in diesem Leben, was er einem anderen antut. Die Strafe ist nicht einmal bei Gott oder dem, was geistige Erlahmung so nennt.

Wir stehen in einem leeren Spiel von Ereignissen, in welchem es Seele nur bei den soeben Leidenden gibt.

„Komm!“ sagt er, ohne meine Antwort abzuwarten, und faßt mich unterm Arm. Eine Weile gehen wir schweigsam auf und ab. Unvermittelt beginnt er von sich selbst zu sprechen. Die Absicht, mich von mir abzulenken, ist unverkennbar. Bald jedoch bemerke ich – was mir schon früher aufgefallen war –, wie unlösbar dieser Mensch mit seinen geistigen Interessen verwachsen ist.

Während ich für den Augenblick nur ein mehr oder minder erfolgreicher Lagerhäftling bin, in dem seine Malerei und jedes „höhere Streben“ wie in einem Abgrund versunken sind, trägt und erfüllt diesen Mann selbst hier noch sein Künstlertum, seine Zugehörigkeit zur Welt des Geistigen. Er ist Dramaturg und Filmregisseur und voll lebendiger Kenntnis alles je Geschriebenen, Gedruckten, Aufgeführten. Der Unterschied zwischen uns könnte mich entmutigen, bedrücken. Er tut es nicht, wirft bloß ein neues Licht auf den Gegensatz zwischen dem Talentierten und dem Sich-selbst-Schaffenden, dem eigentlich Schöpferischen, der von allem, was er betreibt, bis zur Verleugnung seiner Berufung erfüllt sein kann. Dennoch beneide ich Gröbner in dieser Stunde. So sehr erscheint er mir mit dem ihn Erfüllenden verschmolzen, daß ich dem Bann seiner Person und dem seiner Sache rasch verfalle.

Von diesem Tag an sprechen wir oft miteinander – in fast allen Augenblicken, die es physisch ermöglichen. Unsere Gespräche tragen uns weit über die angstbeladen niedere Wolkendecke mancher Stunde hinaus; eines wird mir zur Keimzelle vielerlei Träumens. Ich erinnere mich der äußeren Umstände mit besonderer Klarheit.

Es ist Abend, die Stube summt vom angeregten Hin und Her der Minuten vor dem Schlafengehen. Die Erwartung der zur Nacht aufbrummenden Sirene verklärt, gemeinsam mit der Gewißheit, daß sich an diesem Tage keine SS-Fratze mehr zeigen würde, den Augenblick mit einem Schimmer von Behagen. Gröbner und ich waren erst auf und ab gegangen. Dann hatten wir uns auf seinen Schlafplatz geworfen und angeregt nachdenklich in das schmerzlich wohlbekannte, deswegen aber nicht minder phantastische Getriebe geblickt.

„Du bist dir zweifellos schon im Klaren darüber, wie du dies alles in einem Film unterbringen wirst." Ich deute, während ich es sage, auf die Menge vor uns, meine aber nicht nur sie, sondern das Lager und die ganze Flut von Eindrücken, welche der Anblick versinnbildlicht.

„Du glaubst, daß es eingefangen werden kann? In einem Film?"

„Du glaubst es doch! Du mußt es glauben, als Apostel des Films und seiner noch ungeahnten Möglichkeiten."

„Das bin ich. Hast recht. Aber trotzdem ... wer weiß ...?" Er zögert nachdenklich. „Schau, ich glaube, daß dieser Spuk" – und nun umkreist er mit einer Kopfbewegung die Kameraden, das Lager und das Ungeheuerliche dahinter – „an Wucht und Wahrhaftigkeit, an Kraft der Aussage und an das Menschheitsgewissen Erschütterndem einbüßen müßte durch das Hinzuerfinden einer ‚Handlung'. Aber ohne Handlung?" Erst nach bedrückter Pause setzt er fort: „Handlung schafft Identifikation mit Einzelgestalten. Erst durch diese ist eine stärkere Identifikation – die mit allen Opfern menschlichen Aberwitzes – möglich. Ohne sie müßte der Film ein bloßer Bildbericht bleiben – um das menschlich Interessanteste gebracht, schon weil er nur zeigen könnte, was alle erleben, nur das, was sichtbar ist. Wo bliebe, was dabei in der Retorte der besonderen Persönlichkeit entsteht? Dieses Produkt im überdurchschnittlichen Dulder ist notwendig, damit das gemeinsam Erlittene ganz erfaßt werden kann!"

„Das sind Probleme," sage ich, „denen man sich theoretisch nicht nähern soll. Wir, wenigstens, nicht. Immer ist weit mehr möglich gewesen, als von Theorien abgesegnet wurde. Daß es nichts gibt zwischen Himmel und Hölle, das sich künstlerisch nicht erfassen ließe, ist für mich Axiom. Und in welcher anderen Gestaltungssprache als der des Films könnte man das Gewirr erschüttender Eindrücke, die sich einem hier in die Augen brennen, besser wiedergeben? Was vermöchte dieser zersplitterten Vielfalt gegenüber – vergleichsweise – ein schwerfälliges Gebilde wie ein Roman oder ein Drama? Wohl kann so ein Werk seine Fackel im Gewölbe des Menschlichen aufpflanzen, also in der eigentlichen Arena jedes wirklichen Kunstwerks. Aber Roman und Drama müssen zu sehr auf Zusammenhang und Zeitfolge bedacht sein. Das Kaleidoskopische und dennoch zu einer furchtbaren Einheit Zusammenfließende des Gegenstandes würde verloren gehen."

Gröbner starrt mich an, begeistert und böse zugleich. „Was treibst du mit mir, Mensch? Wie soll ich heute Nacht noch Schlaf finden können? Natürlich hast du recht. Ich beginne zu sehen. Fast zuviel strömt mir zu." Er hält inne, ehe er wieder zögernd fortfährt: „Aber es wird doch ein ganz ungewöhnlicher Film sein müssen, einer, der den Widerspruch versöhnt." „Welchen Widerspruch?" „Den, keine eigentliche Handlung zu haben und dennoch Einzelmenschen ins Rampenlicht zu stellen. Der wirkliche Held muß die Masse, die anonyme Menge der Gefangenen sein und der Kern des Interesses in dem Phänomen liegen, daß dies alles, so und nicht anders, geschehen konnte in Europa, in der Welt des zwanzigsten Jahrhunderts. Kein Einzelschicksal darf sich bis in den Mittelpunkt der Gestaltung vorschieben oder gar das Massenerlebnis und seinen alptraumhaften Schatten zum bloßen Hintergrund herabdrücken."

Wir stimmen darin überein, daß auf die näheren Umstände des Dargestellten, auf Zeitfolge, Zusammenhänge und Mitteilung von Tatsachen kein Bedacht genommen werden dürfte, damit das Ganze in seinen besonderen Raum gestellt bleibe, damit das Gespenstische, Verwirrende daran nicht verloren gehe.

„Wie wär's damit", sagt Gröbner, „auch demgemäß zu beginnen? Ohne Zusammenhang. Mittendrin. Mit der kleinen Szene etwa, die wir gestern gemeinsam vor der Kantine beobachtet haben."

Die Erinnerung springt vor mir grausam farbig auf. Ich sehe uns, vor der Kantinentüre angestellt und über den Appellplatz blickend – die Arena vielen Grauens, die jetzt leer daliegt. Die sie umschließenden Gebäude sind von der Sonne hell beschienen, wirken aber darum nicht minder kulissenhaft, nicht minder gespenstisch und seelenlos zugleich. Ein kleiner Trupp von Häftlingen durchquert eine Ecke des Platzes, wie Schüler einen Schulhof. Ein einzelner Häftling schlendert ihnen nach. Dann wieder Leere, gähnende Weite.

Plötzlich taucht im Vordergrund links ein Athlet von SS-Mann auf und geht mit langen Schritten vorüber. Ein Jude in der blauweißen Sträflingsmaskerade mit Davidstern und Sträflingsnummer hüpft ihm in tiefer Kniebeuge nach, in einem Abstand von zwei oder drei Schritten, ähnlich einem Hund, der auf abgebeugten Hinterbeinen um Zucker bittet.

Der SS-Mann beschleunigt seine Schritte, und der hüpfende Jude steigert, um den ihm anbefohlenen Abstand einzuhalten, Zahl und Länge seiner kleinen Sprünge. Plötzlich, unfähig, das Tempo zu halten, sinkt er zur Seite; doch nur, um sich tief erschrocken zusammenzuklauben und den verlorenen Abstand wieder herzustellen.

Gröbner scheint im Durchwandern der kleinen Erinnerung mit mir Schritt gehalten zu haben, denn er sagt unvermittelt: „Der Grund der Mißhandlung soll höchstens angedeutet werden. Ist im Grunde ja vollkommen gleichgültig, ober der Jude vor dem SS-Mann auf der anderen Seite der Lagerstraße die Kappe nicht rechtzeitig vom Kopf gerissen oder sonst einen Verstoß begangen hat – oder gar keinen."

Ja, das wäre ein starker Anfang – einer von vielen möglichen. Und während Gröbner nun fortfährt, seinen Film zu skizzieren, versinke ich in Erinnerung. Bilder steigen vor mir auf, die ich glaubte, vergessen zu haben, die sich aber nun mit allen Schatten, allen dazugehörigen Gerüchen, allen im ersten Erleben nur halb gefühlten Gefühlen vor mir erheben.

Da ist, etwa, der Sonntagvormittag, an dem Grün und ich wie Schulbuben in die Kantine eilen. Ich habe ihn auf Kaffee und soviele Bäckereien eingeladen, wie er kaufen darf, ehe der bayrische Ordner und Hinauswerfer ihm den unfehlbaren Fußtritt in den Hintern versetzt. Es ist sonnig und ungewöhnlich warm, und die Lagerstraße dehnt sich fast leer vor uns aus.

Da kommt uns – noch in einiger Entfernung – etwas wie eine blauweiße Säule, wie ein Turm, ein Gebirge von Mensch entgegengewandert. Ein luftleerer, oder von unheimlich stiller Luft erfüllter Raum scheint sich mit ihm fortzubewegen. Doch das Auffälligste ist die Art, wie der blauweiße Turm sein Gesicht, zum Himmel gehoben, vor sich herträgt. Man könnte glauben, daß er die Nase rümpft oder beleidigt das Lager übersehen will. Nur das tappend Steife und zugleich Traumverlorene im Schritt läßt mich mit meinem Urteil zögern. Ein unbestimmtes Gefühl erfaßt mich vielmehr, daß etwas nicht stimmt bei dem wandelnden Riesen.

Selbst als wir nahe herangekommen sind, schaut er uns nicht an. Wir könnten ebensogut Gespenster sein, oder ein Windhauch, der vorüberstreicht. Seltsam angeschauert drehe ich mich nach ihm um und vergesse für einen Augenblick zu atmen.

Die Rückseite des Gefangenen ist von oben bis unten blutgetränkt. Im Nacken stockt ein kleiner Wall schwärzlich-roter Kruste, der aus einer Wunde unterm Haar gespeist wird.

Von dort sinkt die Röte in die blauweißen Streifen des Rückens und bildet auf dem unteren Teil der Jacke eine wäßrig-rötliche, dunkel geränderte Landkarte. Wieder intensiv rot, endet die Verfärbung in langen Ausläufern in den Hosenbeinen.

Dem Mann nacheilen, Fragen stellen, Hilfe anbieten? Das ist in der Etikette dieses Lagers nicht vorgesehen. Man hat gelernt, Blut zu sehen, als ob es Rübensaft wäre. Menschen sterben neben dir – wie im Krieg. Und wie im Krieg hilfst du, wenn Hilfe möglich ist und du helfen kannst. Aber davon abgesehen ...

Was geht dich das Leid der Welt an? Woher willst du die Ströme von Gefühl nehmen, die nötig wären, um alle Not mitzuempfinden? In der Kantine hast du den Vorfall vergessen – so scheint's. Deine Zähne graben sich in die Schnitte genießbaren Brotes, das nur arische Häftlinge kaufen dürfen, du dir aber mit Hilfe eines Ariers erwerben konntest. Und der Schluck bräunlicher Wärme, den dir Geld und langes Schlangestehen unter den Argusaugen des Hinauswerfers verschafft haben, sinkt wohlig in deinen Magen.

Wieder stellt Gröbner eine Frage, die mich glauben lassen könnte, er wäre in meinem Schauen dicht neben mir geblieben und hätte meine Formulierung: „Menschen sterben neben dir" mit einem sechsten Sinn vernommen: „Erinnerst du dich an den Gefangenen, der – etwa vierzehn Tage ist es her – vor uns auf der Lagerstraße gestorben ist?"

„Da mußt du schon etwas bestimmter sein. Ich erinnere mich an zwei oder drei."

„Den mit der braunen Wolldecke um die Schultern, der wie ein Beduine ausgesehen hat. Wir zwei waren nebeneinander ... dort, wo die Straße in den Appellplatz mündet."

Ein Blitz weher, widerstrebender Erinnerungen durchzuckt meine Gelassenheit. Ich starre vor mich hin und sage zuletzt: „Der wehrt sich gegen das Vergessenwerden."

Gröbner nickt. „Der wehrt sich, wahrhaftig. Dieser Schatten eines Schattens, der es dennoch zuwege gebracht hat, stehend, genaugenommen im Gehen, zu sterben. Ich kann das Bild nicht loswerden. Immer wieder tritt es vor mich hin. Ich werde den Film machen müssen. Vielleicht wird mich das befreien. Vielleicht will der Tote, daß ich das drehe. Dir will ich dein Verdienst nicht schmälern, aber du hast mir nur das Stichwort gegeben. Auch ohne deine Mahnung wäre ich dazu gekommen. Etwas langsamer vielleicht ... Haben die zwei jungen Männer, die mit ihm waren, ihn geführt, geschleift, oder zwischen sich getragen? Merkwürdig, daß ich diese Einzelheit, obwohl gerade sie mich besonders erschüttert hat, nicht mehr sehe. Ich sehe nur, wie sich der wandelnde Schatten mit einem Mal gegen die Vorwärtsbewegung sperrt, auf der seine Umsorger bestehen wollen. Doch eigentlich ist es nicht er, der aufhält. Eine große Kraft, stärker als er, gebietet Einhalt, bis er hoch aufgerichtet wie ein zurückgerissenes Pferd dasteht – viel höher, als man es bei seiner Gestalt für möglich gehalten hätte. Dem Atemzug haftet in dieser sich aufbäumenden Reglosigkeit etwas Endgültiges an, als ob er die unzähligen Atemzüge in sich vereinigen wollte, die er nicht mehr machen wird. Die in ihre Höhlen zurückgesunkenen Augen wenden sich aufwärts. Auch sie saugen ein großes Erfassen, einen letzten, entscheidenden Überblick über alles Geschaute und noch Erwartete in sich ein. Dann – während ich qualvoll gebannt jedes kleinste Detail beobachte: jene Veränderung, die man offenbar das Brechen des Blicks nennt. Sie wirkt wie das Erlöschen eines Fensters, wie ein Wegsinken in einen unaussprechlichen fremden Raum."

Schon die letzten Sätze hat Gröbner nur mit Mühe, immer leiser und dunkler, vor sich hingesprochen. Jetzt schweigt er.

Ich antworte nicht. Ich lege nur, erstaunt über so viel Ergriffenheit gerade in diesem klaren, sachlichen Menschen, meine Hand auf seine. Was könnte ich sagen – von leeren Tatsachen abgesehen?

„Und so ... Bild um Bild ...“, stößt Gröbner hervor, und überläßt es mir, den Satzbrocken unserem Gespräch einzufügen.

Immer wieder überrasche ich mich dabei, daß ich an dem Film forme. Manchmal überlasse ich mich ihm mitten im weiterströmenden Geschehen, während die Faust der Ereignisse noch auf mir wuchtet. Die Neigung verdichtet sich, besonders nach Gröbners Entlassung, zu einem Zwang, der mir auferlegt, nun auch für den Entlassenen mit den Augen eines Filmschaffenden um mich zu blicken und seiner künftigen Arbeit dienlich zu sein.

Das Filmträumen wird zu seinem Vermächtnis – zur rettenden Ablenkung in den Frierstunden der Appelle und im endlosen Vorübergehen an den Baracken, hinter denen wir, wie Rilkes Panther hinter seinen Stäben, hin und her wandern; es wird zum Trost im schlimmen Traum des Erwachens und der Morgenhast, in der man sich dem Leid eines neuen Tages stellt.

Ich beginne aber daran zu zweifeln, daß es möglich sein wird, in einem Film auch die flüchtig zarten, fast ganz aufs Innere beschränken Seiten unseres Erlebens der Vergänglichkeit zu entreißen. Da ist zum Beispiel der Abendappell, bei welchem das Lager die Kinderstimmen hört. Könnten ein paar Bilder und ein paar Geräusche, selbst vermehrt um etwas geflüsterten Dialog, diese unbeschreiblichen Augenblicke in menschlichen Vorstellungen Gestalt gewinnen lassen – mit allen Nuancen, allen Ober- und Untertönen der Seligkeit und der Trauer?

Es ist ein trocken-kalter Wintertag mit ungewöhnlich reiner, stiller, durchsichtiger Luft. Einer jener Tage, an denen alles leicht wird, alles möglich erscheint, alles klar umrissen dasteht und jeder Klang ein beglückendes Echo hat.

Da die Uhr am Turm der Kommandantur seit zwei Tagen unverändert zwölf Uhr zeigt, wissen wir nicht, ob der Appell vorverlegt wurde, oder ob die Helligkeit der Stunde als ein erstes Anzeichen des nahenden Frühjahrs gelten kann. Rosige Wolkenstreifen stehen im Westen, und obwohl noch Schnee den Boden bedeckt und wir bei aller Schönheit, in die das Lager getaucht ist, abscheulich frieren, öffnet sich das Herz doch der Verheißung des Lichts.

Mit einem Mal hören wir die Kinderstimmen. Wir hören sie sehr leise, sehr fern, sehr verweht und unverbunden – wie es eben bei Halluzinationen des Gehörs sein muß. Doch nach einer kurzen Weile kehren sie wieder und sind nun ganz deutlich zu hören, hell und klar – dieses gewisse Jauchzen und Schreien, nicht gerade melodisch, das die Luft über Rodelbahnen oder Eislaufplätzen erfüllt.

Doch wir bleiben ungläubig und betrachten die Laute noch immer als eine Sinnestäuschung, die wir dem befriedenden Einfluß der seltsamen Stunde zuschreiben.

Denn wie könnte es hier wirkliche Kinderstimmen geben? Hier, wo das Leben hermetisch weggesperrt ist von uns, und wir von ihm? Hier, wo alles den gedämpft klirrenden Schritt des Hasses und der Hoffnungslosigkeit geht? Was wir hören, kann nur die Stimme einer ins Bewußtsein durchbrechenden Sehnsucht sein, weil diese Stimme mit der reinen Winterstimmung ringsum so gut zusammenklingt, weil Kinderstimmen nun einmal ein Leitmotiv von Freiheit und unbeschwerter Freude sind.

Aber wir lächeln, und ein jeder denkt: So habe auch ich einmal gejauchzt und geschrien, als etwas Schnee oder spiegelndes Eis mir die Welt im Handumdrehen aus einer freudlos trüben Stätte in ein nie verdämmerndes Land von Lust und Hoffnung verwandeln konnte. So habe auch ich gejauchzt und gerufen, ohne zu wissen, daß ich es war, der rief – schon weil da-sein von jauchzen kaum unterschieden werden konnte.

Aber zum dritten Mal nun, allen Unglauben überwältigend, jeden Versuch, sie zu verleugnen, wegfegend, kehren die Stimmen wieder, heller, jauchzender als zuvor. Wir blicken einander betroffen an – und finden den Widerschein des Erstaunens in allen Gesichtern.

So rodeln oder schlittern Kinder wirklich – in Hörweite? Vielleicht hinter der hohen Betonmauer dort vorne. Jedenfalls nahe genug, daß man zusehen könnte, stünde man wie die pelzvermummten SS-Männer auf einem dieser Wachtürme. So nahe also gedeiht noch Freude, strömt noch Leben, weitet sich Welt – friedlich wie eh und je.

Du wirfst dem Kameraden, dem du dich am meisten verbunden fühlst, einen verstohlenen Blick zu – in demselben Augenblick, da auch er dich mit den Augen sucht – und schaust rasch wieder geradeaus. Aber du frierst nicht mehr. Wieder einmal bist du kaum noch im Lager. Weltliebe und Schluchzen, Dem-Schicksal-die-Arme-Öffnen sind gleich groß in dir.

Von diesem Appell marschieren wir wie verzaubert, von leisem Glück und neuer Zuversicht erfüllt, zu den Baracken zurück. Und zehnmal an diesem Abend, bis knapp vor dem Einschafen, wirst du gefragt: „Hast du's gehört – am Appellplatz?" Die Stimmen der Kameraden, die es fragen, sind leise, ein wenig atemlos. Keiner erwähnt, was man gehört haben soll. Denn jeder weiß, daß man es weiß und daß man, wie der Fragende selbst, überhaucht ist vom Widerschein einer Seligkeit ohne greifbaren Grund.

Ein Kernproblem des geplanten Films erblicke ich darin, den eigenartigen Druck fühlbar zu machen, der hier dauernd auf der Seele liegt und sich bis in ihre geheimsten Kammern fortsetzt. Natürlich offenbart sich die kaum mehr bewußte Qual am lebendigsten im Augenblick ihrer Aufhebung und könnte daher auch zu diesem Zeitpunkt am besten erfaßt werden.

Doch wo und wie befestigt man das Senkblei, welches das fiebrige Wechselspiel von Erlösung und Verzweiflung, Freude und Neid, Schuldgefühl und Selbstsucht rund um die Entlassungen auslotet? Wie befähigt man den Beschauer, der diesen Druck nicht selbst erlitten hat, zu verstehen, warum die Befreiten sich im Augenblick der erschütternden Mitteilung so unsinnig gebärden, wie sie es eben tun?

Der junge Schlächtergeselle aus dem Reich, der noch vor wenigen Tagen dort drüben auf der nun leeren Strohschütte geschlafen hatte, war kein Weichling gewesen, kein „von des Gedanken Blässe Angekränkelter" oder durch ein Übermaß von Gefühl Dünnhäutiger. Als er vor etwa zwei Wochen wegen eines kleinen Verstoßes auf den „Baum" gekommen war, kehrte er nach dem Vollzug in bravourösem Eilschritt in die Stube zurück – die meisten müssen getragen werden. Der Blockälteste, der ihn angezeigt hat, sitzt am langen Tisch und verzehrt in der beschaulichen Ruhe, die ihm von seinem Bauerntum übrig geblieben ist, einen kalten Erdapfel, den er sich von einer Mahlzeit aufgespart hat.

„Was ein Mann aushalten kann, halte auch ich aus", sagt der Schlächter mit grimmiger Befriedigung und hält ihm seine blutenden Handgelenke unter die Nase, zwischen Kartoffel und Mund. Dann, seiner zornigen Verachtung ein wenig entlastet, macht er sich an eine Arbeit, die er knapp vor dem Vollzug unterbrochen hatte.

Eben diesen harten Knochen wirft einige Tage später die Mitteilung, daß er entlassen sei, um. Ohne ein Wort von sich zu geben, schlägt er steif wie ein Kleiderständer der Länge nach hin, und der Kinobesucher mag sich fragen, ob ihm der Tod beider Eltern, seiner Frau und seiner Kinder auf einmal gemeldet worden ist. Nein, er ist nur entlassen. Es dauert eine geraume Weile, bis es uns gelingt, ihn zum Bewußtsein zu bringen.

Doch auch jene Gefangenen mögen dem Kinobesucher unverständlich bleiben, die im Augenblick ihrer Befreiung zu weinen beginnen, die Lippen lautlos bewegen oder die Welt für Begangenes und Nichtbegangenes um Verzeihung bitten. Sie bräuchten sich darin gar nicht bis zu dem Punkt zu steigern, an dem manche vor dem Blockschreiber niederknien und ihm die Hände zu küssen versuchen.

Immer häufiger, immer erlösender träume ich den Traum von Gröbners Film. Jedes Schamgefühl, meiner alten Neigung zu Unwachem und Sinnlosen zu frönen, ist von mir abgefallen. Was bietet, was ermöglicht denn schon die Wirklichkeit, der mich diese Neigung entzieht? Hier jedenfalls nur Körperunlust und Auszehrung des Geistes. Wie geringschätzig auch immer das Land betrachtet werden mag, in welches mein Träumen mich entführt – es bedeutet Rettung und Freiheit. Es ist Hochland, von dem herab ich mein dumpfes Erleiden mit den Augen eines Darüberstehenden betrachten kann.

Ein Häuflein Gefangener aus unserem Block war vor kurzem abgeholt worden. Man hatte sie „erbbiologischen Untersuchungen", Schädelmessungen, Blutgruppenbestimmung und ähnlichem unterworfen, und wir erfuhren, daß wir alle nach und nach drankommen sollten.

Ich hatte es nicht gerne gehört, obwohl ich noch keine Ahnung haben konnte, welche Experimente diesen Untersuchungen später folgen sollten. Sie erschienen mir vielmehr als eine logische Facette unserer Haft. Wie hätte sich ein wissenschaftlich inkliniertes Volk wie das deutsche die Gelegenheit entgehen lassen können, eine mächtige Ansammlung von Juden verschiedenster Art zur Rechtfertigung seines Verhaltens gegenüber dem Judentum zu benützen?

Hatte ich doch selbst oft genug in dieses Sammelbecken jüdischer Menschheit geblickt, mit bitterer Frage und peinvollem Erstaunen. Mit der Frage, ob es überhaupt so etwas wie Judentum, wie die Juden schlechthin, gibt?

Sooft ich versuche, den Begriff „Jude" hier groß und

wirklich werden zu lassen in mir, sooft ich von ihm Trost oder die Würde eines überindividuellen Schicksals erwarte, wendet er mir den Rücken, wenn er nicht gar einfach in nichts zerfällt. Er überläßt mich der Pein, daß wir (via Hirn eines Wahnsinnigen) um einer Chimäre, eines bloßen Schattenbildes willen, Qual und Angst, Krankheit und Tod erleiden.

Je mehr Juden ich hier sehe, umso weniger scheint es mir ein Judentum zu geben. Der Körper der Judenschaft, wie ihn dieses Lager vor meine Augen stellt, ist tief zerrissen. Unterschiede in Kultur, Sprache, Rasse, ja, selbst Glaube, bringen ihn um alle Einheit und tragen nicht wenig dazu bei, das Leid des Einzelnen zu verschärfen.

Hier wird deutlich, daß es barer Unsinn wäre, von gemeinsamen Grundzügen und Merkmalen der Juden zu sprechen. Was könnte es also sein, das aus diesen körperlich und geistig so verschiedenartigen Menschen eine Einheit machen soll? Was wäre der über die Verschiedenheiten hinausreichende, gemeinsame Nenner?

Wenn rings um mich Juden, die wir als „polnische" bezeichnen, ihren gutturalen Jargon sprechen oder gar versuchen, die Mißtöne wienerisch zu färben; oder wenn ich meine Mahlzeiten neben Kameraden einnehme, die in jeder Bewegung, jedem Wort, jedem Gedanken westdeutsche Bauern, und nichts als westdeutsche Bauern sind – so sehr, daß ich ihr Kauderwelsch kaum verstehe –, dann frage ich mich, was ich mit diesen mir durch Sprache und innerstes Wesen so fremden „Brüdern" gemein habe. Fühle ich mich zu ihnen etwa stärker hingezogen als zu Italienern, Russen oder Portugiesen ihrer Lebens- und Bildungsstufe, vorausgesetzt, daß diese meine Gefährten wären?

Wenn die österreichischen Juden hier in spontanem Haß gegen die deutschen losbrechen, und die deutschen sich erstaunt fragen, wo nur diese musikalischen Tagediebe und Schlappschwänze aus dem Donauland ihr feindliches Überlegenheitsgefühl hernehmen – dann erkenne ich, daß in beiden Gruppen die Identifikation mit dem Wirtsvolk das Jüdische, das „Gemeinsame", weit übertönt und eine wirkliche Gemeinschaft ausschließt.

Wenn ein stämmiger kleiner Geselle mit dunkel glühenden Augen und schwarzem Bartrahmen im Waschraum eifert, daß nur Gläubigkeit uns helfen kann und nur der wehrlos ist, dem es an Glauben gebricht, daß für ihn selbst alles Materielle Tand geworden sei, so daß er nichts anderes brauche als seinen Gott und sohin Einigkeit mit sich selbst, und wenn die allmählich aufhorchenden Kameraden, die – soweit sie es selbst wissen – ganz nur auf Materielles gestellt sind, den Narren befremdet und mitleidig anstarren, auch dann greife ich in meiner Suche nach dem uns Gemeinsamen ins Leere.

Selbst für die Religiösen unter uns besteht Religion meist nur aus Ritus und kleinen Kasteiungen, ererbt, ausgedient und morsch; weitergeschleppt nur aus Trägheit und Pietät gegenüber den Eltern, geistige Knechtung noch aus dem Grabe. Längst hat Religion für sie aufgehört, eine tragende Grundanschauung zu sein, die Basis, um tiefer leben und williger sterben zu können; ein Schlüssel, um das Verwirrende ringsum reicher zu erschließen, ein Schutz gegen die Angst der letzten Stunde.

Zuletzt komme ich sogar soweit, mich ernsthaft zu fragen, ob der Hohlspiegel dieses Lagers auch nur eine besondere jüdische Solidarität zeigt. Beruht die Hilfe, die ich hier täglich in unserem Block an vielen Beispielen beobachten kann, auf einer tieferen Identifikation – wie sie uns etwa angesichts der Not von Freunden oder leiblichen Brüdern überkommt? Wird sie Juden von anderen Juden geleistet, die jüdische Not lindern wollen? Oder bloß Menschen von anderen Menschen? Würde sie nicht in gleicher Wärme jedem „arischen" Kameraden gewährt oder mit gleicher Bereitschaft aus „arischen" Händen angenommen werden?

Wo also ist das Einigende zu finden, das hier oder sonstwo duldende Juden enger verbindet? Was ist der gemeinsame Nenner dieser so ungleichartigen Menge, den festzustellen sich die Hitlerei so leicht gemacht hat – und der ja doch besteht, wie ich in seltenen Augenblicken deutlich, in unbestimmten, dunklen Tiefen des Bewußtseins aber dauernd fühle?

Eines Tages finde ich Antwort auf die mich bedrückende Frage. Antwort zwar, die sich nicht ohne Einbuße aussprechen läßt, doch meinem Gefühl und meinem Drang nach Erkenntnis Genüge leistet: Jedes Mal, wenn es durch die Lagerstraße zum Appell geht oder wenn wir von dort zurückströmen, ziehen an den Rändern der Straße die Invaliden in kleinen Gruppen mit ihren Samaritern dahin. Wir noch Marschfähigen sind gegen ihr Elend so abgestumpft, daß wir es kaum mehr beachten. Aber immer wieder tauchen Gestalten oder Gruppen auf, die selbst uns noch den Atem rauben.

Dann wirft mir Aberbach, neben dem ich jetzt fast immer marschiere, einen stummen Blick entsetzten Einverständnisses zu oder fragt leise: „Hast du das gesehen? ... Ist das nicht schrecklich?“ Er fragt es, als der schlohweiße, riesige Kaffeehausgreis, der seine Beine nicht mehr abbiegen kann, um Atem ringend an den Schultern zweier Kameraden hängt, und von ihnen mit verzweifelter Anstrengung weitergeschleift wird.

Der Tag, an dem sich dieses Elendsgetriebe für mich ins Monumentale, Legendäre, mythisch Überwirkliche steigert und mir dabei Antwort gibt, ist der bis dahin kälteste der Haft. Selbst wir Marschierenden können der grimmigen Kälte kaum mehr standhalten. Wir nehmen, aller Strafdrohungen ungeachtet, die Hände nicht aus den Taschen, in die wir sie, mit alten Socken und Papierfetzen umwickelt, gepreßt haben. Die SS sieht darüber hinweg. Sie beachtet nicht einmal die Sacktücher, die sich einige Waghälse um die Ohren gebunden haben.

Da schiebt sich uns, von der Spitalsbaracke her, feierlich lautlos eine Gruppe durch das Schneegeflirre und den grausamen Wind entgegen – eine Laokoongruppe aus Fleisch und Blut –, deren Bild ich wohl nie vergessen werde. Ein älterer Mann, mit auffallend edlem, kühlem Gesicht. Er reitet auf den Schultern und Armen dreier jüngerer Gefangener. Sie tragen ihn wie eine hölzerne Heiligenfigur, wie einen Stammespriester, dessen Füße nach heiliger Vorschrift den Boden nicht berühren dürfen.

Die blauweißen Hosen, bis über die Kniee aufgekrempelt, entblößen Beine, die zu sehr schon Materie geworden sind, um noch Kälte empfinden zu können. Reglos und wachsgelb hängen sie in der beißenden Luft herab. Ihr Gelb hebt sich scharf gegen das Weiß der frischen Verbände ab, die an jedem Bein eine noch blutende Operationswunde decken. Auch die Hände des Opfers liegen ergeben unbedeckt da, und der gelblich kahle Schädel mit den geschlossenen Augen ruht auf der Brust.

Unter dem Eindruck des Bildes wende ich mich entsetzt zur Seite. Mein Blick fällt, als hätte ich es vorher nie wirklich gesehen, auf das längs des Straßenrandes dahinschleichende Heer absterbender Bekenner, die mir mit einem Mal, zusammen mit den in der Straßenmitte Ausschreitenden, als der Zug des Judentums schlechthin erscheinen. Mit gebeugten Nacken schieben sie sich schweigend dahin; eine versprengte Nachhut des ungeheuren Zuges, der seit Jahrhunderten seinem schweren Schicksal folgt und noch weiter durch die Zeiten folgen wird.

Da, auf einmal, erhebt sich der Begriff Judentum riesengroß vor mir. Da höre ich seine Pulse hämmern. Da fühle ich mich jedem dieser Wanderer und der ganzen, leidvoll gewaltigen Wanderung tief verwandt.

Kraft und Trost fließen mir aus dem Bewußtsein, daß auch ich auf dieser Straße Judenschicksal trage, mein Schicksal – wie meine Väter es getan haben, meine Kinder es tun werden. Einen Splitter dieses grimmigen Schicksals, wie klein auch immer der Splitter einmal erscheinen wird.

Da verdichtet sich die Vision dahin, daß ich plötzlich nicht mehr eine Menge, einen Zug, sondern Ahasver, den großgliedrigen Greis, unheimlich durch diese furchtbare, in aller Nüchternheit abenteuerliche Straße ziehen sehe. Trostvoll berührt weiß ich, daß er mit seiner unfaßbaren Leidens- und Überlebenskraft, die ihre Nahrung in geheimen, tiefen Quellen findet, auch aus dieser Prüfung unzerstört – wenn auch unerlöst – hervorgehen wird.

Aberbach, der einfache, gütige Mensch, der in seinem bürgerlichen Wandel Inhaber einer Konfektionsschneiderei ist, hat, wie zurückprallend vor der Laokoongruppe, nach meiner Hand gegriffen. Kaum hörbar ächzt er: „Und es lebt doch ein jüdischer Gott!"

Das Wort steht in ihm auch bei anderen Gelegenheiten auf. Denn Mal um Mal ergeben sich Wahnsinnssituationen, in denen einen gläubigen Sohn des auserwählten Volkes Zweifel befallen mögen, daß es einen jüdischen Gott gibt, der zuläßt, daß sein Volk sich in Treue zu ihm soviel Leid auferlegen muß.

Doch es gibt auch Augenblicke, in welchen sich eine mörderische Schicksalsgrimasse wie auf höheren Wink entspannt – nachdem wir oft schon geglaubt hatten, dem Ende nahe zu sein. Dann strahlt Aberbach. Dann erneuert sich sein Glaube. Dann spricht er sein Bekenntnis mit innig vertrauendem Lächeln. Die Wortfolge aber ist durch eine kleine Veränderung zur freudig-zuversichtlichen Frage-Behauptung abgewandelt: „Na, gibt es nicht einen jüdischen Gott?!"

Eine bestimmte Haftzeit ist Gnade. Unsere Befreiung dagegen hängt von Wind und Wetter ab, oder, unbildlich gesprochen, von Zufälligkeiten, auf die wir keinen Einfluß haben.

Es kann nicht ausbleiben, daß Entlassung sich für uns von einem Gegenstand der Erwägungen und Besprechungen, der brieflichen Vorbereitungen, in Schicksalsspruch verwandelt, den strafende oder belohnende Mächte über jeden fällen. Das bisherige Leben ist entscheidend. Der Spruch kann nicht mehr beeinflußt werden; man muß warten und gefaßt sein. Wem es lieber ist, der kann von unberechenbarer Gnade sprechen, die den einen erlöst, den anderen nicht.

Dennoch wird Entlassung auch zum Prüfstein für die menschlichen Beziehungen jedes Gefangenen, und damit auch zu seinem eigenen. Denn man muß „draußen" Menschen haben, die sich getrieben fühlen, ein Äußerstes für einen zu tun – in einer Zeit, die alle Energien des Retters für seine eigene Rettung beansprucht.

Und wieder im Dämmerland der Seele, wird Entlassung – als Wochen und Monate vergehen – zum fernen Licht in der

Nacht des Verzweifelns, zum kaum noch vorstellbaren Glück, zum großen Traum, an dem jeder, im Schlafen und im Wachen, fortwebt.

Technisch betrachtet ist sie ein einfacher, unscheinbar und zweckmäßig in die Tagesroutine eingefügter Vorgang. Jeden Morgen nach dem ersten Sirenensignal eilen die Blockschreiber der etwa dreißig Blöcke in die Lagerschreiberei und kehren meist noch vor der Aufstellung zum Frühappell mit den Tagesbefehlen der Lagerleitung zurück. Manchmal schwenken sie die Karthotekblätter einzelner Gefangener in der Hand. Wessen Blatt gebracht wird, der gilt als entlassen.

Noch hat er den Appell mitzumachen, wird aber am Ende dieses Auftakts zur Tagesqual mit Namen aufgerufen. Er muß gegenüber den noch stillstehenden Kameraden Aufstellung nehmen und wird, während diese abzumarschieren beginnen, mit seinen Glücksgefährten ins Badehaus geführt.

Es ist dies die Anlage, in der wir unsere Einkleidung erlitten haben. Es ist die Anlage, die mit ihrer hochmodernen Dampf- und Wasserzufuhr und ihrer Eignung zur schnellen Abfertigung von Massen dazu bestimmt sein sollte, den Erfindern der späteren, furchtbaren Einrichtung gleichen Namens, welche ebenfalls Anspruch erheben kann, in ihrer Art Höchstleistungen erzielt zu haben, als Urbild und Muster zu dienen.

Doch obwohl der Zeiger an der Wahnsinnsuhr schon bedenklich nahe an die Stunde der Erfindung des späteren Badeshauses herangerückt ist, hat er sie noch nicht erreicht. Noch knurrt die Bestie, die ihre Pranken auf uns gelegt hat; noch stehen Zweck und Name des Badehauses hier in relativ unschuldigem Einklang. Es hat einen Ausgang – nicht nur einen Eingang ins Entlassensein.

Wer hineingeführt wird, darf sich unter heißen Brausen reinigen und wird einer genauen Besichtigung unterzogen.

Denn es ist unerwünscht, daß erfrorene Gliedmaßen oder Wunden an den Rückkehrern den Seelenfrieden der ahnungslosen Bevölkerung beeinträchtigen.

Darum auch hat das Badehaus seinen Ausgang nur für den, der die Hürde der ärztlichen Besichtigung glücklich überwindet. Den „Zurückgestellten" dagegen wird Gelegenheit geboten, ihre Erfrierungen oder Wunden unter den gleichen Umständen, die sie verursacht haben, heilen oder schlimmer werden zu lassen. Kein Wunder, daß sie meistens bei der zweiten Untersuchung nur umso sicherer zurückgestellt werden. Das Spiel setzt sich fort, bis sie zuletzt überhaupt nicht mehr im Badehaus erscheinen können und auf dem besten Wege sind, den anderen Ausgang zu finden.

Der Glückliche freilich, der vor den Augen eines der gefürchteten SS-Ärzte besteht und seinen Verzicht auf alle Ansprüche unterschrieben hat, darf in den Schubraum „abhauen", wo ihm seine Kleider ausgefolgt werden. Von da an weht der Hauch einiger Freiheit um ihn.

Was aber den sachlichen Vorgang an seelischer Erschütterung begleitet, ist nicht annähernd so mitteilbar, so geordnet, so nüchtern. Genau genommen gibt es kaum ein Mittel, um das wogende Chaos von Erregung – Freude und Angst, Hoffnung und Verzweiflung – einer von Entlassungen betroffenen Stube verständlich zu machen. Natürlich könnte man die Szenen für sich selbst sprechen lassen, könnte die Bitten und Aufträge belauschen, welche die noch Unerlösten den glücklichen Kameraden ans Herz binden. (Jeder Entlassene müßte das Gedächnis eines Julius Cäsar haben, um alle Namen und Zahlen festzuhalten – und ist doch viel zu aufgeregt, um sich auch nur auf das Naheliegendste konzentrieren zu können. Dennoch, natürlich, verspricht er alles, alles. Er ringt wohl auch später darum, sich zu erinnern und seine Aufträge gewissenhaft auszuführen, um dadurch Sühne zu leisten für seine Bevorzugung.)

Auch könnte man die unausbleiblichen Zärtlichkeitsausbrüche zwischen Entlassenen und Zurückbleibenden wiedergeben. Gefangene – noch gestern erbittert verfeindet, liegen einander heute liebevoll in den Armen, nur weil in dem einen die Sturzfluten neuen Lebensgefühls rauschen und der andere aus Instinkt weiß, daß Liebe den Lebensmut weit besser bewahrt als Neid.

Und doch, es kann nur gesehen werden, was schon im Auge ist. Mehr noch als sonst, scheint's, bewahrheitet sich der Satz hier. Nur einer, der die aus vielen Zutaten gemischte, eigenartige Qual einer Schutzhaft aus eigener Erfahrung kennt, wird die Gefühle während einer Entlassung verstehen können.

Doch selbst wer in langen, ganz unfaßlich langen Monaten jeden Morgen hinausmaschiert ist – durch Nebel, Regen, Sturm, über den bald kotigen, bald beschneiten, bald hartgefrorenen Boden einer Lagerstraße, ist nicht gänzlich vorbereitet. Noch bleibt ihm verborgen, was Menschen fühlen, die diesen Weg eines Tages zum letzten Mal gehen; denen die dumpfe Sirene zum letzten Mal aufbrummt, denen die tierisch verrohten Kommandos zum letzten Mal ertönen.

Er muß, um auch dafür die nötige Vorstellungskraft zu besitzen, zuletzt dem Häuflein der Erlösten angehört und gleich diesen erfahren haben, wie man auf schwankenden, schweren Beinen und mit wirren Sinnen, benommen von Fieber und seligem Staunen, durch ein Wunder schwimmt. Dann allerdings wird er befähigt sein, Andeutungen und sogar Ungesagtes zu Leben umzugestalten. Dann wird er Worte und Bilder kaum mehr brauchen.

Viele Jahre nach seiner Rettung und ohne Anstoß von außen mag es ihm zum Nachtgesicht werden, hintaumelnd zwischen Trauer und Grauen, daß er sich noch eingereiht sieht in seinen Block, ihm gegenüber ein Trüpplein Entlassener. In jeder Faser fühlt er mit, wie die kleine Schar geschändeten Menschentums vor aufgeregtem Nichtbegreifen zittert. Ihr Glück braust in ihm, zusammen mit aller Erwartung der selig-furchtbaren letzten Viertelstunde vor der ärztlichen Untersuchung.

Das vielleicht Aufschlußreichste aber an diesem Geschehen ist die von Vorschriften nicht erfaßbare Erfahrung, daß kein Befreiter, während er sie erlebt, an seine Befreiung ganz glauben kann. Bis zur allerletzten Sekunde ängstigen ihn Zweifel, ob ihn denn wirklich nicht ein teuflischer Scherz des Schicksals zum besten hält. Keinesfalls bevor der Stacheldraht des fürchterlichen Geheges, ja, die Reichsgrenze hinter ihm liegt, vermag er dem Boden der Freiheit zu trauen.

Ist es aber so weit, überkommen ihn Leere und Schwermut, und bleiben mit ihm, wie immer er's treibe. Mögen schließlich auch Freude und neuer Lebensschwung scheinbar die Oberhand gewinnen in ihm – darunter liegt der Sumpf einer tiefen Erniedrigung.

Immer wieder gibt es Entlassene, die keine Ahnung haben, was ihre Befreiung ermöglicht hat. Ihre Fälle sind für uns weit interessanter als jene, bei welchen der Entlassungsgrund auf der Hand liegt. Erneuern diese Fälle doch die nach mancher Enttäuschung fast schon aufgegebene Hoffnung auf allgemeine Entlassungen – auf Entlassungen ohne besondere Voraussetzungen.

Sagt ein Entlassener: „Ich habe keine Ausreise, keine Einreise. Ich bin kein Frontkämpfer. Ich habe Steuerschulden. Warum ich entlassen werde, ist mir rätselhaft." – Dann haben tausend Kameraden einen frohen Tag. Dann sagt einer dem anderen: „Du! Alle kommen dran. Auch du. Gleichgültig, ob ein Gesuch für dich eingebracht wurde oder nicht. Zu Ostern, längstens, ist keiner mehr von uns hier."

Auch die Zahl der im einzelnen Schub Entlassenen ist von brennendem Interesse. Man kombiniert, berechnet, folgert. Als knapp vor Neujahr die Entlassungen noch spärlicher tröpfeln als bis dahin, sinkt Düsternis in die Gemüter. Doch der Enttäuschungsnebel lichtet sich alsbald wieder, mild durchstrahlt von dem Gedanken, daß Feiertage bürokratische Erledigungen immer und überall zum Stocken bringen. Die Beamten sind auf Urlaub. Wie hatte man das nur vergessen können? Nach der ersten Jahreswoche, ah, da würden die Entlassungen erst so richtig in Schwung kommen.

Als aber gegen Ende Jänner die Gestapobeamten längst, erholt und sonnengebräunt, wieder an ihren Schreibtischen sitzen dürften, ohne daß das Tempo der Entlassungen eine Steigerung erfährt, beschwichtigt man seine Schlafnachbarn und die eigene Bangigkeit damit, daß es eben auf die höheren Gestapobeamten ankommt. Offenbar sind diese von ihren zweifellos ausgedehnteren Reiseurlauben noch nicht zurückgekommen oder rücken eben erste wieder ein. Was helfen erledigte Gesuche, wenn niemand da ist, der die Autorität hat, sie zu unterschreiben. Nur Geduld. Vielleicht morgen schon wird eine Lawine von Entlassungen über die Lagerschreiberei niedergehen.

Durch einige Wochen hindurch wird nun jeden Morgen die Rückkehr des Lagerschreibers mit besonderer Spannung beobachtet. Ob er Kartothekblätter trägt oder nicht, wieviele Blätter er gebracht hat, entscheidet den Tag. Entweder der Block durchquert ihn in Mißmut und Verzweiflung, oder der Gleichklang seiner Schritte ist von Zuversicht und einem heimlichen Rhytmus getragen; das Grimmigste zwinkert dich dann noch fröhlich an.

Doch der Druck selbst der spärlichsten Entlassungen kann zum Glück gemildert und das Lager seiner schwärzesten Stimmung entrissen werden. Das Mittel dazu nennen wir den Nachrichtendienst. Wenn nicht noch früher, geben die Agenturen der Hellseherei meistens schon am Vorabend verläßliche, absolut verläßliche, Nachrichten aus.

Daß die Prognosen, wie nicht geleugnet werden soll, dann meistens nicht zutreffen, ist ohne Zweifel ein Schönheitsfehler der Einrichtung als Ganzes, kann aber ihren einzelnen Darbietungen keineswegs alle Bedeutung rauben. Was zehnmal falsch war, kann doch schließlich alle zehn Mal nur ausnahmsweise falsch gewesen sein und dem elften Mal umso größere Macht geben, die Regel der unverbrüchlichen Richtigkeit wiederherzustellen. Schießlich stammen die Nachrichten doch von einem arischen Landsmann eines unserer Kameraden (es ist nur selbstverständlich, daß niemand den Arier jemals gesehen, niemand die Gemeinschaft der beiden je beobachtet hat), noch dazu von einem Landsmann, der im Schubraum arbeitet. Nur gelegentlich scheint der Arbeiter im Schubraum des Herrn durch einen Landsmann ersetzt, der mit einem SS-Mann „von früher her" gut ist.

Sagt also die Agentur: „Morgen gehen 150", wärmt sich die Seele jedes Gefangenen die klammen Finger an der guten Nachricht, und Grüns Heurigenlied wird dort und da gesummt.

Zehn Minuten später kommt ein Gefangener aus einer Nachbarstube zu Besuch. Auch er hat eine Agentur. Auch ihre Informationen stehen in hohem Ansehen, ja, haben sich fast immer als unfehlbar erwiesen.

„Morgen keine Entlassungen!" orakelt der Besucher mit einer Stimme, die über die düstere Nachricht bereits Freude empfindet; die Machtfreude des für längere Zeit Betroffenen.

Man ist bereit, ihm an die Gurgel zu springen. Doch das ist nur einer der unzähligen Impulse, die man hier unausgeführt lassen muß. Statt ihn auszuführen, verteidigt man die ältere, bessere Nachricht mit Zähnen und Klauen, oder man saugt sich an der neuen voll wie ein Schwamm.

Wenn dann am nächsten Morgen weder die gute noch die schlechte Vorhersage eintrifft, wenn weder 150 oder 100 Häftlinge entlassen werden, noch der Blockschreiber mit leeren Händen zurückkehrt, sondern ein kärgliches Häuflein von etwa zehn Entlassenen zum Badehaus marschiert, teilt sich das Lager wieder in Optimisten und Pessimisten. Die ersten sagen: „Was liegt an der Zahl? Wenn es nur weitergeht!" Die Pessimisten blicken finster: „Von generellen Entlassungen kann somit keine Rede sein. Wann sollten sie bei diesem Tempo beendet sein? ... In fünf Jahren etwa?" Oder zwingender noch: „Wären generelle Entlassungen oder etwas in dieser Art geplant, würde zweifellos mit einer täglich oder wöchentlich gleichbleibenden Quote vorgegangen werden. Was könnte die immer wieder beobachtete Ungleichheit erklären?"

Doch schon am nächsten Tag mag einer, der wegen seines bei der Einlieferung verprügelten Gesichts erst jetzt photographiert wurde, glückstrahlend vom „Erkennungsdienst" zurückkommen: Ein SS-Mann – wohlgemerkt, kein arischer Häftling, sondern ein SS-Mann, der die Wartenden beaufsichtigte – hätte es ihm, ihm selbst, laut und ohne alle Ironie gesagt: „In vier Wochen ist von euch Juden sowieso keiner mehr da!" Binnen weniger Minuten eilt die Nachricht durch die Judenblocks, so daß sie einem, der sie vom Insassen eines entfernten Blocks aus erster Hand hat, entstellt oder unentstellt, wie eine große Neuigkeit wiedererzählt werden kann. Die Stimmung im Lager ist jedenfalls in eine Sphäre reiner Seligkeit vorgedrungen.

Zwei Stunden später legen sich Vernichtung und Schweigen auf die Gemüter. Was hat sich zugetragen? Eigentlich nichts. Es ist bloß durchgesickert, daß Typhus im Lager herrscht. Zwei Blocks sind isoliert worden. Nicht einmal zum Appell dürfen sie antreten.

Der Typhus kümmert uns wenig. Ebensowenig wie die Fälle von Genickstarre im Nachbarblock. Gefahr bedeuten hier andere Gefahren. Aber eine Entlassungssperre – es wird von sechs Wochen gemunkelt – ist zu befürchten. Dem kann man nur konsterniert, beklommen, schweigend entgegenblicken.

Schließlich – Jänner ist zu Ende gegangen – flattert das

böseste Gerücht auf: Wer bis Ende Februar nicht entlassen ist, kommt nach Buchenwald – auf lange Sicht. Der Transport ist, wie Gewährsmänner wissen wollen, dem aus Wien hierher so ähnlich wie ein Ei dem anderen.

Ich persönlich erliege Gerüchten nicht leicht und gebe auf die Meldungen des Nachrichtendienstes wenig. Die Methode sagt meiner Natur als Sinnenmensch offenbar nicht recht zu. Dagegen gehöre ich umso gläubiger und beglückter der Gemeinde jener an, die ihren Bedarf an Trost und Verzweiflung aus anderer Quelle schöpfen.

Unser Weisheitsbrunnen, ganz im Sichtbaren liegend und ebenso zu den Augen wie zum Gefühl sprechend (nebenbei auch zur Vernunft), befähigt uns vorherzusagen, ob der nächste Tag Entlassungen bringen wird oder nicht. Wir können sogar schätzen, wie vielen das Glück lächeln wird.

An manchen Abenden strahlen, während wir in die Starre des Appells versinken, die kleinen Dachbodenfenster oberhalb des Schubraums mildes Licht in das halbe Dunkel über dem ungeheuren Platz. An anderen Abenden sind diese Fenster tot und schwarz oder starren mit dem fahlen Glanz erloschener Augen über uns hinweg ins Nichts. An machen Abenden begrüßt uns der Blick dieser gelblichen Sterne schon während wir aufmarschieren; an anderen flammt er erst später, zögernd auf. An manchen Abenden erlischt der Trost bald wieder, doch an anderen harrt er bei uns aus und blickt sogar dem Abmarsch noch freundlich nach.

Die Einwirkung des Lichts auf unseren Gemütszustand hat etwas von dem zeitlosen Trost, den der verlorene Wanderer beim Blinken eines beleuchteten Hüttenfensters empfindet. Findige aus unseren Reihen haben zur – wenn auch ungeistigen – Stärkung dieses Trostes herausbekommen oder glauben, herausgefunden zu haben, daß in den Dachräumen, welchen die Fenster Augen und Atemorgane sind, die Kleidersäcke des Schutzhaftlagers aufbewahrt werden. Der riesige Schubraum selbst bietet nicht annähernd genug Platz für die ungeheure Menge von Kleidungsstücken.

Die Schlußfolgerung ergibt sich von selbst. Ist Licht im Dachraum, so nur, weil dort gearbeitet wird. Wird dort gearbeitet, kann die Arbeit kaum in etwas anderem bestehen als im Herunterholen von Kleidersäcken für die Entlassungen des folgenden Tages. Bleibt es lange hell im Dachraum, sind es viele Säcke, die geholt werden, viele Gefangene, die entlassen werden sollen. Mit der Zeit bekommen wir ein gewisses Gefühl dafür, welche „Lichtdauer" welcher Anzahl zu Entlassender entspricht.

Beim abendlichen Aufmarsch fällt sohin der erste Blick aus vielen hunderten hoffender und fürchtender, auf Glück oder Verzweiflung vorbereiteter Augenpaare auf die Dachbodenfenster über dem Schubraum. Leuchten sie – wie matt auch immer, wie wenige auch immer, leuchtet es in vielen hundert Herzen auf. Das Hinaufstarren, von da an bloße Hingabe an Schicksalsgüte und Licht, bloßes Weiden in Trost und Ablenkung, gilt höchstens auch noch der Frage, wie lange die Verkündigung dauern wird.

Während uns der gelbliche Schimmer entgegenlächelt, sind die gebrüllten Drohungen des furchtbaren Moritz, der dem Lagerleiter unsere Zahl zu melden pflegt und das atemraubende Schweigen um die Meldung herum, ist das Frieren in nassen oder trockenen Uniformen und selbst die neue Verschärfungen verlautbarende Metallstimme des Lautsprechers erträglich. Die kleinen Fenster flüstern: „Morgen gibt es Entlassungen!" Sie sagen: „Laßt die Bestien nur drohen. Beachtet nicht den bissigen Wind, der sich euch bis an die Knochen heranarbeitet. Schüttelt sie ab, die fiebrigen Schauer, die euch überlaufen – morgen kehren einige von euch ins Leben zurück."

Und tatsächlich gelingt es dir, den bangen Druck auf dem Herzen von dir abgleiten zu lassen, da die Entlassungen nun doch ihren Fortgang nehmen. Wer weiß, vielleicht bist du selbst bald unter den Glücklichen. Wenn sich ein Wunder ereignet, wirst du schon morgen aller Qual und Drohung entronnen sein.

Freilich, es wäre zu viel verlangt von dir, viel zu viel, dies wirklich zu erhoffen. Ja, vielleicht wäre es sogar zuviel des Glücks, würde zu rasch, zu jäh an dich herantreten. Aber gewöhn' dich dennoch – wenn auch nur versuchsweise – an die Möglichkeit zu glauben. Versuch es. Glaub daran, Ahasver. Die Geschichte deines Volkes ist voll von Großtaten des Glaubens, des vertrauensvollen Sich-selbst-Überwindens und kindlichen Gehorsams. Sieh doch, wie sie leuchten, die Augen der Hoffnung, dort oben, in all das Dunkel, das dich umschließt.

Böse aber ist es, wenn diese Augen schon wenige Minuten nach dem Aufmarsch verlöschen. Sie scheinen damit geradezu auszusprechen, daß ein Schubraumhäftling auf dem Dachboden nur ein wenig gekramt und sich den Kleidersäcken nicht einmal genähert hat. Keiner wird benötigt, da die Entlassungen wieder einmal stocken.

Ebenso böse oder noch böser ist es, wenn wir uns eingestehen müssen, daß die Fenster selbst in den wenigen Augenblicken unserer Freude unerhellt waren, und, nur von einem kalten Widerschein getroffen, ein Scheinleben vorgetäuscht haben.

Dann sinkt dein Kopf auf die Brust. So sehr du auch dagegen ankämpfst, steigt aus der Tiefe deiner Enttäuschung (die sich als Logik gebärdet) als etwas Unwiderlegliches auf, daß du vergessen bist in diesem Lager und nur etwas ganz Ungeheures, Fernes, Unwahrscheinliches – Krieg oder Revolution – dich noch retten kann.

TEIL III

Ein Tag wie viele andere sinkt einem ereignislosen Ende entgegen. Auf dem Appellplatz bewegen sich kleine Abteilungen von Schutzhaftjuden wie traumbefangen hin und her. Im neblig ungewissen Licht, das den Platz freudlos entstellt, sehen sie, zumal von einiger Ferne, wie vielfüßige, schmutzig-blauweiße Riesenkäfer aus, die ein böser Zauber dazu verdammt, sich in alle Ewigkeit durch knöcheltiefen Fliegenleim zu schleppen. Nur ist, was bei jedem Schritt an den durchnäßten Hosenbeinen aufspritzt, nicht Leim; es ist gelblich verfärbter Schmelzschnee, der, gemeinsam mit dem naß fegenden Wind, den kaum mehr gehobenen Gliedmaßen ihre letzte Wärme entzieht.

Wortlos und stumpf stolpern die Gefangenen dahin – längst schon gleichgültig dagegen, ob der eisige Brei von ihren saugenden Schuhbälgen eingeschlürft oder ausgepreßt wird. Nicht einmal die Drohung des schneeträchtigen Himmels, der mit seinem schwarzblau herabhängenden Bauch einen wahren Weltuntergang ankündigt, vermag Gemüter aufzurütteln, die vollgestopft sind mit der Qual endlosen Frierens, die ein schleichendes Hungergefühl zusammenzieht und sinnloses Im-Kreis-Wandern betäubt.

Nur hie und da hebt einer seine Augen dem unheimlichen Dunkel entgegen. Der eigentliche Winter, stellt er dann fest, hängt noch dort oben. Der grimmige Geiger stimmt erst die Fidel für die wilderen Tänze, die er auf dieser nach allen Seiten offenen Hochebene fast unbekleideten Menschen aufzuspielen weiß. Dann erst werden die Unseligen so richtig erfahren, wie wenig die Hüllen für eine warme Sommernacht „unsterbliche Seelen" hier schützen können. Dann wird nicht einmal mehr der Versuch unternommen werden, die kleinen Kniffe anzuwenden, wie etwa das „Rückenreiben", die man sich in unzähligen Appellstunden, vor Kälte weinend, vor Urindrang von einem Fuß auf den anderen wippend, angeeignet hat.

Die Kältewelle der ersten Jännerwoche wird als eine bloße Kostprobe erscheinen. Denn schon während des Schneefalls oder unmittelbar darauf wird neue Kälte einsetzen. Am Morgen wird der Schnee wieder unter den Schritten aufschreien und kleine Wirbel von Schneestaub werden die Lagerstraße entlang tanzen, als ob es die Seelen der vielen wären, die hier zu Tode gemartert wurden. Selbst zu Mittag noch wird eine erfrorene, aber selbst im Tode viel zu helle Sonne aus unbarmherzig hohem, weder wolkenlosem noch bewölktem Himmel auf blankgeblasene Eispfützen und erstarrte Baracken niederblicken.

Doch nur dieser oder jener ist solcher Vorwegnahme noch fähig. Die Menge trottet dahin – müde, in tierisches Dämmern versunken. Bloß das nahe Vorüberexerzieren am „Revier" rüttelt sie noch ein wenig auf. Es findet dann statt, was man ein Zusammentreffen von Gegenwart und Zukunft, von geheimen Befürchtungen und ihrer Verwirklichung, nennen könnte.

Ich habe das Revier, die Spitalsbaracke des Lagers, bereits früher erwähnt. Das schöne Wort, das durchsonnt-grünes oder still-verschneites Weben von Wäldern und Waldlichtungen vors Auge zaubert, mag, auf eine Stätte des Grauens und Verschwindens angewendet, den Gefangenen aus dem Reich nicht allzu befremdlich klingen. Das Vokabular ihrer Militärzeit kommt ihnen vermutlich zu Hilfe. Wir Österreicher dagegen können darin nur ein ungewolltes Bekenntnis erblicken. Die Wahrheit bricht mit grimmiger Komik durch. Ja, es wird gejagt in diesem Revier; nur sind es Menschen, die hier Wild sind, und Ärzte, die es zur Strecke bringen.

Zwar verhüllen Fenster aus Milchglas die Einzelheiten der Jagd, und selbst durch die oberen, ungeätzten Scheiben kann man nichts sehen – nichts als grünlich grelles Licht, das einen Streifen unheimlicher Fahlheit auf die Schneereste und die kotigen Pfützen vor die Baracke legt. Doch das genügt. Denn man weiß: Die Lampen, die es aussenden, sind auf die Operationstische gesenkt. Denn man weiß: Bereits jetzt gehen diese Lampen Tag und Nacht nicht mehr aus. Eine Amputation folgt der anderen, und noch immer sind die Bestände der ersten Kältewelle nicht „aufgearbeitet". Die chirurgischen Weidmänner müssen sich in die Hände spucken, wenn sie für den erwarteten Nachschub an erfrorenen Gliedmaßen auch nur einigermaßen bereit sein wollen.

Auch heute bleibt uns ein nahes Vorüberexerzieren am „Wald der Zukunft" (ein Ausdruck Gröbners) nicht erspart. Niemand hat es beabsichtigt. Der Appellplatz ist riesengroß, und das Revier nimmt nur die Hälfte einer seiner Seiten ein. Aber offenbar gibt es etwas wie einen Magnetismus des Grauens, der die vielen sinnlosen „Kehrt!"- und „Schwenkt!"-Kommandos geheimnisvoll beeinflußt.

In den Gesichtern der Kameraden – ich fühle es mehr, als daß ich es sehe – stiehlt sich ein gequälter Ausdruck in die Maske von Abwehr und Ergebung, die auch ich trage. Jedes kleinste Geräusch verstummt und überläßt das Feld dem Gestampfe der Füße. Ich selbst senke meinen Blick zu Boden und versuche, damit auch meine Gedanken von den Vorgängen unter den grellen Lampen abzuwenden.

Der Versuch schlägt fehl – wie gewöhnlich. Was ich erziele, ist halbe Flucht in aufspringende Erinnerungen, die trotz Verwandschaft mit dem Gemiedenen Asyl bedeuten. Ich sehe etwa die Gefangenen, die in der Quergasse hinter dem Revier in langer Reihe zu stehen pflegen, um zur Behandlung ihrer Erfrierungen dranzukommen. Viele tragen, wie Salzer, Fußbrettchen an den verschwollenen Enden ihrer Beine. Ihre Haltung ein Stehen zu nennen, ist Übertreibung. Sie lehnen an der Wand, sie hängen wie an unsichtbaren Kleiderhaken, und es sieht aus, als ob sie zu Boden gleiten müßten, würde ihnen der imaginäre Haken entzogen.

Wenn einer nach vielen Stunden drankommt, muß er noch vor dem Überqueren der kotigen oder schneebedeckten Fahrbahn die Fußbrettchen abtun und in den Socken oder im bloßen Verband ins Revier hinüberwaten. Mit Schuhen darf es nur von den Ärzten und Chargen betreten werden.

Ein anderes Bild zeigt mir die Truppe von Gefangenen, die oft in den frühen Nachmittagsstunden vom Revier kommen und ihre scharlachrot bemalten, auf das Dreifache der gewöhnlichen Größe geschwollenen Hände wie Fremdkörper vor sich einhertragen.

Auch sehe ich das „Totenwagerl“ mit den blitzenden Speichenrädern. Wieder einmal ist es zu großer Emsigkeit erwacht. Bald schwanger mit verhüllter Fracht, bald wieder entbunden, huscht es zwischen Revier und Krematorium hin und her – ein düster eindringliches Schattenmotiv in der sonst grellfarbigen Symphonie des Lagers; eine moderne Barke über den Styx in die Unterwelt mit den fettig qualmenden Schornsteinen.

Von innerlich Geschautem läßt sich der Blick nicht abwenden. Ich muß den Darbietungen bis ans Ende folgen und sehe – zum wievielten Mal? – das mir bereits zeit–und umgebungslos gewordene Bild der durch die Lagerstraße reitenden alten jüdischen Herren. Furchtbarer als bei den wirklichen Begegnungen kommen sie heran – hoch auf den Schultern von Söhnen oder Samaritern, die ihre Söhne, wenn nicht gar Enkel sein könnten. Auf dem Thron dieser Reittiere, die Köpfe vorgesunken oder kraftlos zur Seite nikkend, die wächsern leblosen Beine der Luft dargeboten, treiben sie durch den zeitlosen Raum ihrer Verlorenheit dem Urteil entgegen, welches ein Fleischhauer in Arztuniform über sie verhängen wird.

Gottlob! Jetzt sind wir in die Straße neben den Wachtürmen eingeschwenkt. Die Visionen weichen; verkriechen sich hinter die Kulissen gewohnter Qual. Im Augenblick dieses Aufatmens nähert sich Grün, der zu meiner Linken einherstapft, und sagt in einem Ton, der mich abstößt, noch ehe ich verstehe: „Nun, Kassner. Was sollen wir uns zu unseren Filets Mignons bestellen? ... Was hälts du von Kohlsprosserln und gedämpftem Reis?“ Ein begehrliches Kichern, fast Gurren, begleitet den Vorschlag. „Die Kellner warten; entschließ dich!“

Das Grinsen in seinem unrasierten Gesicht verwandelt sich vor meinem vernichtenden Blick in ein verlegen spöttisches Lächeln. Es erscheint mir überflüssig, die Zurechtweisung durch Worte zu ergänzen. Erst später, um einzulenken, grolle ich:

„Wenn dir der Magen knurrt – dort ist dein Freund Sami Spitzer. Oder such dir sonst jemand; irgend ein Subjekt, dem das Fressen so wichtig ist wie dir.“

„Gestern warst du selbst noch so ein Subjekt. Du hast doch mit dem Spiel begonnen.“

„Gestern – war gestern. Morgen wirst vielleicht nicht einmal du mehr spielen wollen. Schau dir den Himmel an! ... Und du da vorn! Wenn du nicht endlich Schritt hältst, tret ich dir die Absätze ab. Jeder frottiert sich die Pratzen, ohne stehen zu bleiben. Man hatscht doch nicht auf den Händen!“

„Na, na, na!“ kommt es von vorn zurück. „Bist in einer feinen Stimmung heut!“

Ja, das bin ich. Aber wer kann in einer besseren sein, wenn er in jedem Nerv fühlt, daß der Endkampf bevorsteht, daß seine Gesundheit wankt und keinem schärferen Angriff mehr standhalten kann. Zugleich aber erschrecke ich, wie wenig ich noch dafür einstehen kann, was ich im nächsten Augenblick sagen oder tun werde. Entgleitet mir der Wille „herauszukommen"? Beginne ich, wie Nikolaus Deutsch es getan hat, Kräfte einzuladen, die meine „Erledigung" übernehmen sollen? Oder drückt sich in dieser Einbuße an Selbstbeherrschung nur das Fieber aus? Bisher hat es sich untertags nur wenig bemerkbar gemacht, mich nur im Dunkel mit Unrast und Schlaflosigkeit überfallen.

Ein ziehender Schmerz zwischen den Schulterblättern kommt mir mit einem Mal zum Bewußtsein. Ich bleibe nun selbst hinter meiner Reihe zurück und betaste die schmerzhafte Stelle. Der Druck entfesselt ein Staccato kleiner, scharf stechender Sensationen. Welches Organ hat man dort? Das Rippenfell? Einen Lungenlappen?

Während ich anschließe und wieder in Reih und Glied dahintrabe, kommt es in immer dünkleren Wellen von Verzweiflung über mich: Darf ich bei einigem Wirklichkeitssinn hoffen, daß das unfaßliche Glück, entlassen zu werden, mich noch auf den Beinen finden wird – falls es überhaupt kommt? Werde ich zur ärztlichen Untersuchung noch gehen können oder schon lange der herumlungernden, abenteuerlichen Armee der Invaliden angehören?

Ich reiße mich zusammen. Den Stimmen solcher Verzweiflung zuzuhören, heißt, sich fallen lassen. Noch bin ich nicht bereit. Ich will leben. Aus dieser bösen Sackgasse, in die ich geraten bin, herausfinden und die verlorene Zeit einbringen, mich in meine Arbeit stürzen, leisten und schaffen, meinen Namen in die Tafel der Gewesenen eingravieren. Fort also mit allem Vorausdenken und Grübeln! An sich herankommen lassen, was kommen wird. Die Abwehrkräfte unverausgabt lassen. Stumpf einhertraben und „Schritt halten", „Vordermann nehmen", „Links, zwei, drei, vier ... links, zwei, drei, vier" zum Rhythmus anwachsen lassen, der betäubt und schützt.

„Achtung, SS!" zischelt's durch die Reihen, und obwohl die Gefahr nicht bedrohlich nahe ist, strecken sich Rücken und Beine. Alle Müdigkeit ist für den Augenblick verflogen, und wir empfinden sogar einen Schimmer von Gemeinschaftsgefühl, weil der Meldedienst so präzise in Wirkung tritt.

Etwa zweihundert Schritte vor der Abteilung hebt sich die Silhouette des „Mörders" gegen die fahle Weite ab. Der knochig lockere Bau, der halblange Mantel, die im Schritt eigenartig nach außen wippenden Schenkel und Knie, die aus zu weiten Stiefelschäften wie aus ledernen Gartentöpfen herausragen, schließen jeden Zweifel aus. Doch es sei gleich gesagt: Die Bezeichnung „Mörder" ist ein geistiges Portrait, ein bloßes Erfassen von Möglichkeiten. Inwieweit ihr bereits Rechnung getragen worden ist, können wir nicht wissen.

Ganz ungewöhnlich hellgraue, fast weiß wirkende Augen in dem nicht unschönen Gesicht schicken selbst dem mutigsten Gefangenen kalte Schauer über den Rücken, und der Zusammenhang zwischen der perversen Grausamkeit dieser Augen und der Berufswahl ihres Besitzers geht einem augenblicklich auf. Als Schutzhaftjude erfaßt man aber ebenso rasch, daß man sich ihrer Faszination nicht lange hingeben darf, wenn man Wert darauf legt, einer in der gesichtslosen Menge zu bleiben, und nicht in ein gefährliches Eigendasein vorzutreten.

Der „Mörder" ist übrigens ein alter Bekannter unserer Stube. Er war es, der sie bald nach der Einkleidung auf dem Appellplatz turnen ließ. Der Vorfall liegt uns noch immer in den Gliedern, und dies, soweit es die Älteren und Kranken betrifft, nicht nur im bildlichen Sinne. Sollte auch jetzt ein kleines Nachmittagsturnen auf dem Programm stehen? Der tiefe Schmelzschnee bedeutet ohne Zweifel eine köstliche Versuchung. Welch ein Hauptspaß, die Saujuden in der eisigen Suppe „Nieder" und „Auf" machen zu lassen, bis sie darin liegen bleiben.

Ich fühle den Druck der unerfreulichen Erwartung in der Magengrube und höre, oder glaube zu hören, wie das Schweigen der Abteilung den Atem anhält. Jetzt setzen auch die Herzschläge aus, denn der Gefürchtete ist stehen geblieben und läßt die Abteilung an sich herankommen – ein Zeichen, daß die Begegnung keine zufällige ist.

Und da steht auch schon Kobler (der Stotterer, der Sudetendeutsche, der uns vor kurzem als Exerzierkommandant zugeteilt wurde) in der gebotenen Distanz von sechs Schritten vor der wehenden Knochengestalt. Sein Körper, schon zu einem stocksteifen Bolzen erstarrt, scheint sich mit jeder Sekunde starrer nach rückwärts zu neigen. Offenbar ist nur ihm das Zeichen nicht entgangen, das ihm anbefahl, die Abteilung halten zu lassen und heranzustürzen.

Beklommene Sekunden. Befehle, die wir nicht verstehen können. Neuerliches Sich–Zusammenreißen Koblers, der im nächsten Augenblick im obligaten Laufschritt zur Abteilung zurückstürzt, während der „Mörder" einer anderen exerzierenden Gruppe entgegenschlenkert.

Das Aufatmen, das durch unsere Reihen geht, ist tief, aber keineswegs sorglos. Zu gut wissen wir, daß in diesem Lager fast jede Entspannung das Schicksal herauszuforden scheint und von prompter Strafe ereilt wird. Was ist die Weisung, die Kobler entgegennehmen mußte? Was bringt sie uns? „Doppelreihe!" Vor Erregung muß Kobler nicht einmal den gewohnten Sprechanlauf nehmen. Erst als er befiehlt: „Erste Reihe zehn Schritte vor! ... Erste Reihe kehrt!" setzt sich der Sprachfehler wieder durch.

Zwischen den beiden Reihen stehend, wählt Kobler etwa ein Drittel der Gefangenen aus. Teils ruft er die Namen, teils bezeichnet er mit dem Finger: „Du ... du ... du!"

Die Ausgesonderten müssen zur Seite treten, eine eigene Abteilung bilden und zuletzt hinter Kobler abmarschieren. Der Rest wird angewiesen, unter Führung unseres „jüdischen Kapos" Darmstätter „weiterzumachen".

General Darmstätter, wie er mit bitterem Spott gerufen wird, hat aus der deutschen Mittelstadt, der er entstammt, eine wahre Leidenschaft für Drill und Pflichterfüllung mitgebracht. Sie bewirkt, daß wir ihn zum ersten „jüdischen Kapo" befördert haben, und sichert ihm die unversöhnliche Abneigung der Österreicher im Block. Heute entgeht er jedoch allen höhnischen Zurufen selbst dieser Spottvögel. Zu beunruhigend ist die Teilung der Gruppe. Daß man selbst nicht weggeführt wurde – was besagt es? Alles Schlimme trifft immer alle. Und Veränderung ist immer Veränderung zum Schlimmen.

Worte des Stubenältesten der Viererstube, eines noch weißeren Raben unter dem Aufsichtspersonal als der Schreiber Fritz, kommen mir in den Sinn. „Dachau, meine Lieben", hat der unlängst gesagt, „ist so, daß ihr eines Tages glaubt, ihr kennt es, und – es läßt sich ertragen. Aber schon im nächsten Augenblick ist alles ganz anders. Ein Gewitter geht nieder, und zurück bleiben – Tote. Nicht einmal wir ‚Alten' wissen immer, was in der Luft liegt, oder was alles die Hölle entfesseln kann."

Zwar beruhigt uns ein wenig, daß auch anderen Abteilungen kleine Gruppen entnommen wurden, und daß sie alle den Appellplatz nicht verlassen haben. Eine entfernte Ecke zwischen einem Wirtschaftsgebäude und dessen Seitenflügel scheint den Sammelpunkt zu bilden, wo sie nach vielem Hin und Her zusammengezogen werden und unseren Blikken in der einfallenden Dunkelheit allmählich verloren gehen. Bald läßt sich nicht mehr feststellen, ob der verschwommen dicke, schwarze Strich dort die Kameraden darstellt, oder ob diese unbemerkt weggeführt worden sind.

„Wenn das nur nicht mit unserer ‚Verwendung' in der

Kiesgrube zu tun hat!" entringt es sich unvermittelt Sami Spitzers gequälter Brust. Die Erinnerung an das Schubkarrenfahren der vergangenen Woche, das viele als eine Vorübung angesehen haben, gibt seiner Befürchtung düstere Substanz. Es war keine angenehme Neuerung gewesen. Von SS-Tritten in Laufschritt versetzt und gelegentlich zu Fall gebracht, mußten wir mit Erde hochbeladene Schubkarren im Tempo von Rikschakulis durch die Lagerstraße ziehen. Ein großer Erdhaufen wurde auf diese Weise von einem Ende der Straße zum anderen und zurück geschafft.

Dr. Richter, Lübkes strammer Parteigenosse und geehrter Günstling, weiß Beruhigung zu spenden. „Und wenn schon", sagt er verächtlich. „Auch das würden wir leisten können, wie unsere arischen Kameraden es leisten. Täte uns ganz gut vielleicht, ein wenig Arbeit. Aber beruhigt euch. Es ist weit wahrscheinlicher, daß diese Aussonderung von Kameraden mit den erbbiologischen Untersuchungen zu tun hat, denen wir alle unterzogen werden sollen. Ich habe gestern eine Menge von SS-Ärzten gesehen, die ohne Zweifel zu diesen Untersuchungen im Lager angekommen sind."

Warum Kobler so getan hat, als ob er bestimmte Gefangene aus unserer Abteilung auswählen würde, das freilich weiß der sonderbare Tröster nicht aufzuklären. Er wird also von seinem Thron gestürzt. Andere Propheten geben eine Deutung. Sie beherrschen das Feld für einen Augenblick, bis auch sie abdanken müssen. Mitten in die immer erregter aufschäumende Debatte, die sich ergeben hat, tönt aus der Reihe hinter mir eine gelassen kühle und dennoch ungeduldige Stimme:

„Hörts doch endlich auf mit diesem sinnlosen Geschnatter!" Und in nun deutlich ironisch amüsiertem Ton: „Wie die Gänse! ... Habt ihr denn wirklich alle miteinander keine Augen im Kopf?" Und in das allgemeine Aufhorchen hinein, das die Provokation ausspart: „Hat keiner von euch beobachtet, daß nur die mit den Wollwesten herausgefischt worden sind? Nicht ein einziger mit dem blauweißen Frackerl, das euch und mir so gut steht."

Etwa sechzig Augenpaare durcheilen unsere Reihen. Es ist richtig: Nur die Gefangenen fehlen, die mit einer dünnen Kunstwollweste an Stelle der blauweißen Jacke oder einer alten Militärbluse ausgestattet worden waren. Ich wende mich um – und lächle. Der gesprochen hat, ist niemand anderer als mein heimlicher Freund Ullmann, ein kleiner, wortkarger Mensch von etwa fünfunddreißig Jahren, mit dem mich, über Welten von Trennendem hinweg, ein warmes Gefühl der Teilnahme verbindet. Dies beruht auf seinem eigenartigen, bitter-trockenen, nie versagenden Humor in Verbindung mit dem Ergeben-Tragischen in ihm, das sich mir trotz seiner Verhaltenheit so deutlich mitteilt.

Von den Kameraden wird er fast nie bei seinem richtigen Namen gerufen, sondern wegen der Gewohnheit, in seinen viel zu großen Schuhen mit den Fersen aufzutreten, Charlie Chaplin genannt und immer wieder nachgeahmt. Der Spott scheint ihn selbst zu belustigen. Wenn Wohlmeinende ihm raten, seine Schuhe mit denen eines größeren Kameraden zu tauschen, hört er ihnen ohne allen Widerspruch und ohne eine Miene zu verziehen so lange zu, bis ihr Eifer schließlich versandet. Man muß schon sein Herz gewonnen haben, damit er einem zuletzt verrät, daß er in seinen zu großen Schuhen den besten Schutz gegen Fußerfrierungen erblickt, den ein gnädiger Zufall ihm hatte gewähren können.

Von unerfrorenen Füßen abgesehen scheint ihm nichts wirklich wichtig zu sein. Er ist ein Zweifler, den vermutlich früh erfahrene Bitternis davon abhält, sich der Erwartung des Guten auch nur vorübergehend hinzugeben. Darum wohl ist ihm nichts ganz wahr, ganz ernst, allerdings auch nichts ganz unrichtig oder ganz irrelevant, nichts unwidersprochen traurig, nichts ungetrübt heiter.

Wie einer, der es selbst nicht recht glauben kann, erzählt er gelegentlich, daß er nach dem ersten Weltkrieg in der polnischen Legion als Freiwilliger gekämpft habe, bis er eines Tages, des Kriegertums überdrüssig, desertiert sei. Die ihm zuhören, halten es für eine erquickliche Erfindung, daß dieser kleine, völlig unmilitärische Fersengänger in einem Corps verwegener Freischärler gekämpft haben will; noch dazu für eine Sache, mit der er als Jude nichts gemein haben konnte.

Ich dagegen neige dazu, dem Bericht zu glauben. Chaplin-Ullmann ist wohl zarten Körperbaus, aber erstaunlich zäh, und durch seine geistige Verfassung – der Losgelöstheit einer im Sandsturm treibenden Wüstenpflanze – befähigt, Härten und seelischem Druck standzuhalten, denen weit Stärkere unterliegen. Was mich an ihm besonders beeindruckt, ist die stille Kraft, mit welcher der Familienlose es erträgt, niemals Post zu erhalten und zu wissen, daß niemand seine Entlassung mit persönlichem Einsatz betreibt.

Dr. Richter ist der erste der belehrten Propheten, der seine Fassung wiederfindet. Kampfbereit und merklich unwillig, sich mit einem Niemand wie Ullmann auseinandersetzen zu müssen, fragt er: „Und was geschieht mit den wegen ihrer Westen Herausgefischten, wenn man fragen darf?"

„Ich kann beobachten", antwortet Ullmann. „In den Sternen zu lesen, überlaß ich unseren Gelehrten und Weisen." Ich sehe, wie es an diesem Punkt in seinen Augen amüsiert aufblitzt. „Nur dir," fährt er an Richter gewendet fort, „als dem großen Politiker, möchte ich anvertrauen, daß Palästina protestiert haben dürfte."

„Palästina? ... Du meinst, die englische Mandatsregierung? ... Protestiert? Weswegen? Gegen was?"

„Das man hier Juden ohne die jüdisch-nationalen Farben Blau-Weiß herumlaufen läßt." Er grinst, als Richter ein verärgertes „Trottel!" knurrt, und sagt weich: „Na, wenn du von dieser Deutung nichts hältst – vielleicht heftet ihnen der Lagerkommandant eben den großen Frierorden an, weil sie es so lange ausgehalten haben – im deutschen Kunstprodukt aus Luft und Spucke.“

„Den Orden verdienen wir“, ruft einer mit gekränktem Tonfall. „Bei windstillem Wetter sind die Westen viel wärmer als die Frackerln.“

Da grollt Halpern, der „Wolkenkratzer“ von seiner erstaunlichen Höhe herunter: „Bei windstillem Wetter! ... Aber wann ist es schon windstill hier?“ Und Josua Bloch, der einige Jahre lang in New York Diamanten geschliffen hat, schließt die Diskussion mit seiner Vorstellung von Yankee-Prägnanz ab: „Hast a Competition! Weste contra Janker. Wer ist Kenig unter lauter Blinden?“

„Links, zwei, drei, vier ... links, zwei, drei, vier,“ skandiert Darmstätter. „Links, zwei, drei, vier ... Ausrichta, Vordermann. Kehrt!“ Willenlos der Narkose der stupiden Schwenkungen hingegeben, zottelt die Schar dem unermüdlichen, beflissenen Führer nach. Man bemüht sich, in seine strategischen Possen zu versinken, und ist es zufrieden, wenn die unmittelbare Unlust des Frierens und Hungerns die Kammern des Bewußtseins wieder füllt.

Dennoch geht in der Tiefe der Gemüter ein Rest von Sorge wegen der rätselhaften Teilung nicht völlig unter. Als mit einem Male von den Wirtschaftsgebäuden her ungewohnte Geräusche dringen, reckt sie sich sogar zu neuer Höhe auf. Irgendein lebhaftes Geschehen ist jetzt dort drüben im Gange. Soviel ist unzweifelhaft, selbst wenn man nichts mehr davon ausnehmen kann. Geschnarrte Befehle, laute Rufe mischen sich mit dem Lärm von Motoren, deren Explosionen sich hie und da wie Schüsse anhören, ähnlich denen im Hof der „Liesl“. Dann blicken wir besonders scharf hinüber, versuchen das Dunkel zu durchdringen und sind ein klein wenig beruhigt, als sich, schwach abgesetzt gegen eine Wand, die Umrisse von Lastautos zeigen.

Eben jetzt gleitet eines von der Kommandantur heran. Es

schnüffelt umher wie ein suchender Hund, bleibt schließlich stehen, macht nach neuem Aufschnarchen kehrt, und knattert erregt durch die Kommandantur ins äußere Lager zurück. Fetzen von SS–Gebrüll wehen wieder über dem verschwommenen Dunkel, und ich glaube sogar die Stimme des fürchterlichen Moritz deutlich unterscheiden zu können.

Beklommen fragen wir uns: Wozu Lastautos? Was für eine Fracht, die so rasch aufgeladen werden konnte? ... Abtransport? Wenn im Flüsterton gedacht werden kann, so geschieht es hier. Doch zugleich weiß jeder: Alles Denken ist sinnlos. Wir können nur warten, nur ausharren im Unterschlupf des Exerzierens, oder in ihn zurückflüchten. Plötzlich aber wird uns selbst diese Freistätte entzogen.

Ganz nahe vor uns tritt eine Kette dunkler Gestalten aus der Dämmerung. In der Art von Jägern bei einer Treibjagd pirschen sie, locker aufgereiht, wie aus einem Wald hervor. Etwas hier Ungewohntes: Grauen aus dem Bereich des Übernatürlichen faßt uns an. Der ungeordneten Schwarmlinie haftet ein unbestimmbar Abenteuerliches, bedrohlich Fremdes an. Die Gestalten ragen in dem ungewissen Licht fast überlebensgroß auf.

Doch schon im nächsten Augenblick, noch während wir den Fremden entgegenstarren, bereitet sich ein erstaunlicher Umschwung in uns vor. Ohne die Kameraden neben mir auch nur anzusehen, weiß ich, daß in ihren Gesichtern, ebenso wie in meinem, eine angestrengte geistige Leere steht, eine blöde Hingabe an Verwirrendes, ein Versuch, unbekannte Gefahr um jeden Preis wahrzunehmen. Die Kompaßnadel unseres Instinktes beginnt zu schwanken und rast schließlich zwischen Zuckungen von Angst und jäher Hoffnung hin und her.

Die auf uns zutretenden Jäger zeigen eine unverkennbare, wenn auch seltsam veränderte Ähnlichkeit mit den aus unserer Mitte weggeführten Stubengenossen. Und dort – in ihrer

Reihe! Ist das nicht Kobler, der Stotterer? Der unbeschwert ausschreitende Mann dort, der wie nach überstandener Gefahr grinst und jetzt offenbar daran geht, das Kommando seiner wiedervereinigten Abteilung zu übernehmen?

Noch trennen uns etwa drei Schritte von den andringenden Phantomen. Noch glotzen wir in Frage und Rätsel. Doch schon ergreift uns der Sturm einer ungeahnten Befreiung. Der Berg von Angst, Qual und Sorge, der sich in uns in langen Monaten aufgestaut hat, und den die Stunden dieses Nachmittags zur Spitze getürmt haben, stürzt ein. In den entstehenden Hohlraum dringt eine mächtige Welle von Entspannung. Was niemand für möglich gehalten hätte, geschieht.

Wir krümmen uns vor Lachen. Wir können nicht aufhören zu lachen, und wenn wir glauben, den Ansturm endlich ein wenig unterdrücken zu können, packt er uns mit neuer, fast schon schmerzhaft beglückender Gewalt. Was wir seit unserer Verhaftung erlitten und was wir eben noch gefürchtet haben, ist meilenweit zurückgewichen. Das ganze Lager existiert nicht mehr; ist vom Erdboden verschwunden.

Die Gewalt unserer Heiterkeit steht in keinem Verhältnis zu ihrem Anstoß. Daran läßt sich einfach nicht rütteln. Die Kameraden tragen jetzt lange Mäntel, und sie sind unversehrt. Das ist alles. Allerdings könnte selbst die kühnste Phantasie eine so komisch unwahrscheinliche Verkleidung wie diese kaum erfunden haben.

Die Mäntel sind historische Militärmäntel – von beispiellos sparsamen deutschen Behörden in irgendwelchen Rumpelkammern aufbewahrt und jetzt von ihren verwilderten Nachfahren, die aber immerhin noch Nachfahren sind, ans Licht geholt. Eine Modeschau der deutschen Uniform aus zwei Jahrhunderten steht vor uns. Ein zum Leben erwachtes Bilderbuch des deutschen Militarismus.

„No, was habt's denn, ihr varruckten Hunde?“ entringt es sich Kobler. „Weil's nicht nach Maß passen?“ Und nun selbst herausprustend: „Weil a paar wie ihre eigenen Großeltern ausschaun? ... Sie wer'n schon tauschen untereinander." Es ist ihm offenbar unbegreiflich, daß gemarterte Seelen einer so tief erlösenden Heiterkeit fähig sind. Doch wir können es noch lange nicht in Worte fassen, was eigentlich den Anblick zu einem so ergötzlichen, ja geradezu pikant sinnvollen macht.

Am auffälligsten und jedenfalls am prächtigsten ist eine kleine Gruppe mit flaschengrünen Stabsoffiziersmänteln, goldenen Epauletten, Schnüren und Tressen. Die Mäntel stehen zu den unten hervorlugenden blauweiß-kotigen Hosenbeinen und den unrasiert aus der Pracht aufsteigenden Vagabundenköpfen in unaussprechlich komischem Gegensatz. Das Elegante, preußisch Generalhafte überwiegt aber. So sehr, daß die Träger dieser Mäntel als Türsteher vor einem Nachtlokal oder Hotel Wunder der Einschüchterung und Anziehung vollbringen könnten.

Eine zweite Gruppe wäre zwar kraft ihrer entfärbten, über und über geflickten Soldatenmäntel ohne alle Rangmerkmale zu solchen Diensten nicht befähigt, ist jedoch in ihrem Erscheinungsbild umso unvergeßlicher. Bei ihrem Anblick hat man die Vision eines Häufleins von Sanitätern, das auf einem Schlachtfeld von einem Gefallenen zum andern geschritten sein mag, um die Mäntel für künftige Krieger in Sicherheit zu bringen. Selbst der anspruchvollste Regisseur könnte den so ausgestatteten Pilgern aus allen Fernen und Tiefen des Lebens, diesen von allen Wettern des Schicksals Gebleichten, von Stufe zu Stufe in Gorki'sches Elend Gesunkenen (die ihre Seele jedoch bewahrt haben) nichts hinzufügen. Alle Elemente erschütternden Theaters sind in ihnen vereinigt.

Eine besondere Spielart der zweiten Gruppe läßt einen glauben, daß man unter Nachzügler der vor Moskau zersprengten Franzosenarmee geraten sei. Allerdings sind ihnen die Köpfe von Wiener Advokaten und Generaldirektoren aufgesetzt, welche auf seltsam intensive Art die Merkmale des jüdischen Antlitzes aufweisen. Geschichtliches Heldentum fällt unter der Sichel grimmigen Spotts – nicht aber ohne in uns Spöttern und gegenwärtigen Duldern das Gefühl einer mysteriösen Gemeinschaft mit den einstigen Trägern der Mäntel und ihrer längst verwehten Qual zu erwekken.

Schließlich gibt es Einzelgestalten aus minder entrückten Zeiten und unmittelbareren Wiegen des Nationalsozialismus. Ihre Mäntel sind besonders eng anliegend, mittelblau und mit Paspoils verziert. Auf den Schultern von Offizieren des zweiten Friedrich oder Wilhelm oder auf jenen von Münchner Vorkriegspolizisten mögen diese Mäntel im deutschen Heer Ehrfurcht, blinden Gehorsam und Gehirnschwund hervorgerufen haben.

Ganze Pandorabüchsen voll „Simplizissimus"–Spottes öffnen sich in uns, als diese Primadonnen der deutschen Kriegerkaste in ihre Einteilungen gleiten. Erinnerung an Gustav Meyrink und sein „Wunderhorn" flattert auf; der würzig scharfe Duft der Mythe vom Hauptmann von Köpenick kitzelt die Nase.

„Herrlich!" ächzt Ullmann. Als einer der Mantelträger uns den Rücken zuwendet, fallen wir einem neuen Lachanfall zum Opfer. Es zeigt sich nämlich, daß seinem Mantel, ebenso wie den Rücken der anderen Mäntel, ein breiter Strich aus grellroter Lackfarbe aufgemalt ist. Ein dreifaches Hoch dem Nationalpsychologen von Köpenick! Die Lagerleitung verdankt ihm viel. Der rote Strich soll verhindern, daß einer der Herren Schutzhaftoffiziere bei hellem Tage aus dem Lager schlendert und die Torwache vor ihm noch stramm ins Gewehr tritt.

Wieder vollzählig, exerzieren wir uns an die Baracke heran, während der Heiterkeitssturm einer abgespannten, doch von Hoffnung durchwärmten Stille weicht. Alles ist jetzt in ein milderes Licht getaucht. Der Himmel droht nicht minder, wenn auch im Dunkel weniger dramatisch, aber die Drohung hat ihr Erschreckendstes eingebüßt. Wer kann jetzt noch glauben, daß unsere Vernichtung beabsichtigt ist? Neue Wunder sind in den Bereich des Möglichen gerückt. Wir alle werden Mäntel bekommen. Daß die beklagenswerten Westenträger zuerst beteilt wurden, muß der Lagerleitung hoch angerechnet werden. Vorstellungen von Entlassung, Heimkehr, Reise treten vor meinen Geist.

Ich lächle Grün zu (er hat sich in einen bayrischen Landsturmmann aus dem Jahre 1811 verwandelt) und gebe ihm, als sich seine Miene daraufhin verfinstert, einen kleinen Stoß in die Seite. „Na, wie ist das jetzt mit dem Reis und den Kohlsprosserln? Hast sie bestellt? ... Ich hoffe, du verstehst. Es überkommt einen halt manchmal ..."

Die in den Mänteln, die Helden des Tages, erzählen: „Plötzlich wurden uns verschnürte Bündel von den Lastautos zugeworfen. Gerade noch konnten wir sie auffangen. Die Mäntel mußten sofort angezogen werden, gleichgültig, ob sie zu klein waren oder nicht, ob der Zwerg neben einem in dem seinem verschwand oder ihn nachschleifte."

Da pfeift Ullmann mit einem Mal die kleine Tonfolge, die ein ahnungsvolles Aufdämmern in seinem Hamletgemüt musikalisch zu untermalen pflegt. „Und eure Westen? ... Habt ihr die auch noch an?"

Hugas, der spätere Champion im Fensterputzen, öffnet schweigend zwei von den goldenen Mantelknöpfen an seinem flaschengrünen Mantel, der ihm das Aussehen eines vollendeten Junker-Generals verleiht. Das feste, glatte Tuch zurückschlagend, weist er mit Grandezza auf sein zerschlissenes Hemd unmittelbar darunter. „Laß dir dein Dachauer Lehrgeld zurückgeben, lieber Chaplin. Deine Frage zeigt, daß du so gut wie gar nichts gelernt hast. Wenn die zu Juden freundlich sind, muß es seinen Grund haben."

Die Westen seien für jüngst eingelieferte Sudetendeutsche benötigt worden. Die Ankömmlinge hatten bisher nur die Winteruniform der Arier ohne Westen getragen, da von diesen keine mehr vorhanden waren.

„Aber warum sind dann nicht einfach die Mäntel den Sudetendeutschen gegeben worden? Das wäre doch viel einfacher gewesen." Es ist Dr. Richter, der die Frage stellt.

Doch Hugas lächelt nur in einer Mischung von Hochmut und Nachsicht. Erst dann sagt er – und deutet dabei an sich herunter: „Auf einen Maskenball zu gehen, setzt Faschingsstimmung voraus. Die kann nicht erwartet werden von arischen Gefangenen. Nur Juden haben soviel Grund zu guter Laune und zu Lustbarkeiten."

„Heißt das etwa ...? Heißt das etwa ... daß wir anderen ...? Ich selbst bin es, der die Frage herausschreit, und sie nun auch beim zweiten Ansatz nicht beenden kann. Doch Hugas hat verstanden. Er nickt bedeutungsvoll, und das betretene Schweigen der Abteilung vervollständigt die Antwort. Mit lehrerhaft angestrengter Milde sagt Grün: „Es können euch eben keine Westen weggenommen werden."

In das Gefühl völliger Hilflosigkeit, das mich befällt, fahren, wie auftrumpfend und nach Beute heischend, die ersten, eisigen Schneewirbel herab.

Fast willkommen ist der Abendappell heute – ein Gewohntes, das vom inneren Aufruhr ablenkt. In der jetzt großflokkigen Feierlichkeit des Schneefalls vollziehen sich Aufmarsch und Zählung stiller als gewöhnlich. Zählung und vorläufige Meldung der Kapos gehen glimpflich ab. Wohl sammeln sich auf unseren kahlgeschorenen, kappenlosen Köpfen ganze Schneepölster an (während sie oben anwachsen, sickern sie zugleich unten in den Hals ab), aber wer beachtet dergleichen heute? Die Mantelbesitzer wahrlich nicht – förmlich überheizt, wie sie sind. Aber auch wir anderen sind zu sehr eingehüllt – wenn auch nur in Besorgnis und Katastrophengefühl.

Der Lagerleiter mit der Visage einer gereizten Bulldogge und den langen Pantherschritten pirscht bald aus der erleuchteten Kommandantur heran. Und während die Scheinwerfer mit größerem Eifer in unseren Reihen wühlen, gleitet, ins Ungeheure gesteigert, der Schatten des Panthers über die Mauern hinter ihm, durch die Atemlosigkeit zehntausender gelähmter Menschenhüllen, durch die stillstehende Zeit.

Der fürchterliche Moritz ist durch das rasche Erscheinen des Gewaltigen der Gelegenheit beraubt, in die Judenblocks zu horchen, ob ein geflüstertes Wort oder ein Husten nicht Anlaß bieten könnte, uns strafstehen zu lassen. Nur einmal brüllt er etwas von Saujuden und Dreckhunden; doch die an diese Liebeserklärung geknüpfte schauerliche Drohung bleibt ohne Folge.

Aufgewühlt und beklommen zugleich ist die Stimmung in der abendlichen Stube. Die gestörte Einheit des Schicksals lastet auf allen. Die Mantelbesitzer blicken mit Verlegenheit auf die Unbeteilten und müssen dickfellig sein, oder gar sich mausig machen, um ihr Glück empfinden zu können. Wir Unbeteilten sind mißgünstig und schämen uns vor uns selbst.

Auch physisch zusammengerückt, hocken bald die Mantelbesitzer in kleinen Gruppen herum und bemühen sich, Zeugstreifen mit ihren Sträflingsnummern unter den rotgelben Davidsternen der Mäntel anzunähen. Denn schon hat sich der Lautsprecher am Appellplatz vernehmen lassen. Wer von morgen an ohne Nummer auf dem Mantel gesehen wird, kommt auf den Baum.

Unter den Nähenden bemerke ich Aaron Köhler, einen der Proletarier der Stube. Mit gierigem Eifer, fast mit speichelnden Lippen, näht er an seinem Mantel und fühlt sich mit einem Mal auf eine Linie mit den sozial Prominenten der Stube gerückt. Ich erwäge und verwerfe, ihm meine ganze Barschaft für seinen Mantel anzubieten. Das Angebot würde einer plumpen Ablehnung begegnen – umso ausfälliger, je mehr Versuchung es enthielte. Ein Mantel ist Gesundheit, Entlassung, Leben. Geld ist nur Geld.

Auch die Versuchung, Spitzer, der mich liebt und immer wieder betont, daß er mir das Leben verdanke, um seinen Mantel anzugehen, ist rasch bezwungen. Zwar hustet Sami nicht, im Gegensatz zu mir, aber ich habe ihn vor kaum einer Woche mit einem totalen Nervenzusammenbruch – den jeder hier früher oder später hat – hinter der Barackentüre kauernd und lautlos schluchzend aufgefunden. Am Abend dann vor dem Einschlafen (ich hatte meinen Schlafplatz neben seinen verlegt) wandte er sich mir bewegt zu: „Sag, Kassner! Werden wir noch nach Hause kommen? Werde ich meine Frau noch einmal sehn? ... Sag's." Das kindliche Vertrauen, mit dem er meine Beruhigung eintrank, hatte mich erschüttert.

Unmöglich, jetzt einer zu sein, der die Erfüllung solcher Sehnsucht gefährden will. Was darf es bedeuten, daß eine tausendfältige, herrliche Welt mir zu versinken droht, während ihm, wie jedem unschöpferisch Halbwachen, nur mühseliges Ringen um ein nichtiges, und immer nichtigeres Morgen verkürzt wird?

„Was gibt's denn, Kassner? ... Gehst auf und ab wie ein König im Exil." Es ist der „Wolkenkratzer". Er lungert auf einem Hocker, den Rücken gegen den Brottisch gepreßt, die Beine weit vor sich hingestreckt. „Deine Untertanen werden dich schon zurückrufen. Glaub mir. Siehst nicht so aus, als ob dir dein Reich verloren bleiben könnte." Fast zärtlich klingen die letzten Worte. Doch mit jenem Spötteln, das Weichheit verdecken soll, fügt er hinzu: „Aber bis dahin hast du noch etwas Zeit. Kannst dich ruhig noch zu mir setzen, ein wenig."

In diesem Moment stürzt Josua Bloch aus dem Vorraum in die Stube und verkündet mit dramatischer Untermalung

(Zähneklappern und Zusammenschlagen der Arme über der Brust), daß ein furchtbarer Sturm eingesetzt habe. Die Barackentüre lasse sich kaum mehr schließen. Mit einem Satz bin ich im Vorraum. Eine sinnlose Neugierde treibt mich, die Türe aufzudrücken und einen Augenblick lang gegen den Druck der Windstöße offen zu halten. Ich will es fühlen, will es so deutlich wie möglich erfahren, daß das Unheil, welches ich gefürchtet und sich anschleichen gesehen habe, jetzt wirklich zum offenen Angriff übergegangen ist.

Was mich durchrüttelt, einhüllt und vereinsamt, während ich, in die Stube zurückgekehrt, im Kreise umherwandere, ist nichts geringeres als eine Lebensreise, ein Anstrom von Bildern und Gefühlen, ähnlich dem in Menschen während einer Katastrophe, die in Sekunden Jahrzehnte ihres Lebens rekapitulieren. Alles mögliche taumelt in mir durcheinander: Einsichten, Abschiede, Gelöbnisse, Entschlüsse. Das lächerliche Wort „Endaustrag" tanzt auf den Wellen meiner Panik wie ein hohles Ei.

Erst nach einer geraumen Weile bleibe ich in verausgabter Verzweiflung stehen, wo ich gerade bin – neben dem Pfosten eines Schlafgerüsts, an den ich mich erschöpft lehne.

Den Gefangenen neben meinen Füßen, der im Türkensitz der Schneider an einem Mantel näht, bemerke ich anfangs gar nicht. Erst allmählich und ohne eigentliches Auffassen folgen meine Augen den Bewegungen klobig unbeholfener, rötlich behaarter Finger, die einen befeuchteten Faden durch das Öhr einer Nähnadel durchzuschrauben versuchen. Die Beharrlichkeit ihres Bemühens lenkt meinen Blick auf Gesicht und Gesamtbild des Unverdrossenen.

Ich kenne ihn. Ich habe ihn, wie jeden anderen Stubengenossen, in all den Haftwochen jeden Tag gesehen. Aber gemeinsame Qual und Gefahr verbinden nicht immer. Sie trennen auch. Sie verbinden Verbindendes und vertiefen Gegensätze.

Der Mann stammt aus der Rheinpfalz. Er gehört also zu

den reichsdeutschen Juden der Stube, von welchen wir österreichischen uns durch Klüfte von Verschiedenheit, vermehrt durch die besonders aufreizende der „gemeinsamen" Sprache getrennt fühlen. Er ist für mich einer der vielen abgewehrten Bildeindrücke, die einen hier dauernd umschwirren; einer der Verursacher der verwünscht unbeirrten, geräuschvollen Geschäftigkeit in Stube und Waschraum. Sein luftgerötet derbes, wie aus seinem Raum gequetschtes Gesicht über der bäurisch vierschrötigen Gestalt hat sich mir dennoch eingeprägt und ist mit dem Quälenden einer lauten und zu hohen Stimme zu einer einheitlich mißfälligen Erinnerung zusammengeflossen. Ich habe mit ihm noch kein Wort gewechselt.

Plötzlich sagt er, halb zu sich, halb zu mir, dem Unbekannten, in sich gekehrten Fremden gewendet, während seine Finger sich noch immer bemühen, den beharrlich entgleitenden Faden zu überlisten: „Möcht nun doch mal wissen, gottverdammich, wozu ich das eigentlich noch annähe an meinem Entlassungsmantel!" Worte und Tonfall stehen in solchem Widerspruch, daß sie mir den tiefen gutmütigen Einklang des Ergrimmten mit seiner ganzen Welt zum Bewußtsein bringen.

Aber das streift mich nur. Das Wort „Entlassungsmantel" hat eine Glocke angeschlagen – eine Glocke überwiegenden Unbehagens. Der Zweifel, ob ich richtig gehört habe, läßt mich zögern: „An was – nähst du das an?" Ich belauere ihn. „An deinen ... Entlassungsmantel?"

„Gewiß! An den Mantel, den ich gerade noch zu meiner Entlassung bekommen habe." Und jedes Wort betonend: „An meinen Entlassungsmantel!" Er läßt den Geschmack der Silben auf seiner Zunge zergehen wie den einer köstlichen Frucht.

Sieh da! Ein Humorist. Ein pfälzischer Buster Keaton, der beim Verzapfen seines „Humors" keine Miene verzieht. Im wehen, bedrückten Ernst der Stunde erscheint mir der

Scherz als besonders geschmacklos. Ich empfinde ihn fast als Versuch, sich über meine Beklommenheit lustig zu machen. Ich lächle nicht und höre mich hämisch sagen:

„Natürlich, natürlich! Dein Entlassungsmantel! – Wann wirst du denn entlassen?"

Doch schon bedaure ich Ton und Worte. Mein Spott scheint zu weit gegangen zu sein. Denn der Pfälzer ist jäh verstummt – und kenne ich ihn denn nicht nur zu gut, den Knäuel von Angst, Verzweiflung, Reizbarkeit, an den man hier nicht rühren darf?

Doch jetzt wendet er mir das Gesicht zu, völlig unangefochten, und antwortet, als hätte ich in allem Ernst gefragt: „Morgen." Er nickt sich selbst bestätigend zu: „Morgen. Spätestens übermorgen."

Von neuem unwillig, argwöhnisch, daß eine pfälzische Form humorvoller Neckerei auf meine Kosten fortgesponnen werden soll, greife ich wieder zu meiner sarkastischen Peitsche: „Morgen früh, schon? Kolossal. ... Kolossal. Da muß man dir ja gratulieren. Der Lagerkommandant hat es dir wohl persönlich mitteilen lassen."

Der Pfälzer grinst wohl ein wenig, bleibt aber sonst unberührt. „Muß doch entlassen werden." Und mit einer kleinen Jubellawine, die sich in seiner Stimme überschlägt: „Mein Schiff geht in vier Tagen. Käm ja sonst nicht zurecht zur Abfahrt!"

„Dein Schiff ...?" Es verschlägt mir die Rede. Der Kerl ist unbezahlbar – wenn er nicht etwa verrückt ist. „Was für ein Schiff? ... Schiff, wohin?"

„Nach den Staaten. Nach Neff Schork. Wohin denn sonst?"

Da plötzlich dämmert's mir auf: Kein Humorist. Kein Unglücklicher, oder Glücklicher, dem ein früher Hufschlag des Lebens „die Bilder dieser Welt" verwirrt hat. Nur einer, der treuherzig aus dem Besitz einer Schiffskarte und der Dokumente auf den Tag seiner Entlassung schließt. Etwas Weiches, Nachsichtiges fließt in meine Frage: „Und ... du glaubst ... du glaubst, daß die ... sich um solche Dinge kümmern?"

„Müssen sie doch!"

„Was – müssen die? ... Kannst du mir das sagen? Hast du noch von keinem hier gehört, dem seine Schiffskarte oder das Visum verfallen ist?"

Mit einem Mal bringen meine Fragen den Pfälzer aus der Ruhe. „Ach was!" fährt er wild auf. „Mach du mir nicht bange!" Doch schon dunkelt seine Stimme angstvoll: „Das wäre doch gar zu furchtbar ... wenn etwa das Schiff ohne mich abginge ... wenn die Meinen allein auswandern müßten, oder am Ende gar zurückblieben – um meinetwillen." Doch nach einer beklommenen Pause reißt ihn die Strömung seiner Zuversicht von neuem fort. Es klingt, als ob einer der Glaubenshelden der Bibel eine ihm vorgeflüsterte Verheißung nachsprechen würde: „Morgen werde ich entlassen!"

Da kann man nur schweigen. Ich lasse mich in den verlegen starren Ernst versinken, dem man sich preisgibt, um eine fremde Hoffnung nicht zertreten zu müssen. Als ich empfinde, daß mein Schweigen für dieses Ziel zu dürftig wird, suche ich Zuflucht in einem geselligen Ton. „Bist ein seltsamer Kauz!" Mein Lachen klingt noch etwas mühsam. „Wenn's bei mir jemals dazu kommen könnte, daß ich etwas mir sehr Wichtiges mit deiner Zuversicht erwarten würde – ich glaube, es wäre so ziemlich das Letzte, daß ich es auch nur mir selbst eingestehen würde. Dazu wäre ich viel zu abergläubisch."

„Ach was, abergläubisch! Das kenne ich nicht. Was soll denn das sein? Warum nicht aussprechen, was man glaubt? Warum nicht glauben, was die Welt davor bewahrt, ein Tollhaus zu werden? Da ich meine Fahrkarte habe, muß ich entlassen werden. Meine kostspielige Fahrkarte, Mensch! Und die Dokumente. Liegt doch alles bereit!" Die letzten Worte klingen wie gedämpfter Jubel. Ich gebe auf. Ich habe gewarnt. Jetzt kann ich es mir leisten, auf dem sanften Pfad der Beschwichtigung zu wandeln. „Hoffentlich behältst du recht. Ich wünsche es dir, das magst du wissen." Und nun – froh über den Einfall, der die restliche Spannung mit einem Scherz auflösen soll: „Auf jeden Fall bitte ich dich, mir deinen Mantel zu vererben, wenn du entlassen wirst. Könnte ihn gut brauchen!" Und unter dem Anstrom jäher Verlegenheit, die ich vergeblich zu verbergen suche: „Ich abonniere mich darauf."

„Den kannst du haben", gröhlt der Pfälzer. „Gern!" Er fährt mit der Hand liebkosend über den rauhen Stoff, als ob der Mantel die Zärtlichkeit verstünde: „Meinen Entlassungsmantel! ... Du kannst ihn haben. Aber – nicht vor morgen früh!"

Eine Nacht des Fieberns, des Ertrinkens in Angst. Was der Tag mit seinem nüchternen Wunder lockert und zerbröselt, schließt sich in der Nacht zum starr unerträglichen Wall zusammen. Es umringt und würgt mich – durch nichts gemildert, völlig unabwendbar.

Endlose Stunden des Ringens um Selbstvergessenheit, aber schließlich nur seichter Halbschlaf, an dessen Außenseite ich mich husten höre und der mich nicht hindert zu fühlen, wie meine Verkühlung sich ausbreitet; entscheidenden Grund gewinnt.

Dennoch schlafe ich ein wenig, und als ich zuletzt ins Grau eines neuen Lagermorgens erwache, ist jede Erinnerung an den Tag vorher und an seine Einzelheiten – Mantelverteilung und mein Gespräch mit dem Pfälzer – versunken. Sie bleibt auch versunken – im Ansturm der Dinge und Empfindungen, die mich anfallen.

Ein quälender Druck lastet mir auf den Bronchien. Mein Schlund muß hoch geschwollen sein; kaum kann ich atmen. Von Angst – der real elementaren Spielart – angepackt, beschließe ich, mir eine Aspirintablette in der Viererstube zu beschaffen, koste es, was es wolle. Sollen doch Kameraden die Kostbarkeit hie und da dort ergattert haben.

Zu meinem Schreck erkenne ich, daß ich unfähig bin, aufzustehen. Die über mich hinfegenden Geräusche und Mahnungen rütteln zwar an meinem Ohnmachtsgefühl, richten aber dagegen nichts aus. Erst allmählich lockert sich Unvermögen zu wohlig tiefer Unwilligkeit, die entrückende Hand der Nacht von mir zu streifen.

Als ich sie schließlich doch, gemeinsam mit dem warmen Brodem der Decke zurückwerfen kann, und mich mühsam erhebe, ist die Stube schon ein wild geschäftiger Ameisenhaufen. Die gefalteten Wolldecken liegen zu scharfkantigen Quadern aufgeschlichtet da; eine Schar Hungriger mit Eßgeschirren umlagert den Punkt, an dem der Kessel mit dem bräunlich warmen Wasser „Kaffee" abgesetzt zu werden pflegt.

Plötzlich – es ist im kritischen Augenblick des Zuschnürens der Schuhe – überfällt mich, was ich für meinen längst erwarteten Zusammenbruch, meine Einreihung unter die Erledigten halte. Die Stube verdunkelt sich. Ich fühle, wie Mageninhalt mir stoßweise zum Mund steigt. Ich stürze in ein gähnendes Nichts ab und vermag mich gerade noch mit zugehaltenem Mund auf den nächsten Hocker zu werfen, um dort mit tiefhängendem Kopf mein Elementarstes entscheiden zu lassen, ob es nun tatsächlich aufgeben oder sich eines Besseren besinnen wolle.

Während das Abstürzen sich endlich verlangsamt und jetzt, in dämmriger Tiefe, zu unsicherem Stillstand kommt, springt mich aus einem Bezirk meines Geistes, der von all meinem Verfall unberührt geblieben ist, überscharf ein inneres Bild an. Ich sehe einen Regen golden aufglänzender kleiner Sonnen an mir vorüberfallen. Doch der Anblick löst in mir nur trostlos wehe Empfindungen aus, die schmerzlicher werden, als ich das Gefühl habe, nun selbst als eine dieser kleinen Sonnen im Raum zu schweben.

Im nächsten Augenblick jedoch Erinnerung an das Traumbild – zersetzt, verwandelt. Was ich sehe, sind nicht mehr Sonnen oder Sterne. Es ist zerriebenes Stroh, mit Staub vermengt, das ich an einem der ersten Morgen im Lager aus den Fugen des Schlafgerüsts ober mir herabrieseln sah. Das Licht der grellen Lampen hatte es höhnisch verklärt. Ein Erfassen voll tiefster Verzweiflung hatte mich angefallen, zumal, als ich den Blick von dem Sonnenregen auf meine zerknitterte, bedreckte Sträflingstracht senkte und dann die ebenso verkleideten Kameraden sah – Menschen, mit deren Leben dieses Fastnachttreiben ebenso unverknüpft war wie mit meinem.

Damals war mir weit verirrter, wegloser zu Mut gewesen, als dann später. Ich war also weiter gekommen, härter geworden seither, hatte die Empfindsamkeit eines heimverlangenden Kindes abgestreift.

Der Gedanke stärkt mich. Mit einem Mal kann ich mich wieder aufrichten. Ich habe sogar die Kraft, Ullmann, der mir einen Schluck der braunen Wärme mit aller Gewalt einflößen will, zur Seite zu schieben und ins Gedränge im Vorraum zu schwanken. Der Versuch, in den Waschraum einzudringen, schlägt allerdings schon bei der Türe fehl. In die kompakt gestaute Körpermasse dort eine Bresche zu legen, ist mehr, als ich meinem unsicheren Zustand zumuten darf.

Während ich in die Stube zurückrudere, erreicht mich in dem tauben, fernen Raum, der mich noch immer umgibt, das laute Aufspringen von Namen. Immer derselben. Ich beachte das Gerufe nicht.

Zwei Gefangene, die einander wie ein Liebespaar umarmt halten, sind mir im Weg. In der Stube bricht ein Aufschluchzen unvermittelt ab. Nesselmann aus Frankfurt am Main, der dort Senatspräsident am Kammergericht war, aber hier das Amt des Abortreinigers in unerschütterlicher Würde, mit einer wahren Genauigkeits-Passion, versehen hat, läuft bleich wie Kreide umher. Er rafft Gegenstände, die ihm nicht gehören, an sich, um sie im nächsten Augenblick wieder hinzustellen. Ein Gefangener, der an einem Kasten lehnt, stammelt unzusammenhängendes Zeug, mit kleinen Lachsalven vermengt. In meinem vernebelten Kopf formt es sich: Entlassungen.

Was geht's mich an? Mein Name gehört sicher nicht zu jenen, die da als Ball von Mund zu Mund springen. Nicht einmal angesucht hat man für mich, da noch immer kein Visum aufgetrieben werden konnte.

Doch sie können sich alle Mühe sparen, Gabriele, Lena, und wer sonst noch an der Sache kauen mag. Habe selbst angesucht um Entlassung – bei der Dunkeläugigen, Phantasiebegabten, die so beliebt ist hier und sich in der Nacht so heiß-zärtlich anbietet.

Die Entlassungen, die sie für ihre Lieblinge erwirkt, führen in die vollkommenste Freiheit – ohne alle Formalitäten, ohne viel Warterei, direkt vom klebrig schwarzen Stroh weg, oder noch direkter von der Lagerstraße selbst. Wer, wenn nicht ich, dürfte sich als fest verabredet mit ihr betrachten, nach der heißen Liebesstunde in dieser Nacht? Oder war es gegen Morgen?

Mein Blick streift das Fenster. Ein kaum sichtbares Gestöber rast an den Scheiben vorbei. Nur eine kleine Handvoll stäubenden Schnees kann sich in einer Ecke des Fensterrahmens behaupten. Wie wird mein Husten nach stundenlangem Bad in diesem Ungemach klingen? Welche Melodien wird die Flöte meines Fiebers in dieser Hochschule zu blasen lernen? Sie können sich wahrlich Zeit lassen, die Freunde, die Menschen in der mächtigen Welt da draußen, die so unbekümmert ihrem Erwerb und herrlichen Glück nachgehen.

Ein neuer, geringerer Schwächeanfall zwingt mich, wieder auf dem Hocker Zuflucht zu suchen. Wieder tauche ich schweißgebadet aus dämmriger Tiefe auf. Ich starre erleichtert ins Leere – noch ohne Einzelheiten unterscheiden zu können. Was zu mir dringt, sind nur Wellen von grau und blauweiß Gestreiftem, welche die Stubentüre in gewohnter Weise umbranden. Erst allmählich fasse ich dies alles deutlicher auf und bemerke, wie das Gewoge in heftige Bewegung gerät und zuletzt, aufgerissen, einen Gefangenen, eine Ballung mit den Schultern pflügender Energie, hervorbrechen läßt.

Dann höre ich, mißtönend laut: „Wo ist denn nur dieser Mensch? ... Wo ist dieser ...? Zum Donner, wie heißt er denn nur?"

Jedes Nicht-Erkennen der krähenden Stimme ist ausgeschlossen. Aber auch der Pfälzer hat mich erblickt und stößt auf mich zu. Er ist im bloßen, kragenlosen Hemd. Die blauweiße Hose – ohne Gürtel oder Träger – hält er mit einer Hand in die Höhe. „Da! ... Nimm!" Ein dunkles Bündel schwebt vor meinem Gesicht. „Nimm doch schon!"

Ich starre zu ihm empor. Was will er? Was soll ich nehmen? Aber selbst, als er bereits ärgerlich drängt: „Da! ... Dein Mantel. Schnell, deine Bluse!" und ich mir schon die Bluse von den Schultern reiße, stammle ich noch: „Was soll ...? Wieso mein Mantel?"

Erst dann bricht aus mir hervor: „Bist du am Ende ...? Du bist wirklich? ... Du bist wirklich entlassen?"

„Sei nicht gar so erstaunt", gröhlt der Pfälzer. „Sie mußten doch!" Er drückt mir den Mantel in die noch immer zögernden Hände.

„Die Nummer ist schon abgerissen. Geschwind, gib deine drauf. Irgendwie, mit Stecknadeln, Heftpflaster ... damit ihn dir niemand wegnimmt. Alle wollten ihn haben, aber ich habe ihn dir versprochen. Hätte ihn keinem gegeben."

Tausendfaches stürmt auf mich ein, als er bereits weitergeeilt ist. Über allem Aufruhr singt eine milde Stimme: Du hast einen Mantel. Du bist nicht rettungslos verloren. Das Schicksal, dessen graue Flügel dich noch eben so nahe umweht haben, ist gewillt, von dir zu weichen – ähnlich den unheimlichen und doch trostreichen Nachtschwalben oder Morgenseglern auf dem Appellplatz.

Nochmals erhebt in mir Bangigkeit ihr schmales Haupt. Die Entlassenen sind bereits im Badehaus verschwunden, und wir stapfen der Frierfolter des Vormittags, dem „Morgenritt", wie Ullmann sie nennt, entgegen. Inmitten des Schneegestöbers fühle ich mich in meinem Mantel herrlich durchwärmt. Ströme von Versöhntheit umspülen mein Herz. Obwohl ich den Mantelkragen, wie anbefohlen, nicht aufstelle, entsteigt ihm ein kaum noch vorstellbares Gefühl von Geborgenheit. Daß die Nieren, vom dichten Tuch umschmiegt, in Vergessenheit geraten können, ist eine köstliche Sensation.

Da beginnt einer in meiner Reihe die Wahrscheinlichkeit der Rückstellung für jeden der eben Entlassenen abzuschätzen. Er erklärt sich, als es zum Pfälzer kommt, als sehr besorgt. Der gute Mann habe eine tiefe, eiternde Wunde am linken Fuß. Daß er überhaupt noch hatte marschieren können, sei unbegreiflich.

Ich schweige betroffen. Der Gedanke, was eine Rückstellung in seinem Fall heraufbeschwören würde, nagt in mir. Aber immer wieder steigt zugleich Beschwichtigung aus den Tiefen meines neuen Lebenswillens; Beschwichtigung, welche die Sinnlosigkeit des Befürchteten als den Grund ansieht, warum es sich nicht ereignen kann – nicht ereignen wird.

Als wir etwa zwei Stunden später am Badehaus vorüberexerzieren, sehe ich schon von weitem ein Häuflein Zurückgestellter in der Ecke zwischen Badehaus und Schubraum stehen. Mit abgebogenen Knien und hängenden Köpfen, weder sehend noch hörend, Schlachtvieh vor dem lähmenden Schlag, warten sie darauf, auf ihren Block zurückgeführt zu werden.

Zögernd und bange zuerst, bald aber gierig, mustere ich einen nach dem anderen. Nochmals. Nochmals. Er ist nicht darunter. Er ist nicht darunter. Er ist nicht darunter. Schicksal oder Gott, oder was immer angerufen werden kann, hab Dank!

Erschöpft wie nach einer übermäßigen Anstrengung, aber weltversöhnt, trabe ich weiter – überzeugt, daß eine besondere Kraft in diesem Pfälzer, die alles Bedrohliche wie Nebel zu zerstreuen vermag, sich auch bei seiner Untersuchung durchgesetzt haben muß.

Ich behielt den Mantel etwa drei Wochen – die kältesten des Winters, die gefährlichsten der Haft. Das war nicht lange, aber es gelang mir, in dieser Zeit gesünder zu werden und schließlich das Verlöbnis mit der heißblütigen Kameliendame meiner Fiebernächte ganz aufzulösen. Natürlich hielt sie eine Weile an ihrer Beute fest und höhnte, daß ich der bedingungslose Liebhaber, zu dem ich mich aufgespielt hätte, nicht sei. Schließlich aber durchschaute sie den ganzen prosaischen Lebenswillen meiner so diesseitigen Natur und gab mich mit der mir zukommenden Verachtung frei.

Kaum fühlte ich mich auf meinen Beinen halbwegs sicher, als an einem schwarzen Tag – er ließ dennoch keine tiefe Erinnerungskerbe in mir zurück – alle Mäntel abgeliefert werden mußten. Die Maßnahme war selbst den Hohepriestern und Schriftgelehrten aus unserer Mitte unbegreiflich. Nicht einmal der Mückenschwarm der nie verstummenden Gerüchte konnte sich auf einen Erklärungsversuch festlegen.

Die Begegnung mit dem Pfälzer hatte mich also vor der kleinen Fahrt über den Appellplatz auf Luftreifen und glitzernden Speichen gerettet. Sie hatte mir den Mantel und ein Beispiel gebracht, wie man dem Teufel begegnen soll. Doch sie hatte mich auch – wortlos – beschämt und zurechtgewiesen.

Menschen neigen in gemeinsamer Erniedrigung und Bedrängnis dazu, ihre schlimmsten Seiten hervorzukehren. Keine Spur davon, daß sie dem Mitgepeinigten aus Kenntnis seiner Not liebevoller oder nachsichtiger begegnen. Zumindest schieben sich in ihnen Haß und Kameradschaft wie zwei Eisenbahnzüge auf einem Doppelgeleise dahin. Sie sind vor die Wahl gestellt, in welchem der beiden Züge sie reisen wollen. Ihre Wahl enthüllt, wer sie sind, und entscheidet oft das Ziel.

Monatelang hatte der Pfälzer ebenso wie andere Unsympathische die Qual der Haft für mich erhöht. Seine ungeschlachte Erscheinung und lärmselige Art hatten mich gehindert, seine innere Kraft zu empfinden, das Wesentliche an ihm wahrzunehmen. Mit der Lust eines gequälten Hassers war ich unduldsam gewesen gegen alles Fremde, Unerfreuliche, statt das Friedfertige in mir reifen zu lassen, das aus Fritz sprach oder aus dem Stubenältesten der Viererstube, jene Kraft, die einem wirksamer hilft, sich zu bewahren als Abwehr und Härte.

Ich versuchte mir zu sagen, daß meine Empfindlichkeiten, denen ich schließlich mein Künstlertum verdanke, mich dazu berechtigten, meiner Abneigung gegen all das Rohe und Ungeistige, das mich umgab, die Zügel schießen zu lassen. Aber ich weiß, daß dies nur dürftige Rechtfertigung ist. Künstlertum ist eine fortgeschrittene, zuweilen abwegige Stufe animalischen Lebens. Es muß daher mit diesem eine gewisse Robustheit teilen, eine begrenzte Fähigkeit, sich zeitweise zu suspendieren.

Nach dem Vorfall mit dem Entlassungsmantel wurde mir betrüblich klar, warum eigentlich der in unserer Stube so unbeliebte Dr. Paumgarten, der Snob mit der silbernen Platte im Hinterkopf, Bankprokurist und Herzensbrecher aus Wien, sich in seiner weinerlichen Verlorenheit gerade an mich herangemacht hatte – ehe ihn später das Revier verschlang. Ohne Zweifel erkannte er in mir einen Geistesverwandten, einen Brudersnob, oder glaubte, mich als einen solchen betrachten zu dürfen.

War meine Menschenwahl auch außerhalb des Stacheldrahtes oberflächlich, wertlos gewesen? Und, zusammen mit dieser Wahl, mein ganzes Leben? Während ich mir eingebildet hatte, aus meinen Instinkten heraus ein zum Wesentlichen Geführter, ein wesentlich Wählender, ja, Wählerischer zu sein?

Unangenehme Selbsterkenntnisse tauchen zögernd auf und gehen leicht wieder unter. Kein Wunder, daß das Leben, falls es sich unser inneres Wachstum überhaupt angelegen sein läßt, gerne Nachtragslektionen erteilt, die befestigen sollen, was man etwa gelernt hat. Als eine solche Lektion empfinde ich den Vorfall mit Jochen Melzmann, einem zweiten Pfälzer.

Um diesen Vorfall auf seinen Resonanzboden zu stellen, müssen zwei einschneidende Veränderungen unserer Lagerexistenz erwähnt werden. Die erste ist der Reinlichkeitskoller, der die Lagerleitung in dieser Zeit befällt und uns manchen Kummer bereitet. Die zweite kündigt sich so an, daß wir nach einem Frühappell nicht in den „Morgenritt“ marschieren, sondern in unsere Stube zurückgelenkt werden, wo wir die fühllos kalten Fußklumpen in untätigem Herumsitzen zu neuem Gefühl kommen lassen dürfen.

Nach dem Mittagsappell wird die Zeit bis zum Abendappell abermals in den Baracken verbracht. Am nächsten Tag wiederholt sich das Erstaunliche, und allmählich wird es bekannt, wird Gewißheit, wird Ereignis und Bibelwunder: Das Exerzieren ist eingestellt.

Auf der irdischen Ebene soll sich das Wunder, zu seiner größeren Glorie, etwas paradoxer Handlager bedient haben. Die vielen Amputationen waren den Ärzten des Reviers über die Kraft gegangen. Was bei einiger Seltenheit noch als „Wissenschaft" gegolten haben mag, war öde Plackerei geworden. Die von ihnen bei der Lagerleitung vorgebrachten Proteste führten zu einem stillen Kampf, der jetzt mit einem vorübergehenden Nachgeben der Leitung geendet hatte.

Doch friedliche Untätigkeit und ein Konzentrationslager sind wie Öl und Wasser: Sie mischen sich nicht. Zumal in deutschen Landen. Denn, wo Untätigkeit herrscht, ergeben sich fast alle Anlässe für Disziplinarstrafen. Dennoch kann ich es nicht einmal mit Bestimmtheit sagen, ob uns die Arbeiten, die wir zu verrichten begonnen haben, von „oben" aufgetragen wurden, oder ob wir sie nur den Musterknaben und geborenen Ordnerseelen, den jüdischen Kapos in unserer Mitte, als „vorbeugende Maßnahme" verdanken.

Jedenfalls gehen unsere Tage mit einem Mal mit der Säuberung der Baracken auf. Wir waschen die Wände, reiben und wichsen die Böden, putzen die Fenster. Da keine Tücher oder gar „Rehhäuteln" zur Verfügung stehen, entdecken wir, daß zusammengeknüllte Doppelseiten des „Völkischen Beobachters" sich mit bestem Erfolg wenigstens zu etwas, nämlich zum Reinigen der Scheiben, verwenden lassen. Ullmann beschränkt sich auf das Zusammenknüllen und betreibt die symbolische Handlung mit Lust und Kraftaufwand.

Unsere Willigkeit entfacht aber nur den Ordnungsfimmel der Bedrücker. Der Hang zum Erziehen, zum Drillen und „Zwirnen" lauert sprungbereit in der Seele jedes echten Deutschen – dicht neben dem romantisch Gemütstiefen. Wie müßte diese regsame Seele doch dürsten, könnte sie nicht irgend jemandem zeigen, daß das Leben keineswegs die einfache und erfreuliche Sache ist, die es ohne den Begriff „Zucht und Ordnung" wäre.

Wir haben weder Kleiderbürsten noch Zeit und Platz, um

unsere Uniformen zu waschen. Wir müssen den Schmutz durch bloßes Knittern und Reiben verteilen. Wir müssen uns mit Apparaten, welche die Kantine feilhält, rasieren und uns den rauhen Zärtlichkeiten des Haarschneiders und seiner „Nullermaschine" überantworten. Sind diese einmal über einen Gefangenen hinweggegangen, kommt alles auf die Kraft seiner Gesichtszüge und der Schädelform an. Manchen erkennen die Kameraden auch nachher, mancher aber verliert mit seinen letzten Haarmillimetern alle Identität.

Meine Hose, die ich in den ersten zwei Haftmonaten mangels Unterkleidung Tag und Nacht anhaben mußte, ist vor Schmutz geradezu steif geworden. Der heraufspritzende Straßenkot, das zerfallende, fettig schwarze Stroh der Schlafstelle und allerlei sonstiger Schmutz haben sich auf ihr in immer dickerer Schichte abgelagert. Das köstliche Kleidungsstück hätte, wie ich Ullmann einmal zu beweisen versuchte, mit etwas Geduld darin unterwiesen werden können, von selbst zu stehen, und, abgelegt, ohne Stütze die Rückkehr des Besitzers abzuwarten.

Ullmann lachte skeptisch, wie seine Natur es nun einmal verlangte, mußte aber zugeben, daß unsere Uniformen mit jedem Tag windundurchlässiger und wärmer wurden. Wenn es so weiterginge, müßten wir etwa im Mai in wahren Schutzhäuschen gegen Wind und Wetter (ähnlich dem der SS bei der Abfertigung der Arbeitskolonnen) einhergehen.

Unsere kleinen Weichholzschränke werden ein beliebtes Ziel des epidemischen Ordnungssinnes. Nichts darf auf dem Schrank oder im Schrank am falschen Platze stehen. Wir müssen die rohen Innenseiten mit alten Rasierklingen oder verbrauchten Resten von Glaspapier abziehen, die Fächer blau auslegen und den in der Kantine gekauften Habseligkeiten ein tägliches Reinigungsritual mikroskopischer Art angedeihen lassen.

Aber was vermögen schon die Strafen und Püffe, die aus all dem erwachsen, wenn dafür das Exerzieren eingestellt ist;

wenn die Erfrierungen heilen, die nächtlichen Hustenkonzerte an Gewalt verlieren und allmählich mit geringerer Besetzung aufgeführt werden? Es ist sonnenklar, wir gehen durch eine gute Zeit, und Ullmann scheint wieder einmal den Nagel auf den Kopf zu treffen, wenn er uns ermahnt, uns „nichts anzutun" mit der Einbildung, in diesem Lager nennenswert Böses mitzumachen. Die Bestie, die mit uns spielt, mag einmal reißend gewesen sein; sie mag es wieder werden, wenn sie sich an die Wand gedrückt fühlen oder keinen Grund mehr haben sollte, ein kleines Fähnchen von Gesittung hochzuhalten. Wir befänden uns jedoch glücklicherweise weder am Anfang noch am Ende ihrer glorreichen Laufbahn.

Aber einem friedlichen Zeitabschnitt ist hier nie recht zu trauen. Wie recht der Stubenälteste der Viererstube doch hat! Plötzlich verschärfen sich die Reinlichkeitsschikanen: Die Stimmung des Blockpersonals nimmt eine Wendung zum Grimmigen; ist gereizt im besten Fall und offen feindselig im minder günstigen. Es regnet Lagerstrafen. Zufallsbegegnungen mit der SS gehen selten gut ab. Entlassungen kommen nicht vor.

Wir vermuten, daß alles eine gemeinsame Ursache hat, und dies erweist sich als richtig: Der Schatten eines gefürchteten Besuchers nähert sich dem Lager. Noch hat er es nicht erreicht, doch schon sind die Vorboten fühlbar.

Der eigentliche Lagerkommandant, von dessen Existenz wir bis dahin keine Ahnung hatten, wohnt nicht im Lager. Er residiert in München und besucht seinen Wirkungsbereich nur zwei- bis dreimal im Jahr.

Diesmal dauert die seinem Besuch vorangehende Pein etwa eine Woche. Dann eines Tages verbreitet sich die geflüsterte Nachricht, daß der Mann mit dem silbernen Eichenlaub am Kragen (er ist SS-Oberführer, also im Generalsrang) in der Nähe der Kommandantur gesichtet wurde. Alle Nerven spannen sich: die der Gefangenen, um das kleinste Vergehen zu vermeiden, die der SS, um dennoch eines zu entdecken und augenfällig zu bestrafen. Ein unsichtbarer Krampf schüttelt das Lager. Dennoch fehlt es mir an Phantasie, um mir den Verursacher des allgemeinen Schlotterns so richtig vorstellen zu können – bis ich ihn eines Tages selbst zu Gesicht bekomme. Da wird mir die allgemeine Panik ohne besonderen Vorfall vollauf verständlich.

Wohl sehe ich den furchtbaren Menschen nur einen Augenblick – wir tragen Balken und Bettgestelle durch die Lagerstraße –, während er uns auf einem Motorrad auf der anderen Straßenseite entgegenkommt und langsam vorbeifährt. Dieser kurze Blick aber genügt, um mich am Fleck anzuwurzeln – geistig und körperlich. Ich starre der Erscheinung nach, dem Entsetzen darüber ausgeliefert, wie erbärmlich ein Mensch vor einem anderen zittern kann, wie sehr ein Grauenhaftes im Menschen die moralische Substanz anderer zersetzen kann. Was ich erlebe, ist ein Gefühl des hilflosen Abstürzens in Sklaverei.

Das Gesicht, das mich so knieweich machen kann, hat nichts mit dem eines Soldaten gemein, nicht mit dem des brutalsten, wildesten. Es ist die Physiognomie eines Verbrechers, eines Entarteten, der nur durch vollbrachte Morde und die Bereitschaft, jeden Blutbefehl auf Wunsch und Wink auszuführen, zu seiner hohen Stelle gelangt sein kann. Es ist, auf einen kleinen Raum abstoßender Menschenähnlichkeit zusammengedrängt, die Verkörperung des Geistes, der eine Welt in die Abgründe überwunden geglaubter Vergangenheit zurückzustoßen im Begriffe ist.

Als ich dem Schreiber Fritz von der Begegnung erzähle, sagt der unerwartet schroff: „Kannst von Glück red'n, daß er auf dem Motorrad war.“ Erst dann, sich von Visionen losreißend, die seinen Blick nicht freizugeben scheinen: „Das is ja dar Taifl in Menschengestalt. Ein Menschenleben“ – seine Stimme brodelt – „das is dem so viel wie ...“ Er vermag den Satz nicht zu beenden, und erst nach neuer Pause bringt er mit heiser entfremdeter Stimme hervor: „Da is ihm einer von die Hunde, wo er hat, tausendmal wichtiger. Ni amal a Laus zerdruckt unsereins so unbedacht, wie der an Mensch'n krepieren laßt. Kannst froh sein, sag i der, daß er auf'm Motorrad geblieb'n is."

„Aus der Richtung vom Glashaus am Ende der Baracken ist er gekommen." Ich sage es nur, weil sonst nichts zu sagen ist, und ich enttäuscht bin, daß Fritz so verschlossen bleibt. Doch er greift die Bemerkung erstaunlich lebhaft auf: „Stimmt schon. Dort züchtet er nämlich Orchideen."

„Orchideen?"

„Freilich, nichts anderes. Für seine Geliebte, in München. Jedesmal, wenn er kommt, nimmt er ein paar Blietla mit, und laßt a paar – Tote zurück."

Immer dünkler liegt der Schatten über dem Lager. Ein paar Tage nach der flüchtigen Begegnung in der Lagerstraße überqueren wir unter Lübkes Führung den Appellplatz. Es ist furchtbar kalt, etwa fünfzehn Grad unter Null, und sehr stürmisch. Da sehe ich in einiger Entfernung von uns eine Szene, die mich zuerst zweifeln läßt, ob sie ein inneres Gesicht ist oder Wirklichkeit, ob ich noch ungestörten Geistes bin oder etwa an Kältehalluzinationen leide. Warum nicht gleich weiße Mäuse, frage ich mich? Die sollen ein beliebtes Motiv für gewisse Wahnvorstellungen sein. Und weiße Mäuse liegen sehr nahe.

Denn was ich sehe – und meine Kameraden auch sehen, wie ein Seitenblick auf sie beweist –, gleicht aufs Haar einem Rudel großer, weißer Mäuse, die im Sturm wie besessen herumspringen.

Der Spuk trotzt allem Reiben der Augen, bis er, wie in gewissen Balladen, mit einem Schlag verschwunden ist. Nur ein großer Kegel schmutzig blauweißer Kleidungsstücke bleibt zurück als Beweis, daß das Ganze kein bloßer Traum war.

Bald sickert die Erklärung durch. Die Nackttänzer gehören einem Block an, auf dem Verlausung festgestellt wurde. Es wird vermutet, daß die Läuse mit den sich häufenden Typhus- und Scharlachfällen zu tun haben. Der Mann mit dem langen Schatten aber ist kein Freund von halben Maßnahmen.

Was wir beobachtet hatten, war nicht mehr gewesen als „Vorbereitung zum Bade", als das Ablegen der zu entlausenden Kleidungsstücke – vor dem Badehaus. Ein Akt reiner Fürsorge also, der nur einen ganz unbeachtlichen Prozentsatz von Lungenentzündungen zur Folge haben konnte.

Auch die unverlausten Blöcke werden nun sanitären Schurigeleien unterworfen, an Stelle der einzig sinnvollen, jedoch unterlassenen Vorkehrung – der Erneuerung der alten Strohschütten. Die Kastenvisitationen häufen sich. Wehe dem, dessen Fach einen Daumenabdruck, dessen Eßschale einen ungescheuerten Punkt, einen übersehenen Kaffeespritzer zeigt. Lose Brotkrümchen, nicht straff anliegendes Blaupapier sind Anlaß zu strenger Bestrafung.

Unsere nackten Füße hatten wir seit der Einlieferung fast nie zu Gesicht bekommen. Nur ganz zufällig konnten wir gelegentlich bemerken, daß sie sich hinterlistig mit einer ebenmäßig grauen Schutzschichte überzogen haben. Jetzt verrät uns der Blockälteste in einem Anfall von Menschenfreundlichkeit – soweit es nicht Selbstschutz ist –, daß Stichproben auf Fußreinlichkeit in Nachbarblöcken vorgekommen seien. Sie dürften auch unseren Block erreichen.

Wir bemühen uns also an den Abenden, Füße und Waden von der monatealten Kruste aus Sockenabsonderungen und Staub, gebunden durch Schweiß und durchweichtes, zergehendes Leder, zu befreien – ein Versuch mit untauglichen Mitteln. Kaltes Wasser und der gepreßte Ersatzlehm, der in der Kantine mit dem Aufdruck „Seife" verkauft wird, vergeuden unsere Kräfte, ohne den Ablagerungen viel anhaben zu können.

Noch vergeblicher ist es, die Füße im Zustand der wiedereroberten Unschuld zu erhalten. Müssen sie doch wieder in die ungewaschenen, schwärzlich zerfallenden Socken zurückgesteckt werden. So wird zum Kampf mit einer lernäischen Schlange, was unter anderen Voraussetzungen eine leichte und angenehme Aufgabe wäre.

Eines Nachmittags dann – schwarz zerrissene Wolken fliehen in allen Richtungen über einen mürrisch grauen Himmel – erscheint der „Mörder" in der Stube. Wir stehen in starrem „Habtacht" entlang zweier Wände, während der Würgengel vom Throne der höchsten Fußreinlichkeit unsere Reihe abschreitet. Es ist so still im Raum, als ob alle Geräusche der Welt gemeinsam mit uns ihren Atem anhalten würden.

Die eiskalten Augen wandern von Gesicht zu Gesicht. Jetzt bleiben sie an einem besonders angststarren haften. Schon glauben wir, daß ein Opfer gefunden ist, doch sie lassen die Beute fallen und setzen die Wanderung fort; ergreifen ein zweites Gesicht, geben auch dieses als nicht genug hassenswert wieder auf; ergreifen ein drittes. Von Mal zu Mal wird die Stille tiefer.

Zuletzt – man empfindet es fast als Erlösung – tropfen Worte in den Hohlraum unerträglichen Schweigens, fallen übertrieben klanglos zu Boden: „Vortreten! ... Schuhe ausziehen ... auch die Socken. Hosen aufkrempeln."

Sechs so Ausgewählte werden bei grellem Licht beäugt. Keiner besteht die Untersuchung; keiner genügt den hohen Ansprüchen. Wohl scheint ein Fall zweifelhaft zu sein, doch bei wiederholtem Hinblicken zeigt sich ein Schatten, der entscheidet. Vermutlich würde der Würgengel hierselbst den weißgepuderten, an den Zehen rosig erblühenden Fuß einer Nackttänzerin knapp vor dem Auftreten für schmutzig erklärt haben. Ich beginne eine ausgesprochene Neugierde zu entwickeln, wie wohl seine eigenen Füße aussehen mögen, oder die der drallen Weibstücke, die er Samstags beglückt.

Nun werden zwei fleischerhaft aussehende Kameraden mit je einer besonders harten Bodenbürste versehen, damit sie den sechs als unzulänglich Befundenen bei der Reinigung behilflich sein können. Ihre Pfleglinge müssen sich splitternackt ausziehen und in dem ungeheizten Waschraum aufstellen, in welchem das breite Fenster und die ihm gegenüber ins Freie führende Türe den ganzen Tag offen stehen.

In der Mitte des Raumes befindet sich ein großes, flaches Emailbecken, aus dem ein Brunnenmast mit einer Anzahl von Wasserauslässen aufragt. Der zu Reinigende muß sich, während ihm schon vom bloßen Warten die Zähne klappern, in die kalte, glatte Rundung legen, die den Mast umgibt, und nun werden alle Auslässe über ihm aufgedreht. Doch erst als sein Körper eine bläuliche Farbe angenommen hat und sein Gesicht zur Schmerzensmaske eines antiken Tragöden verzerrt ist, erst als sein Wimmern zu verzweifeltem Schreien anwächst und von der gegenüberliegenden Barackenwand wiederhallt, beginnt die Abreibung unter dem weiterfließenden Wasser.

Kaltblütig sitzt der SS-Mann auf einem nahe gerückten Hocker und beobachtet. Nur die vibrierenden Nasenflügel und die sich weitenden Augen verraten hie und da eine gewisse Beteiligung an dem Schauspiel. Doch wehe dem Vollstrecker, der mit seiner Bürste nicht brutal genug über die jammervolle Masse sich krümmender, stöhnender Menschlichkeit hinwütet. Erst nach etwa zehn Minuten solcher Bearbeitung darf der bis zur Unkenntlichkeit veränderte, rotblaue Fleischklumpen in die Stube zurücktaumeln.

Der letzte Delinquent des Tages – es ist der ältere der zwei Komiker, die uns am Vortragsabend mit ihren „Blackout“-Sketches so sehr entzückt hatten – ist eben an diesem Punkt angelangt, als der Befehl ertönt, zum Abendappell anzutreten. Über den triefnassen Körper muß sich der Unglückliche die blauweiße Maskerade reißen und mit zusammenschlagenden Zähnen in die Lagergasse stürzen. Nur wenig vermag es den schon vorher hohl Hustenden vor den Folgen der übermäßigen Abkühlung zu schützen, daß wir turnusweise alle Kraft aufbieten, ihm Rücken und Arme warmzureiben.

In dieser unter dem Höllenhund mit dem silbernen Eichenlaub besonders grimmigen Zeit muß ich einmal knapp vor der Mittagsmahlzeit in die Kantine eilen. Einer meiner Schuhriemen hat mir soeben unwiderruflich seine Dienste gekündigt, und mit einem ungeschnürten Schuh gesehen zu werden, könnte verhängnisvoll werden. In der Lagerstraße hole ich Kostträger meines Blocks ein. Mit den leeren Kaffeekesseln sind sie zur Küche unterwegs, um dort etwas später andere, mit Suppe und Kartoffel gefüllte Gefäße zu übernehmen.

Neugierig aus Langeweile – ich bin solcher Rückfälle in knabenhaftes Erforschen selbst unter den mißlichsten Umständen fähig – ergreife ich im Vorübergehen einen der Henkel. Der Träger mißt mich geringschätzig. „Jetzt möchtest du wohl tragen helfen, wenn sie leer sind! Wart, bis wir zurückkommen – und nicht absetzen dürfen. Dann magst du's mal versuchen." Dennoch tritt er unvermutet zur Seite. Der noch nicht fest ergriffene Henkel entgleitet fast meiner Hand. „Ah! Auch so ist er dir also schon zu schwer. Ihr Österreicher seid mir die Rechten. Beim Essen groß, aber beim Schaffen ... da sollen nur schön die Deutschen herhalten."

Halbbelustigtes Kichern seiner Begleiter quittiert die „ulkige" Bemerkung. Die Gruppe besteht mit einer einzigen Ausnahme tatsächlich aus Reichsdeutschen, vorwiegend Pfälzern. Ein Gefangener, es ist der, welcher den von mir ergriffenen Kessel auf der anderen Seite trägt, wiehert laut auf, schrankenlos erheitert. Er schlägt sich mit der Linken auf den Schenkel und prustet unverständliche Worte hervor. Ich fasse den Lacher ins Auge. Natürlich mein Dorftrottel.

Ich nenne diesen Jungen aus der Gegend um Landau nur den Dorftrottel, obgleich ich bei diesem Scherz nur von seinem Aussehen bestimmt bin und über seine Urteilskraft so gut wie gar nichts weiß. Aberbach lacht über die Bezeichnung und findet sie sehr treffend. Warum mir dieser Knabe von allem Anfang an besonders unsympathisch war und ich in ihm ein besonders eindringliches Symbol meiner Haft gesehen habe, weiß ich eigentlich nicht. Klar ist mir nur, daß ich aus freien Stücken mit einem Menschen seiner Art, häßlich, grobknochig und geistig zurückgeblieben, niemals unter einem Dach gelebt und sozusagen aus einem Napf gefressen hätte.

Von seiner Jugend – er mag um die zwanzig sein – ist ihm wenig anzumerken. Der wie sorgenvoll angestengte Gesichtsausdruck und die Gestalt – eine lockere Ansammlung unvereinbarer Glieder mit dem logischen Ergebnis holpriger Fortbewegung – lassen ihn viel älter erscheinen. Selbst wenn er in seiner ländlichen Heimatgemeinde einem Erwerb nachgegangen sein sollte – in mir hat es sich unwiderruflich festgesetzt, daß er dort bestenfalls Viehtreiber, Stallknecht oder Schafhirte gewesen sein kann.

Wie schon bei früheren Gelegenheiten ärgert mich jetzt das blöde, wenn auch harmlose Lachen, mit dem er sich so blindlings einer Mehrheit anschließt. Doch von dem Vorfall mit dem Entlassungsmantel ist etwas wie „wohlwollende Neutralität" gegenüber allen Pfälzern in mir zurückgeblieben. Das Gefühl erstreckt sich selbst auf diesen Tölpel. Ich lache ihm nachsichtig ins Gesicht und gehe meiner Wege.

Auf dem Rückweg begegne ich in der Nähe des Reviers Salzer. Er humpelt jämmerlich seines Weges und scheint die im Boden stochernden Blicke wie einen Stock zu verwenden. Ein paar rasche Schritte bringen mich an seine Seite. „Hallo, Salzer. Wie geht's?" Er schaut mich mit leeren Blikken an; vermag mir offenbar keinen Platz in seiner Erinnerung zuzuweisen. Plötzlich murmelt er: „Bald werde ich wissen, wie das ist – am Baum gewesen zu sein ..." Spricht er zu mir oder zu sich selbst – angeregt durch die Nähe irgendeines Kameraden? – „Vielleicht werde ich es auch nicht mehr wissen ..."

Seine Worte rufen mir ins Gedächtnis, daß er wegen seiner Erfrierungen auf den Baum hätte kommen sollen, und daß ihm ein Strafaufschub gewährt worden war. Ich fühle mich schuldig, weil ich es vergessen habe, und frage verlegen: „Wie geht es denn deinem Fuß? Besser, nicht wahr?"

Sein Mund verzieht sich bitter. Er bleibt stehen und deklamiert schülerhaft: „Die Eiterung ist kein Hindernis mehr für den Vollzug. Der Heilungsprozeß dürfte dadurch nicht wesentlich verzögert werden ... ." Ich erfasse, daß er wörtlich zitiert und einen Gewährsmann nachäfft. „Eben hat es der Arzt gesagt. Er ist ganz begeistert vom Erfolg seiner Behandlung und wird mir noch heute bekanntgeben lassen, wann die Sache stattfindet."

Ich starre auf den Klumpen aus Lebendigem und Bandage über dem Brettchen und atme schwer. Um meine Bestürzung nicht zu deutlich zu zeigen, aber auch, um keinen Lichtpunkt zu übersehen, sage ich, daß es immerhin doch noch von Menschlichkeit spricht, daß sie wenigstens zugewartet haben, bis einige Besserung eingetreten ist.

„Die Wunde ist ja gar nicht besser!" schreit Salzer auf. „Das Loch ist genau so tief, wenn nicht noch tiefer ... entzündet sich immer von neuem." Sein Atem geht stoßweise. „Aber je länger sie warten, umso mehr quäle ich mich ab." Und plötzlich schluchzt er laut heraus: „Sollen sie doch schon machen mit mir, was sie wollen!"

Er schwenkt unvermittelt zur anderen Straßenseite hinüber und schiebt, von seiner Angst wie von einem dicken Mantel umschlossen, das klappernde Holzbrettchen grimmig vor sich her.

Mir bleibt keine Zeit, mich dem nagenden Eindruck hinzugeben. Aus unserer Baracke, deren Kopfende ich eben erreicht habe, dringt Raubtiergebrüll. Ich kenne die Stimme nicht und erschrecke tief. Ist es die des Furchtbaren, des Verbrechergesichts mit den Orchideen? Mit einem Satz stehe ich an die Barackenwand gedrückt und spähe durchs Fenster. „In die Kiesgrube ... in die Kiesgrube stecke ich euch!" höre ich. „Euch beide. ... Noch einmal laßt mir diese Stube in Unordnung sein! Ist das der Dank dafür, ihr gottverdammten Hunde, daß ich euch von dort herausgeholt habe?"

Ich atme auf. Es ist nicht der Verbrecher. Es ist Obersturmbannführer Kantschuster, der vierschrötige Oberbonze, der manchmal in Vertretung des Lagerleiters die Appelle abhält. Er steht neben einer der kunstvoll aufgestapelten Vierkantsäulen aus Wolldecken, die er mit einem Fußtritt zum Einsturz gebracht haben muß. Vor ihm schlottert Lübke. Hinter diesem scheint der Blockälteste, rot bis über die Ohren, in den Boden zu versinken. Trotz aller Unheiterkeit des Augenblicks muß ich an Max und Moritz denken, wie sie vom Bauern in der Getreidekammer ertappt werden. Neben Kantschuster, ihn an Körperlänge überragend, steht mephistophelisch kühl der „Mörder".

Was ich sehe und gehört habe, scheint Höhepunkt und Ende eines vorangegangenen Visitierungsdramas zu sein. Denn schon stürmt Kantschuster, von seinem Mephisto gefolgt, der Stubentüre zu. Ich halte es für ratsam, rasch die türlose Seite der Baracke zu erreichen, um einer unerfreulichen Begegnung zu entgehen. Aber wieder durch ein Fenster blikkend, sehe ich, daß der „Mörder" jetzt vor einem der Schränke bei der Stubentüre steht und eine Eßschale mit der Gebärde des Rembrandt'schen Alchimisten in die Höhe hält.

Eben will er den Blockältesten, der ihm wie ein geprügelter Hund nachgeschlichen ist, anfahren, als Kantschuster vom Vorraum in die Stube zurückwuchtet. Ein Blick auf die ihm entgegengestreckte Schale belehrt ihn über das entdeckte Verbrechen: ihre freie, einsame Anwesenheit auf einem der Schränke. Überdies ist sie mit einer bräunlichen Flüssigkeit halb gefüllt. Er blickt zeitlupenlangsam im Kreise umher und fragt, diesmal ohne viel Stimmaufwand, aber mit umso mehr Verhängnis im Ton: „Wem gehört die Schale?"

Wie Staub nach einer Explosion rieselt Schweigen auf die Anwesenden herab. Kantschuster wiederholt die Frage – abermals leise – und wartet. Niemand meldet sich. Bleich vor Zorn knirscht er schließlich hervor: „Der feige Hund, dem diese Schale gehört – ich rate ihm gut – soll sich melden!" Wieder rührt sich niemand. Die Stille wird Antwort. Jeder fühlt sich schuldig in seiner Unschuld. Selbst ich, hinter dem Fenster, höre meinen Herzschlag.

Eine dritte Aufforderung bleibt erfolglos. Kantschusters Mund wird zu einem schmalen Strich. Schlimmeres kennt das Lager nicht, als sich zu einem Vergehen nicht bekennen. Die Autorität des ganzen Führerprinzips scheint auf dem Spiel zu stehen.

„Blockältester!" donnert es mit einem Mal durch die Stube und reißt den Angerufenen physisch in die Höhe. Sein Aufgerecktsein drückt Bereitschaft zu Mord oder Sprung in einen gähnenden Abgrund aus.

„Ich warte bis vier Uhr nachmittag. Haben Sie verstanden? Bis punkt vier Uhr. Wenn Sie mir bis dahin nicht die Meldung erstatten, wie die feige Sau heißt, ..." Kantschuster hält einen Augenblick inne, „wird mir der ganze Block am Abend strafstehen, bis ein paar umfallen."

Vom „Mörder" gefolgt, eilt er mit langen Schritten ins Freie.

Im Stubenraum stoße ich auf Ullmann. „Strafstehen werden wir", sagt er, ohne eine Frage abzuwarten. „Hab's noch mitgehört ... von draußen", sage ich. „Aber was hat Kantschuster gar so rabiat gemacht?" „Bist du denn nicht dem Menschenfresser, dem Schwerverbrecher mit den zwei Doggen begegnet, draußen?" „Nein. ... Das hätte mir noch gefehlt."

„Er und der Lagerleiter schlendern eben zwischen den Baracken umher. Das wirkt sich aus. Hat auch Kantschuster eine Rakete in den Hintern geschoben." „Waren sie auch hier?" „Wo denkst du hin. Da stünde die Baracke doch nicht mehr. Aber gottlob, so tief steigt der nicht herunter. Dazu gibt's Kantschusters und Kerle wie den Mörder."

Einmal in Schwung, erzählt er weiter: „Schon im ersten Augenblick hat's Krach gegeben, weil die Stube nach verbranntem Fett gestunken hat. Und wie sie gestunken hat – von diesen abscheulichen Sonntagsheringen, die sich das Stubenpersonal in der Früh gebraten hat. Nicht einmal ungebraten habe ich den Dreck fressen können, aber die haben sich Extraportionen reserviert. Soeben sind Lübke & Co. nur mit roten Ohren und versiegeltem Maul dagestanden, haben in die Luft geschnuppert und sich nicht erklären können, woher der eigentümliche Geruch kommen könnte."

Sehr begossen geht jetzt der Blockälteste von Mann zu Mann. Doch selbst die Verführung dieses kleinlauten „Entre-Nous" bleibt erfolglos. Niemand will die Schale vor der Inspektion auf dem Schrank gesehen haben, niemand weiß auch nur, wie lange sie dort gestanden sein mag.

Gegen drei richtet sich unser Verdacht. Alle drei haben je ein Fach in dem Schrank, auf dem die Schale gefunden wurde. An erster Stelle steht Lübke, der Stubenkönig.

Die nach Kantschusters Abgang vorgenommene Untersuchung hat nämlich ergeben, daß die Eßschalen sämtlicher Gefangener in ihren Fächern gewesen waren. Die beanstandete Schale, neu und glänzend, entstammte also einem weggeräumten Stoß, zu dem nur Lübke und seine engsten Günstlinge Zutritt haben. Auch ist Lübke durch sein Betragen bei dem Vorfall mit den gebratenen Heringen belastet. Was kann man von einem Menschen erwarten, der seine allgemein bekannte Täterschaft eben zuvor in einem geringeren Vergehensfall geleugnet hat?

Noch mehr deutet auf ihn. Er ist der Hüter der Stubenordnung. Man kann begreifen, daß es ihm schwer fallen müßte, sich selbst als den Verletzer dieser Ordnung, ja, als den Feigling zu entlarven, der sich nicht sofort gemeldet hat. Auch war ihm vor wenigen Minuten mit der Kiesgrube gedroht worden. Ein neues Vergehen müßte in diesem Augenblick sein Schicksal besiegeln. Nicht einmal ich verdenke es ihm, daß er dem nicht aus eigenen Stücken entgegengeht.

Der zweite in der Reihe der Verdächtigen ist Lübkes Obergünstling Bertl, der von ihm immer nur bei seinem Vornamen gerufen wird. Bertl hat vor allen anderen Günstlingen Zutritt zum Sondergeschirr und macht sich gelegentlich damit zu schaffen. Auch gegen ihn fällt ein psychologisches Moment – ein kleines Drama für sich – schwer in die Waagschale.

Vor einigen Wochen hatte sich Bertl eine böse Rippenfellentzündung zugezogen. Keinem anderen Häftling wäre es erspart geblieben, sich dennoch zu den Appellen schleppen zu müssen. Nicht so Berthold Fischmann, der sein Proletentum im Knopfloch trägt. Den hatte sein politischer Bruder und Gönner auf's Revier geführt und für ihn etwas ganz Ungewöhnliches erwirkt: acht Tage Bettruhe.

Mit den besten Decken zugedeckt, mit der Kostbarkeit Aspirin versehen wie ein König, war Bertl seiner „formlosen" Entlassung gerade noch entgangen. Aber Bettruhe im Lager ist ein Privileg, mit dem sich nicht spaßen läßt. Man darf wohl im Bett bleiben, aber man darf es auch nicht verlassen. Bertls Unstern hatte ihn aber am letzten Tag seiner Bettruhe im Waschraum einem SS-Mann in die Arme geführt. Er war eben dabei gewesen, zu gurgeln, wie ein Arzt aus unserer Mitte ihm geraten hatte. Das Ergebnis: Meldung und Verurteilung zu einer Stunde Baum.

Auf den kaum Genesenen übte die Erwartung des Vollzuges eine furchtbare Wirkung aus. Und wer könnte nicht verstehen, wie qualvoll es sein muß, der Stunde entgegenzuleben, wo einem die noch heilen Gelenke und Sehnen gezerrt und die noch gesunde Haut darüber zerrissen werden soll? Es kam vor, daß Bertl, ein Mann von etwa dreißig Jahren, beim Essen plötzlich Löffel und Eßschale von sich stieß und leise aufschluchzend – vor Zorn, Angst, Qual – aus der Stube stürzte.

Doch Woche um Woche war vergangen. Kein Vollzug. Kenner der menschlichen Umtriebe hielten es nicht für ausgeschlossen, daß Lübke zugunsten seines bebenden Favoriten interveniert und die Lagerschreiber zu immer neuen Aufschüben bestimmt hatte – ohne eine endgültige Aufhebung erreichen zu können. Jetzt ein neues Delikt begangen zu haben, müßte rettungslos die halbe Vergeßlichkeit der Lagerschreiberei in resolute Erinnerung verwandeln und obendrein Bertls zu erwartende zweite Strafe „wegen Rückfalls" bitter verschärfen.

Der dritte im Verdacht ist Dr. Richter, unser „Sei-ein-Mann!"-Advokat aus Stockerau. Was ihn außer dem Besitz eines Fachs im kritischen Schrank belastet, ist eigentlich nur unsere rege Antipathie und interne Fakten. Wenn jemand als Partei-Intimus und hochgeehrter Günstling Lübkes sich als politischen Märtyrer sieht, dann hält er sich wohl – schon der Partei wegen – meist besonders stramm und „beispielgebend"; er mag sich aber auch zu kleinen Privilegien berechtigt fühlen: es etwa als sein soziales Recht betrachten, aus einer zur Seite gestellten Separatschale hie und da einen Schluck Kaffee zu nehmen. Was ihm jedoch als eine unerhörte Zumutung erscheinen muß, ist, für eine Verfehlung, selbst wenn er sie begangen hat, mit seiner Reversseite einzustehen, oder gar die Schuld auf dem Baume zu „bereuen".

Doch was nützt aller Verdacht, wenn er nicht greifbar genug ist, um den Missetäter zum Bekenntnis zu zwingen? Die jüdischen Kapos stecken also die Köpfe zusammen. Sie finden, daß etwas geschehen muß. Strafstehen in Nacht und

Nebel „bis ein paar umfallen", also fünf bis sechs Stunden etwa, nach dem Abendappell, ist eine grimmige Sache. In Gedanken erträgt sie sich verhältnismäßig leicht, aber Wirklichkeit und Vorstellung fallen gerade hier weit auseinander. Wir können das schon nach den geringen Kostproben, die wir abbekommen haben, gut beurteilen. Ja, etwas muß geschehen. Man kann nicht etwa fünfhundert Gefangene wegen eines einzigen Feiglings leiden lassen. Die Kapos haben vollkommen recht. Aber wenn doch der Feigling nicht herauszufinden ist!?

„Da muß sich eben ein Unschuldiger melden!" ruft Oberkapo Darmstätter im Tone eines Feldherrn, der einen Frontabschnitt aufgibt. Es muß wohl nicht erst gesagt werden, daß es ihm selbst nicht im Traum einfällt, die Rolle des hochsinnigen Märtyrers zu übernehmen. Genug, wenn er die moralische Kraft gehabt hat, auf den Vorschlag zu verfallen. Das Los soll entscheiden, wer zur Ausführung berufen ist.

Doch jeder erfaßt, daß das Los auch ihn treffen könnte – und das nimmt dem Plan viel von seiner Schönheit. Ist es nicht doch besser, Unrecht und Opfer zu vermeiden? Warum soll ein Unschuldiger eine noch unbekannte und sicherlich sehr schwere Strafe auf sich nehmen, statt daß alle die bereits verkündete über sich ergehen lassen?

Wir haben schon begonnen, uns für den Mittagsappell aufzustellen, als Darmstätter mit einem seiner Adjutanten auf eine Gruppe von Prominenten zustößt: „Kameraden, wir sind gerettet. Wir haben eine herrliche Idee. Wir brauchen nur noch jemand, der während der Inspektion erwiesenermaßen nicht in der Stube war. Wenn der sich als Eigentümer der Schale bekennt, wäre die Sache für ihn nicht halb so schlimm."

Die verständnislosen Blicke seiner Zuhörer entmutigen ihn nicht. Er wartet nur, bis die verabreichte geistige Vorbereitung eingesunken ist. Dann dämpft er zu größerem Nachdruck die Stimme: „Die Kostträger waren in der Küche oder unterwegs, als die Schale entdeckt wurde. Kapiert Ihr jetzt? Man kann sich nicht melden, wenn man nicht weiß, daß man dazu aufgefordert ist."

Die Prominenten lächeln. Der Gedanke entbehrt nicht einer gewissen Genialität. Aber er hat einen bösen Haken, nämlich den, daß auch ein Kostträger schließlich ein Mensch ist, also beherrscht von Angst und Selbstsucht. Selbst ein Kostträger hätte genug, und mehr als das, zu befürchten.

Dennoch machen sich ein paar Unentwegte sofort nach dem Appell an die etwa zwölf Kostträger des Blocks heran. Es wird geflüstert und gestikuliert. Ärmel werden erfaßt und festgehalten, Schultern zutraulich geklopft. Viel Beredsamkeit verwandelt sich in feuchten Schall und Spucke. Natürlich lehnt ein „Bearbeiteter" nach dem anderen die Unsterblichkeit für einige Tage ab, die ihm hier so billig angeboten, ja, fast aufgehalst wird.

Ullmann und ich sind es zufrieden. Es quält uns, daß jemand in ein falsches Schuldbekenntnis gedrängt werden soll, so sehr auch uns das angekündigte Strafstehen bereits in den Gliedern liegt. Schon sind so gut wie alle Kostträger „behandelt", und nur Absagen liegen vor. Da, mit einem Mal, eilen nahe der Barackentüre zwei Kameraden an uns vorüber. Sie haben sich soeben aus einem dichtstehenden Ring von Gefangenen entlang der Barackenwand gelöst, und man kann es ihrem aufgeregten Gehaben ansehen, daß sich etwas Besonderes ereignet hat. Sollten sie ein Opferlamm gefunden haben?

„Komm mit!" ruft mir einer von ihnen zu. „Kannst uns helfen, den Bericht aufsetzen."

„Wer ist der Gimpel?"

Sein Gesicht verzieht sich indigniert. „Das ist nicht der Ausdruck."

„Schön. Aber wer ist es? Wie heißt er?

„Melzmann. Ein Pfälzer."

Fast im gleichen Augenblick lockert sich der Ring von Gefangenen an der Baracke, und ich sehe dort wie an die Wand gedrückt – ja, niemand anderen als meinen Dorftrottel.

Ein kleines, verträumt wegstrebendes, verlegen abwehrendes Lächeln steht in den töricht flachen Zügen. Er sagt, oder zumindest sieht es so aus, als würde er sagen: „Schon gut. Schon gut. Laßt jetzt sein. Ich hab schon zugestimmt. Macht kein Aufhebens davon."

Ohne auf eine nähere Begründung zu warten, war er bereit gewesen. Wenn man ihn braucht ... Viele Worte sind da nicht nötig. Einer muß es doch schließlich sein! Zuletzt hatte er, etwas mühsam belustigt, gegröhlt: „Nu, so werd ich eba meine fünfundzwanzig auf da Orsch bekommen. Hab auch als Bub meine Priegel gekriegt, merschtenteels och damals unschuldig!"

Ich schaue ihn an und kann es kaum fassen. Weiß er denn nicht, was sich an Fürchterlichem bei diesen Auspeitschungen abspielt? Doch – er muß es wissen, so gut wie jeder andere. Wie wir hat er die entmenschten Schreie durchs Lager gellen gehört; wie wir erinnert er sich an den Kameraden, der eine Woche lang weder sitzen noch gehen noch liegen konnte – nach bloß fünfzehn Peitschenhieben. Wie uns muß auch ihm das undefinierbare Grauen, das von dem Verbrecher mit dem silbernen Eichenlaub ausgeht, in die Glieder gesunken sein. Dennoch ist und bleibt er bereit.

Ein zwiespältiger Zustand bemächtigt sich der Empfindsameren unter den Kameraden. Teils flüstert ein Wiegenlied: „Das Strafstehen entfällt. Du wirst nicht frieren müssen, nicht gebrochen, mit starren Beinen und verschlimmertem Husten in die Baracke wanken. Wirst nicht auf deinen Schlafplatz fallen, ohne auch nur einen warmen Schluck zu bekommen." Andererseits nagt Scham, daß wir einen naiven Menschen, der vielleicht nicht vernünftig oder wehrfähig genug ist, für uns leiden lassen; daß er Qual auf sich nimmt, die weit schlimmer ist als das, was alle getroffen hätte.

Ich persönlich fühle mich besonders bedrückt. Ich sollte hingehen, sage ich mir, und ihm Abbitte leisten, selbst wenn er nicht weiß, wofür. Auch könnte ich es nicht in Worte fassen, die ihm etwas bedeuten würden. Wie gerne würde ich ihm etwas Liebes, mich Demütigendes tun, und damit wortlos meine Überheblichkeit bekennen, die doch zugleich in meinem Wesen liegt. Ich überlasse es zuletzt einer künftigen Gelegenheit und finde Beruhigung darin, daß mein Bekenntnis bis dahin in einem veränderten Gefühl für ihn, ja, für alle Menschen hier zum Ausdruck kommen wird.

Mit der Beschwingtheit von Schuljungen beginnen die jüdischen Kapos, die Meldung an Kantschuster zu verfassen: „Die beanstandete Schale gehört dem Schutzhaftjuden Jochen Melzmann.“ Knapp und sachlich stellt der Bericht dar, daß Melzmann die Schale vor dem Morgenappell auf dem Kasten vergessen habe. Später sei er seines Dienstes als Kostträger wegen nicht mehr dazugekommen, das Versäumnis rechtzeitig gutzumachen. Während der Inspektion wäre er unterwegs zur Küche gewesen und hätte, kaum über den Vorfall unterrichtet, ohne jedes Zögern das Eigentum an der Schale bekannt.

Das klingt recht gut. Selbst unsere Unheilserwarter sind zuversichtlich. Zumindest anfänglich. Als aber der Blockälteste, der sich mit dem Schriftstück sofort in die Kommandantur begibt, lange nicht zurückkehrt, ja noch nicht erschienen ist, als wir zur Nachmittagsbeschäftigung abrükken müssen, bemächtigt sich neue Sorge der Stube. Dennoch schwindet die Beschwichtigung nicht ganz aus dem Gefühlsaufruhr, den Melzmanns Opfer in uns ausgelöst hat. Ein Rest erleichterter Fröhlichkeit schwebt noch immer wie ein aromatischer Rauch über den Gemütern.

Wir müssen an diesem Nachmittag wieder einmal Balken und Türen von einem Ende des Lagers zum anderen tragen. Melzmann gehört zu jenen unter uns, die, in einer Baracke beim Fenster aufgestellt, die wegzutragenden Gegenstände herausreichen. Ich habe dadurch mehrmals Gelegenheit, ihn mir genau – genauer als bisher – anzusehen.

Der Ausdruck seines Gesichts weiß nichts davon, daß sich etwas Ungewöhnliches zugetragen hat, noch, daß Schmerzliches bevorsteht. Hie und da leuchtet der Abglanz eines inneren Lächelns zwischen Mund und Augen auf, und vielleicht leistet er seine Arbeit etwas weniger lärmselig als sonst, fast wortkarg.

Die flachen Züge – ich stelle es von neuem fest – sehen so aus, als hätte ihr unzufriedener Schöpfer sie sofort wieder auslöschen wollen. Doch der Widerstand, den sie zu ihrer Bewahrung der mächtigen Hand entgegengesetzt hatten – mit wenigstens teilweisem Erfolg – scheint ihnen heimliche Kraft gegeben zu haben. Oder zeigt sich nur, wie wuchtig sie ursprünglich geplant gewesen waren?

Sie erscheinen mir nicht mehr unsympathisch, geschweige denn abstoßend. Auch die ungelenk gröhlende Sprechweise quält mich nicht mehr.

Sogar die Balken erscheinen mir viel leichter und weniger splitterreich an diesem Nachmittag. Der Wind, gegen den ich mich lehnen muß, ist weniger kalt. Wieder einmal hat sich ein Teil meines Wesens dem schweren Druck des Ortes entwunden; wieder einmal bin ich erfüllt von Dankbarkeit und frohem „Ja". Nicht dem Leben schlechthin gilt dieses „Ja", sondern dem Menschen, dem – wie es machmal scheint – schwersten Stück Wegs zur Lebensbejahung.

Erst vor dem Antreten zum Abendappell stapft der Blockälteste aus der Richtung der Kommandantur heran. Seine eingesunkenen Kleinhäuslerwangen kämpfen vergeblich gegen ein Lächeln, ein kleines Aufleuchten lange nicht mehr empfundener Freude. Ich erkenne zum ersten Mal, wie tief verbittert und versteinert dieses Gesicht sonst ist.

„Nix is!" ruft er mit soviel Rauheit, als er noch aufbringen kann.

„Was war?"

„‚Hau ab!' hat er g'sagt ... Das war alles. ‚Hau ab!'"

„Hat er es gelesen?"

„Freili. Aber des hätt' am End' wenig g'holf'n. Sau ham mer g'habt. A Riesensau. Grad bevor ich ihm den Wisch geben ha, is der Großschädlerte mit seine Hund' nach Mincha z'ruckg'fahr'n."

Kein Strafstehen also! Und kein Opfer unseres Retters, meines Ex-Dorftrottels!

Vom Meer unserer noch etwas beklommenen Erregung kommen jetzt große Wellen langsam, majestätisch herein. Eine nach der anderen überschüttet Melzmann, den bescheidenen, selbstverständlichen, mit ihrer salzig warmen Flut. Jeder will ihn umarmen, jeder wenigstens seine Hände fassen, seine Schultern oder einen Arm berühren, um auszudrücken ... was eigentlich? Ja, wenn das so einfach zu sagen wäre. Etwa: daß der Widerschein der untergegangenen Sonne jetzt mit einem Mal hell und warm auf den abscheulichen Barackenwänden liegt? Daß es gut ist, die süße Luft dieses Daseins zu atmen, welches neben all seinem Leid noch Raum hat für soviel Versöhnliches, soviel Lust, soviel Schönheit? Daß der Mensch ist, wie er eben ist: nicht gut, aber – des Guten fähig?

Melzmann lacht ein verlegenes, glucksendes Lachen. Er weiß nicht, wie er dem Ansturm der vielen Zärtlichkeiten begegnen soll, ist aber froh, daß er für ein paar Stunden aus seiner anonymen Existenz, die er längst als sein Schicksal hingenommen hat, in die Rolle eines Bewunderten, Geliebten aufgerückt sein soll.

Die Leistung, die er erbracht hat, rechtfertigt es – in seinen Augen – allerdings nicht. Und gern möchte er wieder untertauchen in Alltag und Ruhmlosigkeit. Mehrmals höre ich ihn sagen: „So ist's eben abgetan."

Salzer sieht ihn lange von der Seite an und schüttelt tief atmend den Kopf. In zwei Tagen wird er seinen Vollzug haben. Der Schreiber hat es im gerade vorhin zugeflüstert.

Der Tag, an dem Salzers Strafe vollzogen wird, ragt in meiner Erinnerung scharf umrissen auf. Doch hat dies nichts mit dem Vollzug selbst zu tun oder mit Gefühlen, die er in mir erweckt haben könnte. Vielleicht wäre mir das wenige, das ich von der Sache beobachten konnte, wie viele andere Einzelheiten meiner Haft entglitten, wenn nicht ein anderes Ereignis des gleichen Tages ihr unvergeßlich grelles Licht auch auf Salzer und seine Rückkehr in die Stube werfen würde. Dieses Ereignis ist es, das den Tag aus dem Nebel des Vergangenen hebt und das Aberbach Gelegenheit gibt, seine beiden Äußerungen über die Existenz eines philosemitischen Gottes, die zweifelnde und die zuversichtlich strahlende, abwechselnd und aus tiefstem Herzen von sich zu geben.

Da der Arzt die Strafdauer im letzten Augenblick auf eine halbe Stunde herabgesetzt hatte, zeigten sich die Folgen der Prozedur an dem alternden Manne nicht allzu drastisch. Zwar habe ich noch nie einen bleicheren Menschen gesehen; auch bleibt er, in die Stube zurückgebracht, am Boden liegen – genau dort, wo die Träger der Bahre ihn abladen;

doch als wir, etwa eine halbe Stunde später, zum Abendappell antreten, läßt er sich von Kameraden auf die Beine stellen.

Daß er sich mit fremder Hilfe, und nach einer Weile auch alleine, am Türpfosten aufrecht halten kann, erfüllt ihn mit glücklichem Staunen. Nach Minuten des Stillstehens und Mut-Fassens macht er ein paar Schritte, und schließlich erscheint er in unseren Reihen – ein erlöst stolzes Lächeln um Lippen und Augen.

Ich laviere mich an ihn heran: „Bravo, Salzer. Gottlob, daß du es hinter dir hast."

Seine Stimme klingt fremd, heiser und verfärbt: „Frag' nicht, wie es war ... aber es nicht mehr vor mir zu haben, ist Erlösung."

Jetzt sind wir ausgerichtet und haarscharf aufgedeckt – nicht einmal der Blockälteste findet noch etwas auszusetzen – und warten nur auf das Signal zum Abmarsch. Auch dieser Appell wird vorübergehen, denke ich, wie so viele schon vorüber gegangen sind. Auch er wird in zwei Stunden, und wenn wir Glück haben, sogar etwas früher, nur die Summe vergangenen Frierens und Bangens ein wenig vergrößert haben.

Da Salzers Erleichterung sich der ganzen Stube mitgeteilt zu haben scheint, sind wir sogar zuversichtlich, daß alles heute besonders glimpflich abgehen wird. Die beleuchteten Dachbodenfenster, die „Augen der Hoffnung", werden uns schon beim Aufmarsch entgegenleuchten und sicherlich bis zum Ende des Appells bei uns bleiben. Für die freien Minuten nach dem Abendessen bin ich mit Grün und Ullmann für die Kantine verabredet und freue mich, daß mein Kassenstand es mir ermöglicht, beide wieder einmal auf Kaffee und Bäckerei einzuladen.

Da brummt schon die Sirene auf. Nach zwei Minuten wird das zweite Brummen folgen und die Worte: „Im Gleichschritt – marsch!", die ich meist als so beruhigend empfinde, werden ertönen. Doch was ist das? Woher kommt der unbekannte, harte Sirenenton, der mit einem Mal an Stelle des Brummens aufgellt? Warum läßt er nicht nach oder verwimmert klagend nach angemessener Zeit? Er dehnt sich endlos hin, heult unverändert in die Dämmerung hinaus, und daß er an Lautstärke weder zu- noch abnimmt, wirkt besonders zerrüttend, besonders erschreckend.

Von der Peitsche seiner unerbittlichen Fortdauer immer härter getroffen, können wir nur Zuflucht im Gesicht der Nahestehenden suchen. Das Blockpersonal ist zur Ausschau in die Lagerstraße vorgesprungen. Dort steht es – selbst ratlos, selbst gepeitscht – und gibt nur durch seine Bestürzung an uns weiter, daß etwas Außergewöhnliches vorgeht, daß etwas eingetreten ist, über dem sich die Oberfläche unseres Lageralltags nicht ohne weiteres schließen wird.

Schon sind Lübke und der Blockälteste wieder neben uns. „Zurück in die Baracken! Sofort zurück!" umbellen uns ihre Stimmen. „Nicht in die Stube! ... in den Waschraum!"

Dichtgedrängt, angstvoll wortlos stehen wir, etwa zweihundert Menschen, in dem kleinen Raum – im Dunkel, da das Licht abgedreht werden mußte: Eine Schafherde, die ein Gewitter zu einem harrenden Klumpen geballt hat. Draußen hat die Sirene jählings zu heulen aufgehört und es herrscht Totenstille – als wäre das ganze Lager in den Erdboden gesunken. Wie um unseren wild umherschweifenden Befürchtungen neuen Anstoß zu geben, ihnen das Tor ins Phantastische zu öffnen, werden die Türen der Baracke von draußen versperrt.

Eine halbe Stunde des Verlorenseins in Bängnis, Schweigen und Dunkel – in Fragen, die zeigen, daß du noch immer nicht vertraut genug bist mit dem Gefühl, einem Wahnsinnigen ausgeliefert zu sein, der eine Höllenmaschine in den Händen hält. Es gibt kein Entrinnen. Jeder Versuch könnte den Unberechenbaren nur reizen. Wird sein Wahnsinn es gestatten, daß du mit dem Leben davonkommst –

dann dank' deinem Geschick. Du kannst nichts dazutun.

Aber noch hast du nicht alle Fragen, die sich dir aufdrängen, erwogen, als die Barackentüre draußen schon wieder aufgesperrt wird. Ein fremder Kapo steht im beleuchteten Türrahmen; brüllt: „Antreten zum Abendappell!"

So ist der Zwischenfall – was immer er zu bedeuten gehabt haben mag – also beendet. Nur umso dringlicher möchten wir wissen, was der erregende Aufwand bedeutet hat. Alarmprobe? Eine rasch unterdrückte Lagerrevolte? Das Blockpersonal gibt keine Auskunft. Entweder sie wissen so wenig wie wir oder sie scheuen sich, ihre Vermutungen auszusprechen.

Plötzlich schießt mir durch den Sinn: Sollten wir das Signal gehört haben, von dem uns der sächsische Kommunist, der uns an einem Nachmittag als Exerzierkommandant zugeteilt war, erzählt hatte? Das Signal, das ertönt, wenn ein Gefangener entflohen ist oder ein Fluchtversuch vereitelt werden soll? Wer es im Freien hört, tut gut daran, sich augenblicklich flach auf den Boden zu legen, falls er sich nicht mit Selbstmordabsichten trägt, und so lange liegen zu bleiben, bis es verstummt ist.

Unsinn. Nur ein Wahnsinniger oder Lebensüberdrüssiger könnte Flucht aus diesem Lager mit seinen stets bemannten Wachtürmen und dem elektrisch geladenen Stacheldraht auch nur versucht haben. Dennoch umschwärmt uns, während wir zum Appellplatz marschieren, das Gerücht: Ein arischer Häftling hat es gewagt. Er ist bis ins äußere Lager gekommen, dort aber SS-Leuten in die Arme gelaufen. Er ist bereits eingebracht. Darum auch hat der Alarm nicht länger gedauert.

Gerüchte! Immer wieder Gerüchte! Wie unverfroren bestimmt sie sich geben. Wie unverfroren journalistisch sie sich im nächsten Augenblick verleugnen oder das Gegenteil behaupten. Richtig ist diesmal allerdings, daß das Gewitter sich erstaunlich schnell wieder entfernt hat. Und das, schließlich, ist die Hauptsache. Auf dem Appellplatz aber empfangen uns Anzeichen, daß die Hochspannung sich noch immer nicht völlig entladen hat und einzelne Donnerschläge hinter den Wolken nachgrollen.

Der Lagerleiter und Kantschuster stehen, von einem Halbkreis von SS dicht umringt, in der Tiefe des Platzes, und blicken unserem Aufmarsch mit unverkennbarer Spannung entgegen. Sonst sind wir es, die lange stehen müssen, ehe die Götter zu erscheinen geruhen.

Die SS-Männer, welche mit einem Mal in großer Zahl überall auftauchen, haben ihre Stahlhelme mit den Kinnriemen auf. Sie tragen Karabiner und Maschinenpistolen und sehen aus, als ob sie in einem Sturmangriff soeben aus den Schützengräben hervorgestoben wären. Nur die Handgranaten in den Gürteln fehlen zur Vollkommenheit des Bildes, finden aber Ersatz in der kriegerisch wüsten Bereitschaft der Gesellen, die sich uns in jedem Nerv mitteilt.

Der Rapport wird augenblicklich abgenommen. Der Lagerleiter hört die Meldung mit betonter Spannung an, schreitet mit der Theatralik der Unentschlossenen bis ans Ende der Kolonnenfront und zurück, bis er zuletzt zwischen den Zähnen hervorstößt: „Nochmals durchzählen!"

Auch die zweite Zählung bringt nichts Entspannendes. Der Lagerleiter empfängt das Ergebnis mit steinernem Gesicht und zieht sich ohne jedes weitere Wort mit seiner höheren Entourage in die Kommandantur zurück. Kein Befehl zum Abmarsch erfolgt.

In den Amtsräumen des Lagerleiters flammt Licht auf, und man sieht die massigen Gestalten der Offiziere hinter den Scheiben erscheinen, verschwinden, wiedererscheinen. Aus dem großen Torbogen des Gebäudes dringt Motorenlärm brüsk ankommender und losfahrender Automobile. Starke Motorräder knattern. Bremsen quieken. Die Scheinwerfer der Wachtürme kreisen. Ihre Strahlenbündel wühlen in unseren Reihen wie fahle Fangarme eines unsichtbaren

Polypen. Manchmal überstreichen sie uns bloß und durchstöbern dann die fernsten Winkel des Gevierts.

Die SS geringen Ranges, die bei uns geblieben ist, scheint mit den Helmen und ihrer sonstigen Kriegsausrüstung auch einen anderen Charakter angezogen zu haben. Der Haß, der aus jeder Bewegung, jeder Miene tropft, bringt mir die Mörder aus dem Zug, die Gegenspieler des Rebellen Nikolaus Deutsch, in Erinnerung, und ich erkenne, daß auch diese gemäßigteren Schergen die mörderische Kralle vorstrecken können. Wäre mir nicht das eine oder das andere Gesicht trotz seiner Kriegsvermummung bekannt, könnte ich glauben, daß die Lager-SS durch Verfügungstruppen ersetzt worden sei.

Die Verwandelten umschleichen unsere Blöcke; sie pirschen durch die Reihen und hauen wegen der kleinsten Verfehlung hart drein; oft auch ohne allen Grund. Alles vollzieht sich in tiefem Schweigen; die Totenstille über dem ungeheuren Platz verschlingt jeden Schmerzenslaut, jeden Aufschrei.

Bald werden die Quäler des Gehens und Schleichens müde. Sie umkreisen die Blöcke auf ihren Fahrrädern, wodurch ihr Auftauchen so lautlos und rasch erfolgt, daß jedes geflüsterte „Achtung" zu spät kommt. Schon ist der Scherge da, schon fällt seine Faust auf Kopf und Gesicht, schon treten seine Stiefel in Hingestürztes.

Etwa zwei in solcher Spannung verbrachte Stunden hämmern uns ein, daß es nur Strafe oder Rache sein kann, was an uns vollzogen wird. Dennoch fragen wir nicht: Strafe wofür? Rache wofür? Wir fragen nur: Wie lange werden Strafe oder Rache dauern? Denn der Wind, der über den weiten Platz fegt, geht einem durch Mark und Bein. Zum Überfluß beginnt ein Gemenge von Regen und Schnee zu fallen. Schon sind die Schultern durchnäßt.

Doch jeder Gefangene spricht sich Mut zu, verlangt von sich gelassenes Abwarten, klare Überlegung. Die beleuchtete Uhr der Kommandantur zeigt halb acht. Länger als bis zehn kann die Folter kaum währen. Das ist zwar furchtbar lange, wird aber auszuhalten sein. Als einige Kapos mit SS-Männern in das tiefe Dunkel eilen, welches das ganze Lager hinter uns umhüllt – auch in der Kantine und im Revier ist es stockfinster –, will es mir sogar scheinen, als würde unser Stehen gar nicht der Strafe oder Rache dienen, sondern einer bloßen Zweckmäßigkeit. Vielleicht, sage ich mir, werden die Baracken eben nach dem oder den Fehlenden durchsucht. Das kann rascher und wirksamer geschehen, wenn wir hier, und die Baracken leer sind.

Warum nur dieser Gedanke so beruhigend in mich einsinkt? Ist es, weil er zu sagen scheint: Niemand will euch übel? Was geschieht, muß geschehen. Du und deine Kameraden, ihr habt nichts angestellt. Ihr seid brav. Zum Teufel, nein! Ich war nie ein Klassenprimus. Ich habe niemals Neigung zum jüdischen Kapo gehabt. Die Zweckmäßigkeitsversion gestattet einfach, das Maß unserer Qual optimistisch einzuschätzen. Wie lange kann es denn dauern, bis sämtliche Baracken durchsucht sind? Kaum länger als bis neun Uhr. So, Kopf hoch. Die ein und einhalb Stunden werden vorübergehen. Überdies: Strafe! Warum gleich an das Absurdeste denken? Wenn wirklich, wie das Gerücht jetzt geht, ein arischer Gefangener von einem Arbeitskommando nicht eingerückt ist – in welcher Weise hätten wir im Lager hier seine Flucht verschuldet oder mitverschuldet? In welcher Weise sie auch nur verhindern können? Nicht einmal Nazilogik könnte uns beschuldigen, mit ihm konspiriert, ihn ermutigt zu haben. Zumal wir Juden haben doch kaum irgendwelchen Kontakt mit den arischen Gefangenen, die auf Arbeitskommando gehen.

Verdächtig aber bleibt – um es gelinde zu sagen – der haßvolle Eifer, der sich an uns austobt. Dergleichen muß anbefohlen sein, muß aus Wut oder Angst hervorbrechen. Fürchten sie, daß eine geglückte Flucht ihnen „oben“ zur Last gelegt werden würde? Oder sind sie empört, daß ihre Unfehlbarkeit im Menschenschinden, das lückenlose Netz ihrer Gewalt, von einem Opfer verhöhnt wurde? Wer kann ergründen, was in diesen Tollen vorgeht?

Jedenfalls verschärft Befehl auf Befehl unsere Lage. Wir müssen jetzt dauernd „Stillgestanden“ stehen; müssen die seit einigen Tagen in der Kantine erhältlichen Handschuhe ausziehen; und nun auch, wo der Schneeregen in ein eisiges Strömen übergeht, die unlängst gefaßten Kappen abnehmen und ihm unsere, heute morgen kahlgeschorenen, Köpfe aussetzen.

Ein Gerücht durchflüstert die Reihen: Wir werden bis Mitternacht stehen müssen. Der Geist prallt entsetzt zurück. Das kann nicht sein. Bis Mitternacht? Noch fast vier, ungeahnt lange Stunden in diesem Regen, unter der Peitsche dieses Windes, von Harndrang unerträglich gequält? Woher die Kraft nehmen? Schon sind die Füße schmerzhafte Eisklumpen, schlimmer denn je, die Glieder ziehen, und es kostet äußerste Selbstüberwindung, nicht vor den Augen eines SS-Mannes von einem Bein aufs andere zu zappeln.

Die Stimmen der im Torweg ankommenden und abfahrenden Kurierfahrzeuge verebben allmählich. Die Scheinwerfer mäßigen ihr gieriges Kreisen, und selbst die uns noch immer umschleichende SS spricht und schlägt seltener. Schwarze Totenstille umklammert den Platz und die harrenden Blöcke. Die große Türe der Küche, über welcher sonst immer eine matte Glühbirne brennt, schimmert abweisend grau aus dem Dunkel. Das Gerücht kann nicht ganz aus der Luft gegriffen sein.

So lassen wir uns also in ein Dauergefühl sinken, versuchen einen geistigen Zustand zu erreichen, der uns befähigt, die Wüste dieser vier Stunden zu überdauern. Doch bald lassen wir jeden Plan fahren und beobachten nur mehr, Minute um Minute, das unbestechlich langsame Vorrücken der Zeit auf der beleuchteten Uhr. Daß sie überhaupt vom Fleck kommt, oder eigentlich sich nur immer wieder plötzlich als vorgeschritten erweist, ist unbegreiflich genug. Zuletzt aber ist das Wunder eingetreten. Die vier Stunden sind nahezu vergangen; die beiden Zeiger der großen Uhr nähern sich der Ziffer zwölf.

Ein Erwachen aus stumm dösender Verzweiflung gerät in die schwarzen Menschenquadern, die gleich den Gebäuden ein lebloser, immer tiefer in sich versinkender Teil der Finsternis geworden sind.

Nur noch drei, und jetzt nur noch zwei Minuten fehlen. Dann wird auch dieses schlimme Lagerabenteuer überstanden sein. Wir werden einrücken und den Versuch unternehmen dürfen, uns in der Baracke zu entkleiden, aufzutauen, abzutrocknen. Wie es gelingen wird, steht allerdings dahin. Etwas Warmes werden wir zu dieser Stunde wohl nicht bekommen, in Anbetracht der abweisenden Küchentüre und der finsteren Kantinenfront. Aber wir werden uns hinwerfen können, unsere vom Wind verblasene Körperwärme einsammeln und die starren Glieder der trostvollen Dunkelheit eines kleinen Raumes zum Liebkosen übergeben.

Doch der große Zeiger hat die Zwölf noch nicht erreicht, als ein furchtbares Gerücht durch unsere Reihen zischt. Ein leise aufschreiendes „Nein!" tönt an vielen Stellen auf. Es wäre die Antwort aller, wenn nicht viele schon zu gelähmt, bis ins Innerste zermürbt wären, um noch Widerstand oder Interesse aufbringen zu können: Das Stehen soll bis vier Uhr Früh weiterdauern.

Wie die nun folgenden Stunden einer unaussprechlichen Not des Körpers und des Geistes dahingehen und die Meisten von uns sie überdauern, wird mir immer unfaßlich bleiben. Den größten Anteil an dem Wunder schreibe ich der großen Uhr zu, die das Licht in der Finsternis, der Trost in der Verzweiflung ist, die Nahrung der flackernden Lebensflamme. Es macht wenig aus, ob die Zeiger sich gerade, wie angefroren, wie am Ende ihrer Kraft, nicht vom Fleck bewegen wollen oder wundersam ein paar Schritte ins Leben geschnellt sind. Daß die Uhr überhaupt vorhanden, uns Gefährte und Halt ist, das ist ihr entscheidendes Verdienst. Auch erkenne ich in glücklichen Augenblicken, daß sich trotz allen Frierens und gepeinigten Stehens, im Geschirr der eigenen Müdigkeit Hängens, ein Dämmerzustand, den ich fast Schlaf nennen möchte, auf uns gesenkt hat.

Von Unterdrückung der Notdurft kann keine Rede mehr sein. Zuerst ekelt es mich an, als Kameraden sich dicht neben mir entleeren, wohin es gerade trifft, und der dampfende Urin an meinen Hosenbeinen hinaufspritzt. Einen Augenblick lang wünsche ich in meinem Ärger, daß sie bei ihrem Tun von einem SS-Mann ertappt werden, doch schon im nächsten überwiegt mein Mitleid. Schließlich bediene auch ich mich des Auswegs, der es verhindert, daß einem die Hosen so abscheulich kalt an den Beinen kleben. Bald steht der Block in einem zentimetertiefen See von Urin, den der nasse Boden nicht länger aufsaugen kann.

Im Block zu unserer Linken sackt ein Gefangener leblos zusammen. SS ist rasch zur Stelle und tritt mit den Stiefeln in den am Boden Liegenden hinein. Doch er besteht die rauhe Belastungsprobe. Das Blockpersonal trägt ihn nach rückwärts, irgendwohin. Er ist kein Gefangener mehr. Er darf also ruhn.

Die linken Flügelmänner unserer Kolonne haben es, ebenso wie die am linken Flügel der anderen Kolonnen, besonders schwer, da der Wind von links bläst. Wir führen einen Turnus ein. Nur eine Viertelstunde lang muß es der Flügelmann jetzt aushalten, ehe er zum rechten Flügel schleichen darf und sein nachrückender Nachbar den Flügel besetzt. Nur eine Viertelstunde? Nein, eine ganze Viertelstunde! Der vermutlich geringe Temperaturunterschied wird von den jeder Kraft- und Wärmereserve beraubten Körpern als ungeheuer empfunden. Wenn diese eine Ewigkeit dauernde Viertelstunde ihrem Ende zugeht, kann man die Ablösung und das kosige „Klima“ des rechten Flügels kaum mehr erwarten.

Diese Nacht ist an Qual und Berührung des Unerträglichen ein würdiges Gegenstück zur Nacht im Transportzug. Unser Leben ist in der Hand von Wahnsinnigen. Wir können nichts tun als abwarten, was sie über uns verhängen werden. Jeder von uns wundert sich nur, daß nicht auch er den Weg des Mannes aus dem Nachbarblock gegangen ist, den Weg, den jetzt in kurzer Aufeinanderfolge zwei kraftvoll aussehende arische Gefangene gehen.

Es ist bezeichnend für den allgemeinen Zustand, daß mir kein Interesse mehr für ihren Abtransport zur Verfügung steht. Ich drehe mich nicht einmal um nach den eingestürzten Säcken und erfahre erst am nächsten Tag, daß sie nicht mehr erweckt werden konnten.

So wenig ich mir hatte vorstellen können, daß es jemals dazu kommen, für mich dazu kommen könnte – es wird zuletzt vier Uhr. Doch nur, um tieferer Enttäuschung das Feld zu bereiten. Denn auch jetzt endet unsere Strafe für Unbegangenes noch nicht.

Doch jetzt ist alles gleichgültig. Völliges mich Ergeben, das zugleich wundersam entspannt, sinkt in mich ein. Komme, was kommen muß! Der Willenskrampf, der mich bisher umklammert hielt, ist gelöst. Die Zähne hören auf, gegen einander zu schlagen. Mit vorgeknickten Knien, eingestürztem Gesicht, zur Brust gesunkenem Kopf stehe ich – steht eine Armee von Lemuren da. In ihnen allen wehrt sich nur noch das Triebhaft-Unwillkürliche. Die Seele dagegen reist. Sie taumelt durch Traumkontinente, durch Bereiche des dem Schicksal-anheim-Gegebenseins, des Versinkens und Wiederauftauchens, durch viel Heimkehr in Erkenntnis und Vergessenes.

Wir haben in der Stube einen schönen, blonden Menschen, einen blauäugigen Riesen, der heute vor mir, ein wenig zur Linken, durch den Stillstand der Stunden ragt. Der Anblick der mächtigen Schultern, des friedfertig gelassenen Gesichts war mir immer wieder Trost gewesen und Ansporn, es ihrem Besitzer an kraftvoller Fassung gleichzutun. Schon bei früheren Anlässen hatte ich ihn mit Tonio Kröger'scher Zärtlichkeit und zugleich mit geheimer Selbstüberschätzung – ich war es, der ihn sah und auf sich einwirken ließ, nicht umgekehrt – von der Seite angesehen und empfunden: „So muß man aussehen, so erfüllt sein von Vertrauen in die überlegene Kraft und Gesundheit der eigenen Natur, um aus dem Alptraum dieses Erlebens ohne schweren Schaden hervorgehen zu können."

Tatsächlich hatte alles Bisherige, die Anstrengungen dieser Nacht nicht ausgenommen, dem fest in sich Beruhenden, strahlend Erdverbundenen nicht viel anhaben können. Vielleicht spielt hier auch das soziale Rückgrat mit, welches ihm die Achtung seiner engeren Landsleute gab – sie erwähnten seinen Reichtum als Weinbergbesitzer nur im Flüsterton.

Jetzt aber ereignet es sich, daß der „Mörder" ihn dabei ertappt, wie er sich das angesammelte Regenwasser von der Kopfhaut streicht. Zur Strafe für die unerlaubte Bewegung schlägt er ihm mit der Faust ins Gesicht.

Noch nie habe ich einem geringfügigen Geschehen seine innere Tragweite so unmittelbar – fast wäre das Wort hellseherisch am Platze – ansehen können. Ich erschrecke jäh. Angst schreit förmlich auf in mir; ich erlebe die Qual eines kleinen Kindes, das hilflos die Prügelei zweier Erwachsener mitansehen muß.

Der Gefangene prallt zurück – zornig und maßlos erstaunt. Offenbar hat ihn noch niemand in seinen erwachsenen Jahren körperlich anzutasten gewagt, und es bedarf keiner großen Vorstellungskraft, um zu fühlen, daß dies unter anderen Umständen auch nicht sehr ratsam wäre für seinen Gegner.

Jetzt aber halten sich die zwei Instinkte, die auf ihn einwirken, die Waage. Schon scheint es mir unvermeidlich, daß er sich auf den Angreifer stürzt, aber fast in der gleichen Sekunde sehe ich, wie das Wissen, welche Folgen sein Ausbruch für ihn und die Kameraden nach sich ziehen würde, die Oberhand gewinnt. Er läßt den halberhobenen Arm sinken. Daß der SS-Mann ihn nun, wie über den eigenen Mut erschreckend, noch zweimal wuchtig mitten ins Gesicht schlägt, scheint der von innen Gefällte kaum mehr zu bemerken.

Endlich beginnt das Dunkel fahl unentschlossener Dämmerung zu weichen. Doch dieser szenische Fortschritt bringt kälteren, verstärkten Wind – äußersten Angriff auf eine bereits überrannte Stellung. Zwecklos vorsichtig pirschen die Minuten und Sekunden über uns Tote hin, die noch immer nicht zu begreifen scheinen, daß das Bewußtsein, bis zum Tagesanbruch aushalten zu müssen, ihnen bisher geholfen hat, die Stellung zu verteidigen.

Jetzt ist auch diese Stütze, diese fragliche Hülle von uns gewichen. Kalt glasig starren uns die Augen der Wirtschaftsgebäude entgegen. Unerbittlich treten die Kulissen des offenen Kerkers aus den letzten, milderen Schleiern hervor. Selbst das Licht in der Finsternis, der Schimmer der großen Uhr, ist erloschen.

Wieder meldet sich das Gerücht dunkel: „Der Flüchtling ist noch nicht eingebracht. Ihr werdet so lange stehen müssen, bis es möglich ist, an ihm selbst Rache zu nehmen." Doch wie, wenn es dem Flüchtling glückt (wie ich es ihm heiß wünsche, obwohl ich ihn zugleich mit allen Satansflüchen heimsuchen möchte) – wenn es diesem unglaublichen, herrlichen Burschen gelingt, über die Reichsgrenze zu entkommen und seine Verfolger um ihre Haßorgie zu bringen? Wie lange stehen wir dann? Jetzt spricht auch Grün neben mir die Frage halblaut, wie aus einem Traum, vor sich hin. Ohne Antwort zu bekommen – natürlich.

Wir stehen und stehen. Eine Armee geknickter Gestalten mit aschgrauen Gesichtern und eingesunkenen Augen. Eine Armee, die es teils nicht mehr aufnimmt und teils zu träumen meint, als sich etwas an sich Unscheinbares ereignet, das aber unter den gegebenen Umständen wie ein Phantasiegebilde wirkt, wie eine Ausgeburt der überreizten Gehirne.

Plötzlich gleitet ein Schemen, der wie Kantschuster aussieht, oder sich seiner Gestalt bedient, an der Front der reglosen Menschenblöcke vorüber. Das Phantom eines Scharführers begleitet ihn. Die beiden bewegen sich auf die Lagerküche zu ... haben sie jetzt erreicht. Der Scharführer erweist sich als wirklich, da er eines Schlüssels bedarf und diesen seiner Hosentasche entkramt. Er sperrt die Türe auf, und die beiden Gestalten verschwinden.

Ist das eine Verheißung, ein Winken der Erlösung? Eine Viertelstunde etwa voll unbeschreiblicher Gefühlsgegensätze, ein fiebrig zuckendes Auf und Nieder der Hoffnung vergeht, bis eine kaum merkliche Rauchfahne aus dem Schornstein aufsteigt. Bei den Morgenappellen gewöhnlicher Tage pflegt er trostreich dick zu schmauchen. Heute ist das zarte Schleierchen, das ihm entquillt, so dünn und ungewiß; es wird vom Regen so leicht zerrissen, daß wir zweifeln, ob es nicht bloß über dem Dache verwehender Nebel ist, den unsere Phantasie in Rauch zu verwandeln versucht.

Es ist acht Uhr, als ein Ruf über den Platz hinschallt. Erst jetzt sehe ich Kantschuster vor der Küchentüre, und verstehe wie rückwirkend den Befehl, der nur von ihm ausgegangen sein kann: „Schutzhaftlager, kehrt!“ ... Wie ein Echo, abgewandelt und vielfach, nähert sich, kaum, daß dieser erste Befehl ausgeführt ist, Kaporuf um Kaporuf: „Im Gleichschritt, marsch!“

Doch wir haben die Beharrlichkeit unserer Feinde wieder einmal unterschätzt – ebenso wie ihre Fürsorge. Selbst jetzt dürfen wir die heiße Brühe, welche die Heldenmannschaft der Kostträger heranschleppt, nur vor den Baracken stehend trinken. Kaum ist dies geschehen, als auch schon die Befehle zur Rückkehr auf den Appellplatz erfolgen.

Bald ist das bißchen Erwecken durch das warme Getränk und den kleinen Marsch wieder verbraucht. Die Strafe nimmt ihren Fortgang. Alles ist wie zuvor. Zwar bricht gegen elf Uhr blasse Sonne aus den sturmgefegt sich lichtenden Wolken hervor, kann uns aber keine merkliche Wärme geben. Unser Zustand wird von Minute zu Minute unhaltbarer. Keiner weiß, was im nächsten Augenblick mit ihm geschehen, was er schreien oder tun wird. Die Gesichter zukken; die Lippen bewegen sich lautlos, murmeln.

An gewöhnlichen Tagen ist es genau halb zwölf, wenn der Ruf „Kostträger!“ seinen Staffettenflug durchs Lager an der Küchentüre beginnt. Heute geht der Augenblick stumm, lastend vorüber. Hinter der wieder geschlossenen Türe rührt sich kein Zeichen von Leben. Nach dem Schlot zu urteilen, haben sie das Feuer wieder ausgehen lassen.

Jetzt verlieren selbst die Tapfersten den Mut. Als sich der Uhrzeiger der Ziffer zwölf nähert, hängen an ihm tausende von Blicken. Sie reißen sich von seinem Bild nur für Sekunden los, um auch den Gegenspieler im schweigenden Drama, die Küchentüre, im Auge zu behalten.

Auch die erste Nachmittagsstunde nähert sich schon ihrem Ende, ohne irgendein Zeichen nahender Rettung gebracht zu haben. Da orakelt mit einem Mal unser Blockältester, der in dieser Nacht zahm wie ein Kind geworden ist und vertraulich wie ein wirklicher Kamerad: „Jetzt gibt's nur noch eins.“ Er steht vornüber gekrümmt neben dem linken Flügel meiner Reihe, hält seine Faust gegen den Magen gedrückt, und sieht um zwanzig Jahre älter aus als gestern. Was ist dieses Eine, das es nur noch gibt? Auf was dürfen wir hoffen? Seine Antwort scheint auf Erlebtem zu fußen: „Wenn die Kostträger nicht um ein Uhr herausgerufen werden, gibts heut kein Essen. Dann steh'n wir weiter, oder ..." Mit heiser sinkender Stimme fügt er hinzu, „stehen nicht mehr."

Wie um die angedeutete Möglichkeit pantomimisch vorzuführen, schlägt in diesem Augenblick der schöne Riese links vor mir, der Weinbergbesitzer aus dem Rheinland, der Länge nach hin. Wohl ist er bald wieder auf die Beine gebracht; er kann sich auf ihnen, wenn auch nur mit fremder Hilfe zuerst, behaupten, doch sein Gesicht verliert fast zusehends an Umfang – ein Schrumpfen, das ich nicht für möglich gehalten hätte – und ist gelb wie eine Zitrone.

Als er, etwa zehn Tage später, vor meinen Augen auf seiner Strohschütte ins ewige Nichts versinkt und kurz darauf auf dem Wägelchen mit den glitzernden Speichen ins Krematorium gefahren wird, weiß ich, daß nicht so sehr die Qual der langen Nacht, als ein Faustschlag und das Gefühl eines ihm untilgbar Angetanenen ihn erledigt haben.

Doch jetzt schleichen die Zeiger der großen Uhr an die Stellung heran, die der Blockälteste für den Schicksalspunkt hält. Sie scheinen sich zu bewegen, als wüßten sie selbst die Bedeutung der Stunde. Atemberaubende Erregung bemächtigt sich der Massen, die eben noch hohläugig und eingeknickt dahingedämmert hatten. Es ist so still mit einem Mal auf dem ungeheuren Platz, daß das fernste Hüsteln wie eingerahmt von Schweigen hervortritt.

Für mich, jedenfalls, entscheiden diese Zeiger über Leben und Tod. Ich fühle es durch mein ganzes Wesen; ich weiß es mit einer Bestimmtheit, der nichts hinzugefügt, von der nichts abgezogen werden kann. Die Menschen, die mir teuer sind, treten vor meinen Geist; ich umfange sie mit einem Gefühl, das zugleich Abschied und neue Verbrüderung ist. Denn mag auch mein Stoff diese Nacht bis jetzt bestanden haben – die Rechnung wird jedenfalls noch präsentiert werden –, weiter stehen, einer zweiten Nacht entgegendämmern müssen, führt in Wahnsinn oder völlige Selbstpreisgabe. Es kann gar nicht mehr bis zur Nacht kommen.

Tausende von Augenpaaren hängen an einer Türe. Tausende von Augenpaaren wandern von einer Türe zu einem Zeiger, und von einem Zeiger zu einer Türe. Tausende von Herzen stocken den nächsten Augenblicken entgegen.

Nicht romantisch, als tobende See oder als brüllende Kanonen, ja, nicht einmal als eine Geschworenenbank, die sich zur Verkündung des Verdikts erhoben hat, stehen uns hier Verhängnis und Schicksal gegenüber, sondern – in der ganzen ironischen Abenteuerlichkeit dieser tollen Zeit – als geschlossene Küchentüre.

Es ist eine Minute nach ein Uhr, als ein SS-Mann mit einer weißen Küchenschürze, über die ihm an Stelle eines Schleifsteines oder Schöpflöffels eine Pistole herunterhängt, im Rahmen der Schicksalstüre erscheint.

Einen Augenblick starrt er nur der atemlosen Menge entgegen. Er steht ohnmächtig, eingeschüchtert vor einem Ungeheuerlichen, das dem Anblick entströmt. Er zögert wie ein Herold oder Richter, der im letzten Augenblick vor der Gewalt seines Amtes zurückweicht. Dann erst ertönt, nicht annähernd so hell wie sonst, die Formel: „Kostträger raus!"

Grün und ich fallen einander in die Arme. Aberbach drängt sich stumm ergriffen heran, und auch wir lassen unsere Köpfe, unser wortloses Gebet einer auf des anderen Schulter sinken. Von Disziplin kann keine Rede mehr sein. Jeder von uns schüttelt soviele Kameradenhände, als er erreichen kann. Scham, Erschöpfung existieren in diesem Augenblick nicht. Eine Rettung ist uns zuteil geworden, wie sie tiefer von Menschen nie empfunden wurde.

Daß uns auch diesmal nur gezählte Minuten zur Mahlzeit gestattet sind und wir sofort wieder auf den Appellplatz zurückkehren müssen, vermag das Wunder nicht um seinen Glanz zu bringen. Wir verschwenden kein Gefühl an diese Tatsache. Es ist uns keines übrig geblieben dafür.

Der Himmel hat sich aufgeheitert, und es ist viel kälter geworden. Bald fühle ich bis ins Mark, daß unsere Körper nun keine Reserven mehr zuzusetzen haben. Apathisch hängen die meisten an einem Faden erstarrten Willens, und nur wenige beachten es noch, daß das Maschinengewehr eines der Wachtürme gegen vier Uhr nachmittags zweimal kurz aufklopft.

SS-Männer flitzen auf Fahrrädern zu dem Rasenstreifen vor dem Turm, finden aber ihre Arbeit bereits geleistet. Sie können nur mehr anordnen, daß der Erschossene weggetragen wird. Es ist ein Arier, ein Kraftmensch, dem nicht anzusehen ist, daß ein Ausbruch von Verzweiflung ihn hatte dazu bringen können, sich des stets paraten Notausgangs – man betritt einfach den Rasen – zu bedienen.

Als zuletzt nach neuem Frieren und Dahindämmern die Stunde heranrückt, in welcher sonst der Abendappell stattfindet, halten sich in uns Hoffnung und Angst die Waage. Wird der Appell abgenommen werden? Wird er das Ende unserer Qual bedeuten?

Unwägbare Dinge spielen mit, um Menschen, welche die entblößt-nervige, aufgeschlossene Übermüdung erreicht haben, die mein Zustand war, ein Vorgefühl des Kommenden zu geben. Was es im besonderen ist, das mich, kaum daß der Appell beginnt, mit der Gewißheit erfüllt, daß wir nach der Meldung werden einrücken dürfen, kann ich nicht sagen. Nicht zuletzt vermutlich der Gedanke, daß der kommende Morgen sonst nur über einem Leichenfeld anbrechen könnte. Diese Vorstellung erfüllt mich mit grimmigem Stolz und – ich lächle darüber – im Lichte der nachfolgenden Ereignisse – mit einem Gefühl fast wie von Unbesiegbarkeit.

Tatsächlich ertönt der Ruf: „Schutzhaftlager, kehrt!" kaum, daß die Meldung erstattet und angehört wurde. Es ist aber kein Ruf mehr. Es sind Worte aus einem Wiegenlied, Liebesworte, die der Sturm unserer Herzen uns von ferne zuträgt. Musik, Gesang der Engel – so aufwühlend und trostvoll, daß sich ungeachtet allen Zusammenbruches eine kleine Beschwingtheit unserer Schritte bemächtigt.

Der Menschenstrom, der rasch alle Ordnungsdämme durchbricht und sich wild durch die Lagerstraße wälzt, spült mich in Salzers Nähe. So gierig scharrt er dahin, daß sich sein Brettchen immer wieder am Boden verfängt und ihn zum Stolpern bringt. Er hat sich in einen abgezehrten Greis mit der Gesichtsfarbe einer präparierten Leiche und weißen Bartstoppeln verwandelt.

„Daß ich das nach meinem Vollzug überleben könnte" – stößt er keuchend hervor – „ich hätte es mir selbst nicht geglaubt."

Der Flüchtling – wir erfahren es mit einiger Verläßlichkeit am nächsten Tag –, der mit anderen Gefangenen beim Bau der Villa eines SS-Götzen verwendet worden war, hatte sich im Dachgerüst versteckt gehalten, als der Pfiff zur Arbeitseinstellung ertönte. Durch eine Verkettung von Zufällen wurde sein Fehlen erst nach dem Einrücken der Abteilung bemerkt.

Fritz, unser Blockschreiber, glaubt nicht, daß es dem Entkommenen gelingen wird, lange auf freiem Fuß zu bleiben. Als ich ihn frage, was mit dem Mann geschieht, falls die SS seiner habhaft werden sollte, blickt er wie an innere Gesichte verloren vor sich hin. Erst dann erinnert er sich an meine Frage. „Was dem geschieht? ... Bist gar a Neigieriger, Kassner. Schau liaba, daß d' bald entlassen wirst, damits'd es ni selba mitansehn mußt."

Die Nachrichten, die ich von Gilberte erhalte (ungefähr alle vierzehn Tage), hoffen und glauben. Sie hoffen und wünschen, daß ich insbesondere den Mut nicht sinken lasse. Greifbaren Trost bringen sie nicht. Noch immer ist kein Visum eingelangt. Von einem Gesuch an die Gestapo, wie es für so viele noch Unentlassene überreicht wurde, kann also keine Rede sein. Noch weniger von einer Vorladung des oder der Ansuchenden, die nach einigen Wochen zu erfolgen pflegt. Aus welchen Erwartungen also könnten mich Hoffnungszephyre umwehen im bösen Harren der Appelle?

Warum nur befolgen meine Freunde die Weisungen nicht, die ich ihnen immer dringlicher und bestimmter gegeben habe? Warum berichten sie nicht, was sie unternommen haben, und warum es erfolglos geblieben ist? Nun muß ihnen doch die Hilfe so vieler Entlassener zustatten gekommen sein, die beim Abschied gelobt haben, zu informieren, zu helfen. Sollten diese Glücklichen, kaum dem Furchtbaren entronnen, ihr Versprechen vergessen haben? Nein, nein! Die nicht! Und dennoch kein Echo, keine Veränderung. Die Gedanken arbeiten Tag und Nacht.

Sehr einsam ist es geworden rings um mich. Fast alle, die mir Anregung, Rückhalt, Trost waren, Gröbner, Aberbach, Dubsky, sind nicht mehr neben mir. Nur noch ganz wenige, die zur Not ihre Stelle einnehmen könnten, wenn sie nicht schon zu zerbrochen wären.

Die kleinen Gelegenheitsbrücken aber, welche manche gemeinsame Not zu den Geistesfremden schlägt, stürzen ein, kaum, daß die Not überstanden ist, und machmal schon vorher.

Selbst die äußere Szene hat sich verändert. Wenn ich in schlaflosen Nächten den Blick über die Stube wandern lasse oder mein Denken gegen Morgen durch die verzweifelte Erwartung eines neuen Tages treibt, finde ich es schwer, zu wissen, wo ich eigentlich bin. Ist das wirklich der Block, in welchen mich ein dicker Menschenstrom vor wenigen Monaten mitgerissen hat? Wirklich der Raum, wo noch vor kurzem Bewegung und Unrast, Hoffnung und schnatternde Qual wie in einem Kessel gebrodelt hatten? Wo Kameraden viel zu dicht neben einem gelegen sind? Kameraden, deren Namen du schon vergessen hast, deren noch vor kurzem eindringlich gegenwärtige Gesichter dir jetzt bis zur Unkenntlichkeit verwischt oder ganz ausradiert sind?

Selbstvergessen, wie verschüttet, liege ich dann da – unendlich abhanden gekommen allem, was mein Leben war, was Leben ist. Einer, der aus der Lawine einer zu Tal gestürzten Vergangenheit nur mehr mit den Augen und seinen wehen Gedanken hervorlugt. Was einer der politischen Häftlinge uns Juden eimal gesagt hat, scheint wahr zu sein: „Wer Ende Februar noch hier ist, wird überhaupt nicht entlassen."

Die Tage wärmeren Wetters werden häufiger, und das bedrückt mich, paradoxerweise, am meisten. Ich sehe den Zeitpunkt herankommen, wo wir – wie angekündigt wurde – die Winteruniformen der Arier und diese unsere Sommeruniformen bekommen werden. Ich sehe die Kiesgrube und den

Straßenbau – unter SS-Stiefeln und Kolbenstößen. Die erste Wetterperiode, die diese Arbeiten ermöglicht, muß sie uns auch bringen. Die Frierfolter wird zur Schwitzfolter werden. Herzfehler, Zusammenbrüche durch Übermüdung, Hitzschläge werden vollenden, was die Lungenentzündungen vorbereitet haben.

Am meisten bedrückt mich, daß ich zu erkennen glaube, wie wir „Vergessenen“ in einen Dauerzustand sinken, wie auch unsere Haft den langsamen, auf Jahre berechneten Atem der politischen Anhaltungen annimmt. Werde auch ich, wie unser Blockpersonal, alle Jahreszeiten an diesem Höllenort kennenlernen? Immer wieder zu den Appellen und zur Arbeit ausrücken, immer wieder denselben, schalen Eintopffraß hinunterwürgen müssen, dieselben Ersatzgenüsse der Kantine als die obere Grenze aller erreichbaren Lust betrachen lernen? Quälende Besorgnis ergreift mich bei dieser Aussicht.

Seit kurzem sehe ich sie in besonders düsterem, drohenden Licht. Der Grund dafür ist, daß die alte Abneigung Lübkes, der Stubenälteste der Viererstube, diese in ihrem still gütigen Ernst ergreifende Gestalt unter dem Blockpersonal, ihn wegen der Kartoffel (um die Lübke die anderen Stuben bei der Kostverteilung prellen wollte) vor uns geohrfeigt hatte.

Ich gebe zu, es war ein unverantwortlicher Fehler von mir (leider auch ein unwiderstehlich erlösender), bei diesem Anblick einen wilden Freudentanz aufzuführen – viele, hohe Sprünge. Es war die berühmte taktische Blöße, die der vorsichtigste Fechter sich doch einmal gibt, oder der Fehltritt, der den ausdauerndsten Kletterer knapp vor der Höhe zum Absturz bringt. Aber schließlich bin ich nur ein Mensch; der monatealte Druck meiner Verachtung war stärker als ich.

Nun ist das Unglück geschehen und jeder Versuch zu begütigen – selbst wenn ich mich dazu bringen könnte – würde bei Lübkes Charakter die Sache nur verschlechtern. Was immer ich täte, kein Mittel wäre ihm jetzt zu schlecht, um seinen Rachedurst zu stillen und mir das Leben zu verleiden, um mich womöglich zu erledigen.

In der Nacht springe ich manchmal von meiner Pritsche auf und starre gebannt in den Ausschnitt der Lagerstraße, der schräg gegenüber vom letzten Stubenfenster gesehen werden kann. Der Anblick wirkt in der bleichen Nachthelligkeit über alle Begriffe einsam und verlassen.

Der Tag, der gefühllos und beschwichtigend zu Neuem weiterströmt, überdeckt die Trauer dieses Stücks Erde, dämpft die Stimmen des Entsetzens, die hier lautlos aufzusteigen scheinen. Doch jetzt, da die Bemäntelung fehlt, raubt es mir den Atem, in das reglose Lasten unvergeßlicher Dinge, in ihr anschaulich gewordenes Schluchzen zu blikken.

Das alleeartige Aussehen, welches die schmalen Raseneinfassungen und die Reihe von Bäumchen der Straße verleihen, täuscht einen Boulevard vor – irgendwo draußen in der westlichen, zivilisierten Welt, die mir für immer verloren gegangen zu sein scheint und von meiner Sehnsucht so naiv glorifiziert wird. Und gerade diese Boulevardähnlichkeit mit der daraus aufsteigenden Fata Morgana von Reise, Ferne, unbeschwertem Zeitvergeuden, liefert mich dem Hohn meiner Einkerkerung am schmerzlichsten aus. Wo sind die Zukunftshorizonte, wo das Ungefähr und die Wunder des Zufalls (lies: des leidenschaftlichen Herzens), die ich mit solchen Visionen zu verbinden pflegte?

Verzweiflung würgt mich. Ich vermag nicht länger in die nachtbleiche Freiheitslüge zu blicken, nicht länger ihrer Mahnung zu lauschen, daß mir mit jeder dahinströmenden Minute im großen Draußen ein Leben verlorengeht. Lieber die wunde Unrast im Dunkel unter meiner Decke!

Untertags sind die Kameraden die einzige Zuflucht – der Schallbereich ihrer Stimmen, der Kreis menschlicher Ausdünstung, mein eigenes Sprechen. Man weiß, daß man ebenso ungetröstet aufhören wird, wie man begonnen hat, und daß Kraft oder Labung einer wesentlichen Art aus diesem menschlichen Erdreich nicht zu erwarten ist.

Fast jeder von uns spricht viel – um nicht zu schweigen. Keiner will hören, was in ihm spricht und fragt; insbesonders wissen möchte, ob man, wenn das Maß voll ist, die Kraft haben wird, den Weg des kleinen saarländischen Anwalts zu gehen, oder, wie der blonde Riese aus dem Rheinland, sich willig der Auflösung zu ergeben.

Ich halte einen Brief von Gilberte in Händen. Ein Anhang aber ist von Gabriele selbst geschrieben:

„Verzeih, daß ich Dich direkt frage: „Willst Du mit mir und Iva auswandern? Ein Patient meines Chefs, ein alter Herr aus Texas, läßt in seiner Heimatstadt Houston ein Krankenhaus bauen und bietet mir eine Stellung in der Röntgenabteilung an. Er ist bereit, für wen immer, den ich mitbringen will, Affidavits auszustellen.

Fürchte Dich nicht, nein zu sagen. Auch wenn Du es tust, werde ich nicht wegfahren, ehe Du draußen bist. Warum ich jetzt Bescheid wissen möchte? Dr. R., den Du kennst, will mich heiraten. Ich habe mir schon mehrfach Bedenkzeit vorbehalten, aber es graut mir unsagbar vor der Einsamkeit in einem völlig fremden Land. Lieber natürlich möchte ich Dir nahe leben – ob wir nun neu anfangen oder nicht."

„Nein, nein, nein!" schreit es in mir auf. „Tausendmal nein!"

Hätte ich die Möglichkeit, ich würde ihr telegraphieren. Man hat an einer Ehe nicht so tief gelitten wie ich, war nicht jung und wild und somit unfähig, sich zu ändern und durch das Leid anderer wirklich ergriffen zu werden, um nochmals in etwas zu gleiten, das nicht anders enden könnte, als es schon einmal geendet hat. Zuviel ist mir verloren gegangen in dieser Bindung. Dennoch erschüttert es mich, daß diese Überstolze, Freie soviel gebundener – und sohin wesentlicher – ist als ich; daß sie sich vor mir demütigt, sich mir nach all dem Geschehenen anträgt.

Das Endergebnis in mir: tiefe Unrast und jagende Angst. Ich muß hier herauskommen. Muß meine Entlassung selbst zu betreiben versuchen. Vor allem will ich erfahren, was bisher unternommen wurde und wie die Dinge stehen. Und doch veranlassen diese Erwägungen meinen nächsten Schritt nur scheinbar. Im Grunde handle ich, weil ich in meinem rastlosen Zustand irgend etwas tun muß. Ich handle, ohne mir ernstliche Hoffnung zu machen, daß Greifbares dabei herauskommen wird.

Ich suche um die Erlaubnis an, einen „Rapportbrief" schreiben zu dürfen, und gebe als Adressaten – ein solcher muß im Ansuchen genannt werden – einen Wiener Rechtsanwalt an, mit dem mich eine alte Freundschaft verbunden hat. Es dürfte ihm gegenwärtig wenig Freude bereiten, auf sie zurückblicken zu können. Doch er ist der einzige Mensch jenseits des Rassenzaunes, von dem ich ein, wie auch immer verstohlenes, Interesse an mir erwarten darf. Warum sollte ich ihm nicht eine Bewährungschance geben?

Die Warnung des Schreibers Fritz habe ich nicht vergessen. Ich weiß, daß mein Ansuchen ebensogut zu einer Lagerstrafe führen kann wie zur gewünschten Erlaubnis. Aber wie bereits angedeutet: meine Ungeduld ist zu heftig, um an solchen Bedenken zu versanden. Auch sage ich mir, daß sich die Warnung eigentlich nur auf die ersten Haftwochen bezogen hat.

Dennoch ist mir nicht gerade unbeschwert zu Mute, als ich zwei Tage, nachdem ich das Gesuch dem Schreiber übergeben habe, zur Vernehmung bestimmt und diesmal nicht zur Gestapo geführt, sondern in den ersten Stock der Kommandantur gewiesen werde.

Ein hohles Gefühl im Unterleib, stehe ich mit vier oder fünf arischen Gefangenen, die, nach ihren Mienen zu schließen, auf nichts Gutes gefaßt sind, vor dem Amtsraum des Lagerleiters. Wohl vermute ich, daß die Vorladung mit meinem Ansuchen zusammenhängt, bin mir aber dessen mit jeder Minute weniger gewiß. Vielleicht geht es um etwas ganz anderes.

Durch die Türe des Amtsraums hört man jäh anschwellendes Gebrüll. Immer wieder befällt es das Ohr, ehe ein Weilchen später ein verstört bleicher Häftling heraustorkelt und verwirrt, sich selbst völlig verloren, die Stiegen hinuntertappt. Nur einer bleibt einen Augenblick lang mit dem Gehaben eines Betrunkenen vor mir stehen und nickt ausschwingend mit dem Kopf.

Um mich abzulenken, überlasse ich mich der Aussicht durch das Fenster zu meiner Linken. Neuschnee deckt den Boden in dicker, pelzig kühler Herrlichkeit. Erinnerung an Tage auf Skiern, an Seligkeiten reinen Erfülltseins schlägt die Augen auf. Unglaublich durchsichtig ist die Luft und zaubert trotz des Schnees die Vorstellung kommenden Frühlings ganz nahe heran. Die Umrisse der bayrischen Vorberge, die in der Ferne in klarer Bläue aufragen, ergänzen die Illusion.

Auf einmal fällt mein Blick dicht unter dem Fenster auf eine Handvoll SS-Männer, die einander mit Schneebällen bewerfen. Moritz, der „Hund", der gefürchtete Schinder der Appelle, tut sich unter ihnen durch besondere Rührigkeit hervor.

Kaum vermag ich es in mir zur Wirklichkeit zu erheben, daß die rotwangig frischen, kraftvollen Jungen, die da unten ihre lustige Schneeballschlacht so eifrig hingegeben betreiben, binnen kurzem, innerhalb des Stacheldrahts, wieder die Höllenbrut sein werden, der bloß in den Weg zu laufen für einen Juden gefährlich ist.

Einer, jetzt in Skikleidung, mit geschulterten Bretteln und umgehängtem Rucksack, ist offenbar im Begriff, einen Urlaub anzutreten. Er darf der Menschenschinderei für Tage oder Wochen den Rücken kehren. Seine Jugend und sein einfacher Heimatsinn werden ihm viel Freude bereiten – in stillen Aufstiegen durch verschneite Fichtenwälder und stäubenden Abfahrten.

Ich streiche mir wie mit einer Hand des Geistes über die Stirne. Urlaub? Ja, so etwas hat es gegeben. Auch für mich; recht häufig sogar. Freiheit, viel tieferer Art als die, gerade nur uneingekerkert zu sein. Freiheit in Schnee und Sonne, im eisigen Atem des Absoluten; Freiheit hoch über eindämmernden Tälern; über Dörfern, aus denen Glocken heraufklangen oder ein verfrüht funkelndes Licht grüßte.

Als müßte er im vorhinein für die ihm bevorstehende Lust bestraft werden, wird der Urlauber jetzt von den rasch verbündeten Kameraden mit einer ganzen Salve von Schneebällen überfallen. Er legt die Skier hin, wirft den Rucksack ab, und verteidigt sich geschickt und humorvoll gegen die Übermacht. Am Abend wird Moritz, der sich jetzt unter den Angreifern hervortut, seine wüsten Drohungen über den Appellplatz brüllen und uns strafstehen lassen, wenn es ihm nur halbwegs möglich ist.

Eben wächst die Schlacht einem dramatischen Nahkampf entgegen, als mich mein Aufruf erreicht. Zum zweiten Mal erlebe ich das bedenkliche Vergnüngen, dem Lagergewaltigen nahe gegenüber zu stehen. Diesmal in geschlossenem Raum – in dem Raum, den ich bisher nur von außen und unten, von unserem verzweifelten Emporstarren in den Frierstunden der Abendappelle gekannt habe.

Harte Fragen stoßen aus hartem Mund und härteren Augen. Was soll der dringliche Zweck des Briefes sein, den ich schreiben will? Warum kann die Sache nicht bis zum nächsten regulären Brief warten? Wer soll der Adressat sein? Die Fragen, die ich erwartet und durchdacht habe. Meine Fabel ist hieb- und stichfest. Der hervorgehobene Endzweck, Auswanderung, entspricht der gegenwärtigen offiziellen Politik. Meine aus ihrem Scheintod erwachende militärische Schulung kommt mir zu Hilfe. Ich gebe dem

Mächtigen seinen zutreffenden Rang in der SS-Hierachie, spreche uneingeschüchtert deutlich und ohne erkennbares Bemühen, zu überzeugen. Kurz, ich stehe und spreche wie ein römischer Legionär vor seinem Cäsar – und halte schließlich die Bewilligung in meinen Händen; ohne auch nur angebrüllt worden zu sein.

Den Rapportbrief schreibe ich dennoch nicht – ich komme nicht mehr dazu.

Am Abend schüttelt mich Fieber. Ich fühle mich elend; der bloße Gedanke an den geisten Aufwand geht über meine Kraft, bringt das Grundgerüst jedes Versuchs zum Einstürzen.

In der Nacht höre ich lange zu, wie meine Zähne gegeneinander schlagen. Sie scheinen jemand anderem zu gehören, so unfähig bin ich, sie zur Ruhe zu bringen. Und wieder einmal bin ich Chorführer im allgemeinen Hustenkonzert.

Vernebelt wanke ich durch den nächsten Tag. Lübke hält den Augenblick für gekommen, einen Frontalangriff zu unternehmen. Er gibt mir den Auftrag, Kostträger zu sein. Kaum fähig, mich selbst auf den Beinen zu halten, muß ich mit einem Kameraden einen schweren Suppenkessel im Laufschritt von der Küche bis tief in die Lagerstraße tragen, ohne absetzen zu dürfen. Endlich scheint mir die Entspannung den Rest zu geben. Mir wird schwarz vor den Augen; der Kessel muß mich aufrechthalten.

Als ich mich gegen Abend der neuerlichen Pein entziehen will und, von Lübke zur Rede gestellt, erst auf mein Fieber und dann auf den Rapportbrief hinweise, springt Lübke mit erhobener Faust auf mich zu. Er läßt sie zwar sinken, droht aber, daß er mich „melden" wird. „Wirst schon hör'n, was hier wichtiger ist – an Befehl ausführ'n oder an Brief schreib'n."

Ich habe genug Vorstellungskraft, um es nicht erst hören zu müssen, stoße aber diesmal zum Glück auf einen besonders freundlichen, kräftigen Mitträger. Er übernimmt den größeren Teil der Last und ermöglicht es mir, im Dunkel mehrmals abzusetzen wenn ich am Ende meiner Kraft bin.

An diesem Abend brummt die Sirene, wie mir vorkommt, unerträglich spät auf. Ich liege wortlos erschöpft auf meinem Schlafplatz, von Briefschreiben kann keine Rede sein. Kaum, daß das Licht abgedreht wird und der Stubenlärm ein wenig verebbt ist, grabe ich mein Gesicht in die zusammengefaltete Uniformjacke, die mir als Kopfpolster dient. Ich weiß wohl, daß ich in dieser eiskalten Stubenhälfte mit den weit offenen Fenstern warm zugedeckt sein müßte, um nicht bald wieder zu endlosem Husten aufzuwachen, selbst wenn ich jetzt einschlafen sollte. Ich müßte mir also ein paar Decken heranschleppen und mich in sie einrollen. Doch zwischen Denken und Ausführen liegt, bei meiner Erschöpfung, schon ein weiter Weg.

Grün tut schließlich das Nötige für mich. Er erhebt sich, geht in den vorderen Stubenteil und kehrt mit Decken beladen zurück. Es sind nicht weniger als vier, die er sorgsam über mich breitet. Zum Teil ist dies die fast weibliche Fürsorge, die für ihn kennzeichnend ist, zum anderen Teil aber Selbstschutz. Da er neben mir liegt, müßte er meine Hustenlawinen aus nächster Nähe abbekommen.

Die Wärme der Decken wirkt Wunder. Schon nach wenigen Augenblicken bin ich im Begriffe, in Schlaf zu sinken. Plötzlich werde ich sanft angeredet. Im Dunkel neben mir und zugleich entrückt durch den Nebel aus Fieber und Schlaf, steht eine gedrungene Gestalt.

Es ist der „jüdische Mischling" unserer Stube, ein kaum zwanzigjähriger Fleischergeselle aus Wien, der sich unter beträchtlicher Gefahr an ein bestimmtes Fenster des Reviers heranzuschleichen pflegt, um dort seinem dämmerig erlöschenden Vater wenigstens räumlich nahe zu sein. Er scheint auf mich einen Abglanz der Gefühle zu übertragen, die er für seinen Vater hegt, und ist mir immer mit der neidlos zutraulichen Bewunderung begegnet, die ihm meine Bildung und Lebensart einflößen. Verlegen steht er jetzt da.

„Es tut mir leid, Kassner ... sei mir nicht bös ... es tut mir wirklich sehr leid, aber ich hab' Auftrag – von Lübke."

Ich erschrecke. Der Junge macht ein so ernst feierliches Gesicht. Was ist der Auftrag der krummbeinigen Bestie?

„Jemand muß dich vernadert haben, daß du vier oder fünf Decken auf dir hast. Jetzt muß ich sie dir wegnehmen – alle."

„Alle?"

Er nickt zögernd. „Eine werd' ich dir aber doch lassen. Das wär' ja Mord. Die eine soll er dir nur selbst wegnehmen, wann er will. Aber er wird schon nicht eina komma. Zum Glück is er ja selber noch krank."

Grimmig denke ich daran, daß Lübke, als er selbst vor etwa zwei Wochen an einer schweren Verkühlung gelitten hatte, sich auf seinem Strohsack mit einem ganzen Berg von Dekken zudecken ließ. Ich hatte mich gewundert, daß er das auf ihm lastende Gewicht ertragen konnte. Auch jetzt noch, wo sein Fieber bereits zurückgegangen ist, sieht sein Schlafplatz wie ein Aufbewahrungsplatz für Decken aus.

Noch immer steht sein Sendling zögernd da. Als trüge er die Schuld, knurre ich ihn an: „So nimm den Dreck schon! Wahrscheinlich hat Lübke, der gute Kamerad, zu wenig mit zwölf. Am besten, ihr wickelt's ihn ein in Watte. Sag's ihm." Erst dann füge ich begütigend hinzu: „Is schon recht. Nimm nur. Was macht's schon aus, schließlich?"

„Es is a Gemeinheit", murmelt der Junge. „Er weiß, daß du ebenso krank bist wie er vor vierzehn Tagen war. Und Dekken gibt's doch jetzt genug."

„Nimm nur, nimm nur!"

Er rafft drei Decken zusammen und breitet die vierte mit zärtlicher Sorgfalt über mich aus. „Nicht bös sein, gelt? ... Es ist verflucht kalt hier." Er bewegt seine Schultern schaudernd. „Wenn's später still ist, bring ich dir zwei zurück."

„Brauchst nichts zurückbringen!" pfaucht ihm Grün

nach. Er ist aufgesprungen und breitet eine seiner zwei Dekken sachkundig und mit einer Sorgfalt, die die des jungen Fleischers noch überbietet, über mich.

Als ich am nächsten Morgen auf weichen Knien aus dem Waschraum in die Stube zurückkehre, höre ich wiederholt meinen Namen rufen. Ich antworte nicht. Mir ist ganz „schwummerlich" zu Mute, und ich habe genug zu tun, mich auf den Beinen zu halten. Wenn's nicht von Lübke ausgeht, will sich jemand wahrscheinlich meine Schuhpaste ausleihen, oder ein Stück Brot. Das kommt jeden Tag vor. Man braucht solchen Dingen nicht entgegenzugehen. Sie finden einen früh genug.

Aber da rudert und windet sich schon Grün auf mich zu und fällt mir um den Hals: „Ich bin so froh ... so froh!" Er weint es fast heraus.

„Was gibt's denn? ... Worüber bist du froh?" Und denke: Hysterischer Kerl. Was gibt's hier, froh zu sein? Erst dann blitzt mir der Grund durch den Sinn. „Bist du entlassen?"

Er lacht hell auf. „Das nicht! Nein, das nicht ... aber du! Du bist entlassen!"

„Mach' keine dummen Witze. Mit solchen Dingen spaßt man nicht!" „Bist du verrückt? Seh' ich aus, als ob ich scherzen würde? Kassner, du bist – du bist entlassen! Glaubst du, ich weiß nicht, was das gerade in Deinem Fall bedeutet? Daß du damit diesem Schwein, meinem Freund Lübke, ein Schnippchen schlägst, freut mich fast am meisten."

„Aber – wie ist denn ... wie ist das möglich? Man hat nicht einmal ein Gesuch gemacht für mich. Und ich hab doch noch gar kein Visum."

Fritz bestätigt die erschütternde Nachricht. Er ist etwas förmlich und benimmt sich so, als handelte es sich um eine eher verdrießliche Alltagsangelegenheit. „Ja, bist d'runter." Erst eine Weile später – immer regt sich in ihm Weiches mit „verzögerter Zündung" – sagt er im Vorbeigehen zu mir: „Hab's dir ja immer g'sagt, Kassner, daß'd a Glickspilz bist.

Mach's gut – draußen! Mach was aus dei'm Leb'n! Pack's an!" ... Er klopft mit einer Fingerspitze an seine Stirne. „Dazu hast es ja kriegt."

Wie alle Entlassenen nehme ich Nachrichten und Bitten an Verwandte, Frauen und Freunde entgegen, während sich der Block zu dem Appell aufstellt, der mein letzter sein soll. Wie alle versöhne ich mich mit meinen Feinden, oder vielmehr, ich erkenne, daß ich gar keine eigentlichen Feinde habe. Lübke natürlich bleibt ausgenommen. Ob ich den physisch noch zu Gesicht bekomme, weiß ich nicht. Geistig jedenfalls bleibt er wie weggeschwemmt von den Wogen meiner Erregung.

Ich bin von allen Seiten umringt. Ich tröste nach allen Seiten und bin, weit wichtiger, selbst leibhaftiger Trost – mit meinem Mangel aller Bedingungen und Verdienste, von welchen Entlassung abhängig zu sein pflegt.

Und jetzt – oh unbeschreiblicher Augenblick und reiches Mittönen um die noch-nie-gehört klingenden Worte: „Im Gleichschritt marsch!" An den Schläfen hämmerts, an der Kehle würgt es, Fernstes zuckt in dir auf, Gefühle voll Widerspruch wogen in dir – reißen dich fort.

Nur die Frage und Angst, ob es wirklich und wahrhaftig der letzte Appell ist, dem ich jetzt entgegenschreite – ob diese Straße der Ahasvervision und nächtlich schluchzenden Trauer sich meinen von mir losgelösten Beinen wirklich zum letzten Mal entgegenschiebt, hindern mich daran, die Gnade in vollen Zügen in mich einzutrinken.

Beruht mein Gefühlsaufwand nicht am Ende doch nur auf einem Mißverständnis? Wieder und wieder warnt eine Stimme in mir zur Vorsicht. Schwillt mein Jubel nicht einem Grab schauerlicher Enttäuschung entgegen, wenn ich zu vollem Gesang werden lasse, was noch zaghaft flackernd und doch schon so beglückend summt?

Die erste Probe besteht meine noch unverbürgte Entlassung, als nach dem Appell und dem Ruf: „Entlassene heraus!" die Namen der Vorgetretenen verlesen werden. Nach bangen Augenblicken flattert mir mein Name – ein auftaumelnder Vogel, fremd und kaum erkennbar – entgegen.

Ohne alle Unterkleidung stehe auch ich meinem Block gegenüber, hustend und frierend, denn meine irdischen Schätze sind nach längst zurechtgelegtem Testament bereits verschenkt. Doch ich fühle die Kälte nicht – möglicherweise wegen meines Fiebers. Oder weiß nur der Körper in Augenblicken dieser Art im Hintergrund zu bleiben, wie ein Lehrer, wenn der Schüler erhöht wird?

Ungewöhnlich groß ist heute die Gruppe der Entlassenen. Das mindert das Wunder, aber vervielfacht das Echo. Es verteilt das Schuldgefühl gegenüber den Zurückbleibenden und erhöht ihre Hoffnung.

Ein letztes Winken jetzt den armen Teufeln, die noch nicht wissen, wann, und ob jemals auch ihre Qual wie Wasser einem Spund entgegenschießen wird, und die dennoch so ergreifend frei sind von Neid. Grün, leb wohl, leb wohl. Geh' nicht zugrunde hier! Die Welt ist weit. Sie ist schön, und du bist ein begabter Junge. Manches kann dir glücken. Ullmann, ich habe dich sehr lieb gewonnen. Ich werde deiner Schwester schreiben, die in Schottland als Dienstmagd lebt, wie du mir vor wenigen Minuten unter dem Druck unseres Scheidens erzählt hast. Sei sicher, ich werde nicht vergessen – auch wenn du mich gar nicht gebeten hast darum. Ich will alles daransetzten, dich herauszukriegen. Fritz – ich schüttle im Geiste deine harte und doch auch geschmeidige Schreiberhand. Bleib ein Beispiel und ein Leuchtturm, ein Trost und eine Rettung – wenn du schon bleiben mußt wegen der 2000 Seiten Staatsfeindlichkeit, die gegen dich vorliegen. Vielleicht, eines Tages, wenn dieses Land wieder heimfindet zu einem besseren Sein, werde ich von dir lesen als von einem, der den neuen Tag wild-mutig miterfochten hat.

Nun hat das Badehaus uns aufgenommen. Meine Entlassung besteht auch die Probe einer zweiten und einer dritten

Namensverlesung. Jedesmal bleibt mir das Herz stehen. Würde der verlesende SS-Mann meinen Namen irrtümlich weglassen, es müßte, glaube ich, Nacht werden um mich.

Nochmals reckt sich die Furchtbarkeit der Stätte vor uns steil auf. Wir stehen in dichtgereihtem Zug auf einem Holzrost, der den Betonboden rings um die Brausen bedeckt. Wir sind nackt, und der zuerst erlösend warme Raum beginnt sich in eine Heißluftkammer zu verwandeln. Die vielen entblößten Körper strömen einen ekelerregenden Brodem aus.

Auf einmal liegt ein junger schlanker Mensch aus unseren Reihen auf einem seitlichen Holzrost. Wild kantige Zukkungen, welche den Körper hin und her werfen, werden bald matter. Zuletzt, wie abschließend, streckt sich die zarte Ephebengestalt über das eigene Maß aus, und rührt sich nicht mehr. Von den Exkrementen des letzten Kampfes beschmutzt, von einer fremden Hand mit einer blauweißen Jacke unzulänglich verdeckt, bleibt, als wir weiterrücken, die Leiche liegen, wo sie liegt. Ich sehe das leblose Bündel dort noch, knapp bevor ich den Raum verlasse.

Erst unter dem Eindruck des kleinen Zwischenfalls werde ich mit einem Mal des Waldes hautbekleideter Skelette gewahr, der mich rings umgibt. Grauenvoll springt sein Bild mich an, verschlägt mir den Atem. Ich blicke an mir herunter: Sehe ich am Ende ebenso aus? Doch meine Erschütterung gipfelt in anderen Fragen: Sind das die Menschen, dieselben Menschen, welche die endlosen Frierstunden, die Schubkarrenfahrerei, das Kosttragen, den seelischen Druck dieser Monate ertragen konnten? Hat auch dieser unzweifelhaft schwindsüchtige Jüngling dort vorne, mit seinen 25 bis 30 Kilogramm ausgemergelten Menschentums, diese Goya'sche Bleistiftskizze eines Friedhofsflüchtlings, alle Appelle, und vor allem auch die „lange Nacht" überlebt? Es ist schwer zu entscheiden, ob die vielen eingefallenen Brustkörbe, die weit wegstehenden Schulterblätter und rachitisch verkrümmten Gliedmaßen Anklage herausheulen oder eine düstere Hymne singen auf den blindverzweifelten Lebenswillen aller Kreatur.

Geduscht und abgetrocknet, müssen wir als erstes Reverse unterschreiben, daß wir keinerlei Schaden durch den Aufenthalt im Lager erlitten haben und auf jeden Ersatzanspruch verzichten. Welch ein Leckerbissen für Psychologen und Sittenschilderer – dieses Gemisch von Verbrechertum und hochgehaltenem Rechtsfähnchen, von Vergewaltigung und Feigheit! Welch grelle Kennzeichnung aller – ja, ausnahmslos aller – menschlichen Gesellschaft und ihrer Zivilisation!

Wir werden unterwiesen, wie wir die Fragen beantworten müssen, die der Arzt an uns richten wird – falls wir wirklich „herauskommen" wollen. Das „Nein" auf jede der drei Fragen: „Keine Beschädigung? Keine Beschwerde? Keine Ansprüche?" hat laut und vernehmlich zu sein. Wer auch nur zögernd verneint oder bloß unrichtig dasteht, kann zurückgestellt werden.

Der Arzt läßt auf sich warten – wir mir vorkommt, endlos. Die Temperatur des Raumes steigt mit jedem Augenblick, und ebenso unsere Erregung. Kein Gefangener, dem es nicht irgendwie anzusehen wäre, daß Angst vor der letzten und darum vielleicht bösesten Hürde in ihm wühlt.

Von Gesicht zu Gesicht und von Reihe zu Reihe wandernd ergreift mein Blick einige Reihen hinter mir einen Gefangenen, der mich inmitten eines grausam jähen Erschrekkens an Dubsky erinnert, den zarten, kenntnisreichen Gefährten unserer „Promenades imaginaires" bei den Appellen. Das den beiden Gesichtern Gemeinsame nistet ganz verkrochen und nur in kurzen Augenblicken hervorzuckend in den eingesunkenen Falten um Mund und Nase, und jetzt, ja, unverkennbar – auch im Blick. Wer ist das?

Dubsky war vor etwa drei Wochen, bewußtlos nach einem Herz- oder Schlaganfall ins Revier gebracht worden. Wir hatten ihn von der Liste der Lebenden abgestrichen. Jedes an mir vorbeiflitzende Totenwagerl hatte mich seitdem denken lassen: „Ist er es, der dieses dunkle Tuch bläht?"

Wie also konnte es Dubsky selbst sein, der dort als mit mir entlassen stand? Und dennoch, trotz aller Entstellung und trotz des Umstandes, daß ich ihn zum ersten Mal im Entfremdenden völliger Nacktheit sehe, bin ich so gut wie sicher, daß er es ist. Schon stehe ich neben ihm. „Bist du's wirklich, Dubsky?"

Der Mann lächelt müde. Schon bin ich überzeugt, daß er verneinen und meinen Irrtum berichtigen will. Doch ich höre: „Kassner? Natürlich bin ich's."

„Du bist also entlassen, wie ich."

„Direkt aus dem Revier."

Wieder lächelt er, diesmal mit einem fernen Aufleuchten in seinen grauen, gütigen Augen, und schüttelt verwundert den Kopf.

„Das ist gut. Sehr gut." Ich möchte allerhand sagen, übersprudeln, Pläne machen. Doch ich bemerke an einer Bewegung, die unsere Reihen durchschauert, daß der Arzt eingetreten ist, und schleiche mich eiligst an meinen Platz zurück.

Noch sehe ich den Gefürchteten und den Vorgang der Untersuchungen nicht, da die vor mir stehende Kolonne alle Sicht verdeckt. Ebenso wie die neben mir Stehenden bin ich vorerst nur Ohr. Unser ganzes Wahrnehmungsvermögen, unser ganzes Fühlen und Denken scheint in dieses Ohr eingegangen zu sein; alles andere ist vergessen, versunken. Wir lauschen, und mit jedem Augenblick, mit jedem erhaschten Wort und Geräusch wird uns bänger zu Mute. Die Untersuchungen erfolgen in einem Rhytmus von je drei Takten: „Sie heißen? ... Hände vorstrecken! ... Zurückgestellt! ... Sie heißen? ... Umdrehen! ... Zurückgestellt!"

Immer wieder saust das Fallbeil dieses furchtbaren „Zurückgestellt" herab. Und ein gebrochener Mensch nach dem anderen taumelt seitlich in die Kulisse. Nur ganz selten ist das kurze „Ab!" zu hören, das den Glücklichen berechtigt, den Raum nach vorne zu verlassen. Die kleinste sichtbare Wunde, ja, ein blauer Fleck genügt, oder kann genügen, um das Fallbeil, das dreinschneidende „Zurückgestellt" auszulösen. Ich blicke verzweifelt an meinem Körper herab; betrachte meine Hände, meine Arme. Werde ich bestehen?

In der Reihe vor mir, zu meiner Linken, bricht ein Gefangener lautlos zusammen. Seine Nerven haben dem Dreitakt-Refrain nicht standgehalten, vielleicht hat das Herz versagt. Ich beuge mich zu ihm nieder. Ich strecke ihn, so gut es geht, zwischen den beiden Reihen auf dem Boden aus. Naßkalt und schlüpfrig ist der schmächtige Körper, und so leicht, daß ich ihn ohne besondere Anstrengung heben kann.

Doch ich stelle den Bewußtlosen noch nicht auf seine Beine. Ich massiere ihm das Herz, mit kreisrundem, ruhigen Streichen. Endlich schlägt er die Augen auf. Doch sein Geist bleibt in unergründlichen Fernen befangen – schwankt näher, sinkt wieder weg. Schließlich sehe ich aber doch Blicke auf mich geheftet, in denen Befriedung und Dank leuchten.

Ich nicke ihm zu. „Du bist wieder da", sage ich lächelnd. „Es ist alles in Ordnung. Kein Grund, sich aufzuregen. Bleib aber noch liegen ein wenig ... Du mußt wollen!" flüstere ich ihm scharf zu. „Dann wird es gehen. Hast schon soviel ausgehalten. Jetzt gibt's kein Zusammenklappen! Später – wenn du unbedingt willst. Zu Hause! Jetzt nicht!"

Ein gewinnendes Lächeln verbreitet sich über sein Gesicht, und bald vermag er, von mir unterstützt, sich aufzurichten. Noch sehr bleich und jeden Augenblick nahe daran, zusammenzusacken, steht er doch aufrecht da. Wenn sein Kopf in ein kleines, schwankendes Kreisen gerät, drücke ich mit hartem Griff seinen Arm. Es gibt ihm immer wieder die Kraft, ein neues Hinsinken abzuwehren.

Endlich steht er in der vordersten Reihe. Noch im letzten Augenblick mit hartem Armdruck und liebevoll ermutigendem Blick gefestigt kommt er durch, sein Körper, so gewichtlos er auch ist, zeigt keine Wunde.

Auch ich bestehe. Aber gleich hinter mir saust das Fallbeil wieder und wieder herab – in einer ganzen Serie.

Als es, vor einigen Monaten nun, darum gegangen war, uns ins Lager aufzunehmen, hatte sich derselbe Arzt durchaus nicht so anspruchsvoll gezeigt. Lahme hatten ihm genügt, ein Einbeiniger, und ein Mann, der sich vor seinen Augen in Nierenkoliken gewunden hatte. Sie alle waren ihm rüstig genug erschienen, um der Lagerroutine anvertraut werden zu können.

Die Zurückgestellten, die zuerst wie zusammengescheucht in einem Winkel des Raumes stehen, sehe ich, genau genommen, überhaupt nicht. Ich eile an ihnen vorbei, wie blind vor Freude, in den anschließenden Raum. Wer will Jammervolles sehen oder gar Mitleid aufbringen können, wenn es in ihm jubelt und braust? Wer, auch nur im Geiste, bei Unseligen verweilen, wenn jäh erwachte Lebenssehnsucht ihn weiterreißt? Ich meine ein Verweilen, das wesenhafter wäre als das bloße Wissen, daß man teilnehmend erschüttert sein sollte – sein müßte.

Gern läßt man jetzt im nächsten Raum die abschließende Leibesvisitation über sich ergehen. Nicht das kleinste Stückchen beschriebenen Papiers darf man aus dem Lager mitnehmen. Unbesorgt, Herr Blockführer! Ich besitze keine Aufzeichnungen. Was diese Monate mir zugetragen haben, an Einsichten und Entschlüssen in mir reifen ließen, ist tief genug eingraviert in mein Hirn, um Aufzeichnungen überflüssig zu machen. Greifen Sie mir ruhig in die Armhöhlen und unter die Hoden, durchsuchen Sie nur die kleinen Habseligkeiten, die ich in der Kantine gekauft habe, und die, erstaunlich genug, keine Konterbande sind.

Im Schubraum dann, auf dem Pult, liegen deine eigenen Kleider vor dir – zerknittert zwar und schmutzig, blutverkrustet von der Fahrt, aber vollzählig und noch getränkt mit dem Hauch deines früheren Lebens. (Hätten sie dir vielleicht auch noch geputzt und gebügelt werden sollen in der Zwischenzeit? Du Unbescheidener! Ein Sanatoriumsaufenthalt ist es ja gerade nicht, was du hinter dir hast – oder Stunden, die du in einer eleganten Sauna verträumen durftest.)

Doch auch so streichelst du deinen Mantel und deinen Anzug wie alte Freunde, und deine Finger wundern sich über die erstaunlich gute Qualität der Gewebe. Viel zu warm erscheinen sie dir, kaum daß du sie angezogen hast. Und selbst als du, wieder am Appellplatz, mit den anderen zur Freiheit Promovierten lange warten mußt, kannst du es nicht begreifen, daß du in dieser Bekleidung in den ersten Tagen gefroren haben willst. Das kann doch nicht sein! Nicht zum Aushalten warm ist sie jetzt!

Die Elendstruppe der Zurückgebliebenen (es sind ihrer mindestens siebzig) sickert nun auch ins Freie. In unregelmäßigen Haufen füllt sie eine Hofecke, nur ein paar Schritte von uns. In ihren blauweißen Jammerhüllen, die schmutziger aussehen denn je, warten die Ärmsten darauf, von ihren Kapos abgeholt und in die Baracken zurückgeführt zu werden. Soeben erscheint ein Kapo und nimmt etwa sechs Gefangene mit sich. Sie, die im Kommen ausschreiten und mit den Marschfähigen Schritt halten konnten, schleppen sich jetzt mühsam humpelnd dahin.

Meine Blicke hängen fasziniert an den noch Zurückbleibenden – Bild eines seelischen Einsturzes, wie noch kein Meister ihn anschaulich gemacht hat. Ich erinnere mich dabei des Tages, an dem ich eine ähnliche Schar, nur damals mit weniger Muße, nach meinem Mantelspender absuchte.

Steht dort hinten nicht Bertl, der Favorit Lübkes? Natürlich ist er's, und so sehr identifiziere ich ihn mit seinem Gönner, daß ich einen Augenblick lang Mühe habe, mich einer Anwandlung von Genugtuung zu erwehren. Da auf einmal bemerke ich, wie ein Gefangener mit gramverwischten Zügen seine Hand unschlüssig und seltsam ruckweise hebt. Ein starker Impuls, im Kampf mit einer ebenso starken Hemmung, scheint ihn dazu zu treiben. Offenbar will er jemanden heranwinken. Wen? Irgendeinen? Nein. Der Betreffende muß neben oder hinter mir stehen. Doch niemand fällt mir auf, der es sein könnte. Ich blicke schärfer auf den Winkenden und – erschrecke. Es ist Dubsky. Dubsky, über dessen Entlassung ich mich so sehr gefreut hatte, Dubsky, an dem sich das Wunder einer direkten Entlassung aus dem Revier verwirklicht hatte. Jetzt hat ihn das Wunder verlassen; jetzt steht er vertieft unglücklich da.

Meine Gruppe ist nicht eingeteilt. Noch stehen wir, wie wir wollen, und vom rechten Flügel sind es kaum drei Schritte bis zu den Zurückgestellten. Gefährlich oder nicht, schon stehe ich bei Dubsky. Er ergreift meine Hand, drückt sie hart. Ohne mich anzusehen, als sollte die Mitteilung mich gar nicht erreichen, murmelt er etwas zur Erde. Ich verstehe nur die Wortfolge „um dem Leben adieu zu sagen“. Erst dann hebt er mir sein Gesicht entgegen und sieht mich eindringlich an. „Lebwohl, Kassner! Spazier weiter – du wenigstens, durch Paris, Rom, London, und denk manchmal an mich!“

Ich schüttle den Gefühlston verzweifet ab. „Kann ich etwas tun für dich?“ Er überlegt, hält meinen Blick mit seinem fest, und sagt zuletzt fast hart: „Bring mein Manuskript, das letzte, ins Ausland. Nimm's, wenn du kannst, mit dir, oder sorg' dafür, daß es hinauskommt. Auf das Kennwort ‚Anakreon' am Telephon wird meine Schwester, die bei mir wohnt, es zu dir bringen. Sie wird dir auch den Namen eines englischen Freundes, Kustos am British Museum nennen, der dir helfen wird.“

„Verlaß' dich auf mich“, sage ich. Und (man weiß nicht, was ermutigen mag): „Es wird dich in London erwarten.“

Er schüttelt den Kopf, ehe er sich brüsk abwendet und ich zu meiner Gruppe zurückspringe. Denn eben werden wir von einem SS-Mann abgeholt und näher zur Kommandantur geführt. Hier sollen wir eine kleine Abschiedsansprache des Lagerleiters anhören. Schließlich haben wir und sein Betrieb einander ein wenig kennen gelernt in all den Monaten – in echtem und in amtsbedingtem Haß. Wir, für unseren Teil, haben Pflege, Schutz und Ertüchtigung genossen. Kein Wunder also, wenn wir dadurch auch würdig geworden sein sollten, etwas persönlicher entlassen zu werden, als wir bei unserem Eintritt empfangen wurden.

Während wir auf den Gewaltigen warten, bemerke ich unweit von uns eine traurige Erscheinung. Einen arischen Häftling, der barhaupt, steifgereckt, doch mit eingesunkenen, erloschenen Augen dasteht. Er trägt eine mit einem Stück Spagat um den Hals gehängte Tafel auf der Brust. „Brotdieb" – ist die lakonische Aufschrift. Wie lange mag das windschief starre Gespenst, das einmal ein Brotdieb gewesen ist, hier ausgeharrt haben? Wie lange wird es weiter ausharren müssen?

Auch jetzt noch wie auf Menschenjagd, kommt der Lagerleiter endlich mit seinen pirschend langen, unheilvollen Schritten heran. Vor etwa zwei Stunden habe ich ihn, durch die Fenster des Badehauses, auf dem tiefverschneiten Appellplatz gesehen – fast an derselben Stelle, an der einmal seine zornverkrampften Kinnbacken und seine geballte Faust über meinem schuldigen Haupte gehangen hatten. Heute aber war er ein liebevoller deutscher Großvater oder Onkel, der ein warm vermummtes kleines Mädchen sorgsam an der Hand führte. Voll Stolz und mit mancher besinnlichen Erläuterung schien der liebe Riese dem Kinde die Stätte seiner Wirksamkeit zu zeigen.

Sicherlich hatte die Kleine schon lange gewünscht, in dieser blitzblanken, lustigen Kaserne herumgeführt zu werden. Welch ein herzerwärmendes Bild! Der hochgewachsene Offizier, der sich auf dem Appellplatz zu dem plaudernden Kind herabneigt und seine Schritte rücksichtsvoll verkürzt. Im Revier aber liegen, langgestreckt und kühl, Fahrgäste für das verchromte Wägelchen, das sie nun bald mit acherontischer Eile über den gleichen Platz fahren wird.

Der gute Onkel hat das schiefgefrorene Gespenst keines Blickes gewürdigt. Er steht breitspurig vor unserer Front und befiehlt uns mit einer Armbewegung, einen Kreis um ihn zu schließen.

„Wenn ihr jetzt entlassen werdet", beginnt er, „so geschieht das, damit euch Gelegenheit geboten ist, eure Sachen zu ordnen und aus diesem Land zu verduften." Das Wort „verduften" scheint ihm viel Vergnügen zu bereiten. Er läßt es förmlich vor sich in der Luft stehen, ehe er fortsetzt: „Wer aber glaubt, daß er sich nun in Deutschland herumtreiben darf, oder sich am Ende einfallen läßt, nach Deutschland zurückzukehren, der wird geschnappt, hierher zurückgebracht, und dann" – er macht eine bedeutungsvolle Pause, „trennen wir uns nicht mehr so rasch von einander. Dann wird er Dachau von einer Seite kennen lernen, von der er es – noch nicht kennt. Geschnappt und zurückgebracht wird auch der, der sich hinreißen läßt, ein Sterbenswörtchen über das verlauten zu lassen, was er hier gesehen hat. Natürlich nur, solange er in Deutschland ist. Was ihr eurem Freund Rosenfeld in Amerika oder sonst jemand erzählt, wenn ihr einmal draußen seid, das ist schoißegal. Abtreten!"

Es ist so unwahrscheinlich. Es ist unfaßlich. Es kann gar nicht sein. Und ist doch so: Jetzt liegt der Torgang durch die Kommandantur wirklich hinter uns.

War der Pallenberg-Zerberus an seinem Posten? Oder habe ich ihn nur nicht wahrgenommen, geschrumpft und seines Furchtbarkeitsmantels entkleidet, wie er mir wohl erschienen wäre?

Ein SS-Blockführer eskortiert auf seinem Fahrrad die Zivilistenbande, in die wir uns rückverwandelt haben. Er bringt uns zu einem zweiten, mir bisher unbekannten Gittertor. Wir müssen warten, bis eine dem Torposten vom Blockführer gereichte Order für richtig befunden worden ist. Dann öffnet sich auch dieses letzte Gitter.

Und schon durchschreiten wir den Hauptplatz eines freundlichen Örtchens – unpersönlich wie die Abbildung „Dorf" in einem Bildwörterbuch, und doch wie liebenswert, wie hell und neu in seinen vielen Winkeln und Wundern. Die Siedlung ist offenbar erst vor kurzem, um des Lagers willen, aufgeschossen.

Mit sanfter Überwältigung strömt die ungewohnt reiche Augennahrung in mich ein – wie tief entspannende und zugleich belebende Musik. In einer Ecke des Platzes erblicke ich einen Kramladen mit Schild und kleiner Freitreppe, mit einem Hauch von Emsigkeit und ländlicher Stille. Hier kommen Kinder aus der Schule. Das Leben fließt in kleinen Wellen und ruhig freundlichen Kringeln dahin, glasklar durchsichtig bis zum Grund. Und dort geht eine – Frau. Wir sehen einander an, um uns zu vergewissern, es einander zu zeigen, daß es eine wirkliche Frau ist; um uns aneinander zu festigen.

Wie lange ist es her, daß wir eine Frau gesehen haben? Wirklich nur einige Monate? Auf einer entscheidenderen Wirklichkeitsebene müssen wohl viele Jahre vergangen sein. Wie könnte sonst eine Frau, irgendeine, nur durch die Äußerlichkeiten ihres Geschlechts gekennzeichnete, uns so sehr zum Sinnbild alles Milden, Glücklichen des Lebens, ja, sprich's nur aus: so sehr zu einem Sinnbild der Freiheit geworden sein? Was mag in den Unglücklichen vorgehen, die nach fünf oder mehr Jahren vergitterten oder unvergitterten Scheinlebens das Sinnbild zum ersten Mal wieder erblikken?

In Viererreihen und langer Kolonne geht es durch den Ort und weiter – auf einer breiten, wenig befahrenen, überschneiten Landstraße. Die Sonne scheint warm. Der Schnee glitzert. Wunderbar schlägt uns die Luft der Berge, schlägt uns der Hauch unseres Glücks entgegen.

Kleine Villen mit Gärtchen und Garagen begleiten lange die Straße – Wohnstätten der verheirateten Schergen des

Regimes, die noch vor kurzem Raufbolde und Tagediebe gewesen sein mögen, vielleicht auch Briefträger oder kleine Steuerbeamte, die wegen einer Unterschlagung suspendiert worden sind.

In der Ferne, auf erhöhtem Plan, taucht der Umriß eines altertümlichen Ortes aus weiß leuchtendem Nebel. Ein Stift oder Schloß ragt hoch auf. Warum ergreift mich der Anblick dieses Stücks in die Vergangenheit weisender Schönheit so sehr? Die Zeiten, in welchen es gedieh, waren auch abergläubisch und grausam, waren dunkle Schluchten des menschlichen Taumelns auf der Straße vom reißenden Tier zum zivilisierten Nichts. Doch im Gegensatz zu dieser Zeit hatten sie Haß und Ausrottung von Mitmenschen nie zur Lebensanschauung und sittlichen Regel erhoben.

Nun haben wir den Bahnhof erreicht – den kleinen, naiven Alpenbahnhof, an dem wir ankamen, und dem ich damals aus begreiflichen Gründen nur einseitige Aufmerksamkeit schenken konnte. Ortsbewohner, denen wir vor dem Eingang begegnen, blicken zur Seite. Sie sind entweder gedrillt worden, nicht zu gaffen, oder haben das Bild schon zu oft gesehen, um noch Interesse daran zu finden. Verhaltene Menschlichkeit oder geheimen Protest gegen das Regime zu vermuten, hieße wohl, zu viel zu erwarten.

Der SS-Mann löst unsere Fahrkarten und führt uns auf einen leeren Bahnsteig, vor dem der elektrische Zug nach München bald einfahren soll. Wohl sind wir noch unter Eskorte und haben unsere Hüte nicht aufsetzen dürfen; der SS-Mann hat eben Kameraden mit dem wüsten Vokabular des Lagers angefahren, als er an ihrem Betragen etwas auszusetzen fand. Dennoch wird es immer deutlicher, daß er uns hier verlassen will. Die Grenze seines Machtbereiches zwingt ihn zur Umkehr.

So gibt er uns dann letzte Verhaltensmaßregeln für die Fahrt und die Ankunft am Münchner Hauptbahnhof. Die Anordnungen für die Fahrt sind streng; sie bereiten ihm daher keine Schwierigkeiten. Aber schließlich kommt – in seinem Geiste – der Zug in München an. Dort mag er sich uns nicht länger als ganz vogelfrei vorzustellen. Dort gehen nur freie Menschen, Menschen mit gewissen Rechten und ohne „schützende" Haft umher. Umstellung ist also geboten. Die Notwendigkeit bringt seinen Redefluß zum Stocken. Nach dem Beginn: „In München dann steigen ...", fehlt ihm, zu seinem Unbehagen das richtige Wort. Wie nennt man denn nur eine Horde entlassener Saujuden, die man aus einem atavistischen Rest von Lebensart heraus nicht länger mit dieser so einfachen, richtigen Bezeichung ansprechen darf?

Ich sehe, wie es hinter seiner Stirne arbeitet, wie Bedauern sein helles Gemüt überschattet. So leicht hätte sich die gewünschte Weisung im Lager erteilen lassen, so natürlich und sicher!

Nochmals setzt er an: „In München dann steigt also ..." und plötzlich gebiert der Drang des Augenblicks das rechte Wort: „In München dann steigt also – das Publikum aus, und begibt sich ..."

So begeben wir uns am Münchner Hauptbahnhof also in den für die Rücktransporte aus dem Lager reservierten Warteraum und achten, wie angeordnet wurde, darauf, daß wir unsere Hüte (zum Teil vom Lager beigestellt) auf den Köpfen haben. Wirklich, was wäre gewonnen, wenn das andere Publikum – das gewöhnlich so bezeichnete – die kahlgeschorenen, abgezehrten Geierköpfe des entlassenen „Publikums" deutlich sehen und so allzu anschaulich erfahren würde, was hinter den Kulissen der herrlichen Volkserneuerung vor sich geht?

Betäubt von innerem Tumult, umschwirrt von äußerem Hin und Her, durchwanken wir die große, geschäftige Halle. Die noch unsicheren Flügel unserer neuen Freiheit rauschen, bald leise, bald mächtig. Wohl gehören die Bilder und Laute, die uns umbranden, einem verlorenen Leben an, wohl schnarren sie immer wieder in Farben und Tönen eines

Deutschtums auf, das ich wissender ablehne denn je. Doch zugleich enthalten sie Beschwichtigung, in die ich mich willig einsinken lasse.

Hinter den geschlossenen Türen des kleinen Warteraums empfangen uns zwei Männer. Sie bezeichnen sich als Funktionäre der Münchner jüdischen Kultusgemeinde. Als der Raum gefüllt ist und die Türen hinter uns wieder geschlossen sind, steigt der eine auf einen Sessel, um von uns allen gesehen und gehört zu werden, und beginnt eine kleine Ansprache an uns zu halten.

Aussehen und Sprechweise des Mannes erregen mein Mißtrauen. Wohl sage ich mir, daß er als Vertreter der jüdischen Kultusgemeinde, der auch das Vertrauen der Gestapo genießt, so amphibienhaft an diese Stadt des Biers und des ungraziös entfesselten Lebensgenusses angeglichen sein muß, wie er es eben ist – daß er seine schwierige Aufgabe nur unter Bewahrung, ja, Betonung einer Mimikry ausführen kann, die ihm ein Leben im „fremden" Land unmerklich aufgezwungen hat.

Aber dennoch – seine Maske ist fast zu gut. Sie täuscht auch mich, der allerdings gerade jetzt wenig zu Vertrauen neigt. Wie, wenn die Teilnahme und Hilfsbereitschaft, die der dicke Wastel mit dem grünen Lodenhut und dem nicht dazugehörigen städtischen Wintermantel auf seinem Sessel da oben mimt, nur „Tarnung" wäre – eine Kriegslist des Feindes, zu deren Durchführung der Sprecher sich für die für dreißig Silberlinge verlängerte Duldung im Lande oder sonstiger Vorteile hergibt? Wie, wenn die große braune Katze die kaum entlassenen Mäuse nur voller fangen und dazu aushorchen, zu Unvorsichtigkeiten verleiten wollte?

Der Gedanke ist wahnsinnig. Zugegeben. Aber ist das Erlebnis, das wir hinter uns haben, nicht auch wahnsinnig? Sind wir überhaupt noch fähig, jetzt, da der rettende Kampf ums nackte Leben uns genommen ist, Wahnsinn von Sinn zu unterscheiden oder einen wirklich wahnsinnsfreien Gedanken zu fassen?

Mein Mißtrauen weicht allmählich. Es weicht, genau genommen, ohne erkennbaren Grund. In außerordentlichen Zeitläufen hat folgerichtiges Denken nur wenig, oder jedenfalls veränderte Geltung. Nur weil mein Mißtrauen schweigt – nicht umgekehrt –, erfasse ich, daß der Mann weiß, wie uns zu Mute ist, wie nur einer es wissen kann, der in seinen Tiefen von Mitgefühl vibriert. Nur weil mein Mißtrauen schweigt, sage ich mir, daß er – wäre er ein Verräter – zugleich auch ein meisterhafter Schauspieler sein müßte.

Vermutlich ist er selbst durch all das hindurchgegangen, was hinter uns liegt, und er zögert nicht, es mit gedämpfter, wie überschatteter, brodelnder Stimme zu brandmarken.

„Doch das ist vorüber“, sagt er. „Ihr habt nichts mehr zu fürchten. Ihr seid jetzt freie Menschen und müßt euch, so schwer es anfangs sein mag, daran gewöhnen.“

Er sagt wohl nicht: „Ihr habt eure Strafe dafür, daß ihr als Juden zur Welt gekommen seid, abgebüßt, und dürft euch wieder als aufgenommen fühlen in die Gemeinschaft jener, die dieses Verbrechen nicht begangen haben.“ Natürlich gebraucht er diese Worte nicht. Er denkt sie auch gar nicht. Doch für mein zweites Gehör schwingen sie wie ein Unterton klar vernehmbar mit. Ich schlürfe die bitter-süße Schale des entlassenen Sträflings, und das mit mehr Lust als Abscheu.

Ich bekenne es gern – eine Stimme in mir wünscht: wär es doch so! Wär ich doch ein entlassener Sträfling – und könnte mich so sicher fühlen wie ein solcher, falls er entschlossen ist, nie rückfällig zu werden. So aber ist meine Strafe, selbst wenn wir für den Augenblick wirklich nichts mehr zu fürchten haben sollten, doch nur umgewandelt, aus Frierhaft in Verbannung, plus Entzug all dessen, was wir aufgebaut haben in des Lebens besserem, echteren Teil.

Aber selbst während innere Stimmen mir derlei zuraunen,

gebe ich mich doch dem Frieden hin, in dem der Mann auf dem Sessel uns wiegen möchte. Ich lasse mich von seiner kraftvollen Unbeirrbarkeit einhüllen und bin ihm ganz gewonnen, als er zuletzt sagt: „Für den Augenblick müßt ihr mir und meinen Helfern etwas Zeit lassen, damit wir vorerst eure Fahrkarten kaufen können. Sobald das geregelt ist, will ich zu jedem einzelnen von euch kommen und seine besonderen Wünsche entgegennehmen, insbesonders die Namen jener notieren, die wir von eurer Ankunft telegraphisch verständigen sollen. Was in unserer Macht steht, werden wir tun, um euch jede Sorge zu erleichtern."

Einem weißhaarigen Männchen, das sich dennoch aufgeregt murmelnd an ihn herandrängt, sagt er energisch: „Auch zu dir werde ich kommen! Nur ein wenig Geduld." Doch der Alte, bedrängt von Furcht und Hoffnung, getrieben vom Druck seiner Befreiung, kann nicht aufhören, Unverständliches hervorzusprudeln.

Da neigt sich der mit dem Lodenhut, der wieder vom Sessel heruntergestiegen ist, lauschend zu ihm herab. „Was willst du? ... Telegraphieren? Natürlich! Wir werden es für dich tun, Vaterl. Natürlich werden wir das tun – wohin du willst." Und er streichelt zärtlich die Wange des Alten. „Nur ein wenig Geduld noch – Vaterl."

Beschimpfungen, Prügel, frieren, strafstehen – das könnten wir noch aushalten. Darin sind wir geübt. Ein Teil unseres Wesens erwartet es geradezu, als das Natürliche. Doch als Brüder behandelt zu werden – Worte der Menschlichkeit und der Sanftmut zu hören – wie könnten wir das ertragen? Es schmerzt, es würgt, droht uns zu überwältigen. Das können wir nicht leisten.

Da gibt es nichts, als alle Beherrschung fahren lassen – und haltlos schluchzen.

Willkür vermischt mit Gesetzmäßigkeit kennzeichnet die Bücher des Lebens – und die der Dichter. Heimreise ist nicht immer die Umkehrung von Ausreise; nicht immer Wiederaufrollung des abgerollten Bandes.

Während der Rückfahrt nach Wien durch den beziehungslosen Raum der Nacht läßt das Gefühl einer großen Erleichterung keinen Gedanken an die Fahrt über dieselbe Strecke in umgekehrter Richtung in mir aufkommen. Weder Ähnlichkeit noch Gegensätzlichkeit verbindet sie mit der früheren.

Von jeder Erinnerung unangefochten genieße ich es, unter Menschen zu sein, vor denen ich ohne besondere Leistung an Profil und Geltung gewonnen habe, und für die ich in dieser Nacht warmen Dank empfinde: Dank für den späten, flüchtigen Strahl, den Schwung und die Unbeschwertheit eines zweiten Knabentums, das ich in ihrer Ausstrahlung, mir selbst kaum bewußt, genossen hatte.

Den ganzen Tag lang hatte sich meine Erkältung kaum bemerkbar gemacht. Erst am späten Nachmittag, nach der Ansprache des camouflierten Münchners, war die Infektion mit neuen Wellen unerträglichen Hitzegefühls und mit Schüttelfrost über mich hergefallen. Doch da war Dr. Hirzinger, der Arier aus lebenslänglicher Gewohnheit und schlechtem Gedächnis, der „Kein-Bruch" Mann zur Stelle gewesen. Die Kultusgemeinde hatte ihm durch den Sendling mit dem grünen Hut einen ansehnlichen Arzneivorrat anvertraut, und er hatte mir freigiebig wie ein alter Kriegsgefährte, der die erprobte Widerstandskraft seines Kumpans kennt, eine Büffeldosis von Chinin, Antipyrin und Codein verabreicht und eine herrliche Wirkung damit erzielt.

So fühle ich mich also jetzt wieder jeder körperlichen Anstrengung, jedem Wagnis gewachsen, bin aber auch geistig, in meiner wunderbaren Loslösung von allen Bindungen, allem bürgerlich Gewohnten, weit offen für eine Welt von neuen Eindrücken, voll keimenden Echos.

Meine Verfassung in den Stunden dieser Bahnfahrt ist mir als etwas beglückend Erstaunliches in Erinnerung geblieben. Wohl verstehe ich, daß ein Mann sich wie neugeboren, wie übergossen mit Lebensfrische fühlt, wenn er sich dem Leben und das Leben ihm wiedergegeben weiß. Aber bedachte ich denn nicht zugleich, daß ich bloß aus einem Kerker entlassen war, während der zweite, größere, den die unmittelbarere Not meinem Blick vorübergehend verdeckt hatte, mich noch immer umdrohte? Hätte nicht die Frage auf mir lasten müssen, ob und wie ich auch diesem zweiten Kerker würde entrinnen können? Ob, in anderen Worten, mir nun endlich auch die Ausreise aus Deutschland bewilligt werden würde?

Was nützt es, wenn ein fremdes Land sich gefunden hat, das bereit ist, einen aufzunehmen, wenn in Deutschland die rechte Hand noch immer nicht weiß, was die linke tut? Wenn die rechte dich aus dem Lande stößt, die linke aber vorerst ihre Erpressungen vollenden will? Die rechte Fluchtsteuern verlangt, die zu bezahlen du nicht genug Bargeld hast, die linke aber den Verkauf von Eigentum verhindert, der zur Erlangung des Geldes führen könnte?

Aber noch aus einem zweiten, in meinen Augen triftigen Grund kann ich mich im Rückblick nicht genug über die knabenhafte Unbeschwertheit, die herrliche Loslösung von jederlei Kümmernis wundern, die mich in diesen ersten Stunden der Freiheit wie eine gütige Wolke umhüllte. Freiheit erweckt das Verlangen nach vollkommener Freiheit, nach Freiheit jeder Art. Hätte also nicht gerade meine Entlassung mir die alten, ungelösten Probleme meines Lebens besonders dicht vor die Augen rücken, mich drastisch an all das erinnern müssen, was mich vor meiner Verhaftung bedrückt hatte und was ich während meiner großen Not als überwunden empfinden konnte?

War ich wirklich fähig geworden, von meiner neuen Freiheit Gebrauch zu machen? Was ist Freiheit, wenn nicht ein Weg, um zu Freude und Sicherheit zu gelangen, um ein volles Leben zu leben, ein Werk zu leisten und arglos beglückende Berührung mit anderen Menschen zu haben?

Was jetzt hinter mir lag, war eine Belastungsprobe für Körper und Geist gewesen. Ich hatte sie nicht übel bestanden. Ich durfte recht stolz sein auf meine Schmiegsamkeit und Härte, meinen im Dienste der Selbstbehauptung wachsamen Willen. Doch hatten die Schocktherapie des grimmigen Kampfes und der Freudeschock über seine vorläufige Beendigung genügend gerüttelt an meinen inneren Gitterstäben oder sie gar gesprengt, wie es im Augenblick so beseligend schien?

Da waren um mich Kameraden, die zu Weib und Kind, zu alter Eingefügtheit in ihren Ausschnitt der menschlichen Gesellschaft zurückkehrten, zu alten Berufen oder neuen Anfängen, mit dem vollen Einsatz ihrer Kräfte und Begabungen. Wie stand das nun bei mir? Kehrte ich auch zur Erfüllung meiner Begabung zurück? In größerer Bereitschaft, mich sozialen Bindungen zu unterwerfen und Glück in dieser Unterwerfung zu finden? Oder war ich nur wieder unterwegs zu meinen alten Hemmungen, zu meiner alten Zerfallenheit mit einer ganzen Welt, zu meiner alten, unsichtbaren Gefangenschaft, aus der ich nur scheinbar in eine realere weggerissen worden war?

Wenn ich tief in mich hineingehorcht hätte, hätte ich vielleicht eine dunkle Stimme gehört, die mir zuraunen wollte, daß der verfahrene Karren meines Lebens noch immer dort stak, wo er gesteckt, daß seine Räder sich nicht einmal gerührt hatten. Ich hätte vielleicht auch eine zuversichtlichere Stimme gehört, die mich beruhigen wollte. Es sei nicht wahr. Eine Veränderung sei eingetreten. Das könne doch niemand übersehen. Wenn keine wichtigere, so jedenfalls die, daß meine Lebenstafel reingewischt worden wäre. Daß sie nun wieder in guter, freier Leere erglänze, um eine neue Schicksalsrechnung, einen neuen Anfang, die Möglichkeit größerer Bewährung aufzunehmen. Von diesem Gnadengeschenk, das ich, allem Anschein zum Trotz, selbst aus der Tiefe meines Wesens emporgeholt hätte, den richtigen Gebrauch zu machen, läge nur an mir.

Doch ich war viel zu fortgerissen von Freude, viel zu sehr auf das Unmittelbarste bedacht, um irgendeiner Stimme in mir Gehör schenken zu können. Ich war bis zum Rande voll guten, harten Mutes und zur Gestaltung meines wirklichen Schicksals entschlossener denn je. Ich zweifelte nicht daran, daß ich mein zweites Leben, das mir mit dem Überschreiten der deutschen Grenze zufallen würde, wirklich erlangen und daß ich es wissender, freier, besser leben würde als jenes, welches sich eben zu seinem Ende rundete. Das erfüllte, das trug mich, das gab mir die Flügel, um derentwillen die Kameraden mir in dieser Nacht so freundlich zugewendet waren.

Einer – seinen Namen habe ich vergessen oder nie gewußt – lacht vor Freude, sooft er mich ansieht. Er bearbeitet meine Schulter mit Schlägen des Entzückens. „Daß auch du entlassen bist! Das würzt meine eigene Entlassung. Das ist das Beste, was mir seit langem passiert ist."

Ich kenne den Mann kaum. Ich habe noch keine drei Worte mit ihm gesprochen; kann nicht einmal sagen, ob er meiner oder einer Nachbarstube angehört hat.

„Warum freut dich gerade meine Entlassung so sehr?"

„Na, erlaub du mir! Das fragst du noch? Wo Lübke, die Mißgeburt, doch drauf und dran war, dich abzutun! Wo er dir noch gestern Nacht," – er jubelt es förmlich heraus – „in der Nacht vor deiner Entlassung die Decken wegnehmen ließ in deinem Fieber, das dir jeder auf zehn Meter Entfernung ansehen konnte – das Schwein! Mit meinen bloßen Händen hätte ich ihn erwürgen können; dafür allein! ... Daß du nun hier im Zug sitzt und dich bald unter Menschen, wirklichen Menschen wirst gesund pflegen dürfen, während die boshafte Sau im Lager noch lange ihr ‚Aufdecka! ... Ausrichta!' und ähnlichen Stumpfsinn brüllen, noch immer Günste und Abläße austeilen, noch lange vor der Kiesgrube zittern wird – hast du eine Ahnung, Kassnerjunge, wie wohl mir der Gedanke tut? Das allein entschädigt mich dafür, daß ich den Rummel mitmachen mußte. Nenn mich rachsüchtig, nenn mich gemein – so empfinde ich."

Da hat mich also einer gesehen, an mir Anteil genommen, den ich überhaupt nicht bemerkt, den ich – seine Sprechweise verrät, daß er nach dem Weltkrieg aus dem Osten zugewandert sein dürfte – kaum eines Wortes gewürdigt hatte. In fröhlicher Abbitte will ich meine Hand auf sein Knie fallen lassen, halte aber im letzten Augenblick inne. Seine silbergrau gestreifte, kleinstädtisch elegante Kammgarnhose ist über beiden Knien braunrot verfärbt und an einem Bein befremdlich zerschnitten.

„Was ist das?"

„Nichts Besonderes", lacht er. „Hau nur ruhig hin. Da haben sie mich ein wenig gestochen – mit dem Bajonett, auf der Fahrt heraus. Längst verheilt! Und die Hose schmeiße ich ohnehin weg, sobald ich zu Hause in Dornbach ankomme."

„Im Wiener Gartenvorort?"

„Freilich. Bei Neuwaldegg. Dort besitze ich eine schöne Villa." Er lacht gimmig auf: „Wegen der bin ich ja ins Lager gekommen."

„Wie das?"

„Ein Nazihäuptling, so ein Kerl, der sich nach dem Wind dreht und im März plötzlich entdeckt hat, daß er schon seit Jahren ein ‚Illegaler' war, findet, daß mein Haus gerade das Richtige für ihn ist. Erst hat er versucht, es mir ‚abzukaufen', für ein Butterbrot, mir das Fell über die Ohren zu ziehen – was ihm natürlich mißlungen ist. Da ist er also auf die Idee gekommen, daß er mich kirre machen kann, wenn sie mich nach Dachau schicken. Wahrscheinlich wohnt er schon in der Villa mit seiner Brut, hat sie schon nach Herzenslust versaut – an einen Schweinekofen gewöhnt, wie er ist. Der wird Augen machen, wenn ich jetzt auf einmal wieder da bin und er raus muß. Ich kann's kaum erwarten, das erstaunt blöde Gesicht des Kerls zu sehen, wenn ich ihn hinausschmeiße. Wird ein Hauptspaß, ein Festfressen werden – wie deine Entlassung."

Wäre der Mann nicht so erfrischend ungestüm und gleichzeitig so brüderlich zu mir, ich müßte ihm mit vielleicht rettender Grobheit ein Licht anstecken. Sein hell leuchtendes Glück jedoch läßt mir nur die Wahl, mich entweder wortlos, wie mit tragisch verhülltem Haupt, von den Grausamkeiten abzuwenden, welche sein groteskes Irren für ihn heraufbeschwört, oder sehr sacht zu sein im Versuch, ihm Vernunft beizubringen. Die Situation mit dem Pfälzer und seinem Entlassungsmantel wiederholt sich wie in einem Zerrspiegel. Ich sage wie leichthin:

„Du wirst doch sicherlich nicht lange in Wien bleiben.

Warum willst du dich wegen eines Hauses, einer Unterkunft, die du ja doch zurücklassen mußt, wegen ein paar Wochen nochmals gefährden?"

„Was sollte mich hindern, jetzt in Wien zu bleiben? Ich werde ihnen doch nicht mein Haus überlassen, am Ende. Ich werde drin bleiben, so lang es mir paßt."

„Und – von was leben?"

„Hab Geld genug. Kann aushalten, bis die ganze, herrliche Bewegung dorthin gegangen ist, wo sie hingehört!"

„Pst, pst! Schrei doch nicht so laut. Weiß du, wer hinter der Glastüre oder im Nebenabteil seine Ohren anspannt?" Der Ausdruck seines Gesichts verwirft die Mahnung, und er fügt mit ungedämpfter Stimme hinzu: „Überdies habe ich ein Einkommen aus Polen, werde vielleicht sogar die polnische Staatsbürgerschaft erwerben können. Mir können die nichts abhaben."

„Ich fürchte, du bist nicht wohl beraten", sage ich in leiser, ernster Kürze, und unterdrücke: Ist es möglich, daß ein Mensch, der erfahren hat, was wir in diesen Monaten erfahren haben, nicht gelernt haben soll, daß unseres Bleibens in diesem Lande nicht länger sein kann? Was hindert diesen offenbar sonst lebenstüchtigen Mann, sich in diesem Punkt seiner Vernunft richtig zu bedienen, oder auf ihren Rat zu hören? Bedeutet es für ihn so Ungeheures, ihn Sicherndes, Erhöhendes, Grund und Boden zu besitzen, „mein Haus" sagen zu können? Die Landschaft und ihre leise Musik, die Stadt, sie mögen ihm zusagen, aber er kann sie kaum so wissend und tief lieben wie ich oder irgendein anderer hier Geborener und Verwurzelter. Oder ist sein Wunsch zu bleiben vielleicht eben deshalb so verzweifelt blind, weil er zugleich die Sehnsucht ist nach Verweilen-Dürfen, nach Wurzel-schlagen-Können?

Er scheint meine Fragen zu fühlen. „Eines Tages", sagt er, „eines Tages werde ich gehen, werde alles zurücklassen – wenn ich mein Haus vorher nicht verkaufen kann, wie ich es verkaufen will. Aber nicht so, nicht diesmal." Und wieder im früheren, draufgängerisch leichten Ton: „Zuerst muß ich das enttäuschte Gesicht dieses Nazihundes, dieses ungeschickten Gauners sehen, der sich seiner neuen Wohnung schon so sicher erfreut."

Ich gebrauche einen Vorwand, um das Abteil für eine Weile zu verlassen. Ärger und Traurigkeit würgen mich, und ich fürchte, nicht länger schweigen zu können. Armer Narr, dessen Blindheit mir dennoch gefällt und dessen Starrköpfigkeit einer aussichtsreicheren Sache würdig wäre. Gegen den bin ja selbst ich ein Ausbund an Wirklichkeitssinn und Diplomatie.

Es ist etwa acht Uhr morgens, als meine Schritte auf dem Bahnsteig des alten Westbahnhofs widerhallen. Er scheint etwas Vernachläßigtes, Ernüchtertes, tief Gesunkenes an sich zu haben, ganz abgesehen davon, daß er im Augenblick übernächtig grämlich dreinblickt. Nur ein paar Frauen, graue Salzsäulen im umgebenden Grau, bevölkern ihn, heben vor Erwartung leere, farblose Gesichter dem langsam einfahrenden Zug entgegen.

Erst später, als sich unsere schon ausschreitende Gruppe zerteilt, leuchten einige der angestrengten Mienen auf. Arme fliegen empor. Kleine Ausrufe ertönen. Busen wogen. Eine Walküre wirft sich Dr. Hirzinger entgegen und hält seinen kurzgeschorenen Kopf an ihre Brust gedrückt. Ich wende mich ab, um nichts von dem töricht-zärtlichen Gestammel der beiden erlauschen zu müssen.

Ich bin fast froh und zugleich enttäuscht, daß weder Gilberte noch Gabriele mich erwarten, obwohl ich mein Kommen von München telegraphisch angekündigt habe. Aus dem Haufen von Menschen, der die Perrontüre an der Außenseite umlagert, ragt jedoch mein Vetter Hans auf, entfärbt, gealtert, an Sorge verloren. Als ich ihn anrufe, überhuscht ein müder Freudenschimmer sein finsteres Gesicht.

Gilberte hatte ihn gebeten, mich abzuholen, da sie selbst an diesem Morgen bei ihrem Konsulat vorgeladen war. Wenigstens ein vertrautes Gesicht sollte mich in meiner degradierten, längst nicht mehr unbekümmert fröhlichen Geburtsstadt empfangen. Auch hatte sich in der Zeit meiner Haft genug geändert, um einige Nachricht notwendig zu machen.

Jeder Schritt auf die Straße bedeutete für einen Juden Pein, Demütigung, Gefahr. Auch benützte Hans jeden Augenblick seiner Zeit, soweit sie nicht in Wartereien bei der Kultusgemeinde und anderen Behörden aufging, um die Bauschlosserei als praktisches, im Ausland leicht verwertbares Können zu erlernen. Dennoch war der alte Sommergefährte und Tourenkamerad gekommen – ein letzter Freundschaftsdienst, den ich als kein geringes Opfer betrachte.

Er konnte ja damals nicht vorhersehen, daß er binnen kurzem in einem selbstgegrabenen, mit ungelöschtem Kalk überschütteten Grab in Polen oder in einer Senkgrube im Warschauer oder Lubliner Ghetto liegen würde, wo sein Fortkommen durch die geschulteste Bauschlosserei ebenso wenig gefördert werden konnte wie durch seine, nun völlig wertlos gewordenen, Kenntnisse als pflichtgetreuer Bankbeamter.

Mit einer Reserve, die ich heute wie das stille Zurücktreten eines Menschen empfinde, der sich in den Tiefen als vom Schicksal gezeichnet ahnt und jede Gemeinschaft zu einem Ende bringen muß, trennt er sich kurz von mir vor einem Eckhaus in der Liebiggasse, gegenüber dem Straflandesgericht. „Hier wohnt Gabriele“, sagt er, und nennt die Wohnungsnummer der ausgewanderten Freunde, die sie aufgenommen haben. „Sie ist krank“, fügt er hinzu. „Sonst hätte sie dich sicherlich abgeholt.“

Gabriele öffnet auf mein Klingeln selbst. Sie ist in den Kleidern, wie immer sehr sorgfältig angezogen, legt sich aber, kaum daß ich eingetreten bin, wieder auf die Couch.

Zu dumm, daß diese Grippe – es kann nichts anderes sein – sie gerade jetzt hinwerfen mußte und sie nicht freigeben will, wo soviel zu tun ist, so vielen Menschen geholfen werden muß. Hoffentlich würde sie sich später am Tag, oder morgen früh, aus diesem lächerlichen Zwitterzustand zwischen Kranksein und Sich-schlapp-Fühlen, dieser sich hinziehenden Kraftlosigkeit ohne ersichtlichen Grund, aufraffen können; schon um mir bei den erforderlichen Schritten zu helfen.

Ihr leidender Zustand veredelt ihre schöne Züge, doch sie sieht elend aus, raucht nach alter Gewohnheit eine Zigarette nach der anderen, und scheint höchste Unrast oder ein großes körperliches Unbehagen mit unnachgiebiger Willensanspannung zu verbeißen. Die Frage, die noch vor wenigen Tagen in der Nachschrift zu Gilbertens Brief keinen Aufschub geduldet hatte, erwähnt sie nicht, und als ich schließlich selbst auf den heiklen Punkt lossteuere, weicht sie geschmeidig aus. Zuletzt, um einen neuen Versuch abzuwehren, winkt sie mit müd resignierter Geste und einem Lächeln ab, dessen weher Spott sich gegen sie selbst richtet.

Ich bin es zufrieden, die Aussprache zu vertagen, aber die ungewohnte Friedfertigkeit dieser Frau befremdet, fast möchte ich sagen, beunruhigt mich. Was steckt da dahinter? Denn daß sich diese unentwegte Kämpferin durch Fieber und Mattigkeit einer Grippe einer Auseinandersetzung nicht gewachsen fühlt, kommt kaum in Frage. Ebensowenig, daß sie noch zu erfüllt ist vom Betreiben meiner Entlassung, um von anderem sprechen zu können – wie sie allerdings andeutet. Hat sie in den letzten Tagen selbst eingesehen, daß die Gefühle – die Voraussetzungen irgendeiner engeren Gemeinschaft zwischen uns – zumindest in mir nicht mehr erweckt werden können? Wir erkennen oft ohne besonderen Anstoß, daß die Schlachten unseres Lebens verloren sind, knapp bevor sie geschlagen sind. Oder ist etwa eine Änderung in ihren eigenen Plänen eingetreten?

Jedenfalls lächelt sie müde und bleibt friedlich sphinxhaft: „Nun, da hätten wir ja den Herrn wieder, den Herrn Professor. Ein wenig schmal, aber luftgebräunt, und jedenfalls mit ganzen Gliedern. Es war nicht ganz leicht, ihn herauszubekommen. Nichts wollte klappen ... Zum ersten Mal in meinem Leben war ich schon recht verzagt, besonders als diese Grippe es sich angelegen sein ließ, mich für ganze Tage außer Gefecht zu setzen ...“

Durch einen Zufall habe sie zuletzt erfahren, daß die Gestapo Schiffe zur Verfrachtung von Juden nach Übersee gechartert habe, und daß die Fahrkarte an Stelle eines Auslandvisums als Stütze des Entlassungsgesuches betrachtet werde. Obwohl der geforderte Preis sündhaft hoch gewesen sei, habe sie in ihrer Besorgnis zugegriffen. Denn was hätte mir nicht noch alles zustoßen können, wenn sie die Gelegenheit versäumt hätte, und was könne mir schließlich unter den gegebenen Umständen Geld noch bedeuten? Gestern sei allerdings aus London eine von Lena dort erwirkte Permitkarte eingetroffen. Die berechtige mich, beim britischen Konsulat um das englische Visum anzusuchen.

„Und wohin geht das Schiff, für das ich eine Fahrkarte besitze?“

„Nach Barbados.“

„Ein schöner Name, aber wo ist ... Barbados?“

„Eine Insel in den kleinen Antillen.“ Sie sieht mich mit gespieltem Grimm an: „Frag mich jetzt aber nicht, wo die sind. Hab’ noch nicht nachgeschlagen. Stark südlich, jedenfalls.“

„Hast du Nachrichten von Iva?“

„Ja. ... Es geht ihr gut.“ Sie zögert; sieht nun ernsthaft finster abwehrend drein. „Was ist los?“ frage ich. „Sprich!“

Sie zögert noch immer. Dann – halb noch finsterer als zuvor, halb überwältigt von Heiterkeit und zugleich doch, als wär’s das Selbstverständlichste: „Sie hat geheiratet.“

„Iva? ... Geheiratet? ... Das Kind? Geheiratet? Wie kann das sein?"

„Das fast neunzehnjährige Kind", sagt Gabriele kalt, verächtlich. Erst dann streckt sie ihre Hand beschwichtigend nach mir aus. „Ich habe es nicht anders aufgenommen." Ihre Stimme ist erstaunlich sanft ... liebevoll. „Kann nichts dafür."

Ich starre vor mich hin. „Verheiratet. Die Gymnasiastin. In der Ferne. Ohne Vater oder Mutter gefragt zu haben. ... Auch ohne anzurufen von Holland?"

Gabriele nickt bejahend. „Eine Sintflut wie die, welche eingesetzt hat und noch viel böser werden wird, greift natürlich auch auf den privaten Bezirk über. Der Sturm zerbläst alte Begriffe, er zerreißt alte Bindungen und – schafft neue."

„Er zerreißt alte Bindungen – richtig. Vorausgesetzt, daß sie nicht gesund waren."

Gabriele leuchtet auf. „Dann ist kein Grund zur Besorgnis gegeben. Dann wird die Bindung zwischen Iva und ihrem Vater – nicht zerrissen werden durch diese Heirat!"

„Würde es gerne auch so sehen können. Aber menschliche Gemeinschaft gedeiht oder überdauert nicht ohne Nährboden. Übrigens, wen hat denn dieses Kind, das sich noch gestern nicht einmal ein paar Schuhe allein kaufen konnte, da plötzlich geheiratet?"

„Das Ganze ist nicht so schlimm. Du kennst ihn sogar: den jungen holländischen Arzt – damals war er noch Student –, der mit euch auf den Großglockner gegangen ist."

Ein schmächtig unbeholfenes Bürschlein mit zu großen Schuhen entringt sich dämmriger Erinnerung.

„Den? Der heute in einer Gletscherspalte liegen würde, wenn ich ihn nicht im letzten Augenblick noch beim Schopf erwischt hätte? Wie voreilig man oft handelt! Das Nächste wird sein, daß sie nach Sumatra ziehen werden, da der nur dort sein Fortkommen wird finden können."

„Für's erste jedoch wird Iva ein bis zwei Jahre in England leben, da er vorher seiner Militärpflicht genügen muß. Sie dürfte bereits in London angekommen sein, einer Karte gemäß, die sie mir von Hoek van Holland knapp vor der Überfahrt geschickt hat."

Wie meine Tochter jetzt heißt, frage ich nicht. Es gehört offenbar zu einer Sintflut, daß Väter solche Nebensächlichkeiten nicht wissen müssen.

Gilberte treffe ich im Laufe des Vormittags in der Halle eines nahen Hotels, eines der wenigen, die noch Emigranten aufnehmen dürfen. Die Zusammenkunft ist kurz, bestätigt aber aufwühlend und beglückend meine tiefe Verbundenheit mit dieser besten aller Frauen. Bevor wir scheiden, sagt sie mir: „Gabriele ist, wie mir scheint, viel schwerer kank, als sie sich eingestehen will. Ich wäre glücklich, wenn sie England, für das sie ihr Visum schon seit Wochen hat, erreichen könnte. Vielleicht gibt's dort gute Ärzte – auch für Juden. Sei lieb zu ihr. Du weißt, daß sie mir früher geradezu ein Greuel war. Es ist Lena nicht leicht gefallen, mich zu einer Zusammenkunft zu dritt zu überreden. Heute bewundere und liebe ich sie, kann Lena gar nicht genug dafür danken, diesen Menschen kennengelernt zu haben. Wir sind alle so oberflächlich in unserem Urteil, so abhängig von Kleinlichem. Nicht, daß ich in einer friedlichen Zeit lange auskommen könnte mit ihr – jedenfalls nicht, ohne sie vorher in einer bösen wirklich kennen gelernt zu haben. Aber bei einem Weltuntergang gibt es niemanden, der ihr gleichkommt: an Kühnheit, unermüdlichem Eifer, Entschlossenheit, Phantasie."

Ein Gefühl erster tiefer Entspannung überkommt mich in Gilbertens Nähe. Es wäre erlösend, sich darin einsinken zu lassen, den Frieden zu atmen, der die unscheinbar herrliche Frau für mich immer wie eine große Windstille umgibt.

Aber noch darf ich mir keine Ruhepause gönnen. Der Kampf hat nur andere Formen angenommen. Nicht, bevor die Landesgrenzen hinter mir liegen, kann es mir gewährt sein, ein Keimen neuen Sicherheitsgefühls zu empfinden.

Noch im Lager sind wir Entlassenen angewiesen worden, uns ehestens nach Ankunft am Wohnort bei der zuständigen Gestapo-Leitstelle „rückzumelden". Kein angenehmer Gang, auch wenn es sich offenbar bloß um eine harmlose Formalität handelt. Die angegriffenen Nerven vibrieren heftig (habe ich nicht Schlimmeres bestanden?), als ich mich dem ominösen Ort nähere. Er befindet sich am Morzinplatz, dessen schon vor dieser Einnistung deklassierter Stukkaturprunk nur mehr trist an eine versunkene Glanzzeit des umliegenden Viertels erinnert hatte und, im weiteren Blickfeld, des ganzen Kaiserreiches.

Das Gebäude kann kaum verfehlt werden, da eine große, dunkle Schar von Frauen, mit und ohne Kindern, das Tor umlagert. Sie sehen abgehärmt aus und warten, mit kleinen Klappstühlen, Rucksäcken, Einkaufstaschen; in einer Art, die erkennen läßt, daß sie mit dem Orte wohlvertraut und es gewöhnt sind, am späten Abend wieder einmal uneingelassen weggeschickt zu werden. Wir Rückkehrer, mit Bewunderung, Trauer oder Neid angestarrt, haben zwar Vortritt, müssen aber trotzdem lange längs der Hausmauer Schlange stehen.

In einem ehemaligen Speisesaal im ersten Stock sitze ich schließlich vor einem der Schreibtische, die gemeinsam mit vielen Aktenregalen den Raum in ein Labyrinth winkelig enger Gänge verwandeln. Aus der gedämpft rastlosen Brandung von Stimmen, Schritten, gerückten Stühlen, aufgerissenen und zugeworfenen Laden schnarren immer wieder Erregungswirbel jäh auf: Gebrüll, Drohungen, auf Tischflächen trommelnde Fäuste.

Ein Paar undurchdringlich kalte, unbewegliche Augen von jenseits der Tischfestung liegen lange ohne jeden Strahl eines menschlichen Gefühls auf mir. Der käsfarbige Rundkopf, aus dem sie hervorlugen, sitzt mit seinen brutalen Unterkiefern und den slavisch hohen Backenknochen fast ohne Hals auf wuchtigen Schultern und athletischem Oberkörper.

Mit einem Mal stößt mir aus dem hockenden Moloch eine Frage entgegen: „Wissen Sie, warum Sie entlassen wurden?"

Die Antwort kommt unsicher und zögernd aus mir, von törichter Hoffnung und zugleich Angst umspült, ob ich nicht anders antworten sollte. Und so lange verharrt der Götze wieder in unbeweglichem Lauern, daß ich fast schon überzeugt bin, mit meiner Aussage einen groben Fehler begangen zu haben. Doch plötzlich automatenhaft geschäftig, neigt sich der Mann vor und läßt von seinen Lippen kollern: „Das Schiff geht übermorgen – von Hamburg." Sein Blick stöbert in einem Wandkalender zu seiner Linken, und es klingt, als ob er jetzt nur mehr Gedrucktes ablesen würde: „Sie haben also Deutschland bis übermorgen, den fünften, 12 Uhr mittags verlassen zu haben ... Verstanden?"

Plötzlich, aus mir selbst ganz unbekannten Kammern meines Wesens hervorbrechend, übermannt mich ein Gefühl, das ich nur mit „Horror vacui" bezeichnen kann. In meiner noch vorhaltenden Entspannung und der durch sie erweckten Sehnsucht bin ich dem Anschlag dieses Gefühls besonders hilflos ausgeliefert. So mag einem Mann zu Mute sein, der an den äußersten Rand einer hohen Felsküste geführt wurde und tief, tief unter sich das glitzernde Meer sieht, in das er im nächsten Augenblick springen muß.

Vor meinem zurückprallenden Geist türmen sich unsagbare Schwierigkeiten und Gefahren auf. Wie kann ich die mir gestellte Frist einhalten? Wie auch nur versuchen, sie einzuhalten? Wo beginne ich – unvorbereitet, zerrüttet, zittrig, wie ich bin? Das Grauen vor der bloßen Spannung einer Paßkontrolle an einer entlegenen Grenze – einer Kontrolle, die ich in meiner Vorstellung nicht bestehe – erfüllt mich bis an den Rand. Als hätte das Lagererlebnis mir niemals, in fast körperlichen Injektionen, wieder und wieder, den Verzweiflungsmut eingeflößt, alles zu wagen, und jedes Wagnis noch als Glück zu empfinden.

Die reglose Maske hinter dem Tisch schiebt sich näher heran. „Haben Sie verstanden?" Der Ton droht jetzt nicht, ist aber bei aller Mäßigkeit voll Härte und quälender Eindringlichkeit.

„Ja. Ich habe verstanden." Meine Stimme scheint im ersten Augenblick nicht aus mir zu kommen. Ihr Klang ist so völlig unvereinbar mit dem Aufruhr in mir. Spiele ich ihre Festigkeit, um mir eine Gefaßtheit zu geben, die ich nicht habe? Oder um den Moloch zu besänftigen, zu täuschen? Im Widerspruch dazu raffe ich mich auf, wie laut denkend, hinzufügend: „Wie ich es anstellen werde, in dieser Frist fertig zu werden, weiß ich allerdings nicht. Ich muß doch meine Ausreisepapiere in Ordnung bringen ... meine ‚Unbedenklichkeit' erneuern lassen."

„Und das hat diese Frau nicht gewußt?!" brüllt die Maske aus plötzlich auflodernder Erinnerung hervor. Die Worte „diese Frau" und ihr Ton zerreißen für mich einen Vorhang. „'s ist ja niederträchtig, was in diesem Akt alles zusammengelogen – zusammengeschrieben wurde. Da! Schauen Sie sich das an!" Er neigt sich rasch zur Seite, reißt ein großes Konvolut von einem Aktenständer, schmettert es auf den Tisch und ohrfeigt es geradezu mit der flachen Hand. Ich erkenne Gabrieles Handschrift auf ganzen Stößen von Papier. Die besessene Energie des Inhalts teilt sich mir wie durch einen sechsten Sinn mit. Erinnerung an Eingaben und Briefe in unseren eigenen Kämpfen wallt in mir auf. Ich senke beschämt die Augen und erlebe unerwartet den Zangengriff überwundenen Wehs. Gleichzeitig lächle ich aber über den Einsatz, der diesmal zu meinen Gunsten gewirkt hat. Fast möchte ich dem Wütenden da drüben eine spöttisch mitleidige Hand entgegenstrecken.

Doch sein Anruf reißt mich aus allem Lächeln, allen großmütigen Gefühlen. „Ich habe nur eine Frage an Sie: Wollen Sie unterschreiben oder nicht? ... Hier!“ Er schiebt mir ein Blatt Papier zu, dessen Druckschrift vor meinen Augen in ein schwärzliches Gewimmel zerfließt.

„Bitte mir zu sagen, was ich unterschreiben soll. Ich kann nicht lesen – jetzt.“

„Daß Sie Deutschland am fünften verlassen haben werden. Wollen Sie, oder wollen Sie nicht? Seine Hand hat sich während seiner letzten Worte einer elektrischen Klingel auf der Tischplatte genähert. Jetzt stellt er den Daumen mit der Geste eines Rauchers, der eine Zigarette abtöten will, auf den elfenbeinernen Kopf. „Entweder Sie unterschreiben in diesem Augenblick, oder Sie sind verhaftet und gehen mit dem nächsten Transport ins Lager zurück.“

Der Saal schwankt, kreist um mich. Ich bin im Mittelpunkt eines abscheulichen Karussells, in welchem sich an Stelle von lackierten Pferden und Kindern Schreibtische, Regale, hockende Menschen und die vervielfältigte Fratze meines Quälers immer rascher um mich drehen.

Jetzt nimmt das Tempo wieder ab. Die vielen Fratzen sammeln sich zu einer einzigen, die nur mehr an den Konturen wäßrig zerfließt. Überlaut, wie aus einer inneren Taubheit hervorbrechend, höre ich Drohworte des Beamten am Nebentisch, der Josua Bloch, den Diamantenschleifer, „in der Arbeit“ hat.

Mein Kopf schmerzt dumpf, als ob mir jemand einen betäubenden Schlag versetzt hätte.

Aber ich weiß, daß ich etwas tun soll, und das augenblicklich. Ich muß meine Sinne beisammen halten, muß wach sein – wie noch nie. Denn was war es doch, das mich so böse, so quälend angefallen hat, soeben? Nur Worte. Ja, nur Worte. Aber furchtbare, die noch wie irgendein stählernes Instrument in mir wühlen. „Zurück ins Lager", und mehr noch dieses furchtbarste: „Transport."

Noch einmal eine Transportnacht? Noch einmal Licht- und Schwitzfolter? Noch einmal in Blutpfützen schlagen? Endlose Stunden durch unaussprechliche Qual des Geistes, durch Wahnsinn, wenn auch rettenden, hindurchdämmern? Was immer sonst, nur dies nicht! Dann lieber den Weg der vielen, welche die Türe des Notausgangs aufgerissen haben.

Dennoch bringe ich die Verwegenheit auf – ich muß toll sein oder, trotz aller gegenteiligen Selbsterfahrung, ein Held – zwar die Feder aufs Papier zu setzen, aber gleichzeitig zu sagen: „Natürlich unterschreibe ich. Natürlich. Ich bin kein Narr, es nicht zu tun." Und jetzt – fortgerissen von ich weiß nicht was in meinem „Horror vacui": „Mir ist nicht darum zu tun, einen Augenblick länger als unerläßlich in Deutschland zu bleiben. Das können Sie mir ruhig glauben. Nur ist, gerade gestern, mein englisches Permit eingetroffen. Sobald es in ein Visum umgewandelt ist – eine bloße Formalität – kann ich nach England fahren."

„Wir schicken Juden nicht nach England; nur nach Übersee – wo sie hingehören."

„Dann gewähren Sie mir doch wenigstens Zeit bis zum Schiff der kommenden Woche, damit ich meine Ausreisepapiere in Ordnung bringen kann." Und als ich seinem Gesicht die Verweigerung der Bitte ablese: „Oder bestätigen Sie mir, daß ich von der Gestapo beauftragt, und somit auch berechtigt bin, auszureisen."

„Nichts bestätige ich!" Und nach kurzer Pause, die auf den Ausruf niedersinkt, aufbrüllend: „Sie-i-ie!" Erst dann besinnt er sich, daß er gar nicht zu schreien braucht, es sich vielmehr leisten kann, kalt und ruhig zu bleiben. Fast höflich neigt er sich vor und sagt: „Sie würden also lieber nicht unterschreiben, wie ich sehe. Gut. Mir kann es recht sein."

Und seine Hand senkt sich auf den Klingelknopf.

„Ich unterschreibe!" schreie ich auf. „Sie sehen doch!"

Bin wirklich ich es, der so schreit, während die Feder aufkreischend über das Blatt spritzt? Wohl ist die Stimme aus meinem Mund gekommen, hat aber jeden Entschluß, etwas mitzuteilen, übersprungen; war ein Aufschrei nackten Grauens.

Meine „Unbedenklichkeit", den Nachweis, daß alle mir als Juden aufgebürdeten Steuern und Abgaben bezahlt sind, habe ich vor meiner Verhaftung trotz aller Mühe nicht erlangen können. Meine Bitte an den Gestapomann, mir Zeit zur Erneuerung zu gewähren, ist also ein Schachzug, ein Spiel um Zeit und um das Wunder, das sich ereignen könnte. Weder in zwei Wochen noch in fünf Jahren würde ich ohne Wunder in meinem verzwickten Fall die Voraussetzungen der Ausreisebewilligung erfüllen können.

Dieses Wissen kommt mir jetzt trostreich zu Hilfe. Meine Rechnung ist einfach: Hier sichere Verhaftung, dort ein Versuch, ohne „Unbedenklichkeit" an der Grenze durchzurutschen. Hier die schlimmste aller Gewißheiten, dort eine Chance. Wir leben in einer Art Kriegszustand, in welchem die abenteuerlichste, die dürftigste Chance oft zum Erfolg führt, wo der gerade, rechtliche Weg, den man so schwer verläßt, ins Verderben führt.

„Sie wissen, was Sie unterschrieben haben?"

„Ja."

„Was?"

„Daß ich Deutschland übermorgen um 12 Uhr mittags verlassen haben werde."

„Und niemals zurückkehren werden."

„Und niemals zurückkehren werde."

„Ohne auch nur anzusuchen – um Aufschub! Hören Sie?"

„Ohne auch nur anzusuchen um Aufschub."

Damit endet die grimmigste meiner Unterredungen in der „befreiten" alten Heimatstadt. Ich schwanke die Stiege hinunter, als wäre mein Kopf mit einem Gummiknüppel bearbeitet worden, und stehe an der nächsten Straßenecke verloren da, bis Passanten mich aus meiner Betäubung rempeln.

Die achtundvierzig Stunden, die folgen, sind eine Willensprobe, die ein Mensch im besten Fall einmal bestehen kann. Es ist mir im Rückblick unbegreiflich, was alles an Zusammenkünften und Besorgungen, Bestechungen, Fehlschlägen und neuerlichen Versuchen sich in einen so kurzen Zeitraum pressen läßt. Barbados erscheint mir als ein Sprung ins Leere, eine Mondfahrt, eine Phantasieblase, ein grausamer Scherz und ein Untergang. Ich müßte den Sprung ohne alles Geld (außer den erlaubten acht Mark) unternehmen, ohne Ausrüstung, in den städtischen Spätherbstkleidern, die ich am Leibe trage.

Aber quälender noch: Werde ich selbst den von der Gestapo gecharterten und zweifellos streng überwachten Dampfer ohne diese zwanzigfach fluchwürdige „Unbedenklichkeit" überhaupt besteigen dürfen? Das kann sich natürlich nur im letzten Augenblick der verhängten Frist herausstellen. Schon sehe ich mich zurückgewiesen, mittellos, und ohne die Berechtigung, noch länger in Deutschland zu sein, also im mittelalterlichen Sinne friedlos am Hamburger Pier stehen.

Der Versuch, mein englisches Permit als Visum in meinen Paß eingetragen zu bekommen, muß also unternommen werden, ehe ich mich dazu entschließe, nach Hamburg zu fliegen. Er muß unternommen werden, obwohl mir von Erfahrenen mitgeteilt wird, daß der Vorgang ausnahmslos acht bis vierzehn Tage dauert.

Am englischen Konsulat – es ist in einem alten kleinen Palais in einer stillen Gasse der Inneren Stadt untergebracht – umgibt mich vom ersten Augenblick an das ruhevolle Dämmern einer zwar schon arg unterwaschenen, aber wunderhaft weiterbestehenden Insel von Gesittung inmitten eines andringenden Meers von Haß, entfesselter Gier und auftrumpfender Pöbelhaftigkeit. Es trifft mich – allerdings nach zermürbendem Warten – auch ein erster Hauch jenes kraftvoll unversklavten und jedenfalls unvergifteten Menschentums, das mir wie aus einem früheren Leben her, aus Träumen, Gelesenem und vielen Erlebnissplittern, vertraut ist; jenes Menschentum, das sich in meiner Vorstellung im Zuge dieses Jahres der großen Reisesehnsucht so eng mit der angelsächsischen Welt verknüpft hat.

Es weht besonders erfreulich um den jungen Vizekonsul, der, von der lockeren Eleganz seiner Kinderstube und seines guten Anzugs umflattert, das Permit entgegennimmt und mein Anliegen wortlos aufmerksam anhört.

Ich habe keine Empfehlung an ihn oder an den Generalkonsul. Ich habe keinen Rang, kein Verdienst, das meine Rettung der zivilisierten Welt als vorzugsweise wünschenswert erscheinen lassen könnte. Aber es zeigt sich, daß das Grauen, das mir unverkennbar auf den Fersen sitzt, unter Umständen die beste Empfehlung ist, die ein Mensch besitzen kann.

Doch das Überspringen der strengen Vorschriften, zumal der gebotenen Rückfrage in London, ist nur eine der Schwierigkeiten in meinem Problem. Mein Paß hat Geltung nur für einige Länder. Er muß erweitert werden, wenn ich den Umkreis meiner Odyssee nicht von vornherein einschränken will. Der Vizekonsul benötigt den Paß, um das Visum möglicherweise – er verspricht nichts Bestimmtes – eintragen und am nächsten Morgen vom Generalkonsul unterfertigen lassen zu können. Doch gleichzeitig benötige ich den Paß für die Erweiterung. Schlimmer noch: Wie kann ich den Paß erweitern lassen, ohne daß er die jüngst errichtete Zentralstelle der Gestapo in Paßangelegenheiten passiert? Denn die würde die Erweiterung wegen meiner fehlenden „Unbedenklichkeit“ verweigern und obendrein den Paß kassieren.

Und doch, und doch! Nach verzweifeltem Bemühen gelingt alles – fürs erste, den Paß unter Umgehung der Zentralstelle erweitern zu lassen. Die Stadt, in der ich dies erwirke, erinnert an das Sodom und Gomorrha der wildesten Inflation nach dem Weltkrieg. Alles rafft, alles betrügt und fälscht, alles füllt sich noch rasch die Taschen, ehe der große Kehraus kommt, der als unausbleiblich angesehen wird, und den selbst das Gefühl der Sünder zu verlangen scheint.

Wie Einbrecher knapp vor der Verhaftung benehmen sich die vielen kleinen Machthaber, die aus den verborgensten Schlupfwinkeln einer zerfallenden Ordnung hervorgekrochen sind. Am Haustor ihres schlechten Gewissens hämmert schon die Polizei. Doch noch immer reißen sie Beute an sich – soviel als nur möglich, ehe sie zum Sprung aus dem Fenster bereit sind.

Ich löse zwei Flugkarten, von denen ich vielleicht keine benützen werde. Nach London die eine, für den Fall, daß ich das Visum rechtzeitig bekomme und am Flugfeld mit der mir zugesagten „linken" Unbedenklichkeit – oder ohne sie – durchrutsche. Nach Hamburg die andere, um dort, wenn es sein muß, einen letzten Versuch zu unternehmen.

Ehe ich zu diesem Zweck das Reisebüro betrete, will ich in einem Hausflur meine Barschaft nachzählen, die Lena aus einem Versteck in meiner Wohnung „gestohlen" und vor ihrer Abreise Gilberte übergeben hat. Die Summe, durch Gabrieles Ausgaben für mich und Iva stark vermindert, ist in der kurzen Zeit meiner neuen Freiheit beträchtlich zusammengeschrumpft.

Plötzlich steht, wie aus dem Boden gewachsen, eine Zigeunerin in grell buntfarbiger Kleidung vor mir. Sie mag ebensogut jung sein – so jung, wie ein flüchtiger Blick sie erscheinen läßt – wie steinalt, obwohl sie einen Säugling an ihrem Rücken festgefatscht trägt. Sie sagt zwar nichts, doch der Anlaß, mir zu folgen, war unverkennbar Bettelei.

In meiner tiefen Unsicherheit weise ich sie brüsk, geradezu wütend ab. Im nächsten Augenblick aber befällt mich ein ebenso unverhältnismäßiges Mißbehagen, unklug gehandelt zu haben. Wer weiß, welcher kleine Zufall mich wünschen lassen mag, mir an diesem Weibe keine Feindin geschaffen zu haben. Doch ich bedaure meine Schroffheit auch aus jäh hervorbrechendem Mitgefühl. Habe ich denn nicht in Dachau mitangesehen, welches Ende den Zigeunern, diesen geringeren Schicksalsvettern der Juden, im Dritten Reich zugedacht war?

Als ich wieder auf die Straße trete, und die Zigeunerin das Haustor, noch immer wartend, umstreicht, begrüße ich die Gelegenheit zur Sühne und gebe ihr ein paar kleine Münzen. Zum Dank will sie mir aus der Hand lesen. Ich wehre ab. Doch, wie um auch ohne nähere Diagnose das Wichtigste geleistet zu haben, sagt sie hastig: „Du nicht nach Dachau kommen! ... Du guter Mensch. ... Du ruhig sein.“

Betroffen zucke ich auf. Mit seinem ersten Wort hat das primitive Weib an meine geheime Angst gerührt, hat gewissermaßen mein Innerstes nach außen gestülpt. Wie kann das sein? Was spricht aus ihr? Wer will mir einreden, daß sie – offenbar eben erst wie ein welkes Blatt vom Sturm der neuen Barbarei aus ihrem burgenländischen Zelt oder Karren in die Stadt geweht – vernunftgemäße Anhaltspunkte dafür hat, in mir den Juden zu erkennen?

Ihre Erwähnung der schlimmen Gefahr beunruhigt mich zuerst weit mehr, als die günstige Weissagung gutmachen kann. Erst allmählich, obwohl ich mir alle Mühe gebe, den läppischen Vorfall zu vergessen, beginnen Kraft und gutes Omen davon auszugehen. Alles wickelt sich jetzt glatt ab. Zwei Stunden später, knapp bevor das englische Konsulat sperrt, halte ich meinen erweiterten Paß mit dem eingetragenen, unterfertigten Visum in Händen.

Die letzte Nacht in meiner Geburtsstadt ist ein endloses, ermüdendes Ringen um Schlaf. Die dahinkriechenden Stunden und Minuten spannen mich auf alle Foltern, die eine überreizte Phantasie aus der Sorge um Freiheit und Leben errichten kann. Wird es mir gelingen, über die Grenze zu kommen?

Ich bin für diese letzte Nacht in Gabrieles Wohnung übersiedelt – teils aus Angst vor einer Hotelrazzia in letzter Minute, teils, weil Gabriele mich, ihres wackeligen Zustandes ungeachtet, unbedingt aufs Flugfeld begleiten will. Das Haus gemeinsam zu verlassen, vermeidet aber alle Verwicklungen und qualvollen Spannungen, die mit verabredeten Zusammenkünften – zumal mit Gabriele und in wichtigen Momenten – fast immer verknüpft sind.

Schon am Abend zuvor hatte ich mich, inmitten meiner Sorgen, an Dubskys letzte Bitte erinnert. Ich wußte, daß der bevorstehende Tag mir keine Minute freigeben würde und bedachte, daß seine Schwester untertags nicht zu Hause sein mochte. Trotz später Stunde hatte ich angerufen.

Eine unwirsch gröhlende Männerstimme antwortet nach längerem Läuten. Ich frage, zaghaft und sehr höflich: „Könnte ich mit Fräulein Dubsky sprechen – der Schwester des Wohnungsinhabers?"

„Ich bin der Wohnungsinhaber, heiße aber nicht Dubsky und habe keine Schwester. ... Nur, damit Sie nicht nochmals anrufen: Die Saujüdin ist vor einer Woche schon ausgezogen."

„Können Sie mir – aus besonderer Freundlichkeit – vielleicht sagen, wo Fräulein Dubsky jetzt zu erreichen ist?"

„Ich habe mit ihr nichts – aber auch schon gar nichts zu tun. Außer, daß wir jetzt ihren alten Dreck wegputzen lassen müssen. Wir sind froh, daß wir sie endlich herausbekommen haben."

„Vielen Dank, Sie – Edelmensch!"

„Saujud!"

Der Fehlschlag meiner Bemühung überfällt mich jetzt schmerzlich. Ich sehe Dubskys geknickten Umriß neben der

Türe des Badehauses, sehe seine winkende Hand, seine durchdringend auf mich gehefteten Augen. So werde ich ihm also nicht geholfen haben, wenigstens in seinem Manuskript weiterzubestehen.

Mein noch lapidarer mißglückter Versuch in bezug auf Jeremias vermehrt das dunkle Lasten auf meinem Sinn. Knapp bevor ich mich für die Nacht zu Gabriele begeben hatte, war mir der Gedanke gekommen, daß ich vielleicht durch einen Anruf in seiner Wohnung etwas über ihn Schicksal erfahren könnte. Das Telephon schnurrte in seltsam geborstener Art. Endlich antwortete die Zentrale: Die Nummer ist außer Betrieb.

Dem Telephonbuch gemäß hatte Jeremias nur ein paar Häuser von Gabrieles Wohnung entfernt gewohnt. So beschloß ich kurzerhand hinzugehen und stand schließlich vor einer kleinen Wohnungstüre, die mit grellroten Papierstreifen kreuzweise verklebt war. Der Aufdruck und ein Stempel am Ende jedes Streifens belehrten mich, daß die Wohnung von der Gestapo amtlich versiegelt worden war.

Lange starre ich vom Kissen meines improvisierten Bettes zu den schwer vergitterten Fenstern des gegenüberliegenden Straflandesgerichts hinüber. Doch obwohl das Omen gerade dieses Gegenübers mich in jener Nacht bedrückt und ängstigt, sollte ich später auch mit Wehmut, ja, fast Dankbarkeit an den düster seltsamen Ausblick zurückdenken.

Denn innerhalb der grimmigen Mauern verbüßt mein älterer Bruder eine nicht unbeträchtliche Kerkerstrafe. Es war ihm gelungen, einen größeren Teil seines Barvermögens „verbrecherisch" vor dem Hitler'schen Raubversuch ins Ausland zu retten. Leider gelang es aber auch der Gestapo, einen Mittelsmann zu verhaften und damit Beweise für die Schuld meines Bruders in die Hand zu bekommen.

Das Gefühl, ihm nahe und doch fern zu sein, ist mir Anstoß und Hilfe, mich durch alle Sorgen, alle selbstsüchtig starre Verkapselung hindurch dem Gefährten meiner Kindheit, und damit meiner Kindheit selbst, ein letztes Mal im alten Land innig verbunden zu fühlen.

Bild um Bild des verklärten Kindheitstals, seine Menschen, seine Wiesen und sommerlichen Felder – zahllose, versunkene Seligkeiten geistern mir durchs Herz und machen mich um all dieses Geliebte, nie heiß genug Umarmte, für immer nun Verlorene unter vielen harten Schichten beglückend schluchzen.

Im Zimmer nebenan, hinter der angelehnten Türe, liegt Gabriele. Räumlich nahe und doch unaussprechlich fern – so sehr ich meine Dankesschuld fühle, so sehr ich sie bewundere, so ergreifend ich sie wieder empfinde. Ab und zu höre ich ihren beklommen unruhigen Atem. Ich glaube die Herzensnot herauszuhören, die sie so heroisch verbirgt, kann mich aber, in meiner besessenen Sorge um das Gelingen der Flucht und ganz eingehüllt in diesen einen Gedanken, kaum so richtig darüber wundern, wie völlig alle Zärtlichkeit, alles körperliche Begehren zum Schweigen gekommen sein können in Menschen, die einmal Mann und Frau gewesen sind.

Ihr Entschluß, mich zur schweren Entscheidung aufs Flugfeld zu begleiten, singt mir dennoch über alles Erstorbene, Trennende und Drohende hinweg Beruhigung zu. Wie's immer kommt, ihre Nähe wird Linderung sein und das Unmögliche möglich machen.

Auf dem Polizeikommissariat, auf dem ich mich am Morgen abzumelden habe, begegne ich einem Menschen – dem gewissen einen, frommen, welcher Götter, antike oder moderne, zögern läßt, eine Gemeinschaft bösartiger Menschheitsschänder mit Feuer und Lavamassen zu vernichten.

Ich hätte mich schon am Tag zuvor auf dem gleichen Kommissariat auch anmelden sollen, war aber im Kampf um Visum und Paß nicht dazugekommen. So trete ich denn jetzt, meinen Meldeschein in Händen, an einen Schreibtisch heran und sage:

„Ich melde mich als Rückkehrer von Dachau an und gleichzeitig wieder ab."

„Wann sind Sie zurückgekommen?"

„Vorgestern."

„Welche Frist haben Sie bekommen?"

„Achtundvierzig Stunden."

Erst jetzt blickt ein Gesicht, das auf die Papiere am Schreibtisch gesenkt war, zu mir auf. Ich traue meiner Wahrnehmung nicht. Ist es wirklich Bestürzung, was den noch jungen Menschen, dem es gehört, so stark bewegt – ihn erröten läßt? Habe ich etwas Beleidigendes gesagt, etwas Unerlaubtes getan?

Doch er wiederholt nur, wie um sich zu vergewissern, daß er richtig verstanden hat: „Acht-und-vier-zig Stun-den?" Sehr leise flüstert er es aus seiner Erregung hervor.

„Ja."

„Ehe sie Ihre Heimat auf immer verlassen?" Er starrt vor sich hin – denkt vielleicht daran, was in ihm vorgehen würde, wenn ihm ein Gleiches zugemutet wäre.

„Wollten Sie keine längere Frist?"

„Doch. Ich habe darum eindringlich gebeten."

Er senkt den Blick, ehe er ihn plötzlich zu mir emporschießt: „Wollen Sie, daß ich Ihnen die Frist verlängere?" Er hält die Feder zum Schreiben gezückt, und ich erfasse, daß ich es mit einem zu tun habe, der sich in unscheinbarer, aber tiefer Rebellion gegen das befindet, was rings um ihn geschieht. Der Ärmste!

„Ich danke Ihnen sehr. Jetzt kann ich mit einer Verlängerung nichts mehr anfangen. ... Ich bin fertig!" Ich lasse die Ergänzung „mit diesem Land" zwar unausgesprochen, aber meine Stimme, wider Willen frohlockend und zuversichtlich, drückt das Gefühl deutlich aus. „Hoffentlich wird alles glatt gehen – jetzt", füge ich einlenkend hinzu.

„Kann ich sonst irgend etwas für Sie tun?"

Schon will ich mit Dank auch dieses Anerbieten ablehnen, als ich mit einem inneren Ohr, als höhnenden Kontrast, den Tonfall des telephonischen „Saujud!" von gestern höre. Der Zweck des Anrufes und meine Nachtgedanken über mein unerfülltes Versprechen kommen mir in den Sinn.

„Es gibt da allerdings eine Angelegenheit," sage ich plötzlich, „die mich bedrückt. ... Es wäre mir wichtig, sehr wichtig, die Adresse einer Dame – Jüdin – zu erfahren, die vor wenigen Tagen ihre Wohnung verloren hat. Die Schwester eines Lagerkameraden: Professor Rolf Dubsky." Ich nenne die alte Adresse und Telephonnummer.

„Warten Sie bitte einen Augenblick." Er weist einladend auf eine mit schwarzer Wachsleinwand überzogene Sitzbank und betritt die Telephonzelle, die eine Ecke des Raumes einnimmt. Als er sie, kaum zwei Minuten später, wieder verläßt, ist sein Gesicht von gewinnendem Lächeln verschönt. „Wir haben Glück gehabt." Er tritt auf seinen Schreibtisch zu, wirft ein paar Zeichen auf einen kleinen gelblichen Zettel und reicht mir diesen mit freudiger Miene: „Die Dame wohnt bis auf weiteres Wipplingerstraße 13, Tür 37. Ich wünsche, ich könnte mehr tun."

„Sie haben mir einen großen Dienst erwiesen."

Und dann ist die Kugel meines Schicksals im Rollen. Dann rollen die Räder des Taxis, das mich zum Flugfeld bringt.

Was ich an irdischen Gütern besitze, sind neben dem, was ich an Kleidung an mir trage, die gestatteten acht Reichsmark und ein paar Gebrauchsgegenstände. Nicht mehr, als man auf einen Weekendausflug mitzunehmen pflegt, wie ein paar Hausschuhe, ein Stück Seife, das Rasierzeug. Ich trage meine Habe in einer Aktentasche, die gerade groß genug ist, sie aufzunehmen.

Gilberte und Gabriele begleiten mich. Gabriele sieht elend aus. Sie spricht wenig. Man kann es deutlich sehen, daß sie körperliche Schmerzen mühsam verwindet und nur mit großer Selbstbeherrschung „am Posten" ist. Mit jedem dieser beiden Menschen verbindet mich tiefe Gemeinschaft und eine Welt von Erinnerungen. Doch in meinem Gefühl für beide Frauen vermengt sich jetzt gesteigerte Nähe mit großer Ferne.

Mich erfüllen Trauer und Sorge – aus Stein. Vielleicht verstärkt durch ein Lasten, das, in Worte gefaßt, zur Frage werden könnte, ob ich die beiden Gefährten in diesem Leben jemals wiedersehen werde. Es ist beinahe wie eine Fahrt zur Hinrichtung.

Die wenigen Worte, die unser Schweigen unterbrechen, scheinen nicht aus Kehlen zu kommen. Sie fallen wie Bleistücke aus menschenähnlichen Automaten, klanglos und unverbunden mit dem, was sie ausdrücken sollen.

Als wir auf der Reichsbrücke die Donau überqueren, erheben sich hinter dem dämmrig braunen Dächermeer der Stadt die altbekannten Kuppen des Wienerwalds, der Kahlenberg, der jäh zum Fluß abstürzende Leopoldsberg und am anderen Ufer der breite Rücken des Bisambergs. Schneeüberzuckert sinken Hänge, Wiesen und Weinberge der Ebene entgegen.

Ich betrachte das Bild mit weit offenen, klaren Augen, aber das Herz bleibt verschlossen. Der Abschied ist kein ergriffener. Wohl waren mir die dunklen Hügelzüge dort Freunde und Gefährten wie nur selten einem Sohn dieses Landes – Jubelstätten eines langen Kindheitstraumes, Seelenheimat des werdenden Mannes, Zufluchtsort und geistiges Jagdgebiet des gereiften. Wohl höre ich noch in meinem Herzen das scharfe Zirpen der Grillen, das mich dort oben an zeitvergessen eindämmernden Sommerabenden umrauschte; wohl sehe ich mich voll Erneuerung und Trost durch nebelbrauende Herbsttäler wandern oder über glitzernde Winterhänge gleiten. Aber der Abschied ist doch kein ergriffener. Mein Herz ist bitter; ist verschlossen.

Es ist verschlossen selbst dem mächtigen Strome, der leise

gurgelnd unter uns hineilt. Mag er wie eh und je aus ewigkeitumwitterter Geschichte herzuströmen scheinen, und mag er in mir mit seinen sich lösenden und wieder formenden Wirbeln, seinen sanften oder unheimlichen Undinengeräuschen, noch so viele Erinnerungen an die vergangenen Jahreszeiten meines Lebens wachrufen. Zu schmählich haben die Söhne dieser Landschaft vor uns Vertriebenen versagt – zu widerspruchslos den milden, musischen Geist verraten, aus dem Mensch und Landschaft einander hier geprägt hatten.

Viel von dem, was mein Leben – und mir Erbteil – war, mein Bestes, wie ich fürchte, bleibt bei euch zurück. Ich kann es nicht verhindern. Aber mich laßt neu beginnen – in einer fremden, anderen Welt.

Es gibt ein Gehen und Handeln, das sich unabhängig von unserem Willen vollzieht. Man gehorcht einem posthypnotischen Befehl. Die Füße bewegen, die Hände regen sich, der Mund redet. Doch die gewohnte Einheit ist verloren gegangen. Das Herz scheint irgendwann zu schlagen aufgehört zu haben.

In diesem Zustand stelle ich mich den verschiedenen Revisionen am Flugfeld, warte, wo ich warten soll, zeige und tue, was von mir verlangt wird – immer weiter, wie bestimmt von der Philosophie des „Als-ob“ – ein Schauspieler im eigenen Leben, der an der Fiktion festhält, daß er eine Reise antreten, eine entscheidende Grenze passieren wird.

Als eines nach dem anderen glatt abläuft, als keiner der Beamten an den Papieren, die ihm der Diener des Reisebüros für mich übergibt, etwas auszusetzen findet, kein kreischendes Bremsen das verzauberte Lebensfahrzeug, dem ich mich anvertraut habe, zurückreißt (wie ich noch immer erwarte), habe ich das Gefühl, daß ein Wunder im Begriffe ist, sich zu verwirklichen. Ich verberge mich in seinen Falten wie ein Kind.

Aber selbst jetzt kann ich nicht wirklich daran glauben, daß meine letzten Minuten im großen Kerker gekommen sein sollen. Ich bin meilenfern davon, es zu können, selbst als der erschütternde, berauschende Augenblick mich tatsächlich umschließt, und mit dem Gittertor auf den weiten, graugetretenen Abflugrasen das große Tor der Freiheit sich vor mir auftut. Ich bleibe unüberzeugt.

Ich bleibe es in meinem wie schwebenden, wie betäubten, leicht schwankenden Hinausschreiten zu dem silbernen Vogel, der mit starr gegen den Boden gestemmten Beinen und starren Schwingen auf seine Passagiere wartet. Ja, ich bleibe es noch, als ich durch eines der kleinen Fenster den beiden, plötzlich heißgeliebten Menschen auf dem Aussichtsdeck meine aufbrechende Erschütterung, mein ganzes, überströmendes Herz zuzuwinken versuche.

Die Augenränder sind auf einmal so heiß. Eine unsichtbare Hand schließt sich um meine Kehle. Und, zum ersten Mal gelöst, schlagen Wellen von Traurigkeit und ein Erfassen des Erlittenen über mir zusammen.

Dennoch bange ich nicht minder ungeduldig dem Augenblick entgegen, in welchem die Räder des Flugzeugs sich vom Boden lösen sollen – und fühle ihn – erlebe das wunderbare Geschehen mit der vollsten, in jede Faser meines Wesens reichenden Wachheit, mit dem Gefühl fast schmerzlich gesteigerten Lebendigseins. Erst als das Schweben unter mir anschwillt, sinke ich entspannt und ergriffen in die Lehne des Sitzes zurück.

Wenn du bestimmt hast, Schicksal, daß dieses Flugzeug abstürzen soll, werde ich lächeln. So willig ist alles in mir. So sehr fühle ich mich in deiner Hand geborgen. Nur laß' es nicht über deutschem Boden geschehen. Ich möchte dort nicht begraben sein.

Daß ein einzelner Tag Raum hat, ein ganzes Leben zu umschließen! In meinem aufgewühlten Gemütszustand kann ich der Fülle des auf mich Einstürmenden kaum standhalten. Ein eigenartiges, zugleich unwirkliches und überwirkliches Licht liegt über allem – zumal über den Wundern des Fluges, der obendrein mein erster ist. Doch ungeachtet aller Traumhaftigkeit trinke ich die vor mir ausgebreitete Welt mit den denkbar wachsten Sinnen ein. Seit meinen Kindheitstagen habe ich nicht so geschaut, so gesehen.

Eine unwahrscheinlich hübsche Stewardeß, Holländerin, wie ihre Aussprache erkennen läßt, geht von Sitzreihe zu Sitzreihe. Sie begrüßt die Fluggäste, fragt nach ihren Wünschen. Ihr Gehaben, das an Morgenvisite im hellen Krankenzimmer erinnert, vertieft mein Gefühl, ein Genesender zu sein, der nach überstandener Operation, noch halb in den Armen milder Entrückung, körperlich umso schwerer auf weichem Sitze lastet.

Etwas später bringt sie Decken; breitet über den Knien jedes Passagiers eine aus, packt die Beine sorgsam ein. Auch meine. Auch die des entlassenen Schutzhaftjuden, der noch vor vier Tagen auf seiner linken Brustseite die Sträflingsnummer und den grell verhöhnenden Davidstern getragen hat. Ja, auch die Beine, die eben noch jeder Mißhandlung preisgegeben waren und, in einem tieferen Sinne, noch immer von schmutzigem, blauweiß gestreiftem Zwilch umhüllt sind.

Ahnt sie etwas? Fast könnte man es glauben, da ihre Hände mich gar so behutsam anfassen und die Stimme dabei fast ein Streicheln wird.

Leise – kaum kann ich es hören – sagt sie, wie zu sich selbst: „In wenigen Minuten werden wir die tschechische Grenze überfliegen. Wir sind schon ganz nahe."

Seltsam angeschauert, blicke ich auf. Weiß dieses Mädchen, was diese Mitteilung mir bedeutet? Ist das Leben mit einem Mal dichter, bedeutsamer, dichterischer geworden? Wissen die Menschen mehr von einander – fühlen sie wacher? O Leben, wie schön du sein kannst, wie reich an Gegensätzen du bist!

Bin ich durch das Erlittene aufgenommen in eine Verschwörung der noch still sich sammelnden, geschändeten Menschheit? In einem Bund des Widerstandes, dessen Mitglieder mich nun überall mit geheimen Zeichen begrüßen?

Ich starre durchs Fenster – zum letzten Mal auf die Ackererde meines Geburtslandes. Fliegen wir jetzt in so geringer Höhe, oder hebt sich mir das Land mit seinen tischartig abgeflachten Hügeln zu einem letzten Abschied entgegen?

Wie lieblich ist doch diese milde, stillverschneite Landschaft. Die vielen, sorgfältig gereihten Obstbäume, die ruhevollen, einsamen Gehöfte – wie zeitlos, wie unberührt von allem Gebell gierender, kämpfender Menschenmassen sinken sie hinter diesem Flugzeug hinweg.

Plötzlich – es kommt über mich wie Sturm (Sturm, der im nächsten Augenblick an einem Gegenstoß viel von seiner Wucht verliert, aber genug davon bewahrt) – greife ich in die Handtasche neben mir und reiße Papiere heraus. Ein Angestellter der Linie hat sie mir beim Besteigen des Fahrzeugs gegeben. Werbematerial mit zwei unbedruckten Rückseiten. In mir ruft, eindringlich mit neuer, gesteigerter Handschrift in den Rhythmus meiner neu erwachten Seele gehoben, das unter mir hinfliehende Bild. Ein paar Bleistiftstriche, und das Wesentliche ist gebannt. Nie mehr wird es verlorengehen; das Festgehaltene wird Zauberschlüssel und Rune bleiben, mit seiner Hilfe kann ich mich zu vollster Erinnerung, und hinter dieser ersten Kammer zu meinem intensivsten Selbst gelangen lassen.

Schon strömen mir neue Pläne, Ideen, Lösungen zu. Kaum kann ich es erwarten, wieder auf festem Boden zu sein, in Stille und Einsamkeit, vor einem Tisch und brauchbarem Papier. Die vielen vollendeten und nicht vollendeten Arbeiten, die ich zurückgelassen habe, ziehen durch meinen Sinn. Gilberte hat davon gesprochen, mir einige nachsenden zu wollen – als eine Visitenkarte, eine Empfehlung, und etwas, das sich vielleicht rasch in Geld umsetzen läßt, als „entartete" Kunst.

Ich brauche sie nicht. Ich bin froh, diese Dokumente einer abgeschlossenen Periode verloren zu haben. Andere Künstler haben oft verbrannt, was ihr Sprengen einer zu knappen Formjacke behindert hatte, was zu Asche werden mußte, ehe sie daraus neugeboren zu wesentlicherem Dasein auferstehen konnten. Für mich ist dieses Reinemachen geleistet. Die Feinde haben mir den Dienst getan.

Zwischenlandung in Prag. Dann erheben wir uns wieder und fliegen lange, viel zu lange für mein Behagen, über deutschem Gebiet. Mit Abwehr und Sorge wende ich den Blick von dem unten Erahnten ab. Willkommen die Wolken, die häufig alle Sicht verhüllen! Doch zuletzt erkenne ich, tief aufatmend, Hollands silbriges Kanalgeflimmer und, an manchen Knotenpunkten des leuchtenden Netzwerks, dichtgedrängte, altertümliche Siedlungen.

Rembrandt, Breughel, Ruijsdael grüßen mich. Der ergrei fend geruhsame Bann, mit dem mich so mancher kleinere Meister ihrer Schule so tief verzaubern konnte, hält dieses Land also wirklich, und immer noch umfangen? So wenigstens scheint es von hier oben.

Später, unerwartet, liegt ein graugrünliches, oft schwärzliches, sich hebendes und senkendes, sich spannendes und schlaff einstürzendes Sprungtuch unter uns. Wolken verschlingen es, geben es frei, verschlingen es wieder. Blickt man aufmerksam hinunter, kann man hie und da ein größeres oder kleineres Insekt entdecken, das sich verzweifelt abmüht, auf dem Tuch vorwärtszukommen. Das Tuch aber wirft es hin und her und oft, zugleich mit der Vorwärtsbewegung, auch ein wenig zurück. Welch ein Sinnbild! Wie alles hilflos Menschliche, wie alles ins Zeitlose, längst Vergangene Weisende, ergreift es mich tief.

Der silberne Riesenvogel aber, der mich dahinträgt, badet in warmer, gleißender Sonne. Ich habe das Fenster neben mir ein wenig geöffnet und fühle, wie mein Gesicht in der Flut des leuchtenden Fahrtwinds braun wird. Am Rand des mächtigen Flügels zu meiner Linken funkeln, zittern, verdampfen Wassertropfen – Nachricht in Bildersprache, daß zu leben, daß unbeschwert, frei und gesund zu sein, eine unaussprechliche Herrlichkeit bedeutet.

Nun ist das Sprungtuch verschwunden. Ein brauendes, lautlos wildes Nebelmeer wogt in der Tiefe. Vielleicht liegt bereits auf seinem Grunde die erstaunliche Insel, der kleine neue Kontinent, von dem ich einiges und doch so wenig weiß, und der in meinem Geiste umso fremdartigere, strengere Züge annimmt, je mehr ich mich ihm nähere. Sorge fällt mich an. Wie wird sie mir begegnen, diese Welt, der ich bereits jetzt soviel verdanke? Diese nördliche Welt, die verglichen mit jener, die ich fliehe, tiefer an eine dunkle, grausame Vergangenheit gebunden und zugleich doch weiter von ihr abgerückt zu sein scheint? Was werde ich den Menschen geben können, und was sie mir, sie, unter denen ich mich nun als ein im Menschentum wieder Gleichberechtigter soll bewegen dürfen?

Aber auch meine ältere, dünklere Sorgenwolke jagt über mir dahin. Werde ich den Ertrag meiner bitteren Monate festhalten können? Für mich wahrmachen dürfen, was immer so wahr schien – daß alles, was den wahrhaft Lebensfähigen nicht vernichtet, ihn stärkt und an Wesentlichkeit bereichert? Werde ich das zweite Leben, das mir in den Schoß gefallen ist, dazu verwenden können, um wirklich frei – angstfrei zu werden, um den Boden dieser schönen Erde als ein sich Erfüllender, sich Erschaffender zu betreten, mutig und hingegeben?

Wolkenschluchten öffnen und schließen sich unter mir. Einmal glaube ich in der bodenlosen Tiefe etwas wie ein helles, lose hingeworfenes Band zu sehen, auf dem sich bunte Käfer in wohlgeordneten Reihen hinschieben. Ehe ich mich vergewissern kann, hat sich die Schlucht wieder geschlossen. Was ich gesehen habe, mag ebensogut eine Ausgeburt meines bedrängten, Ablenkung suchenden Geistes gewesen sein.

Doch von neuem zerreißt das schwärzlich graue Wogen, und wieder regt sich in seiner Tiefe Lichtes, Filiges, Buntes – meine neue Welt. Wieder eilen farbige Käfer, emsig und wie zu meiner Begrüßung, erregt dahin.

Jetzt senkt sich der leuchtende Habicht mit einem Mal kopfüber in das dunkle Wolkenmeer hinein. Ein beklemmender Augenblick. Doch habe ich dem Schicksal nicht gelobt, ehe wir aufstiegen, daß ich nur lächeln würde ...? Bin ich nicht über freier, englischer Erde?

Meine Bereitschaft, so scheint's, genügt. Das Wolkenmeer ist nicht tief. Wir durchstoßen es und sind in klarem Tag. Das Flugzeug kreist nun unter den Wogen und sinkt dabei tiefer und tiefer.

Kleine, freundliche Häuser in langen Reihen. Rotes Ziegelwerk, von Rasenteppichen fast schattenlos umgeben: Grüße, Verheißungen; Beteuerung, daß Menschen hier wohnen, die nach ihrer Art zu leben verstehen – wenig auf Eigenart und Absonderung bedacht, aber entspannend, in Frieden mit ihren Nachbarn und ohne Hintertreppengier.

Sind die rasendurchwirkten Reihen, Gevierte, Kreise einstöckiger Häuser da unten schon Stadt oder noch Land? Vororte von London? Unwahrscheinlich lange schweben wir über dieser rasch aufgestellten Spielzeugwelt, und immer wieder glaube ich, daß wir die eine oder andere Anlage bereits überflogen haben; so ähnlich sehen sie einander, so sehr bilden sie ein einheitliches Wohngewebe, das noch nicht Stadt und nicht mehr Land ist.

Jetzt endlich liegen, altersbraun, von Vergangenheit überhaucht und dicht aneinandergerückt, die Dächer einer mächtigen Stadt unter uns. Doch selbst in diesem ernsten Antlitz gibt es viele grünende Flächen, Gärten, Sportplätze. Ein Cricketplatz leuchtet wie ein riesiger Smaragd. Die blendend weißen Gestalten der Spieler heben sich reizvoll ab.

Ich lächle glücklich. Was es an Sportfeldern und Rennbahnen im alten Land gegeben hat, läge in dieser noch kalten Jahreszeit und in diesen frühen Nachmittagsstunden gramvoll verlassen, grau verschalt, fröstelnd da. Hier aber gibt es Menschen, die unstrebsam und lebensnah genug sind, um sich einem geliebten Spiel selbst an Wochentagen geruhsam und freimütig unverknechtet hingeben zu können. Mehr als die friedvolle Lieblichkeit ihrer Wohnmuster, mehr als die Autokäfer, welche die breiten Straßen so emsig durchfluten, bringen die atmenden Sportplätze den Unterschied zum Bewußtsein zwischen der Welt, die hinter mir liegt, und jener, welche meinen Albatros jetzt immer näher und näher an ihre Brust zieht.

Was geht in diesen Augenblicken vor der Landung nicht alles in mir vor! Wie will man den Anstrom von Seligkeit und Trauer nennen? Rausch? Traum? Gnadenstunde?

Hochamt des Lebens? Ich weiß nur, daß Augenblicke dieser Art einem Menschen nur einmal in seinem Leben geschenkt sein können. Dennoch bleibe ich gespalten genug, um inmitten des Aufruhrs meiner Gefühle beschämt zu staunen, wie abgebrüht und unergriffen, wie viel zu selbstverständlich ich auf diesem Lebensgipfel stehe. Und ich fühle mich entsühnt, wenn Lachen und Weinen, gleich mächtig, schon im nächsten Augenblick wieder über mich hinstürmen und meine ganze Bewußtheit ausfüllen. Überfülle des Erlebens verschüchtert die Seele. Ganz klein bin ich zuletzt, ganz in mich verkrochen – und dennoch allem hingegeben.

Tiefer, ganz tief jetzt senkt sich das Flugzeug. Sein Schatten streicht schließlich scharf umrissen über niedere Dächer. Und nun hat es, nach letzter Wendung über grünem Rasen, sanft, unbeschreiblich sanft, aufgesetzt ... rollt ... steht.

Bei der Paß- und Zollkontrolle geht es wundersam einfach zu. Fast vermißt man das Wiehern des gewohnten Amtsschimmels. Nur zwei oder drei Fragen, die im gleichen Ton an jeden heimkehrenden Engländer gestellt sein könnten. Kein Hohn lauert hinter seinen Worten. Herabgezogene Mundwinkel stempeln dich nicht zum Lügner, noch ehe du geantwortet hast. Man glaubt deinen unbewiesenen, unbeteuerten Antworten – und gibt dir, zugleich mit dem Paß, den Adel unbescholtenen, vollwertigen Menschentums zurück.

Wohl war ich darauf gefaßt, und doch: Wie sie an mir rüttelt, diese wortlose Rehabilitierung. So stark packt sie mich an, daß mein Herz gar nicht völlig empfänglich ist, zuerst, für den großen Augenblick, da mir aus der wartenden Menge hinter einer Sperre vertraute Gesichter entgegenflattern. Lena! ... Iva! – Ihr erkennt mich also noch? Erkennt den gealterten, ergrauten Mann, oder verraten ihn nur seine euch bekannten Kleider?

Höher braust der Traum. Wie auf den Wellen des Rauschens in mir trägt uns ein Auto in einem Strom eiliger Fahrzeuge dahin. Für eine Weile sehe ich nichts als die leuchtenden Augen zweier Menschen, die ich, ohne es zu wissen, schmerzlich vermißt hatte. Ich fühle nichts als die Freude, die mir aus zwei Gesichtern entgegenleuchtet, und höre nichts als den Klang vor Glück leise gurrender Stimmen – ohne die Worte zu verstehen, oder sie auch nur verstehen zu wollen.

Immer näher heran an einen Kern des Rauschens und Sausens trägt es uns, immer näher an einen Mittelpunkt dieser unfaßlich lebendigen Stadt, die meine Sinne schon hier überwältigt, und die ich bereits in diesen Augenblicken als das Herz eines Weltreichs, ja, der Welt selbst erkenne.

Aber – über alles beglückend: Meine Kindheit, meine eigenste Welt – die vor 1914 – ist hier, trotz allen Strömens und einer helleren Zukunft Entgegeneilens, treu bewahrt. Aus tausend Zeichen und Bildern lächelt meine Kindheit mir zu. Nicht überall, so flüstert sie, ist diese herrliche Erde zur waffenklirrenden Kaserne geworden, nicht überall zu einer Stätte des Flüsterns und Absterbens.

Und ich, Heimgekehrter in das Geistesland dieser Kindheit, verstehe sein Flüstern, erkenne seine Zeichen.

Von tiefem Dank erfüllt, verneige ich mich vor dir, erstaunliches England. Mögest du es dir und der Welt bewahren und siegreich verteidigen – dein Haften am Alten, dein Beruhen im Fortschritt, deine stille, strenge Liebe.

Erich Fritz Schweinburg wurde in Wien am 11. Juni 1890 als Sohn des Baumeisters und Bauunternehmers Emanuel Schweinburg und seiner Frau Leontine als zweiter von drei Söhnen geboren. Er wurde Rechtsanwalt, war aber in seinen eigenen Augen vor allem Dichter und Schriftsteller. Nach einem ersten Versuch, eines seiner Werke (ein Theaterstück) der Öffentlichkeit vorzustellen, hat er es vorgezogen, im Freundeskreis regelmäßig aus seinen Arbeiten vorzutragen – Gedichte, Geschichten, Kapitel aus längeren Werken. Ein „Märchen vom Blatt" ließ er in wenigen Vervielfältigungen binden, um es in dieser Form verschenken zu können. Auch sonst widmete und schenkte er Freunden Abschriften seiner Texte, und manche dieser Geschenke wurden auch in die Emigration gerettet. Er selbst konnte seine Schriften nicht in die USA mitnehmen; einige seiner Gedichte rekonstruierte er jedoch später aus dem Gedächtnis.

Sofort nach der Verhaftung am 10. November 1938 wurde seine Wohnung und besonders sein Arbeitszimmer bis ins Gemäuer hinein einer Untersuchung unterzogen: Ein Roman, der sich mit dem Wien der Jahrhundertwende beschäftigte, war als pazifistisch denunziert worden. Das Manuskript wurde auch aufgefunden und wohl sofort vernichtet. Im Jahr 1938 hatte er einige Gelegenheiten auszuwandern, konnte sich aber nicht dazu entschließen. Als er nach seiner Entlassung aus Dachau im März oder April 1939 nach Wien zurückkam, war natürlich kein Bleiben mehr möglich. Innerhalb von 48 Stunden mußte er die Staatsgrenze überschreiten. Er lebte einige Monate ohne Arbeitserlaubnis in London; gegen Ende August 1939 wurde ihm die Einreise in die Vereinigten Staaten erlaubt.

In New York schlug er sich vorerst mit dutzenden kleiner Jobs durch, bis er schließlich im Auftrag und mit Unterstützung der Russel Sage Foundation seine juristische Tätigkeit wieder aufnehmen konnte. Er verfaßte mehrere Aufsätze, und die große Analyse *Law Training in Central Europe* fand als vielgelesenes Standardwerk eine weite Verbreitung. Schweinburg hielt zahlreiche Vorträge an Universitäten, war daneben aber auch wiederum schriftstellerisch tätig. Den vorliegenden Roman schloß er kurz vor seinem Tod im August 1959 ab. Er ist in Vermont, wo er die letzten Jahre seines Lebens in einem Bauernhaus verbracht hat, begraben.